花
笙
STORY

让好故事发生

浪潮之上

兰亦 著

中信出版集团|北京

图书在版编目（CIP）数据

浪潮之上 / 兰亦著 . -- 北京：中信出版社，2023.8
ISBN 978-7-5217-5835-1

I. ①浪… II. ①兰… III. ①长篇小说－中国－当代 IV. ① I247.5

中国国家版本馆 CIP 数据核字（2023）第 115460 号

浪潮之上
著者：　兰亦
出版发行：中信出版集团股份有限公司
　　　　　（北京市朝阳区东三环北路 27 号嘉铭中心　邮编 100020）
承印者：　北京诚信伟业印刷有限公司

开本：880mm×1230mm 1/32　印张：15　　　字数：348 千字
版次：2023 年 8 月第 1 版　　　　印次：2023 年 8 月第 1 次印刷
书号：ISBN 978-7-5217-5835-1
定价：59.80 元

版权所有·侵权必究
如有印刷、装订问题，本公司负责调换。
服务热线：400-600-8099
投稿邮箱：author@citicpub.com

目录

第一章　作鸟兽散　　　　001
第二章　时岚，苟住　　　　014
第三章　冷水淋头　　　　027
第四章　绝处逢生　　　　040
第五章　做小伏低　　　　053
第六章　内卷之王　　　　068
第七章　野猪队友　　　　083
第八章　额角勋章　　　　098
第九章　万象更新　　　　113
第十章　男人的嘴　　　　130
第十一章　八日寒蝉　　　　143
第十二章　势在必得　　　　158
第十三章　笑泯恩仇　　　　174
第十四章　鸡犬不宁　　　　187
第十五章　不堪重负　　　　204
第十六章　向外一步　　　　218
第十七章　他需要我　　　　231
第十八章　意乱情迷　　　　246

第十九章	蛇打七寸	261
第二十章	携星而归	276
第二十一章	一山二虎	292
第二十二章	夹缝生存	306
第二十三章	致命诱惑	320
第二十四章	势均力敌	335
第二十五章	故人新事	346
第二十六章	艳色正浓	361
第二十七章	叶公好龙	375
第二十八章	千年窑火	391
第二十九章	心动不已	402
第三十章	喜恶同因	420
第三十一章	爱是甘愿	435
第三十二章	光芒万丈	452
第三十三章	归家旅途	465

第一章 作鸟兽散

李东乾声泪俱下地表达了对团队解散的无限惋惜后,会议室迎来了长达十分钟的沉默。

"你们有什么要说的吗?"

三十七人的团队,依旧鸦雀无声。

"没什么好顾忌的。咱们还是一个团队,欢迎畅所欲言啊!"

他又问,声音幽幽的,似是在扮演救世主的角色。

我从佯装敲打电脑键盘的动作中抬起头,对上安姐的眼神。

她的眼神毫无意外地在向我传达——"别出头"。

我略微皱了皱眉,安姐的微信信息立刻弹了出来:"和你说了,不要有表情!"

我只好在心里狠狠地骂了李东乾一句"王八蛋",低下头,继续扮作认真盯着电脑屏幕的样子。

"既然大家都没意见,那关于每个人的安排,我们就单聊来沟通吧。"李东乾看向一旁的人力资源总监,似是在寻求认可。

可不嘛,这一场同事情深的戏码,本就是李东乾为人力资源总监上演的。

人力资源总监点头后,未等李东乾说出结束语,我已经将电脑合上,径直走到了会议室门口,拉开门,头也不回地走到了工位上。

三分钟后,李东乾将团队中每位同事的名字,按照从 A 到 Z 的顺序发在了工作群。所有人的目光纷纷落在姓"艾"的同事身上，遥祝一声"保重"。

安姐走到我的工位旁，用手轻轻敲了敲我的桌子："买杯咖啡，聊聊？"

"等下叫到我们，来不及回来怎么办？"我闷声道。

"且着呢。"安姐将我挂在椅背后的外套拿下来，抛在我手上："我姓宋，你姓时。前边二十七位兄弟再冷静，总能出个孟姜女哭长城。况且，还有你时岚不敢得罪的人？"

作为部门里唯一的95后，得益于牛津大学毕业生的身份与之前在头部国际咨询公司三年的工作经验，一年前，我顺利从伦敦回到上海，进入了号称万里挑一的宝莱公司大客户战略部。

我初到时，部门仅有李东乾与另外三位调岗而来的员工。待安姐来部门时，我已入职近半年，独立负责了一块业务。作为全部门的"小妹妹"，我颇受同事们关怀。安姐的工位与我相邻，更是处处照顾我，不仅工作上会指点我，生活中也会给我带她自己烘焙的饼干。久而久之，我与她也走得格外近些。

安姐全名宋沐安，在跨国互联网公司普诺朗公司供职十年后，于半年前，被猎头高薪挖角到了中国本土互联网"头狼"宝莱。安姐聪慧又爽朗，大气且豁达，在部门里素来极得人心，号召力远超厣包李东乾。

无奈李东乾时运好，毕业第一年便加入了还在发展前期的宝莱，抱住了公司创始人的大腿。随着宝莱业务的飞速增长，93年出生的他也落了个战略部门负责人的位置，凌驾于88年出生的安姐与其他曾在竞争对手公司工作、经验颇丰的同事们之上，发号施令。

安姐是地道的北京人，她最爱和我说两句话。一句话是"且着呢",意思是还有好一会儿呢,让我别着急。还有一句话是"歇着吧",常发生在我对李东乾的决议表示不满时。但凡我有一丝孛毛,安姐都会第一时间按住我:"您歇着吧,指望那主儿,没戏。"

这就是互联网行业。不论资排辈,比的就是个时机。早来的人,握住了切蛋糕的刀,自此,由他来笑脸盈盈。后来的人,入职时要么谈好工资,要么谈好职级,要么谈好股权,等待公司一朝上市,自己财务自由,如若不然,便只能自我安慰功不唐捐。

在宝莱这座围城,我们大部分员工入职即巅峰,随公司一起崇尚"拥抱变化"。"996"的工作机制让每一位加班到半夜的同事感知着如潮水般涌来的压力,无不担忧着自己成为被边缘化的下一位。当业务的增长速度远低于招聘人数的扩张速度,整个宝莱,处处内卷,无人敢懈怠。

在网络搜索框中输入"宝莱",跳出的最为热门的两个关联话题,一为"如何入职宝莱",二为"离开宝莱是一种怎样的体验"。宝莱一年,人间三年,一位于上半年离职的员工在自己的工作账号上写着"去年11月22日入职,今年5月28日离职,在此期间随着公司搬了三次家,直属领导换了三个。短短六个月,却像过了一个世纪这么长"。

入职近一年,诸多曾与我有过合作的同事的工作账号,都陆续显示停用状态。我自然也想过离开宝莱的时间点,但未曾预料过是现在,更不希望离开的缘由是——部门解散。

安姐利落地买了两杯星巴克,递给我一杯:"小姑娘家家的,别皱着眉了。这就是一颗炸弹,要死大家一起死,又不是只炸了你家。"

"我只是觉得不值。"我义愤填膺,"我那个项目,眼看着就可以落地了。现在解散,我连续两个月做的调研,直接付诸东流。而且,这件事情,一点预兆都没有,一句'业务整合',就把我们都打发了?"

安姐抿了一口意式特浓,她总是喜欢用极致的苦来振奋精神。

"先别想你的那个项目了,想想你自己吧。今时不同往日,一年前,仅有李东乾这个光杆司令声势浩大地招聘各路人才。如今,战略部按照各个客户的特性区分,美妆、个护、食品、服饰还有家居,仅这五个行业的负责人就都是在竞争对手公司工作十年以上的老狐狸,而负责3C行业的万厉锋,更是绝对的狠角色。就凭李东乾一个93年的小孩,能活到今天已经很不错了。更别说,宝莱现在还在大力发展珠宝行业。"安姐顿了顿,盯牢我,"你是聪明人,你告诉我,你真的没有发觉李东乾的地盘在逐渐缩小吗?"

无须安姐一语惊醒梦中人,平心而论,李东乾的能力平庸有目共睹。说到底,他也不过是创始人派来的大头兵。

创始人的规划是,先组建一个敢打敢拼的团队,做出几个黄金案例,向外界释放出宝莱进军直播业务的信号后,再招揽真正能厮杀立威的人,继而巩固直播矩阵。换句话说,每出现一个品类领导者,就意味着李东乾负责的业务内容少了一个品类。

如果客观地审视李东乾目前的团队业务量,已经完全找不到增长的可能性了。我和同事们也曾在茶余饭后讨论过团队未来的发展方向,只是,公司如此突然地宣布我们这个团队原地解散,着实是出乎意料。

古人说,过河拆桥与卸磨杀驴都是泯灭人道。可是,怎么办呢?互联网不讲人道,只讲适者生存。

"团队解散,为了业务的平稳过渡,所有人一定会被分到不同的部门。"安姐敲了敲我的杯子,"喝一口吧,你的是热可可,凉了还怎么喝?"

我哪里还顾得上喝热可可,略有些惊慌地问:"安姐,你的意思是,我们会被强制分配?那我不就没办法立刻去温哥华了!"

一个月前,我与宝莱温哥华业务的负责人取得了联络。在多达九次的面试后,我成功获得了对方的肯定。宝莱规定,所有想要转岗的员工,需要同时满足两个要求:任职一年并且最近一轮绩效为 B 以上。绩效每半年考核一次,分别是三月与九月,从高到低分为 A、B、C 三档。A 为优异,B 为符合要求,C 为有提升空间。我于去年 12 月 21 日入职,今天是 12 月 1 日,而九月时我的绩效为 A。

本来,只要再等二十天,我就可以发起转岗申请,去往温哥华了。

只差二十天。

"大概率去不了了。还有你要带着项目走,项目侧重于哪个行业,你就会去哪个行业。你想转岗,一是那个行业有人愿意接手你的项目,二是你的部门负责人愿意与人方便。"安姐试图安抚我,"时岚,等下单聊的时候,不管李东乾当着人力资源总监的面和你说了什么话,答应我,别出头。现在是非常时期,忍住,才是最好的方法。别的事情,我们来日方长。"

我霎时间意识到,此时此刻,相比于手里还有实际项目的我,项目刚结束的安姐,才是真正地危险。她曾是普诺朗公司的部门总监,因决定来宝莱的时机不对,各个行业的负责人都已选定,无奈只能屈居李东乾之下。而今,她不仅入职没满一年,且美妆行业的负责人还是曾与她有过竞争关系的同事。如果安姐被美妆行业负责人选中了,那才真的是羊入虎口。

"李东乾去哪里？或许，你可以跟他走！"我不再聚焦在我自身，转而关心起安姐。安姐在危急时刻依然想着我，我当然也得为她谋求出路。

安姐撇撇嘴，摇了摇头："开这个会议之前的十分钟，他找了我，邀请我和他一起去开发直播小程序。我拒绝了。"

"开发直播小程序？这不是一直风传的宝莱明年要拓展的最新板块吗？居然又交给了李东乾！"我不免震惊。

"嗯。"安姐点头。

李东乾不是第一次去开辟新板块了。追根溯源，直播这个板块的先锋部队，就是李东乾带领的我们。可是，直播是创始人点名要做的重点板块，而直播小程序却是后期加入的传闻中的投资方的意图。李东乾去负责直播小程序的开发，无异于告知所有人——他离开了创始人的羽翼。

从他选择加入开发直播小程序的那一刻开始，他就已经不再是创始人的"自己人"了。

小公司做事，大公司做人。对宝莱这种飞速发展的大公司来说，不仅要会做事，还要会做人。如果说李东乾此时掉转船头加入投资人的战队，未免有"背叛"的嫌疑，那么，根本没机会和创始人认识的安姐，大可以赌一把，去投资人那边碰碰运气。

"安姐，你决定不去，肯定有你的原因与判断。"我的情绪已经逐渐平复，相比于关心即将到来的惊涛骇浪，我更在意眼前这冰山一角下的汹涌暗潮。

"在宝莱这个地方，最多半年，如果业务没有起色，那么整个团队都要滚蛋。所以，我问李东乾，如果开发直播小程序做不成功，他要怎么办。李东乾居然乐呵呵地和我说，他是被创始人带进来的，就算失败了,创始人也会给他一口饭吃的。"安姐说到这里翻了个白眼,"用上海人的话来说,就是脑子瓦特了!他都去投资人锅里吃饭了,还打算有朝一日落难了,捧着个破碗回创始人那里讨饭吃,那不是只有横死街头这一条路嘛!"

我倒吸一口冷气。我一直知道李东乾的脑子有些不灵光,但是,确实不知道有这么不灵光。

算了,能够盲目乐观也是一种运气。我和安姐就缺了李东乾的运气。

"时岚,这就是为什么我也没有向李东乾提议让他带你去。你是个特别聪明又特别笨的姑娘,什么都看得透,又笨在什么都要说出来。以前我们这些老同事都把你当小妹妹一样护在身后,但是,现在你要去新的行业了,不能再像以前一样率性而为了,会吃苦头的。"安姐苦口婆心地嘱咐我,不免让我脑海中浮现了刘备白帝城托孤的画面。

安姐所言不假。在李东乾团队快一年时间,碰到难缠的客户,安姐他们绝不会让我去应对;碰到内部与其他部门扯皮,也一定是他们冲在最前面。安姐他们常常打趣我,说:"时岚就是我们团队可爱又快乐的吉祥物,每天都给我们带来快乐。"也正因为李东乾本人对团队不具有把控力,我们所有人都没有指望在他手下升职,自然也没有任何内斗,整个团队其乐融融。

只是,这样的好日子,终究是要结束了。

剑未佩妥,出门已是江湖。

回到工位上时,同事们早已聚作一团,分享着自己的分配结果。既已成定局,大家也就无所顾忌地在开放式办公区域发表真实想法。

"晕倒,居然把我分到食品行业,我那摊破事带过去,绝对被人鄙视。"

"哎,食品行业好像好一点,他们团队氛围还不错。我都不知道我去个护干吗!"

"个护就是业务难做了点,但是,他们老大听说比较有良心,肯给下面的人出头的机会。你拼一拼,兴许还能有机会升职。"

"我们这些人就像是被流放,怎么可能还有好结果,年终奖绝对泡汤。"

"得,你们去那些个行业,撑死了叫作人生地不熟,我呢,我和3C行业一半以上的人都吵过架,这可怎么办……"

"照我说,这七个行业,只要不去3C,别在万厉锋手下,都有活路。如果分到3C,不如趁早联系猎头,赶紧辞职走人吧!"

"安姐,到你了。"

安姐拍拍我的肩膀,将咖啡杯放在工位上,笑着和大家说:"行了,大家祝我好运吧。"

看着安姐的背影,我三步并作两步走地赶了上去,挽住安姐的胳膊:"安姐,我也去。"

"这有什么好陪的?结果都已经定好了。又不是上刑场。"安姐哈哈大笑。

我嘴硬道:"才不是陪你呢。下一个就是我了嘛。"

和安姐一起走向单聊室的时候,我不禁想,难怪被问及世界末日这个话题时,多数人都表示要和自己信任的人在一起。如果已知是不好的结局,至少不要孤独地死去。

真是奇怪,小太阳如我,怎么会这么悲观。想到这里,难免要再骂李东乾一句。

安姐进了单聊室不过三分钟，便快步走了出来。

看着我迫切的眼神，安姐郑重地望着我："先说好，不冲动。"

"绝对不冲动。"我笃定地说。

"好，那我告诉你，我被分到美妆了。"安姐语气温和，像是在诉说一件与自己无关的事情。

我咬了咬嘴唇："没有商量的余地了？"

"既来之，则安之。"安姐反过来宽慰我，朝我露出笑容，"放心啦，我这种北京姑娘，还有一套四合院呢，再坏能坏到哪里去？"

我的手机在口袋里疯狂振动，不用看也知道，是李东乾在提醒我"到你了，时岚，快来，别耽误我们做面子工程"。

为了不让安姐担心，我小快步走进了单聊室。

我刚落座，李东乾就利落地告知了我结果："3C。"

我扫了一眼人力资源总监那例行公事的脸，嗤笑了一声："我的项目，哪一个与3C有关？"

"别的部门承接不住那么多人，这也是我们慎重考虑之后，得出的结论。"李东乾笑嘻嘻的。他本就白胖，戴着一副黑框眼镜，平日里勉强算得上是为人谦和、笑容可掬，可此情此景，却是面目可憎。

李东乾见我的脸拉了下来，接着说："时岚，如果你有什么意见，你可以说。我们都特别乐意倾听大家的心声。"

"是你让我说的，那我就直接说了。"我的语气冷冰冰的。我相信，安姐要是知道我还是"屡教不改"，一定会冲进来把我揪出去。

"当然。"李东乾还是笑。

"我们团队的解散，究竟是你个人拜了别的山头导致的蝴蝶效应，还是我们早就大厦将倾，你为了自己的安全，愣是藏着掖着不告诉我们？"

李东乾的脸色刹那间黑了下去。

接近三十秒的沉默后，李东乾依然没有接话。

"好，那我问第二个问题。如果团队解散是必然的，那你是否有为我们团队任何一个成员争取过他们自己想去的岗位？"我深知，每一个问题，都是一剑封喉。

"有……"

"跟你走的不算，那是为你自己。我说的是，为我们。"

"时岚，这是业务变化的结果，不是我能改变的，你必须去3C。"

"我还有二十天入职就满一年了，届时可以转岗吧？"

"这个……你可以和3C的负责人商量看看。"

"万厉锋？"

"嗯。你放心啊，每一个行业的负责人都非常优秀。万厉锋这个人我接触过的，他人真的不错，很宽容、很平和的，我相信你们会合作得非常愉快……"

"愉快？曾经我们为了项目和他正面交锋的时候，你像只缩头乌龟一样玩消失，之后又傻了吧唧地跑去和人家万厉锋说'大家都是同事，多担待'这种鬼话。"我当着人力资源总监的面，毫不留情地打断李东乾，"李东乾，你如果真的对这个团队有交代，至少应该问一下大家的想法，至少给我们一点时间，让我们自己找一条活路。"

"李东乾，你知道你这像什么吗？你作为船长，自己要下船了，却把船员们丢在茫茫大海中，临走前，还要带走我们的船桨。我们要靠自己的本事游泳寻求生机，你还用绳子把我们结结实实地绑了起来。李东乾，夜深人静的时候，你的良心不会痛吗？"

又是沉默。

我死死地凝视着李东乾，杀气腾腾。

"如今人为刀俎，我为鱼肉，处在这个境况下，我无能为力。但是，我依然想和你说，李东乾，我对你，很失望。你是我碰到过的，最差劲的领导者。"

放在口袋里的手机又在疯狂振动，我直接按掉电话，大阔步走出了单聊室。

单聊室外，安姐在转角处急切地等待着我。

"怎么聊了这么久啊？不是说好了嘛，点头说'好'，赶快出来就是了。给你打电话也不接，真是太让我担心了。"安姐担忧地看着我。

"就……问题比较多。"我不好意思地笑。

"啊，怎么啦？"安姐突然警觉，"你骂李东乾了？！"

"不算骂，最多算是批评教育。"我心虚地说。

安姐重重地叹了一口气："没事，咱们聚是一团火，散是满天星。"

"别人'散是满天星'，我们现在的情况，应该是'散是满天灰'，都是炮灰。"我一本正经地说。

安姐恨铁不成钢地对我说："时岚，你要是去了3C行业还这样心直口快，我保证，你会死在第一集。你自己说说看，你这些情绪发泄出来，除了能恶心一下李东乾，还能有什么作用？"

"光恶心他一下，我也痛快！"我明知安姐说得有道理，还是嘴硬。

安姐摇摇头，不再劝我："看着吧，你迟早有苦头吃。"

偌大的宝莱办公楼里，还有不少对宝莱饱含期待的年轻人在面试间里，面对面试官们胸有成竹地叙说自己能为宝莱贡献的无限时间与体力。而在某个小办公区域里，则有一大堆聪明人，身不由己地被丢进了泥淖中。

安姐说这就是成长，我却认为，这不过就是倒霉罢了。

可不管有多不愿意，安姐的美妆虎穴，我的3C龙潭，都得去闯一闯了。

我猛然想起我的实习生森森，他因为要备考毕业考，得到我特批的一个月假期。原定将在本部门转正的他，想必会直接失去转正的机会。想到这里，我立刻走到拐角处，给森森打了一个电话。

"时岚姐，你稍等一下啊，我在图书馆。"森森压低着声音说，不一会儿，他的声音大了些，"时岚姐，我们项目的简报我发到你邮箱了，是不是有什么地方做得不够好？"

"不是的。森森，我有个事情要告诉你，就在刚刚，部门解散了。你作为我的实习生，会和我一起被分到3C行业。"森森在复旦大学读大四，今年才二十二岁。他跟着我实习了快半年，表现非常优秀。我没有那么着急去温哥华，也是希望在我走之前帮他完成转正流程。为了不吓到小朋友，我努力克制了语气。

"3C行业，那不就是万厉锋负责的行业？！我的妈呀！时岚姐，他是个坏人，我们快跑！"森森不愧是实习生们当中的"百事通"，果然消息灵通。

我提出建议："森森，大客户战略部解散之后，你要转正肯定会有困难，3C行业是不给实习生机会的。我和安姐说好了，你跟着她去美妆行业，有她照顾你，你还有机会转正。"

"我不。我要是去了美妆行业，那你怎么办？我才不会在这时候离开你！"森森极其讲义气地反过来安慰我，"时岚姐，你别怕，有我在呢，我还有二十天就考完试回来了。等我去3C行业，教教万厉锋，什么是规矩，什么是体统！"

我劝不住森森，只好先由他去，之后再从长计议。

就算是夫妻，大难来时亦各自飞。难得安姐出于同事之谊想护住我，而自身难保的森森则选择与我共同走更为崎岖的道路，实在罕见。

覆巢之下，焉有完卵？互联网浪潮神秘而诡谲，慕名而来之时，都以为可以大鹏一日同风起，却未曾预料到，从扶摇而上的九万里跌落，也不过是一瞬间的事。浪潮袭来，无人能料吉凶。

我长叹一口气，一句话闯入我的脑海。

"时岚，你的好日子，到头了。"

第二章 时岚，苟住

在创始人一如往常发布的周度邮件中，一句"大客户战略部组织架构即日起进行调整"，便轻描淡写地概括了我们这帮人的命运。

甚至连散伙饭都顾不上安排，我和森森，还有倒霉催的、之前和3C行业结怨的周朗，就一起被万厉锋拉进了3C行业的工作群聊内。

"欢迎三位来自大客户战略部的同事。"

万厉锋发送此条信息后，群内一阵表情包来袭，烟花、鼓掌、鲜花源源不断。

森森给我发来私聊信息："时岚姐，这个工作群是新群。"发完这句话，森森又加上了一个"祈祷"的表情包。

宝莱的工作沟通软件有一个特点，便是新进群的人可以查看过往的聊天信息。如今，万厉锋为了我们这三个不速之客，索性拉了一个新工作群。因为所有的聊天记录都无法人工删除，很显然，之前的工作群里，绝对有不少关于我们的负面讨论。

随意吧，反正也不是好话，不知道还少些烦恼。

"时岚姐，好可怕！有个人私聊我，说我的长相是他的菜！我看了他的信息，他分管手机品牌，直接汇报给万厉锋，咱们还不能得罪他。"森森一连给我发了六个"恐慌"的表情，"可是，他看起来好丑！人家不要！"

森森同步发给我一个 3C 行业的人员清单，里面包含了每个人负责的工作范围。我无奈地摇了摇头，一手被我招聘进入宝莱的森森机灵活泼，就这么被我坑到了 3C 行业，实在是罪过。

在名为"地球第一 3C 行业"的新工作群内，周朗率先发了言："大家好，我是周朗，希望未来多多关照。"

言语客气，理论上不该有什么反驳之声，一番"欢迎"之类的话后，便算了结。偏偏因为发言的人是得罪了大半个 3C 行业的人的周朗，瞬间就被抓住了痛处。

"哟，是周朗啊，抢了我们三个项目，能力不容小觑，咱们哥儿几个哪里敢照顾你啊。"

"可别这么说，真是折杀我们了，你周朗别给我们下马威就不错了。"

我充满同情地看了一眼坐在我不远处的周朗，此刻，他耷拉着脑袋，重重地叹了口气，快速在新工作群里回复："之前是小弟不对，给各位赔不是了。"

森森又给我发了私聊信息："周朗好惨！"

新工作群内，没有人再理会周朗。那位私聊森森的油腻男，竟在群里 @ 了森森。

"哟，小鲜肉，小帅哥！快自我介绍一下，血型、星座、是否单身，还有喜欢什么样的人啊！"

我立刻给森森发送信息："恶臭。你已读了信息也没事，不想回复就不回，你本来就在休假。不要为了我，受他们的气。"

森森给我私聊回复了一个"我可以"的表情后，在工作群里老老实实地做了自我介绍。

"家人们好，我是森森，之前在大客户战略部协助时岚。目前在复旦读大四,这段时间因为毕业论文开题答辩和专业考试请假中。很高兴认识大家,期待跟大家见面,希望大家多多指教哟。"

我本来都做好了撑那个私聊森森的男人的准备,未料到先回应的人,竟然是万厉锋。

"请假一个月啊,这日子可不短,真羡慕你,时岚可真大方。咱们 3C 的人,一个个的,不能都指望我啊。这要是我休息个二十多天,咱们部门还转不转了?"

森森的私聊信息毫无意外地又出现了:"时岚姐,万厉锋好可怕!"

我总算明白为何大家屡屡提到 3C 行业都摇头了。职场上,有的人只是蠢,但是不坏。可是,3C 的这群人,感觉是又蠢又坏。他们难道不知道,发在新工作群里的每一句话,都足够我们截图给人力资源部,投诉他们歧视对待吗?

老油条如万厉锋,他当然不可能不知道。既然知道,他还带头这么做,无非是因为他的业绩扛扛,宝莱需要他。对宝莱而言,相比于员工个人的感受,业绩永远是更重要的事情。

我还未抓到机会对万厉锋做反击,就有人接着 @ 了我:"时岚大美女,你的美貌我可是早有耳闻啊。可算把你给盼到了我们 3C 行业。来,发个照片呗!"

森森的私信又来了:"时岚姐,他们的油腻超出了我的想象!"

我没有接前面的话,转而回复:"我们三个给大家买了奶茶和咖啡,等到了,给大家送过去。"

伸手不打笑脸人,花点钱,拜个码头,对付万厉锋这帮老男人,应该还是管用的。

我刚发送出信息,周朗立刻给我发了私信:"时岚,还是你厉害。多少钱？我来出！"

"不用，都是难兄难弟。"我回复周朗。

"那行，下次我来！"周朗飞快地回复。

"还有下次？周朗，你打算在3C行业待多久？"我发送一个"捂脸"的表情。

"你说得对，还是早点跑吧，我已经在联系猎头了，有好的机会，我一定和你说。"周朗给我比了个爱心。

如果说职场就是《甄嬛传》的后宫，那么此刻，我们几个就是争宠失败被赐死的华妃娘娘名下的丫头，被发配到华妃娘娘风光时的死对头皇后娘娘的宫中，自此必须做小伏低、谨小慎微，才有可能保住一条小命。

在万厉锋的要求下，明日一早，我和周朗就要把工位搬到3C行业那边，与"自家兄弟姐妹"一起工作，提高团队凝聚力。除此之外，万厉锋还宣布了几条注意事项：

一、十点准时打卡，晚上十一点之后才可以离开公司；

二、手机必须二十四小时开机，随时接听电话；

三、出差必须当天来回，尽可能坐最早的班次出发，坐最晚的班次回来，最大化出差效率；

四、务必戒掉在大客户战略部养成的所有恶习。

森森疑惑地询问我："时岚姐，万厉锋说的'恶习'指的是什么啊？"

我回复他："就是让我们忘掉自己曾经在大客户战略部做过的所有事情，洗心革面，重新做人，弃暗投明。好了，你别管了，我去想想办法。你好好复习。"

森森乖巧地发来一个"得令"的俏皮小猫表情包，结束了与我的对话。

我坐在工位上想了想,拿起手机,给方明远发了一条信息。

"方总监,今晚能否赏光,让我请你吃个饭?"

大概半小时后,方明远才已读我的信息。

"谢谢,有什么事情,可以直接这里说。"

我看了方明远的回复,轻叹了一口气。果然,礼貌又疏离,意料之中。

方明远是如今风头正盛的珠宝行业的负责人。顶尖咨询公司出身的方明远,曾负责过多个国际公司的重组项目,因被宝莱创始人赏识,被邀请来负责一块全新的业务。创始人给了他二十个员工名额,让他自行招聘,搭建自己的团队。大客户战略部与后起之秀珠宝行业战略部项目毫无交叉,所以,方明远来了宝莱三个礼拜,我们都没有碰过一次面。若不是他两周前不知从哪里听说了我,主动邀请我加入珠宝行业团队,我也不会有他的联系方式。

之前因为打定了主意要去温哥华,所以,我非常简洁地拒绝了方明远的邀请。如今,我已然处在风口浪尖,方明远除非是脑子进了水,才有可能愿意搭理我。

事到如今,消息传得比风快,怎么会有人愿意和大客户战略部的人扯上关系呢?

我悻悻然,决定不再自讨没趣,罔顾"信息已读"的标志,关掉了与方明远的对话框。

方明远想必也知道,少说少错,不说不错,我不回复,已然表达了最清晰的态度——算了。

我在座位上呆呆地坐着。看着电脑旁记录了满满文字的笔记本,我难免觉得恍惚。李东乾为了自己可以成功转岗,居然弃整个大客户战略部同事的未来于不顾。上个月,我的项目刚拿到了内部的表彰,可就因为部门解散,一切努力都清零,只剩四个大字"从头来过",嘲笑着我们所有人之前的付出。

我感觉我们就像是机场行李传送带上的箱子,除了躺在原地,等他人来提领,没有任何出路。

可是,不管有多失落,不管有多茫然,该做的工作还是一件都不能少。

安姐临下班前,给我倒了一杯热水:"差不多就行了。你啊,是该聪明的时候不聪明,无须聪明的时候又有不明缘由的责任心。"

我知道安姐还是在为我的冲动感到担忧,连忙宽慰她:"放心,我把这个案子收个尾就回去。姐夫已经到了?"

"嗯,在楼下等我呢。"安姐披上外套,将手机放进了包里。

安姐与她的丈夫做了十年朋友,终成恋人。二人感情甚笃,相知相惜,达成了丁克的共识。半年前,安姐为了追求职业的发展,与在创业阶段的姐夫带着两条狗一同从北京搬到了上海,租住在公司附近。姐夫与安姐一样,都是极为爽朗的个性,虽然嘴里常念叨北京是全世界最好的城市,但还是心甘情愿地每天溜达着来公司楼下接安姐回家。

女人想在事业上获得成功,要么没有男人,要么就要有一个愿意为她付出的男人。如此看来,此言不虚。

"安姐,你注意看一下私人邮箱。我原来在英国的时候,做过一个美妆行业相关的案子。我把一些未来你可能用得上的资料整理好了,你得空看看。还有,美妆行业那边我有一个小伙伴,是我的学妹,叫邱灵,我也和她打好了招呼。你们先装作不认识,等必要时刻,说不定她可以帮上你。"我小声地和安姐说,"我明天就去

3C 行业了，如果有人欺负你，你一定和我说，我为你出头。"

"你看你，自己都火烧眉毛了，还想帮我。"安姐松开我的衣袖，"行吧，今天就早点走吧，以后你去了 3C 行业，想早点下班也不可能了。"

我向安姐笑了笑："放心啦，没事的！"

待我将工作都处理完，已经是凌晨一点半。

我拿着包，鬼使神差地走到了 3C 行业的工区。果不其然，这个时间点，3C 行业那边依旧灯火通明，不少人还在对着电脑敲敲打打。一想到从明天开始，我就要和他们一起被绑在座位上，我就悲从中来。

走出办公楼，我发现外面竟洋洋洒洒下着雪。十二月伊始的上海，竟能看见雪，真让人意外。

不过，今天发生的事情，哪一件不比下雪更让人意外呢？

雪花漫天轻卷细舞，我在公司门口等了许久，都没有司机接单。正在想如何是好时，我发现一辆全黑的牧马人向我驶来，车窗半开着，里面有一个模糊的身影。

"现在很难打到车，我也是宝莱的。如果不介意，我可以送你。"

车门被打开，映入眼中的是一个光彩夺目的男人，瞬间惊艳了我。他将他的工牌递给我，以打消我的疑虑。我未曾想到，眼前这个好心的男人，就是不久前拒绝与我共进晚餐的方明远。

他轮廓很深，眉骨生得很好看，眼睛深邃有神，鼻梁高挺，蓄着一头清爽的短发，白衬衫的领口微微敞开，衬衫袖口卷到手臂中间，露出小麦色的皮肤。我看得失了神。

方明远工作通信软件的头像是一张风景图，个人介绍一栏写着"独行者速，众行者远，远行者恒"。再结合他向我打招呼时说的是

"时岚，你好，我是珠宝行业战略部的负责人，方明远。不知你是否有兴趣加入我的团队？"，我实在无法想象网上有着如此中年人表现的人，现实中居然有一张如此帅气的面庞。

我扪心自问，若是一早知道方明远的长相，虽然我最终还是会拒绝他的邀约，但是我至少要面对面多端详他一阵再拒绝。在互联网人人为工作心力交瘁的环境中，意气风发又剑眉星目的男人，可是看一眼就少一眼啊。

还好，终究还是见到了，没亏。

方明远的手搭在方向盘上，偏过头来。

"怎么样，考虑好了吗？"

"麻烦了，谢谢。"

我纵身上车，系上安全带。牧马人内空调暖风开得很足，烘得我的脸颊瞬间红润起来。

方明远踩下油门，牧马人在月光中向前奔驰而去。我转过头看方明远的侧脸，这才看清他的右耳上有一颗钻石耳钉，闪烁着诱人的光。

"地址？"方明远问。

我赶忙回答："黎园公寓。"

听到我报出地名，方明远挑了挑眉，点了点头，没有说话。

空气中一阵沉寂。公司离黎园公寓的距离不算远，音乐电台恰好播放完一首林忆莲的《为你我受冷风吹》。我的手肘靠在车门上，用手背撑着头，莫名地跟着电台小声哼了起来："但愿我会就此放下往事，忘了过去有多美……"

牧马人在最后一个红绿灯处停下，方明远开口问我："很喜欢这首歌？"

我回过神来,尴尬地笑笑:"没有,只是觉得这首歌在今天格外应景。"

方明远看着外面飘飘洒洒的雪花,微微点头:"嗯,确实你受了冷风吹。"

一个不算好笑的冷笑话,很快结束在牧马人的轰鸣声中。在上海这座城市,商务人士多以路虎作为代步工具,方明远却买了牧马人,还真是特别。

快到黎园公寓时,我刚想提醒方明远在路边停下,未料到他径直将车开向了小区。

"嘀"声后,栏杆抬起,方明远轻车熟路地将车开到了地下车库。

"到了。"方明远解开安全带,示意我下车。

我连忙解开自己的安全带,用最快的速度下了车,并小心翼翼地关上了车门。

方明远确认车窗均关好后,回头看了看站在原地的我。

"别误会,我只是恰好也住在这个小区。"方明远平静地说。

"当然,我只是想和你再道声谢。"我有些局促。

方明远摆了摆手:"没事,我只是不希望看到同事在雪天等车,举手之劳而已。"

方明远向前走入一个电梯间,我跟在他身后,等待同一台电梯,他疑惑地看着我。

"别误会,我只是恰好也住在8号楼。"这次换我先做说明。

方明远没有再搭话。

电梯门开了,方明远非常绅士地询问我:"几楼?"

"七楼。"我回答。

"嗯。"方明远摁下了七楼后，没有其他动静。

我好心地提醒他："你还没有按楼层。"

"我也是七楼。"方明远说。

即使我穿着高跟鞋，方明远还是比我高近乎一个头。我没办法看清楚他的神情，以至于一时间不知道他到底是诧异还是疑虑。

出了电梯，我与方明远一同向右边走。一边走，我一边在心里嘀咕：不会这么巧吧？就算黎园公寓与宝莱有合作协议，给宝莱员工租金打八折，以至于非常多外地同事都租住在此。但是，宝莱有六万多名员工，我和方明远，不仅住在同一个小区，还住在同一层，实在是过于凑巧了。

方明远率先停住了脚步，站在了730的门口。

我刚往前多走一步，随即发现我也应该退回来，站在方明远的旁边。

"我住729……有点巧。"除了笑，我也想不出其他的表情了。

方明远嗯了一声，刚准备进门，被我叫住了。

"那个……方总监，为了避免误会，我先做个自我介绍，我是时岚。"我向方明远伸出右手。

方明远的眼神中闪出十足的诧异，几秒后，他镇定下来，礼节性地回握住了我的右手，并迅速松开。

"晚安。"

"嗯，晚安。"

关上房门，我顿感今日十分奇幻。我猛然想到，在我入住黎园的这一年，隔壁总是鸦雀无声，原来并不是无人居住，只是因为方明远工作过于繁忙而已。

一墙之隔外，我相信方明远肯定也对我住在他隔壁这件事颇为讶异。可是，这种无用的缘分，又有什么用呢？难道能让方明远愿意在这个敏感时刻，伸出手捞一把森森吗？

想到森森，我又陷入沮丧。我忽然明白了为何皇子们都爱争皇位，原因不过是只有成为掌权者，才能保护自己想要保护的人。

次日，我在工位上收拾着东西，周朗跑过来帮忙。

"时岚，你早上听到万厉锋骂人了吗？"周朗搬起我的电脑显示屏，小声地对我说。

我摇头："什么情况？"

"说是万厉锋下面的人数据出了错，被他发现了，在办公室被痛骂了一顿。"周朗啧啧道，"我们就要搬过去了，可千万得苟住。"

"苟全性命于乱世，不求闻达于诸侯。"这句《出师表》里的名句，此刻用来提醒我，竟然恰如其分。

万厉锋的名声真的太坏了，我入职至今，几乎未从任何人的口中听过关于他的好话。我安慰自己，既来之，则安之，大不了就是一封辞职信，我承受得起。

3C行业那边是一帮大老爷们，看着周朗抱着显示屏走过去，虽然没有一个人起身，但面子工程也是做足了的，一口一个"兄弟"喊着。

当我走到自己的新工位旁，3C行业鲜有的几个女孩的目光瞬间落在我身上。

"你就是时岚？"一个较胖的女孩笑着问我。

"嗯……你是？"我尽可能显得友善。

"我是小木！我上次在公司通信软件上问你借过会议室的！你特别热情，还帮我提前去占座了！"女孩笑嘻嘻地向周围的人介绍我，"我和你们说的那个大美女就是她！"

看着周围人的笑容，我松了一口气，还好平日里做人够和善，居然误打误撞在 3C 开了个好头。那看来，未来的日子，我只要装作人畜无害、完全不和大家抢地盘的样子，应该就能保住小命。

在职场上，不要和两种人斗。一种是不要爱情极力要证明女人强过男人的女人，一种是有房贷需要养家糊口的男人。很凑巧，3C 行业里只有这两种人。而我的应对方法，就是别在拼事业的女人面前恋爱脑，以免遭到厌烦，也别在有经济压力的男人面前争风头，以免被教怎么做人。

相比之下，与 3C 行业结怨颇深的周朗就没有那么好运了。他一脸干笑地站在我旁边，用帮我把东西从箱子里拿出来放置在办公桌上的动作，掩饰自己的尴尬。

周朗平日里与我交情不算深，但是三不五时彼此也会分享一些消息。在我的眼中，他是个极为老实本分的人，前阵子刚满三十岁，交了个小他六岁的女朋友，正在热恋期，未曾想事业上就出了岔子，又刚好是仇人相见，分外眼红。可惜我现在自己都没有摸清楚局势，不然定是要尽己所能地为他说说话。

我坐在工位上，打开 3C 行业的周报，一大堆数据弄得我头昏眼花。冰箱、空调、电脑、电视……我从未想过，这些东西会进入我的职业生涯。我正在苦闷着，万厉锋的对话框弹了出来。

"时岚，这次分配，不是我们行业先来要人的，是李东乾和人力资源部的同事来分配的。人员分配根据几个大原则：人跟着业务走，人跟着客户走，实习生跟着直系领导走。你如果个人非常想去美妆行业，在还没有组织架构异动之前，可以找你现在的主管和人力资源部的同事沟通。我这里没有任何意见。你的情况，去美妆、来 3C 都是符合原则的。"

我的脑袋嗡的一声。什么情况？为什么万厉锋会认为我要去美妆？我确实不想来3C行业，可是，我也从未有过去美妆行业的念头啊。难道是因为我之前做过一个美妆相关的项目？

我努力冷静再冷静，望着对话框，久久打不出一个字来。

说什么呢？说不是这样的？那不是把自己钉死在了3C行业吗？说是？那如果去不了，我这不就又得罪了臭名昭著的万厉锋吗？

也许是看我在犹豫，万厉锋的信息又发了过来。

"不用绕圈子，目前组织架构异动还没有开始，是来得及的，你好好考虑吧。"

我又是一愣。

"万总监，你在办公室吗？我能找你一下，当面说吗？"我发送这句话后，又补上一颗爱心。

"不用了，该和你同步的，我都同步了，并且已经告诉你了，现在还能调整。你自己考虑清楚就行。"

我的大脑一片空白，这是怎么回事？难道我还没入局，就被判了死刑？

我从电脑屏幕前抬起头来，看到不远处的周朗紧皱着眉头在努力完成工作群里交给他的四个任务。一时间，不知道究竟是被要求当牛做马的他可怜，还是即将被边缘化的我可怜。

第三章　冷水淋头

"遇事不决找安姐"，我立刻给安姐发了微信。

五分钟后，安姐裹着一件白色大羽绒服出现在了楼下。

"怎么啦？刚去3C就受欺负啦？"安姐塞给我一个果盒，"我给美妆行业的同事们买的，给你也买了一份，拿着吧，小可怜。"

"安姐，我现在有点晕。万厉锋和我说，让我在3C和美妆里面做选择。"我将手机递给安姐，让安姐查看万厉锋与我的聊天记录。

安姐看完后，沉思了一会儿，对我说："我给你的建议很明确，啥都不说，就和所有人一样服从安排，等交接完成，有了窗口期再说。"

"啥都不说？可是他都让我选了。"我苦恼着，"我都没想过去美妆。"

"美妆现在也是暗潮汹涌。你相信我，窗口期想动的不止你一个人。等到时候，大家都提出要转岗，你再直接去你想去的地方。"安姐拍了拍我的肩膀，看了眼手表，嘱咐了我一句，"万厉锋是男人，你是小姑娘，该撒娇撒娇，该卖惨卖惨，和他说你目前就想把业务交接好。当然，也别把话说死了，别让他觉得你决定在3C好好干，这样以后想跑就比较麻烦了。行了，上去吧，我要去给李东乾收拾烂摊子了。"

我点点头，与安姐一起走进电梯。

"安姐,美妆行业的负责人有为难你吗?"在只有我们两人的电梯里,我问她。

"你以为我们这个年纪的人还和你们小孩一样,看对方不爽就掐吗?我和赵晓雪还没有正式聊,等她找我吧。这个时候,一动不如一静。"安姐还没有搬工位,在我们原来部门所在的五层下了电梯。

刚到达3C行业所在的八层,我的手机响了起来。

"喂,你好。"

"我是万厉锋,你找个方便的地方,我们快速聊一下吧。"

我一惊。这个大哥突然转了性子,愿意和我说话啦?!我立刻切换成温柔的语气:"有的有的,你稍等。"

我说着这句话,小步跑着从方明远身边经过,闪进了一个空的会议室里。

"万总监,你好,我现在没问题了。"我恨不得把自己的声音立刻变成萝莉音,从而换取对方的一点恻隐之心。我在心里疯狂呐喊:万厉锋,我知道你不喜欢我们大客户战略部的人,但是,你要知道,我是无辜的,我也是被分来的啊……我甚至还做好了被万厉锋人格侮辱的准备。

万厉锋的声音却出乎意料地温和,甚至……可以说温柔!他就像哄小孩一样:"时岚,我了解了一下你的情况,你可真不容易啊。"

我发誓,如果不是明确地知道电话对面的那个人是万厉锋,我绝对立刻泪流满面,冲上去喊他一声"亲人"!

"我先和你说,你没有任何3C的背景,如果非要来3C,你就来做客服对接这一块吧。但是,如果你去美妆,和你之前做的项目不就联系上了吗?你现在还年轻,工作上的每一个选择对你来说都是至关重要的。我知道，你可能担心向我提出换岗会得罪我，我告诉你，不会，我特别理解你。如果你想要去美妆，我可以直接找人力资源部的同事把你分到美妆去。这也是符合公司分配原则的，没问题的。"万厉锋情真意切地说。

万厉锋说的，翻译成一句话就是"我放你一条生路，你麻溜地去美妆吧"。

我控制着音量，尽可能显得软糯："嗯嗯，那我要自己去找美妆行业的负责人赵晓雪吗？"

"那当然不行。如果是你主动去找赵晓雪，她肯定不会理你的，或者和你说'这件事要听公司安排，你找我也没用'，这反而会给她留下坏印象。我可以直接帮你按照公司的分配原则进行调配，你就装作什么都不知道，等候通知就好了。时岚，你得保护好你自己，别出头哟。"万厉锋越说声音越温柔。

"好，谢谢万总监，我好好想想。"我不敢立刻下判断，决定先拖一会儿。

万厉锋也没有要求我迅速给他答案，他对于自己的提议胸有成竹："行，你一个小女孩，也别让自己压力那么大。"

挂断电话后，我在会议室里疑惑了许久。刚刚和我打电话的人是恶名昭彰的万厉锋吗？还是，他人格分裂了？他可是曾经在老东家一口气骂哭四个女生的彪悍角色，怎么可能对我手下留情？最为奇妙的是，连万厉锋都和我说"别出头哟"。难道，是安姐魂穿了万厉锋，特地来拯救我的？

我不禁觉得，如果刚才万厉锋用轻蔑的语气和我说"时岚，你屁都不懂，来我 3C 干吗"，我可能还觉得正常些。

想到这儿，我忍不住感慨，人啊，不管是超出预期的好事还是

第三章　冷水淋头　029

坏事，都能琢磨半天。

我在会议室里踱步，过了没多久，有人敲门。

"不好意思，我订了这间会议室。"是方明远。他今天穿了一件简单的白色羊毛衫，手上戴着黑色运动手环，抱着一台笔记本电脑，简单来说就是四个字"还是很帅"。

"噢，不好意思。"我赶忙从会议室里走出来。

顾不上回味方明远养眼的外表，我又发起愁来。这万厉锋，葫芦里到底卖的什么药？

到底是三思而后行，还是快刀斩乱麻？我呆呆地站在会议室门口，方明远的声音又从身后传来："时岚，还有事吗？"

"没有，不好意思。"我摇头，往工位走去，身后传来方明远关门的声音。

我坐在座位上，握着手机，想了想，去3C行业肯定是被边缘化，那还不如去美妆行业看看。

于是，我给万厉锋发了信息："万总监好，我认真考虑了一下，从业务角度来看，我确实更适合美妆，就辛苦万总监帮我和人力资源部的同事说说看了。"

很快，万厉锋就已读了我的信息，并且迅速回复道："已经好了，我跟赵晓雪和李东乾都打了招呼，你去美妆没问题，系统之后会调整的。"

我回复一个爱心后，这段对话就算是结束了。

谁能相信呢？五分钟前，我还在为我的未来惴惴不安，五分钟后，万厉锋已经替我做好了选择。

没过多久，系统提示我已经被万厉锋请出了3C行业的工作群组，并关掉了我查看所有3C行业文档的权限。

不愧是万厉锋，手起刀落，少了一个难处理的人，又卖了一个人情。千年老狐狸也莫过如是。

我站起身，重新把物品放进置物箱。周朗察觉到我这边的动静，走了过来。

"时岚，你怎么退出工作群了？"周朗压低声音问我，"你别冲动，我们可以先观察看看嘛，没必要辞职的。就算3C这边有什么问题，我也一定会帮衬你的。"

我轻叹一口气。

周朗用手按住我的箱子："没事，只要没发辞职信，一切都来得及。"

我摇摇头。

"什么？你发了?!"周朗明显着急起来，"哎呀，那怎么办？要不……你就说'发错了'？"

我扑哧一声笑出来。

周朗紧锁着眉头："都什么时候了，你还笑。"

"周朗，我不是辞职，是被重新分配，去美妆行业了。"我小声回答他。

周朗立刻长舒了一口气："那就好。去美妆好，更适合你。吓死我了，以为你又不管不顾了，搞得我为你担心。"

我想，即便过了很多年，我也会记得周朗当时的表情。那种喜悦的、轻松的且发自内心替我着想的神情，足够我感动许久。明明我与他都身处泥沼，甚至他陷得更深，可是，他的第一反应依然是为我可以逃脱这里由衷地高兴。他没有去追问我是如何做到的，从而自己效仿，他只是二话不说，帮我把东西搬回了原来的工位，对我说了句"太好了"。

那一刻，我突然为不善言辞的周朗感到不值。他曾为了项目七十二小时不眠不休，如今却因为这个项目在新的部门吃苦头。我是那么喜欢大客户战略部的同事们，如果不是因为李东乾的自私，我根本不需要被迫走出我的舒适区。

我回到原来的工位后，安姐也立马担忧地看着我，我连忙解释："没辞职，我就是被分去美妆了。"

安姐点点头："行，你啊，算是运气好。"

我真诚地说："安姐，我去美妆以后，一定和你保持距离，我怕我口不择言哪天连累到你。"

"你还挺有自知之明。"安姐大笑，"歇着吧，你有这份孝心，我就很知足了。我要是还能被你连累，那我在职场这十年也就白混了。"

我也不敢反驳，毕竟，安姐说的总是对的。

"来吧，是不是需要聊一聊？"安姐把自己的电脑合上，指了指会议室。

我赶忙点头。任何时候，只要我觉得慌张，都会迅速被安姐的"聊一聊"抚平心情。

会议室里，安姐不等我开口，就直接关上门开始"训话"。

"时岚，接下来我要说的话，这个世界上，可能只有我跟你说。你要认真听。

"能分回美妆，相比在3C，肯定是好事。但是，你一定要透过现象看本质——你在领导们和人力资源部同事的眼中，已经是管理成本很高的危险分子了。我的意思是，你骂李东乾的话，光我，就已经知道两个老板在讨论了。换句话说，我相信，万厉锋让你去美妆，一方面是你确实与3C不匹配，另一方面就是不愿意花太多时间在你身上。我知道你很有个性,我也知道你喜欢真实,但是,这是职场。你想在这里混,就得把你的棱角收一收。

"而且,你自己看看你刚刚抱回来的都是些什么东西。小玩偶、养生壶还有橡皮泥!都不用人家万厉锋听说,看一眼你桌上的东西,就知道你这人日子过得不错。那你还谈什么努力工作,还谈什么百分之百投入?不请你走,请谁?我告诉你,去美妆,就带着你的电脑和你的脑子,别的什么都别带,全拿回家去。忘记什么'工作和生活的平衡'吧,还有你在英国的那套做法,这是中国的互联网公司,一定不要给那些想害你的人递刀子。

"你自己说,你去和李东乾以及人力资源部同事单聊之前,我是不是提醒过你,让你'别出头'?你呢,听进去了吗?"

听到这里,我小声地打断了她:"我听了……"

"听了那你还说?"

"我……没忍住……"

"那就别插嘴!"

"哦……"

"我和你说了那么多次'别出头',就快手把手教你什么叫作'别出头'了。你看看大客户战略部那么多人,谁不被这个突然的决定影响?你看周朗多惨,他说什么了?只有你时岚,非要做揭穿皇帝没穿衣服的真相的小孩。还好你只是当着一个人力资源总监的面骂李东乾,你要是当着所有人的面骂他,我真不知道怎么才能帮你。"安姐表情冷静,每一句话都说到我的痛处。

我点点头:"嗯,如果在所有人面前骂李东乾,那就是笨蛋,我不是笨蛋。"

"对,就因为你不是笨蛋,你现在给我保证,去了美妆行业,少说话，多做事，把你那些乱七八糟的意见收一收。这是工作，没人管你开不开心。不想干，就早点走人。你也别想着总去假装，假装自己不在意是不可能的，你也装不出来。你必须有意识地培养自己接受所有变化，这就是成长的必经之路。

"时岚，在大客户战略部，大家都把你保护得太好了。有酒局从来不让你去，你说错话大家也一笑置之，你上班的时候分享与工作无关的信息，同事们也陪着你笑。这些都是因为你特别幸运，我也因为你的率真特别喜欢你。可是，你到美妆行业之后，一定要改掉这一切。成为一颗好用的螺丝钉，这是在新行业安身立命的最好方式。

"还有，今天之内，把你的朋友圈给我清干净。以后，上班时间，你不许发任何朋友圈。那些吃吃喝喝玩玩的，你能不发就不发，最起码忍耐三个月。别给大家留下一种你特别闲的印象，不然，有你的苦头吃！

"你喜欢绘画这件事，不准再和任何人提。为什么会有绘画作品？那都是因为你把时间砸进去了。这么多时间，不用来工作，用来画画，你说，是不是有问题？无论是谁，问你就是'没有什么爱好，平时工作加班太累了，周末只想在家躺着'。都是打工人，千万别显得自己特别优雅。狼狈一点，才不会成为别人的眼中钉。明白吗？"

安姐说完最后一句话时，我又下意识地点了点头。

"别光点头，说话。"

"嗯！我一定痛定思痛！我一定改过自新！"

对于安姐，我永远是信任的。

安姐被我气笑了："哎，真是没有人比你更会哄人的了。"

我嘿嘿地笑道:"晚上请你吃饭!说吧,想吃什么,我买单!"

安姐推开会议室的门:"还吃,快去把你的朋友圈清理干净。明天赵晓雪肯定会找我们沟通未来的分工,记得,老实点!"

我除了点头,再无其他动作能表达我对安姐的感激。

晚上,我抱着那堆安姐眼中的"垃圾",在路边打了辆车。上车后,我发觉出租车师傅一直在通过后视镜打量我。

下车时,师傅再也忍不住了,竟主动下车帮我开了车门。

"姑娘,人生不如意之事十之八九,现在公司都在裁员,你想开点,一定能过去的啊!"

看着出租车师傅忧心忡忡的神情,我也只能配合地笑:"嗯,谢谢师傅,我会加油的。"

出租车师傅对我的反应很是欣慰,又从车里拿了一个棉花糖塞给我:"这是我给我女儿买的,送你一个。姑娘,开心点啊!人生就是不容易的!"

只想快点结束这段对话的我,连连点头:"好的好的,师傅,您也一切顺利。"

看着出租车师傅远去,我继续转过身往小区里面走。

身后车灯闪烁,我回过头,是方明远的牧马人。

我往一旁让了让,方明远将车从我身旁开了过去。我无奈地笑了,用闪光灯打招呼,还真是新奇。

回到家里,沐浴过后,我一边敷面膜一边看朋友圈,惊讶地看到同样在互联网大公司工作的师兄的状态。

"一个月时间里,我经历了两次裁员。对互联网大厂来说,今年的冬天有点冷。"

师兄在文后配了一张银装素裹的松树的照片,底下点赞的不下五十人，唯独没人评论。

确实，人员缩减，是这一年互联网大厂的关键词。移动互联网崛起以来，互联网大厂稳坐塔尖，被视为年轻人求职的圣地，尽管这并非互联网行业第一次出现大规模裁员，但这一次震动，也终于让一些年轻人看到，互联网大厂光环背后，隐藏着的变化和不安。

作为本地互联网龙头公司的宝莱，在今年下半年，教育、游戏、本地生活、房产业务线均被曝出裁员。8月，宝莱旗下教育产品8000人辅导老师团队一半被裁撤，"陪你学"等曾经的三大明星产品停止运营，到11月，已彻底放弃中小学业务。本地生活方面，甚至有地方"除了十来人的本地生活业务团队被保留负责善后，其余100多人被限令2天内办理完离职手续"。11月30日晚，宝莱旗下的房产交易平台也突然通知部分北京新房销售员工裁员的消息。

这么多事情加在一起，失去收入与去新团队相比，我竟然觉得自己还算个幸运儿。

已是深夜十点，赵晓雪在工作软件上给我发来了信息。

"亲爱的，你明天中午有空吗？"

我心一沉，立刻截图发给了安姐。

不等我描述背景，安姐已经回复："群发的，我也收到了。"

"咋办？"我问。

"能咋办，快发表情包示好啊！"安姐给我发了一个"翻白眼"的表情。

我得到指令，赶忙回复赵晓雪："晓雪大美女好呀，当然有空，随时等待女神呼唤！"

赵晓雪发来一个"哈哈大笑"的表情："好的，谢谢亲爱的，明天我联系你。"

言多必失，我回复一个可爱的表情后，这段对话得以结束。

"我结束了，她说明天找我。"我发给安姐。

安姐回："我也是。行了，快睡吧，没啥好想的。"

职场沉浮，本就是最正常不过的事情，不过是因为这件事情发生在我身上，才让我如此动容。可是，认真想来，抱着"受害者心态"过日子的人，始终都是在空口吃苦瓜。李东乾已经决定弃车保帅，我的愤怒也只是来源于委屈与茫然。情绪是多么无用的东西啊，困在自己的道德标准里，去指责早已经溜之大吉的李东乾，于我而言，又有何好处呢？

出了事，摔了跤，别怪路，也别怪自己，伤口再疼，都会好的。

看着落地窗外的万家灯火，我坐在地毯上，给自己倒了一杯红酒，突然特别想念李安南。

前男友这种生物很奇怪，平日里被忙碌的工作淹没在文档里，等到夜深人静，尤其是脆弱的时刻，便冷不丁冒出来，成为心口的一根刺。

算起来，这是我和李安南分手的第二年了。

冷不丁地，我的脑海里竟然浮现出一个念头——"如果那时候嫁给李安南就好了"。

是啊，如果那时候，我答应嫁给李安南，也许我们已经有一个家了。也许，我可以撒着娇向李安南抱怨，再等他大男人地表示"不开心就别干了，大不了我养你"。如果我还和李安南在一起，也许现在的我，就不会这么失落。想着想着，我点开了和李安南的对话框。

"上海降温了，落地加衣服。"

这是李安南和我说的最后一句话,停留在一年多以前,我决意回到中国的那天。

我们两个人相恋三年,最有默契的事情,便是分开以后,都放彼此一条生路。

深夜最忌思考问题,尤其是情感问题,我灌了一口红酒,禁止自己再胡思乱想。酒精在烦恼时,几乎等同于特效药。

我微醺地靠着抱枕,手机里工作软件弹出了方明远的信息。

"时岚,你好,冒昧打扰,请问是否方便向你借电脑充电线?"

我抬头看了看墙上的时钟,已是深夜十一点四十五分。

拼事业的男人真可怕,简直就是一条一往无前的河流,压根没想过停止与后退。

"没问题。"我站起身,披上一件外套,从书柜里拿出了一盒全新的电脑充电线。

"谢谢你,我现在敲门拿,是否方便?"方明远问。

"方便。"我简洁回复。

方明远的敲门声很轻,本就站在门口的我,应声开门。他还是穿着白色羊毛衫,连腕表都没摘,碎发散在额头上,我一眼就看见他眼里的血丝。很显然,他回到家后一直在工作,根本没有考虑几点睡觉的事情。

我将全新的电脑充电线递给他,他略有些诧异。

我解释道:"我这个人容易丢三落四,所以多买了些放在家里。"

"'些'是多少?"方明远居然接了我的话。

"买十份,打九五折。"我如实以告。独自回到上海生活后,我有一个特别能给自己带来安全感的方法,就是永远给自己准备"备份"。比如说,数据线安卓版和苹果版各要有四条以上,两个常用的包里各一条，办公室一条，家里一条。眼镜要有至少三副，包里一副，办公室一副，家里一副。卸妆霜还剩下一罐 500mL 的时候，就要立刻入手第二罐。水乳至少要有两套全新的，矿泉水在家里至少备五箱，牙具要有三套，洗衣液要有两大瓶以上。安姐曾说，靠着我这样的囤积方式，就算上海刮十天台风，我都可以安如泰山。

方明远的嘴角涌现一丝微笑，点点头。

"我明天出差，等我回来以后，可以一起吃饭。"方明远竟主动提议。

我有些蒙，明哲保身如方明远，怎么会愿意在这个时候和我一起吃饭？

未等我回答，方明远已经转身回到自己的房子里。透过门缝，我看到他的房间里，居然有一棵圣诞树。

我自觉好笑，忙碌的方明远，竟有折腾圣诞树的闲心。我将门关上，回到属于自己的空间。

上海又下雪了，我收起红酒杯，做好了准备，迎接新的一天。

第四章　绝处逢生

次日，我起了个大早，迷迷糊糊地踩着拖鞋走到阳台给绿植浇水。从阳台处往下看，我正巧看到方明远的牧马人驶出小区。

我揉了揉眼睛，反复看了看时钟，确实是早上六点半。

优秀的人，果然是不用睡觉的吗？

虽然我也醒着，但是我和方明远不同。他是在追逐希望，而我是在自我抢救。

来到宝莱之后的一年时间里，我习惯了下班后主动加班。最近一个月，办公软件显示，我的日均工作时长为13.5个小时。一台随身携带的电脑，就是我的移动工位，二十四小时随叫随到。我也不止一次地感慨，与之前在英国工作时的我相比，回到上海，加入宝莱的我无异于血汗工厂里的一颗螺丝钉。可即便如此，当突然被告知不再被急切需要时，我这颗螺丝钉又不自觉地开始恐慌。

唉，只怪螺丝钉只是螺丝钉，掉在地上都不见得有人会把你捡起来。

"安姐，你有没有觉得我们像夏紫薇她妈——夏雨荷？"我在除了电脑空无一物的工位上趴了6个小时后，实在忍不住，歪过头和一旁正在敲键盘的安姐感叹了一句。

安姐盯着电脑，看都没看我一眼："此话怎讲？"

"等了一辈子，恨了一辈子，想了一辈子，怨了一辈子，但仍然感谢上苍，让她有这个可等、可恨、可想、可怨的人。"我模仿着《还珠格格》里紫薇的语气，满脸哀怨。

"候着吧，赵晓雪那边业务繁忙得很。你不是问了你的学妹邱灵，说赵晓雪去杭州了嘛。"安姐打了个哈欠，"等她回来，且着呢。"

我站起身，看着曾经热闹的大客户战略部工区，如今只剩下还没有被美妆行业认领的我与安姐还坐在原来的工位上，顿感寂寥。

"安姐，你觉得咱们现在像不像《红楼梦》里的那句'落了片白茫茫大地真干净'？"我扭了扭脖子，又捏了捏手臂，活像一个在公园锻炼的老年人。

安姐侧过头，对我微微一笑："马上下午三点了，我得赶在这之前操作我的股票，挡人财路等于谋财害命。你要是实在无聊，就去问候一下周朗吧。"

我点点头，这不失为一个好提议。当一个曾经忙碌的人无聊起来的时候，你让她去分红豆和绿豆，都算是一种拯救，更何况是去看望自己的老同事呢？

我快乐地走到了电梯间，电梯门刚好打开，周朗抱着一台笔记本电脑急匆匆地走了出来。

"周朗，你干吗呢？"我见周朗步履匆匆，便和他打招呼。

"特别多事情，我回头和你说啊，我现在时间恨不得掰成两半用。"周朗快步刷了工卡进了专用于开个人电话会议的私密电话亭。

我傻傻地站在原地，除了叹气，没有其他事情能干："真是旱的旱死，涝的涝死。"

想着回到工位也不过是打扰安姐操作股票，我干脆去美妆行业所在的九层晃荡一番。

由于每个行业的垂直属性特别强，找他们所在的工区也就轻而

第四章　绝处逢生　　041

易举。比如说，3C行业的位置上摆满了各种型号的手机还有最先进的VR设备，个护行业的位置上牙膏、纸巾、洗发水等数不胜数，食品行业的位置上堆满了各个品牌的零食，至于美妆行业，当然是桌上摆满了化妆镜与口红。

而美妆行业更为显眼的标志是，因为打了太多玻尿酸而在灯光下显得透明的鼻子。

我的脑海中浮现3C行业的大哥们的啤酒肚，与食品行业的同事们因为吃了太多自热火锅而长的痘痘，不得不说，这就是当代职场的工伤。

邱灵看到我，特别高兴地朝我挥了挥手，站起身，挽着我的手走到了茶水间。

"时岚学姐，你什么时候把工位搬过来啊？到时候我来帮你！"邱灵上个月才本科毕业，能顺利入职宝莱，不管是准备笔试的题库，还是整理面试时的注意事项，我都帮了她不少。

静言思之，职场是个圈，地球是个圆，平日里积攒的好心，在危急时刻，也许真的可以救自己于水火。

但如果自己没有被用上的机会，即使是处处给予，恐怕也难得回报。施恩莫望报，反过来想，倒也不能太功利。

"我还没和赵晓雪聊呢。邱灵，赵晓雪怎么突然跑到杭州去啦？"我有些好奇。

邱灵看了看四周，确认没有其他人，便一五一十地和我说了："我们美妆那边爆雷了。我们在做大牌日，战略计划都做好了，眼看着明天就要落地了，之前谈好的四十多位主播，突然不肯接了。"

赵晓雪统筹的大牌日在宝莱内部的水花很大，创始人屡屡在大会上表彰她敢想敢为，不仅从战略上提出了新思路，还在执行上身体力行。这个项目，最大的亮点就是请到了当今互联网直播生态下，美妆赛道最具有影响力的近百位主播，号称"百星联盟"。看内部宣传的势头，这个项目，赵晓雪是要拿着为日后升职加薪做准备的，却在这个关键时刻出问题，怪不得她自己第一时间去了杭州。

中国的四个一线城市，北上广深，都不是最具有互联网气息的城市。互联网公司天迈的急速扩张，令杭州有了直播生态，进而有数不清的帅哥美女网红选择扎根杭州，进入直播主播行列。他们靠着姣好的容貌与出众的口才，闯出了自己的一片天地，也积累了财富。

无奈的是，这些主播大多数都没有经过系统的培养，临阵放鸽子这种事情，每个执行层的人提起来都会觉得司空见惯。宝莱虽然在直播行业已经具有了极大的流量，但是依旧无法对流量的主要贡献者——主播作出强有力的管控。这也就是为什么一旦主播决定撂挑子，连美妆行业的负责人赵晓雪都有些束手无策。

"知道具体原因是什么吗？"我问邱灵。

邱灵用一双懵懂的大眼睛看着我，摇了摇头："不知道，我也是在会议上听到有人和赵晓雪汇报这个情况，看见赵晓雪迅速订了高铁票，从上海去了杭州，才猜测是因为这件事情。"

我即刻会意。邱灵不过是一个刚入职的应届毕业生，人际关系都未必搞清楚了，又何必问她知不知晓赵晓雪的想法呢？我当初让邱灵照顾安姐，也只是指望着她帮安姐搬搬东西什么的，从未想过靠着她这个小丫头力挽狂澜啊。

"时岚学姐，要不我去问问吧！"邱灵自告奋勇。

我吓了一跳。我非常确定邱灵是真心想要为我解惑，可我也非常确定，她只要傻了吧唧去问赵晓雪，大概率明天就可以滚蛋了。如果赵晓雪知道是因为我，邱灵才在她最忙碌的时候打扰她，那我就可以和邱灵一起滚蛋了。

"不用不用，也不是什么很重要的事情。"我连忙稳住邱灵，找了个借口，走出了茶水间。

在这种风声鹤唳的环境里，我已经为我的冲动吃了苦头，绝对不允许自己再被别人的好心坑。

我径直坐电梯下了楼，恰好在电梯里碰到市场部的同事。他们一行五个人，都抱着电脑，挂着浓重的黑眼圈，眼中却是有光的。他们兴致高昂地讨论着下一年的市场规划，我在角落里安静地听着，有一种我自己的教授罢课了，学霸们却已经开始预习明年课本的感觉。

生活的无解就在于，每个人的痛苦都是真实的，相关，但又难以相通。

出了电梯，我干脆在宝莱的园区里闲逛。宝莱所在的商务广场位于五角场市级副中心北部，今年夏天的时候，宝莱上海总部确定落在此处，自此也成了一个新的地标。出租车师傅一到凌晨两点就爱往这里跑，从而赶上"宝莱守夜人"的订单。

"哟嗬，这不是时岚小朋友吗？怎么，大客户战略不做了，改做城管啦？"

一个熟悉的声音令我回过头去。倒霉，怎么会碰到郑以牧！

郑以牧是我刚来宝莱时的直属上级。作为李东乾的发小兄弟，他受李东乾之托，放弃了美国的高薪工作，飞回上海，入职宝莱，为李东乾组建大客户战略团队。作为回报，李东乾为郑以牧争取了可观的收入和与他平级的职位。虽然旁人从系统上看到的是郑以牧与我同步汇报给李东乾，但是，实质上，我需直接向郑以牧负责。

在我的认知里，郑以牧就是个管理层的大奇葩。

他与方明远不一样，方明远素来是西装革履，而郑以牧则总是随意穿一身运动服，似乎这个会议开完，他就要去篮球场报到。开会时，郑以牧也极其随意，欢迎团队里所有人畅所欲言，只要大家觉得有价值的事情，他不去衡量成功的概率，总是一点头就鼓励答应，美其名曰"相信团队"。而方明远则是出了名的有逻辑，所有的会议必须提前汇总好各方意见，以提高会议效率，绝对不听废话。我暗自认为，1991年出生的方明远能比1992年出生的郑以牧高一个职级，这就是原因。同样是年轻有为，一个让我敬佩，另一个则让我避之唯恐不及。

郑以牧当时手下除了我，还有另外两位男同事。每次熬夜通宵完，他都会买一大堆烧烤犒劳大家，搅得办公室里乌烟瘴气。另外两位男同事很是信任他，唯他马首是瞻。我之前看过郑以牧自己经手的项目案例，自然也是对他服气的，唯独不满他写在脸上的"男女有别"。

曾经有一个重点项目，我们三人都跃跃欲试。两位男同事主动提出后，郑以牧特别爽快地给了他们机会，带着他们去见客户，亲自盯着他们修改方案的每一个细节。而我，却被他一句"你就在这里待着，整理一下材料"打发回家，目送他们三个大男人的车尾灯远去。为了这件事情，我没少和郑以牧闹不愉快。冲突最大的一次，我甚至直接冲到了郑以牧的面前，大骂他浑身上下都流着腐朽的封建主义的血。可惜，郑以牧根本就刀枪不入。他只是哂笑了一声，对我说："时岚小朋友，你要想做这个项目，除非你不在我的组。"

我实在难以相信，在美国文化感染下的郑以牧，居然脑子里还在质疑女性在职场上的投入度与能力。好在，两个月后，郑以牧被指派去负责更为难啃的骨头，而我则主动向李东乾表示要脱离郑以牧的团队，这才得以解脱。由于我的业务板块独立，直到大客户战略部解散，我都是直接向不管事的李东乾汇报，再也没有与郑以牧有过业务上的交集。加上郑以牧作为与安姐和李东乾平级的核心骨干，常常被抓去做"空中飞人"，开一些令他痛苦不堪的会议，我与他见面的机会也就越来越少了。

大客户战略部解散后，我听安姐说，除了我大骂了李东乾以外，郑以牧也和他大吵了一架。

具体吵架的原因未可知，传什么的都有。有的说是李东乾自己撂挑子跑了，把郑以牧给坑了。有的说是李东乾主动提出让郑以牧继续负责大客户战略部，郑以牧觉得这是个烂摊子所以拒绝了。

无论怎样猜测，最后的结果就是，原定在名单上，与李东乾一起去做直播小程序的郑以牧，从北京出差回来的第一件事，就是强烈要求删除自己的名字，与我们所有人一起，被迫服从了分配。

这件事是安姐早上告诉我的。安姐说时，止不住地感慨郑以牧是个有血性的汉子，就算是被分配到对他最不利的3C行业，都绝不妥协。我则在一旁翻白眼。我就不明白了，安姐明明和平级的郑以牧有业务竞争关系，为什么还会那么欣赏他。

只能说，智慧的女人容易被男人的外表迷了心智。而我，一个见识过郑以牧豺狼和狐狸结合体般内心的人，是不可能被他欺骗的。

而此时，郑以牧站在离我不远的地方，穿着厚重的羽绒服外套，内搭依旧是一套米白色运动服，挎着一个黑色运动双肩包，嘴里叼着一根棒棒糖戏谑地看着我。他见我不理他，从裤子口袋里掏出另一根棒棒糖，递给我："来，时岚小朋友。"

"你才小朋友呢，你全家都是小朋友！"我随口就是反击，手却老老实实地接过了棒棒糖。谁让他真的是个美食天才，从来没有买过不好吃的零食呢。

郑以牧哈哈大笑:"大客户战略部都解散了,你我皆是被发配之人,你怎么气性还这么大?小心吃亏。"

我白他一眼:"我不敢对我现老板耍脾气,难道还得罪不起我的前前老板吗?"

我特意把重音放在了"前前"这两个字上,决意把这几天在李东乾身上没用完的情绪一次性发泄了。

郑以牧极其懂得我的脾气,他完全不介意我的任性,啧了啧,反而来笑话我:"嗯,懂得时间顺序了,看来我出了三个月的长差没来关怀你,你也没有变笨。"

"我本来就不笨!"面对郑以牧,我的语文能力基本为零。

在这个地球上,有些人让你仰望,比如方明远;有些人让你爱戴,比如安姐;有些人却故意让你闹心,比如站在我面前的、想要气死我,可是我却干不掉他的郑以牧。

"怎么,赵晓雪还没有找你吗?"郑以牧主动关心起我来。

赵晓雪与方明远平级,二人都比郑以牧高一级。可是,郑以牧确实做出了几个值得夸赞的案子,便也得到了赵晓雪公开的赏识。赵晓雪曾在大会上公开向郑以牧发出邀请,希望他可以去美妆行业。虽然郑以牧出于对李东乾的承诺拒绝了,但是并没有惹恼赵晓雪,在这之后,二人还常在一起吃饭聊天。

安姐说郑以牧是职场人才,我说他就是见风使舵。由此看来,我确实是在戴着有色眼镜看这个不让我参加核心项目的家伙。

"没呢,她还在杭州。"我撕开棒棒糖的包装纸,发觉这次郑以牧的品味依旧可圈可点。

"没事,放宽心,你很棒的,她会看到你的优点的。"郑以牧一副哄小孩的语气。

今天是太阳从西边出来了吗？郑以牧居然会夸我！

我努力从温柔的假象里清醒过来，问道："你不是刚从北京回来，和李东乾吵完架被发配到3C行业去了吗？你怎么知道我最后分到了赵晓雪那里？"

"因为我是郑以牧。"郑以牧朝着我嘿嘿一笑。

天知道我有多讨厌这句话。我与他认识之初，每当我虚心向他请教一个问题时，他总是朝着我眨巴眨巴眼："羡慕吧？因为我是郑以牧。"我再度觉得这个人是臭屁大王、自信心爆棚的怪兽，总之，不是方明远那样的谦谦君子。

我忽然想起那个雪夜，方明远停下牧马人提议送我回家的绅士举动。如果换作是郑以牧，只怕他会把车速放到最慢，在雪夜中，看着我一步步走回家，再顺便买个喇叭大声嘲笑我"都解散了还加班，真是死脑筋"。

"欸，时岚小朋友，你也挺关心我的啊。你怎么知道我和李东乾吵架了？"郑以牧双手抱胸，俯视着我。

郑以牧和方明远都比我高一个头。可是，方明远低头看我时，我觉得是被男神照耀着；而郑以牧低头看我时，我却觉得他是在压制我，嘲笑我为什么不再长高一点。

我悻悻然："安姐说的。安姐说，你很有种。"

"哈哈，还行吧，你也不用太崇拜我。"郑以牧从双肩包里拿出一个金色封面的笔记本给我，"拿着。"

"这是什么？"我摸了摸笔记本的封面，质感极好，内心感叹，这个郑以牧，连买个笔记本都要挑最贵的。

"赵晓雪现在谈不妥四十多个达人，正着急着呢。这个本子上，是我这一年跑下来的关系比较好的达人，少说有五百个了，联系方式和合作条件都在上面，拿来救急没问题。你就和赵晓雪说，这些是你积累下来的人脉，最起码可以保你在美妆行业前期不被欺负。"郑以牧提点我。

我惊讶地想要问出我心中的疑惑：为什么他远在千里之外能知道赵晓雪的困境？为什么他负责的业务明明和达人没有任何关联却能够有这么多积累？为什么他会愿意给我雪中送炭？

"时岚小朋友，我知道你很想感谢我。这样，我给你一个机会。万厉锋不是说'3C行业十点准时打卡，晚上十一点之后才可以离开公司'嘛，钱月月说她准备送我一盆灵芝，帮我增加'熬鹰'的乐趣。你要不要也表示一下？"郑以牧笑眯眯地看着我，转移了话题。

我皱了皱眉："钱月月为什么要送你一盆蘑菇？"

"不是蘑菇，是灵芝……"郑以牧试图纠正我。

"灵芝只是一种不好吃的蘑菇，成分是一样的。"

郑以牧一秒怔住："真的？"

"当然是真的，我在书上看到的，童叟无欺！"我信誓旦旦。

钱月月是宝莱的前台，身材与容貌都是一流，称得上是婀娜多姿、妖娆性感。这么一个妙龄的大美女，居然从郑以牧来宝莱的第一天，就将自己的爱情目标锁定在了他身上。郑以牧在办公室的时候，加湿器和绿植绝对是离他最近的。公司发福利，别人有一份，郑以牧最起码有五份。

我心里犯着嘀咕。钱月月为爱痴狂，我可不是。借钱月月送的蘑菇在我这里打秋风，做的什么春秋大梦！

"那我不管，作为我的前前下属，还差点和我成为3C行业的同事，你不得表示表示？"郑以牧厚着脸皮问我。

第四章　绝处逢生　049

我装作一脸真诚:"不行,我不能和钱月月一样。我对你的喜欢不能太明显,我们要搞地下的哈!"

郑以牧大笑:"这个理由不错,勉强接受。"

同一时间,我与郑以牧的手机都振动起来。

消息来自大客户战略部的工作群,发送人是李东乾:

"我亲爱的战友们,不管有多不舍得,都到了要说再见的时候。特邀请大家今晚七点,在上海静安区最豪华的一家日料店团建。酒水畅饮,我们不醉不归!"

郑以牧看过信息后,将手机顺手就扔进了口袋里:"胡闹!"

"你说,这次团建费报销吗?"我问。

郑以牧点头:"肯定报销,就是因为团队要解散了,还有四万多块团建费没用完,李东乾才临时组织了这个局。我劝了他不要搞这些,他不听。"

我手里握着棒棒糖的塑料杆子,叹了一口气。

"你这个表情,是在……犹豫?!"郑以牧有些不可置信。

"那家日料店,我想去很久了,很好吃的。"我没出息地承认,"我只是不敢和我的新老板说'嗨,虽然我第一天上班,你们都在加班,但是我要去团建了哟'。我怕我会被乱棍打死。"

郑以牧的白眼就快翻到天上去了:"你确定要去?你的组织架构可都要调整到美妆行业那边去了,千万不要给自己惹麻烦。下次我请你吃那家日料店。"

我一瞬间觉得格外感动,望着郑以牧,不免有些愧疚:"我忽然觉得很感动,我都没送你蘑菇,你居然还愿意请我吃日料。郑以牧,你真是个天使!"

"……谢谢你,一顿日料就送我上天。"郑以牧一脸嫌弃,摇摇头,催促我上楼,"走吧,你去做你的大功臣,我得去3C行业找万厉锋报到了。熬鹰之旅,正式开始。"

我抱着笔记本,开心地点了点头,并按照郑以牧所说,将笔记本里的所有达人信息拍照发给了赵晓雪。

与郑以牧分开二十分钟后,我又收到了他的信息:"要不你转回3C来熬鹰吧?这里死气沉沉,需要一个活泼的你。"

我果断回复:"不!孤独才是检验一个人是否优秀的最好方式。加油,你可以的!"

可能是我脸上的笑容过于夸张,吸引了安姐的注意力。安姐伸了个懒腰,抱着她的保温杯,转过来面向我:"怎么了?谈恋爱了?"

我正准备喜滋滋地与安姐分享我是如何揶揄郑以牧的时候,手机屏幕显示有一通电话,我接听后礼貌性地说了声"你好"。

"时岚,你好。有个突发情况,想请你帮下忙。"是方明远!他的声音充满了磁性,我难免有些少女心泛滥。

"没问题,你说。"我的声音一下子变得甜美起来。

"快递公司和我说,今天有一只猫会快递到我家,但是,目前看来,我的出差时间可能会延长,能不能请你帮忙暂时照顾它一下?"方明远问。

"好,你放心。等你回来。"我的脸颊通红,用了全身力气才克制住没有尖叫起来。

"好的,谢谢。"方明远挂断了电话。

我握紧手机,笑逐颜开地在原地转了个圈,所有的烦恼一下子消失在千里之外。

安姐狐疑地看着我:"时岚,老实交代,你是不是和郑以牧在交往?"

第四章 绝处逢生 051

"啊？"我的嘴巴张得老大，"怎么可能？我和猪交往都不会和他交往，同理，他和猪交往也不会和我交往！"

"那他又给你笔记本，又给你打电话的，不是在追你，是在干吗？"安姐用一种过来人的姿态，笑嘻嘻地看着我，"郑以牧这个人，嘴巴是坏了点，不过他能力不错，人品不错，收入也不错，值得考虑。"

我把头摇得像是拨浪鼓："安姐，你误会了，给我打电话的不是郑以牧。"

"那是谁？一个电话能让你这么开心。"安姐问。

"邻居。"我说。

安姐审视着我："只是邻居？"

"嗯，只是邻居。只不过，邻居是个大帅哥哈哈哈！"我放肆大笑。

"有郑以牧帅？"安姐还是在提我的冤家郑以牧。

我实在是不敢苟同安姐的品味，力撑方明远："郑以牧是一般帅气，我的邻居可是用脸杀人。"

安姐想了想，过了几秒，吐出一句让我差点心跳漏了一拍的话。

"用脸杀人？那就要看看有没有珠宝行业的方明远帅了。"

第五章　做小伏低

大概是托讨厌鬼郑以牧的福，赵晓雪从杭州回到上海的第一件事就是见我。

与赵晓雪一起来的还有一个短发女人。与浑身名牌的赵晓雪不同，她的手腕上没有任何饰品，耳环与项链这种美妆人的标配品也没有出现在她的身上。这令我不禁怀疑：她究竟是不是美妆行业的人？

"你们好，我是时岚。"主动打招呼的人当然得是我。

"百星联盟"项目的问题解决了，赵晓雪自然是轻松喜悦，她居然一上来就握住我的手说："时岚，有你真好！"

我配合地笑，真是受宠若惊。

"欢迎你来美妆行业！"与我设想中被发配人员的饱受冷眼不同，赵晓雪与短发女人对我很是客气。传闻中，其他同事分到了新行业后，不是被直系领导不闻不问，就是接了一大堆脏活累活，没人说自己过得好。难道，我有机会成为特别的那一个？

可能真的就像郑以牧原来和我说的，"一天一个蛋，菜刀靠边站"。我这还没有去美妆行业，就贡献了一大批达人的联系方式，已经算是表了忠心。

"嗯嗯，我也特别开心。之前分到 3C 行业的时候，我都担心死了，还好最后来咱们美妆了。"我自是明白，来的第一天，就是必须把握的黄金时期。不仅要体现自己的弱势,还要体现自己对新工作的展望,才能勉强被认为是一个"可以用"的人。

赵晓雪今天穿了一件粉色毛衣,搽着番茄红色口红与大地色眼影,显得格外温柔。

"时岚,我看了你的背景,我个人建议你可以多和心慈聊一聊。心慈这边有很多工作,相信你可以帮上忙。"赵晓雪对我的态度很是满意,她转过头看短发女人:"那你们聊吧?"

短发女人笑着点头。赵晓雪又向我递了一个眼神,似乎是在对我说"加油",然后离开了会议室。

做好了闯龙潭虎穴准备的我,突然被告知这儿其实是一个温柔乡,不得不令我更加警惕。

"时岚,你好呀,我是罗心慈。"她的声音有些沙哑,眼睛却是明亮的,这令我对她的第一印象很好。

我只是笑。伸手不打笑脸人,笑容,是最安全的自我保护。

罗心慈向我介绍美妆行业的组织架构:"赵晓雪下面,分成横向和纵向两部分工作。纵向由陈思怡总负责,主要是对接各种各样的美妆品牌与商家,包括欧美大牌、本土品牌以及百货商城等。因为她的团队业务比较多,所以有近六十人。我这边呢,就是负责横向的工作了。比如说一些像双十一、双十二这种大促活动的组织,还有达人的撮合,以及提出一些创新营销 IP 的理念。咱们这边目前可以选择的事情还是很多的,我先说给你听,你看看你想做什么。"

经历了这几天的大起大落,见到如此和气的罗心慈,我竟然有一股感动涌上心头。内心充斥着一种愉悦感:什么?别人都是捡边角料,我还能挑?

罗心慈颇为耐心地向我详细介绍了她的年度规划和团队架构。美妆行业是一个极其需要创意与营销的行业，也因此，她格外看重我在原来大客户战略部的经验与我本身对年轻女性人群的分析能力。罗心慈在滔滔不绝地向我介绍了起码十五分钟后，终于停了下来，询问我的想法。

我带着笑容假装好奇地听着，可是，说实话，罗心慈说了这么多，我听到的最有价值的信息，不过是——目前横向团队仅有十七人，与近六十人的纵向团队相比，可谓是势单力薄，因此，时岚，你快来，和我一起打败陈思怡！

我就说嘛，美妆行业怎么可能是风平浪静的温柔乡。

"嗯嗯，其实我都可以。"我尽可能让自己显得真诚。

初来乍到，不能挑活，更不能要活，更别提抢活，先努力活下来，再考虑活得好。

"怎么能都可以呢？时岚，你要对自己的职业发展负责呀。告诉我，你喜欢做什么？"罗心慈又握住我的手，她的手很瘦，没有佩戴任何戒指。

我不明白，为什么美妆行业的人都这么喜欢用握手的方式表达亲切呢？不管了，我也得入乡随俗！因此，我回握住罗心慈的手："那心慈，你看看，我比较擅长的方面你也都知道了，你希望我做什么呢？"

"嗯！我们明年有52个行业活动，我想着你来帮我扛10个吧。还有一个非常有意思的营销专项，叫作'美丽宝贝计划'，是做慈善公益的。我知道你原来在大学的时候，经常去做义工，所以肯定非常合适你。"罗心慈对我说。

我赶忙眉眼俱笑："哇，这个安排，可太棒啦！"

第五章 做小伏低　055

而我内心的真实想法则是:这不是早就想好了要安排我做什么吗?何必还浪费时间来征求我的意见呢?好险,还好我没天真到以为自己真的重要到可以挑肥拣瘦的地步。

非常幸运,我的自知之明不仅帮助我在赵晓雪和罗心慈面前安全过关,还让我对随之而来的"抢地盘大战"表现得懂事忍让。

罗心慈为了表达对我的喜爱,特地调整了工位,让我坐在她左边。等我将电脑拿到九层后,她立即召集了十七人团队中与我的分工有关的两人,一同开了一个电话会议。

不等罗心慈进一步阐释对我工作内容如此安排的原因,一个叫邵佳敏的头像显示开了麦。

"心慈,我觉得啊,时岚才刚来,就让她接这么多工作,实在是太难为新人了。而且,那些活动吧,我一个人也能完成,你不用担心。"

我瞬间听明白了。我的工作内容不是空在那里等着人来领的,而是已然都分给了这两位。我现在要做的,是从这两位手里,把活"抢过来"。

古人的无奈是"我不杀伯仁,伯仁却因我而死"。我此时的无奈是"无意苦争春,却被群芳妒"。

罗心慈瞥了一眼我的表情,见我没有什么反应,便只能帮我"拿活"。她的语气很和气,言辞却不退让:"佳敏,时岚是牛津大学毕业的高才生,在英国头部国际咨询公司工作过三年,在大客户战略部也是独当一面的人,接几个行业活动应该问题不大的。"

邵佳敏也不示弱:"心慈,那我们探讨一下吧。先说年货节这个项目,已经开始筹备一天了,就别让时岚直接接手了,我非常愿意带着她做。我觉得呢,情人节这种很有创意和浪漫色彩的项目,更适合时岚这种小姑娘。对吧,时岚?"

我连忙开麦,鬼使神差地说了句:"嗯。"

说完后,连我自己都觉得吃惊。有人提问就说"对",碰到争执只后退,这是什么应激反应?

"是吧,我就知道,像时岚这种年轻漂亮的小姑娘,生活肯定丰富多彩。之后的520和七夕,都可以让时岚一个人负责,肯定能出亮点的。至于其他的,要不然咱们到时候再说?"邵佳敏笑呵呵的,几句话就把我描绘成了一个脑子里只有"玩"的笨蛋,还顺道把我的活动项目砍了一大半。

我点开行业活动日历,果不其然,邵佳敏愿意分给我的情人节、520与七夕,都是优先等级最低的行业活动。

没关系,来美妆行业之前我就想好了要吃残羹冷炙,也没什么好惊讶的。

罗心慈问我:"时岚,你觉得呢?"

"嗯嗯,我没问题。"我开麦后又立刻关掉,语气轻松,充当傻白甜。

"好,那关于'美丽宝贝计划',露露你整理一下资料,把这个专项交给时岚吧。"罗心慈转而问另一个女生。

露露倒是比邵佳敏爽快得多:"好啊,我马上从广告公司那边回来,到时候咱们在办公室当面交接。"

一个会议结束,我的工作量少了一大半。福兮祸兮我已经不想去考虑,反正没有选择的人,就不该有发言权。

罗心慈给了我三个大文件夹,让我先熟悉一下工作。在宝莱已经工作一年的我自然明白,这是所有新人的必经之路。前人们将踩过的坑一一记录下来,风光的时候当作勋章,落魄的时候当作自己

第五章 做小伏低

认真工作过的证据,当然了,到了解散的时候,就什么意义都没有了。想当初,我在大客户战略部,那也是写文档的一把好手啊。

忙碌的罗心慈交代完我以后,就火速跟着赵晓雪去了下一个会议。看着罗心慈和赵晓雪手挽手的样子,我再一次肯定了我的猜想——美妆行业不仅需要能说会道,还得"姐妹情深"。

我正想着,露露的私聊信息就发了过来:"亲爱的,欢迎你来!"

这么热情?

"露露宝贝好,呜呜,谢谢你和我打招呼。"来美妆行业以前,我特地积攒了不少"爱你""辛苦了""感恩"之类的表情包,随手扔一个,都是稳妥的选择。

"我马上就回来啦,回来见哟。有什么不清楚的,随时问我,爱你!"露露的表情包比我更夸张,是一个可爱的小女孩原地飞吻,还冲上来拥抱对方的动图。

我提醒自己,不能在表情包上一争高低,便回复了一颗简单的爱心,结束了对话。

我在座位上认真看了一会儿文档,感慨罗心慈还是有两把刷子。她把消费者痛点、生意大盘和公司发展节奏结合得如此紧密,方案也写得清晰,并且在最短时间内,打通了其他相关部门,进行了沟通。我在各个工作群里爬楼看过往的信息,罗心慈做事情亲力亲为,说话有条有理,是个干实事的聪明人。

露露回到办公室的时候,还给我带了一杯珍珠奶茶。

在宝莱的美妆行业,每一件消费品,都是一张代表身份的名片。而对于露露给我买的是珍珠奶茶而非咖啡,我只有两种猜测。一种猜测是露露确实把我当成小姑娘,另一种猜测是瘦骨嶙峋的露露想要胖死我。

不同于郑以牧挂在嘴边的"时岚小朋友"，美妆行业的"小姑娘"几乎等于可可爱爱没有脑袋的花瓶。我透过玻璃上的倒影看了看自己，又否定了这个想法。花瓶得是戛纳影后那个级别的，我的话，撑死了是个花盆吧。

我接过露露的奶茶，大声说了句："你怎么这么好！"

那语气，矫揉造作之极，可是，就算是郑以牧听了要呕吐，安姐听了要叹气，方明远听了要震惊，我也得这么干。我得活下去啊！我绝对不能死在第一集！

露露对我的反应肯定是满意的，不然的话，她也不会就此放过我，坐回了自己的工位上，让我有了喘息的机会。

我细致地查看着与"美丽宝贝计划"公益项目有关的资料，直到午餐时间过半，才等到罗心慈开完会回来。

马不停蹄的罗心慈刚坐下，就把露露招呼了过来。

露露走近我们，站在我与罗心慈的工位之间，小声地对罗心慈说了句："要不然我们两个先对一下吧。"

罗心慈喝了一口水："好啊，那你们先对，对好了告诉我就行。"

"不是，我的意思是，我和你，先对一下，再和时岚说吧。"露露朝着罗心慈眨了眨眼。

我当然识趣，笑着说："刚好，我去个洗手间。"

我快步朝着洗手间走去，没有兴趣也不愿意拉长耳朵偷听她们的对话。适合我听的话，哪怕我不在现场，都会有人想方设法告诉我。不适合我听的话，即使我死拽着对方，对方都有一千种理由敷衍了事。

我现在确实是"虎落平阳"，可是，我也没打算变成唯唯诺诺的看门小狗。

我决定去看望在另一片区域的安姐。

安姐被分给了纵向业务的陈思怡。一想到这个,我就为安姐鸣不平。安姐的职级可是与陈思怡平行的,不同于运气大于能力的李东乾,赵晓雪这种安排,是直接压了安姐两个职级啊。这样的话,安姐干的活,不就和我一样了吗?

我悄悄地走到安姐的新工位旁边,调皮地碰了一下她的右边肩膀:"安姐,我来看你啦!"

安姐从抽屉里拿了两根棒棒糖塞给我:"拿了糖,快回去干活。我这里啊,忙着呢。"

"这个棒棒糖,好眼熟啊。"我随口说。

"郑以牧给的,他说你无聊的时候八成会来骚扰我。用棒棒糖就可以把你打发了。"安姐的手飞快地在键盘上敲打,看起来确实非常忙。

我纳闷:"你不也是刚来嘛,怎么会有这么多工作啊?"

"我要把这一大堆奇奇怪怪的美妆产品资料录入系统,截止时间是两个小时以后。这样吧,如果两个小时以后我还活着,我再来陪你玩,好不好?"安姐朝我摆了摆手,我只好退下。

时也,势也。安姐落在了以前的对手赵晓雪手里,任她再有能耐,也得先忍受"脏活累活"一番,再谈参与业务。对比安姐,还被当成是新人的我,居然算是幸运的。

我回到工位,罗心慈和露露刚好聊完了。我若无其事地在工位上坐下,等待她们告知我结论。

开口的是罗心慈:"时岚,我和露露讨论了一下,'美丽宝贝计划'露露这边呢,确实已经把框架都搭起来了,未来肯定有很多要找你帮忙的地方。这样,露露先拉你进相关的群,你多了解一下。"

我露出八颗牙齿的笑容:"好呀,真是麻烦露露了。"

邵佳敏和露露,面对来分蛋糕的我,同样的态度,却是不同的做法。她们俩,一个强硬一个温和,可是在领地意识上,都是狠角色。

意料之中,我早就做好了暂避锋芒的准备。

两番讨论过后,我手里的工作寥寥无几。大概是考虑到四个月后,我的绩效评比,罗心慈主动对我说:"我和邵佳敏说过了,年货节的项目里有一个王牌板块,我让她分给你做。"

"好啊,谢谢。"我笑着回答。

罗心慈又进会议室了。我坐在工位上看着郑以牧的两个棒棒糖发呆。让邵佳敏分板块给我,真是虎口拔牙。但是,罗心慈手下不可能养闲人,毕竟她还要和陈思怡斗呢。为了自保,我自己开始暗戳戳地找相关的文档进行阅读。令我意外的是,负责王牌板块的总活动组的同事,居然是我在大客户战略部接触过的许爽。

真是枯木逢春啊!

我立刻戳开了许爽的聊天框,高喊一声:"姐妹!"

许爽也迅速回复我:"晕!你怎么会成了美妆的人!"

"我不知道!但是,我负责美妆的王牌板块了!"我发了一个"泪流满面"的表情。

"太好了!我的姐妹让我不再孤单!"许爽非常配合地上演了一出"他乡遇故知"的戏码。

我在大客户战略部的时候,曾和许爽合作过一个一言难尽且全是"坑"的项目。最后,那个项目死得很惨,但我和许爽则隔着屏幕,在昼夜不停的奔波中结下了战友的情谊。这种事情,在互联网行业特别常见。大家顶着各自虚拟的头像,奋战在一个又一个根本停不下来的电商活动中,感受着牢笼里的挣扎与沉溺,在快要对人性放弃期待的时候,但凡能找到任何一个"像人"的人,都足够感恩半天。

毕竟,在互联网行业里,被榨干逼疯的螺丝钉们,能好好说话的并不多。

许爽甩来一个"相拥而泣"的表情包:"明天约饭!"

"好!!!"三个感叹号都不足以表达我对命运眷顾的感谢。

在被拉进了无数个奇奇怪怪的群做旁听生后,我也源源不断地收到了来自之前有过合作的同事的问候。

"时岚,你去美妆了?"

"天哪,美妆很卷!一定要撑住!"

"太开心了!你去美妆了,以后我们又可以一起合作咯。"

看着或因好奇或因关心发来的问候,我发自内心地同情起被分配到3C行业的周朗来。同样是被分配,我因遇见旧友而柳暗花明又一村,而周朗则是落入过去的"仇家"手中,羊入虎口。

说曹操,曹操就到,我还想着周朗呢,周朗和郑以牧就来我的工位上找我了。

"哟,两根棒棒糖,你真去烦安姐啦?"郑以牧背靠在我的工位上,"走呗,吃饭去。"

"不去,我还得在这里装劳模呢。我新老板等会儿回来,我可得表现表现。"我要苟住的决心异常强烈。

郑以牧把我的笔记本电脑合上:"行啦,你新老板开的可是和创始人的大会,没个四小时结束不了的。做决定之前也不打听好情况。"

"是是是,我哪里像你,什么信息都知道。"我站起身,接过周朗递给我的外套，和他俩一起往外走。

"哈哈，以牧，你们俩怎么就不能好好说话？时岚，是我想找你聊一些事情，以牧陪我过来的。"周朗打着圆场。

到达餐厅落座后，我主动问起："周朗，怎么了？"

"我交辞职信了。"周朗苦笑了一下。

我气不打一处来："是不是万厉锋他们让人来恶心你了？他们怎么能这样呢？我们之前和他们起冲突，不也是为了工作吗？在其位谋其政，为什么就不能够将心比心呢？不行，我去找他们去！你这才去3C行业几天啊，就被欺负成这样了！"

我说着就要站起身，被郑以牧直接拽回了座位上："时岚小朋友，你是属西班牙斗牛的吗？横冲直撞。你能不能好好听人家周朗把原因说完。"

"不是3C行业的人排挤我。说起来也可笑，我是被我们大客户战略部的自己人坑了。"周朗惋惜地摇了摇头，"是仇烨。我们部门解散以后，他的商家体量太小，支撑不了他去任何一个行业。所以，他就私下用我的名义联系我的客户。也怪我之前没有长心眼，还把他当兄弟，毫不提防地把客户都介绍给他认识了。仇烨之后会代替我对接我的客户，我也就没有留下来的必要了。"

听到真实理由的我实在是不敢相信。在大客户战略部里，我确实不喜欢仇烨。坦白说，他并没有做过任何伤害我的事情，我只是单纯不喜欢他身上的那股"爹味"，一会儿说"你这种国外读书的孩子没有吃过苦"，一会儿说"你要懂得同事关系淡如水"，真令人厌烦。我最憎恶的还是仇烨身上那种不知是因算计而显得狭隘，还是因狭隘而显得算计的糟糕气质。几乎只要他在，我总是避开的。可是，仇烨说到底也是我们共事了近一年的同事，怎么能做出这种

第五章 做小伏低　063

挖人墙脚的事情呢？

"这人怎么这么混蛋?！我想起来了，我去美妆行业之后，那个家伙私聊过我，说想向我请教一下，是怎么成功从3C转岗到美妆的。我说我是公司分的，就没再理他了。"我怒不可遏，"他怎么能坑你呢？你都没有去质问他吗？夜深人静的时候，他不会睡不着觉吗？"

"时岚小朋友，你以为人人都像你，天天活在自己的道德里？周朗这次辞职也不是坏事，我给他推到了LK公司，正好他也想回北京了，这样离他家也近些。"郑以牧说着，对周朗打了个响指，"来，十块钱，我赌赢了。我就说吧，时岚这个小孩，要是不看着她，恐怕已经为了你去和仇烨打一架了。"

周朗大笑："服了。最了解时岚的还是你。"

"就这？还用得着打赌？"我用手腕上的皮筋把披散在肩上的长发绑了个丸子头。

"时岚，谢谢你为我打抱不平。以后你和以牧来北京，我请你们吃饭。"周朗说着，手机响了起来。

我嘟囔着："去北京当然得让你请我吃饭，不过，我才不和郑以牧去。"

"哟嗬，和我去北京？你想得美！"郑以牧也丝毫不肯认输。

周朗挂断电话后，满是歉意地向我和郑以牧说："我女朋友在闹着让我回去给她个交代，我得先回去了。"

"没问题，快去吧。"郑以牧回答。

"这餐饭我请。"周朗说。

郑以牧催促周朗离开："这餐是我和时岚小朋友为你饯行，还是我们替你吃，哪有你付钱的道理。快去吧，你女朋友那关，今晚还不知道能不能过呢。"

服务员将菜端了上来，郑以牧居然好心地为我布菜。

"你该不会在菜里下毒了吧……"我有些顾虑。

"嗯，下了剧毒，吃了你就会变成丑八怪。"郑以牧又给我倒了一杯柠檬水。

郑以牧嘴里就没有一句真话，我喝着柠檬水，忽然想到了方明远。方明远的信息极其难查。在几乎所有的职场人都会注册的软件上，都找不到方明远这个人。我看着消息灵通的郑以牧，心里有了主意。

"郑以牧，我找你打听个人呗。"我试着露出可爱的笑容。

"……打听人就打听吧，干吗这个表情，看起来怪瘆人的。"郑以牧的身体往后退了一些，"说吧，是赵晓雪、罗心慈，还是露露或者邵佳敏？"

我摆摆手："都不是。你认识方明远吗？珠宝行业的方明远。"

郑以牧的脸色沉下来："你要问关于他的什么？"

"嘿嘿，他单身吗？"我多少有些不好意思。

"时岚，你搞搞清楚，现在美妆行业的局势你都还没摸清呢，还有心思去打听男人的事情！"郑以牧居然生气了。

"那你到底知不知道他的情况嘛。我才二十六岁，哪个少女不怀春？我反正是单身，总有追求爱情的权利吧。"我对郑以牧从来都不装。

郑以牧放下筷子："真想知道？"

"当然啦！"我向郑以牧示好，"只要你能告诉我，我保证，以后一定报答你！"

"行，那先吃饭吧。我饿了。"郑以牧又拿起了筷子。

"噢。"人在屋檐下,不得不低头,为了知道方明远的消息,我只能答应他。

我埋下头吃饭,好几次,我抬起头,想继续刚刚的话题,都被郑以牧夹到碗里的菜打断了。

郑以牧不停地往我的碗里夹菜,为了表示诚意,他夹多少,我就吃多少。就连我平日里不太碰的豆腐,都吃了一大碗。

待我们面前的几道菜都被我消灭得精光,我足足打了三个饱嗝之后,郑以牧才以递纸巾给我的方式,宣告了这餐饭的结束。

"吃饱了吗?"郑以牧问。

"嗯!你呢?"我赶忙点头,捂着圆鼓鼓的肚子,笑得眯起眼睛反问。

"我喝了一碗蟹黄豆腐羹就饱了,我只是没想到,你这么能吃。"郑以牧一本正经地感慨道。

我气不打一处来。什么叫作我能吃?要不是你一直给我夹菜,我能吃这么多?

没关系,小不忍则乱大谋,我一定要忍住!真是的,别人求人办事,都是靠喝酒。我求人办事,居然是靠干饭!

"呃……那郑以牧郑帅哥,请问方明远的事情,我们可以聊聊了吗?"我挤出笑脸。

郑以牧站起来,丢下一句"我想想啊",便自顾自地往前走了。

我狠狠地跺了一下脚,未料到磕到了桌子腿,吃痛地叫了一声。

"怎么了?"郑以牧回头看我。

我苦笑一声:"没事。"

郑以牧上下打量捂着膝盖的我,微微一笑:"若是为了我,落下个残疾,着实有些不值当。"

"呵呵，当然不是……"我咬牙切齿地笑，"我只是想说我先买个单。"

"我买过了。"郑以牧笑，"我郑以牧，从不会让女孩子买单。"

我努力跟上去，谄媚地奉承他："是是是，那郑大少爷，现在能告诉我方明远是不是单身了吗？"

"好啊。那我告诉你，方明远不仅不是单身，他还喜欢男人，他喜欢我，你死了这条心吧！"郑以牧朝我做了个鬼脸后，一溜烟跑了。

我在原地气得大叫："郑以牧，你大爷！"

可惜，这个家伙已经消失在了我的视线里。我又好气又好笑，我确实是脑子进了水，才会相信郑以牧这个讨厌鬼，真是白瞎了我把自己吃那么撑！

第六章 内卷之王

虽然没有如愿从郑以牧口中得到方明远的消息,但是,当晚,我还是尽己所能地在下班后,去迎接了方明远的猫。

我指的尽己所能,是带上了我最好的朋友——胖哥。

胖哥本名刘清泉。为他取名的爷爷是百度百科上资料一大摞的知名书法家,而他的爸爸则是坐拥上海最有名的三个商圈 60% 营收的房地产商。清泉一名,既能体现文人的儒雅志趣,又符合商人最在意的风水之说,完美至极。可他本人身高一米六,体重一百八十斤,身上的土大款气质让身边的人都不由称他一声"泉哥",他却觉得不够帅气,坚持让大家喊他"胖哥"。原因不过是,他觉得身材消瘦的人,都是吃不饱饭的可怜人。

胖哥的脑回路一直都很清奇,他也不爱和那些趋炎附势之人打交道。我与胖哥能交好,仅仅因为我在牛津读书时,被他爸爸雇去给他补习数学。因此,他起初称呼我为"老师",后来在我的要求下,改喊我"仙女"。

可惜,仙女也救不了脑容量有限的傻小子。当我从牛津毕业后,胖哥还是过着数学屡屡挂科的日子。

"仙女,这只啊!"胖哥用肉乎乎的手喜滋滋地抚摸着方明远的猫。

"应该是吧。"对猫毛过敏的我,不得已站得老远。

"仙女，那我把它抱回去啦！"胖哥喜不自胜。

我看着胖哥把方明远那只猫抱起来，小心翼翼地放入了单价十四万的爱马仕里，突然好希望自己是那只猫。以我对胖哥的了解，他绝对是出门前，从他妈妈的衣柜里随手抓了个认为是袋子的包，就拿来装猫了。

胖哥出于兴趣爱好，开了一家宠物店。说是宠物店，其实就是胖哥的一个私人动物园。所有的小动物每天好吃好喝地被伺候着，连玩具都是进口的，只喝法国依云的水。店里的中央空调24小时不间断，背景音乐是专家建议的有利于小动物身心的交响乐，三不五时还会有专门的宠物按摩师来为它们做SPA。

我相信，把方明远的猫交给胖哥，绝对是这只猫的猫生巅峰。

"仙女，这是谁的猫啊？"胖哥问我，"不会是你男朋友的吧？"

"暂时不是，以后嘛，未可知。"反正方明远也听不见，我随口吹吹牛也不为过。

胖哥把装着猫的包放在副驾驶座上，轻手轻脚地拉上了拉链，又给猫留足了一个呼吸口。

"嗯，那就是你号称的第十九个男朋友了，这一个终于没有活在电视屏幕里了。仙女，你都拒绝李安南的求婚了，总得往前走吧？"胖哥将副驾驶的车门关上，担忧地问我。

胖哥见证了我与李安南相识相恋又分开的全过程，自是知晓李安南对我的意义，更加清楚与李安南分手对我的打击。正是胖哥建议我离开伦敦，回到上海，开启新生活的。而我选择互联网行业，也是因为互联网行业足够忙，忙到忘记自己确实和李安南提了分手。

忙碌的生活让人疲惫又充实，停滞的生活才会让人恐慌。

我时岚不要停下来，我要一往无前。

"没骗你,这次我是认真的。"我帮胖哥关上保时捷的车门,"回去慢点开,来接它之前,我给你打电话。"

"好!"胖哥与我道别后,心满意足地带着方明远的猫离开了。

我站在寒风中,忍不住打了个喷嚏,真不知道是因为天气还是因为猫毛。

没关系,为爱情我愿意受冷风吹,为爱情我愿意被猫毛累。我时岚这辈子,在男人身上摔跤也不止一次了,就算再摔一次问题也不大。

我花了一些精力查看美妆行业所有的文档后,便睡了过去。第二天醒来时,我原本以为我的工作就要开始了,没想到还是棋差一着,我又被晾着了。

"时岚,对,我是佳敏。哎哟,真是的,你这才刚来,就让你接这么辛苦的王牌板块,我真是过意不去。这样,你要不然负责一些创新想法相关的事情吧,这次还是我来弄。"

一通电话,我又回到了原点。

整个上午,我在一个接一个会议的罗心慈旁边,表演着行为艺术——装忙。假装自己徜徉在美妆知识的海洋里,洋溢着幸福的感觉。

闲,是真闲。我觉得办公室里的空调都比我忙,起码空调还能呼呼地吹个暖风。

好不容易熬到了中午,我穿上外套去食堂找许爽。

"希望我这一盘绿色,能保佑我下午有好运气!"我对着一盘青菜许愿的样子,把许爽逗乐了。

许爽是个东北女孩,个子很高,人如其名,她把头发剪得很短,说是为了早上可以多睡五分钟。

"时岚，你也就这点出息。"许爽把自己盘里的玉米给我，"吃点玉米，健健康康，能和邵佳敏她们周旋久一点。我啊，特别希望和你合作，你是不知道那个邵佳敏，她可是会在工作群里发八百字小作文撑方明远的人。"

听到方明远的名字，我立刻就精神了！

"撑珠宝行业的方明远？"我装作疑惑，"我们美妆行业和珠宝行业怎么会有交集呀？"

我心中暗喜。美妆行业与珠宝行业彼此独立，居然还会有和方明远进一个工作群的好事？

许爽一边吃饭一边说："我是活动组的嘛，之前负责一个评比资源，需要几个行业的人一起提交方案。方明远刚来，下面没什么好用的人，就自己进群了。那个邵佳敏，真是离谱，也不打听一下方明远可是创始人请来的人，上来就说方明远的方案有问题，不应该被评上。"

"那方明远怎么说？他们俩吵起来啦？"我问。评选活动？记住了，以后我就去负责评选活动！

"你在想什么呢？你以为方明远是你呀，打遍天下无敌手的。方明远没说什么呀，就当没看见。"许爽比我大三岁，反过来教育我，"你就该学学方明远，小不忍则乱大谋，你和邵佳敏计较个什么劲。不与傻瓜论短长，知道吗？"

我点点头，咬了一口玉米，装作不经意地问："许爽，你和方明远很熟吗？"

"不算吧，就是一起开了几个会，觉得他能力还不错。"许爽喝了一口汤，"怎么？你对他有兴趣？"

我连忙摇头："没有没有，怎么会呢。"

"嗯,是啊。美妆行业虽然很险恶,但是说到底是大行业,是有机会升职加薪的。如果你要去珠宝行业,其实会比较受气。你知道方明远之前的珠宝行业负责人薛海洋吧?"许爽放低了声音。

确定许爽是以为我对珠宝行业感兴趣,而非对方明远感兴趣后,我那颗悬起的心放了下来。

"嗯嗯,听过。"我附和着。

"珠宝行业那边都是些名不见经传的小商家,最爱做的就是送钱、送酒、送女人这类勾当。薛海洋就是拿了钱却不办事,给送进去的。"许爽说。

我大脑一时短路:"送进去?送哪里去?"

"监狱。"许爽说。

啊?监狱?那方明远要是进去了,他的猫岂不是要在胖哥那里一直待下去了?猫的一辈子可没多少年,它还能活着见到它的主人吗?

"时岚,你发什么呆呢?"许爽问。

我回过神来:"噢,我是在想,方明远应该不至于被这些东西诱惑吧。"

"不知道。方明远是小地方出来的,是他们当地的状元,上了清华后,没有继续读研究生,直接就开始工作了。我听说,那时候方明远是完全可以保送研究生的,也有去美国继续进修的机会,只是为了钱,才放弃了。"许爽和我分享着她知道的关于方明远的一切,"方明远这个人,能力很强,对事业、地位、成功和利益有明确的索求,并为之不懈努力。既努力又工于心计,特别善于抓住机会,心肠冷硬对对手毫不留情,这样的人,真的不可能不成功。我觉得方明远根本都不需要运气这种东西,只要他想要,他就会胜券在握。就连他的女朋友，都是他事业规划的一部分。你如果跟着这样的老板，除非你是他自己人，不然，够呛。"

许爽为我操心着，而我却只听见了"女朋友"这三个字。

"方明远有女朋友？"我问。

"你呀，这个时候还这么八卦！对啊，方明远的女朋友是之前他在咨询公司的时候，一个重点客户的女儿。据说还是那个客户自己主动把女儿介绍给他的。也是，方明远的外貌，绝对算上乘的。不过，这种男人，心里只有事业，是不可能为女人耽误自己前程的，更别指望他能在关键时刻给你一个肩膀靠一靠了。只能说方明远哄女孩有一手，轻轻松松就拿下了对方，不知道是不是也要考虑结婚了。"许爽想了想，"这要真结婚了，方明远可就赚大发了。果然，什么读研究生啊找一份好工作，都不如娶个富家女强。"

富家女，重点客户的女儿，考虑结婚。三个关键词，足够令我望而却步。

我们95后，从来不屑于挖别人的墙脚，更讨厌不清不楚的关系。既然方明远已经名草有主了，我当然不会再浮想联翩。如此想着，我的关注点又回到职场上来了。

"美妆肯定是好行业，就是我现在啊，被边缘化到啥活都没了，头疼。"我沮丧着，"想我时岚，也曾是踩着高跟鞋抱着电脑赶飞机的人物，现在却成了全部门口中的'新人'。真是老虎不发威，人人当我是招财猫。"

许爽将餐盘端了起来："不错，还有战斗力，真不愧是时岚。没事，你先在美妆蛰伏一阵，注意防着点露露就行。邵佳敏那点坏心思都写在脸上了，露露可不是。其实，我听人说邵佳敏刚毕业的时候也不这样，估计是被人欺负得多了，就用抢地盘的强势方式来保护自己了。"

"是啊,我这种屌包碰上她,可不就退了嘛。"我也收拾了一下餐盘,和许爽一起放到了回收处。

"你还屌?你啊,是太不屌了。"许爽与我一同走到了电梯间。

我们正在嬉笑着,电梯门打开了,方明远和赵晓雪一起从电梯里走了出来。

方明远回来了?他不是要出差吗?我满脑子疑问。

"时岚,晚一点我来找你。"方明远竟然先和我打了招呼。

方明远的语气亲切轻松,就像是在与自己多年的老朋友问好。赵晓雪和许爽迅速看向我,眼神里充满了探索意味。

我内心顿感不好。大哥,你说你找我就找我,不能偷偷找我吗?21世纪了,你是不知道还有手机这种通信工具吗?你犯得着在我新老板和同事面前,对我微笑吗?你知道我刚刚还在那个同事面前,假装不认识你吗?

以上复杂的内心活动,最终都化作了我机智的一句:"谢谢方总监。要不是你捡到了我的工卡,我还得花80块钱补办。"

感谢方明远的好演技,他只迟疑了一秒,便笑着说:"没关系,都是同事。"

赵晓雪与方明远走进食堂后,许爽一只手搭上我的肩:"你看,我就说方明远是头脑清醒的人吧。他连一起吃饭的对象,都是精挑细选过的。照我看,不混到总监级别,都没办法和方明远吃饭。"

我干笑着点头,真不敢告诉许爽,没混到总监级别且工作被架空的我,即将和方明远一起吃饭,而究其原因,却是我的囤物癖。

整个下午,我又进入了发呆看文档的状态。实在太无聊了,我就不停地喝水,又不停地跑厕所。

当我第六次从厕所回来,坐在工位上对着电脑屏幕发呆的时候,我的大冤家郑以牧又出来犯浑了。

"时岚小朋友,你是厕所之母吗?"

我前后左右看了一圈,同事们都在埋头工作。不对啊,郑以牧不是在八层吗?他怎么会知道在九层的我发生的事情?我思来想去,把嫌疑锁定在了邱灵身上。

郑以牧这种类型的男人,生得一副好皮囊,又油嘴滑舌的,吸引邱灵这种涉世未深的小姑娘可以说是轻而易举。

"嗨,厕所之母,你怎么不理我?"郑以牧又发了一条信息。

我快速回复:"厕所之母在思考人类的未来。"

"厕所之母可真是心怀天下。"郑以牧肯定是和我一样无聊,所以连这么烂的梗都接。

同是宝莱熬鹰人,相逢何必曾相识。

他对着万厉锋,肯定也没什么好果子吃。我挨着罗心慈,被团队其他成员拿捏着,除了卖惨没别的事做。这么一想,我也算是能够和郑以牧共情了。

我正想着,工作群里弹出邵佳敏的信息:"亲爱的,下面是你要负责的年货节的工作,加油哟。"

跟随着这句话的,是一长串看得我头昏眼花的工作清单。

顾不着多想,我先给邵佳敏回了一个飞吻,再继续阅读那一堆文字。等我读完,一股怒气直冲我的脑门。

我将邵佳敏给我的工作内容发给郑以牧,配上一把刀的表情,对他说:"我刚刚生气地跺了一脚,你感受到了吗?"

"嗯,怪不得楼震了。"郑以牧回复了一大堆省略号,"这些工作,找个实习生都能干了吧。"

第六章 内卷之王 075

我发去一个"大哭"的表情。

"不用心急，先站稳脚跟，跟罗心慈证明你的能力。我们是后来的，分到的肯定都是别人不愿意干的活。我要提醒你的是，邵佳敏和露露都是小人物。你要关注的是罗心慈和赵晓雪。罗心慈是当初创始人留下来的人，之前一直想上位坐赵晓雪现在的位置，结果被赵晓雪抢先了。陈思怡是赵晓雪的心腹，所以罗心慈跟赵晓雪貌合神离。"郑以牧又补充了一句，"你要处理好在罗心慈和赵晓雪之间的关系。"

"我哪有机会和赵晓雪接触啊。美妆行业那么多人，我就是一个小透明。好了，小透明要去处理边角料了。拜拜。"我关掉和郑以牧的对话框，用手撑着脑袋，一件件处理邵佳敏交给我的工作。

有活干以后，时间也过得快许多。虽然都是些非常基础又琐碎的工作，我还是仔仔细细地都分了类。等我把大多数的工作内容都梳理完后，已经是晚上十一点了。

整个美妆行业工区，除了罗心慈和赵晓雪，已经没有其他人了。

如果不是碍于办公室里还有这俩人，我真想当场给自己封一个"内卷之王"。

来新行业不到三天，我已经是最能卷的人了。我哪是小白菜啊，我明明是棵卷心菜。我相信，经过今晚，罗心慈和赵晓雪肯定把我放在了吃苦耐劳的行列。

"下班了吗？"发来消息的人是方明远。

"还没。"我回复，"不过现在准备走了。"

"那停车场A区见吧。"方明远说。

"行。"我将电脑合上，伸了个懒腰，拿起了包，跟罗心慈和赵晓雪道别后，脚步轻快地离开了办公室。

我走进电梯后,身体靠在电梯侧壁上,不顾形象地打着哈欠。如果我此时不知道方明远并非单身,我肯定会拿出口红和粉饼,好好补妆。可是,他都已经不是我的目标了,我也就懒得折腾了。

女人,就是这么现实!

电梯在八层停下,郑以牧从外面走进来。

"你怎么还在?"我诧异不已。

"熬鹰呗,我和万厉锋对熬,比谁更能熬。万厉锋就坐在我对面,他不走,我不走,我们对卷了一晚上。"郑以牧也打了个哈欠,"不管怎么样,我把他熬走了!我赢了!我才是卷王!"

我无语:"你幼稚不幼稚啊。"

"干吗?"郑以牧问。

"为什么'卷王'的称号你也要和我争!那是我刚刚给自己封的。这样吧,我是'卷王',你做'鹰王'好了。宝莱熬鹰人!"我看到郑以牧的悲惨遭遇,心情好了一大半。

"那我的鹰呢?"郑以牧问我。

"买,本卷王给你买,好吧?"换我像哄小孩一样哄他。

电梯门在一楼打开,郑以牧见停车场负一层的电梯按钮亮着,疑惑地问我:"你开车了?你不是没车吗?"

"要你管。"我将郑以牧推出电梯,"拜拜!"

送走了郑以牧,电梯门再打开时,我就看到了西装革履的方明远。

同样是加班到这个时候,郑以牧与我都放弃了形象管理,方明远却还是精气神极佳。他主动帮我拉开了副驾驶的车门,一如既往地绅士。

我自己系上了安全带,又打了个哈欠。

方明远开着车,嘴角微勾:"你今天……和上次搭我车的时候,状态很不一样。"

我心想,能一样吗?那时候你是单身男神,现在你是别的女人的准老公。我又不求你给我升职,又不靠着你发财,何况我今天这么累,就算放金城武在我旁边,我都不会对他有笑脸的。

"嗯。"我应了一声,又叹了口气。

"喜欢新工作内容吗?"方明远问我。他的声音还是很好听,可是,对我来说,魅力已经直线下降。

"你是在问我,喜不喜欢一遍遍核对数据和到处求人家审批无止境的活动节点吗?"我偏过头看方明远那张帅气的脸,哀叹一声。

好的男人都被人预订了,好的工作都被人抢走了,我除了一个从郑以牧那里用一只鹰换来的"卷王"称号,还剩下什么呢?

方明远不知道为什么,脸上充满了笑容。他今晚笑点极低,好像不管我说什么,都能轻易让他开怀。

"我第一次见到你的时候,你在公司门口,呆呆地站着,雪越下越大,你动都不动。我还以为这个姑娘碰到什么过不去的坎了呢。后来你上了车,也不太说话,我察觉到你情绪低落,也没多问。第二次见到你,你在会议室门口走来走去,我知道你肯定不愿意去3C行业,我主动问你还有事吗,你又说没有。第三次,我到你家,找你借电脑充电线,发现你一个人在家里喝闷酒。这次见到你,你还是很难过的样子。"方明远缓缓地说着,"时岚,都会好的。"

我惊觉,原来我每次不开心的情绪都被方明远尽收眼底。所以,他是出于同情,才愿意和我吃个饭的?

真没想到,方明远居然把我这几天的表现编织成了一个完整的故事。故事里的我,因为部门解散,叫天天不应,叫地地不灵,寻求他的关怀惨遭拒绝,就此郁郁寡欢,在公司门口发傻。一个可怜的小女孩,在3C行业的压榨下,再度想找他帮忙,又怯懦地不敢开口,只能自己在深夜猛灌红酒,来寻求慰藉。

哎,我好好一个人,怎么就变成悲剧主人公了呢?

不行!不蒸馒头争口气!我一定不能在方明远面前丢了面子。

"方总监,你误会了。我今天工作了一天,是累,但不是不开心,我只是懒得装作元气满满的样子了。上次你来找我借电脑充电线,恰好碰到我在喝红酒,那是因为我真的很爱睡前喝一点红酒,不是在借酒消愁。在会议室门口,你看到我走来走去,是因为我在想事情,不是因为无助。至于第一次你看见我在公司门口动都不动,那是因为,真的冷,我不想动。"我一口气说完,心满意足地觉得自己口才还不错,扳回一城。

方明远还是笑,他慢条斯理地说:"那你第一次看到我,为什么犹豫了那么久才上车呢?后来知道你就是时岚,我还以为是因为我在你部门解散后,拒绝了和你吃饭,让你雪上加霜。"

我摇头:"没那么复杂。我就是看你长得太好看了,就多看了会儿。"

"啊?"方明远像是被我突如其来的赞美吓了一跳。

"有什么好'啊'的?你别告诉我,你不知道自己长得好看。方总监,没人和你说过吗?你长得真的很……很勾人心魄。"我说完,点了点头,肯定了自己的精准用词。

"你琢磨半天,最后居然蹦出这么个词。"方明远哈哈大笑,"那么之前想都不想就在工作通信软件上拒绝了我的邀请,现在你后悔了吗?"

我的手肘靠在车门上,用手背撑着头:"也说不上后悔,只能说,遗憾吧!方总监,听我一句劝,你只需要顶着你这张脸,往整个战略板块转一圈,哪有什么小姑娘你吸引不过来?"

"那照你这么说,如果我当时直接面对面找你,你就会放弃去温哥华的机会,同意加入我的团队吗?"遇上红灯,方明远将车停下,转过头来,眼神很是温柔,饶有耐心地望着我。

"不会。但是,我一定会成为你的迷妹,为你宣传一番,帮你招来比我更好的员工。"我也笑,"我这个人很简单,贫贱不能移,富贵不能淫,偏偏色令智昏。"

"你也很漂亮。"方明远夸起我来。

"我是一般漂亮,你是用脸杀人。"我完全放弃了自己的"节操"。

方明远再次被我逗笑:"你们现在年轻人都这么聊天的吗?"

"你比我大很多吗?"我问。

"我1991年的,比你大个4岁吧。"方明远回答。

我疑惑:"你怎么知道我是1995年的?"

方明远抬了一下眉头,随即回应我:"你很有名。"

"噢,还行吧!大客户战略部里的同事们都比较照顾我,肯定在外面说了我很多好话,哈哈。"我不以为意。

方明远笑出了声:"我没想到,你这么开朗活泼。"

"哎,你没想到的事情还多着呢。哦对,你那只宝贝猫咪,我送我朋友那儿去了。你放心,他啊,最喜欢小动物了,肯定好好照顾着呢。我没想到你这么快就出差回来了,等你有空,我让他把猫送过来。"我又打了个哈欠。

方明远微微皱了皱眉,想来是很奇怪为什么我要把猫送走。

"你别误会。我是因为猫毛过敏,所以不敢碰。"我解释。

"那你猫毛过敏,为什么还要答应帮我照顾猫?"方明远问。

我可能真的是困糊涂了，随口回答："都是邻居呗。而且我那时候想泡你来着，啧啧，谁知道你有女朋友了。"

我的嘴巴比脑袋快。话一出口，就收不回来了。

"呃……我的意思是，我想讨好你。因为啊，你是珠宝行业的负责人，对吧？我在美妆行业也挺苦的哈……就……职业上的发展。对，是职业上的发展。"我尴尬地解释。

方明远微微一笑："你的信息有误。我没有女朋友。"

"啊？怎么可能？"我直接喊出来，"你没有女朋友？开什么玩笑？哦！对，那叫未婚妻，或者老婆，不叫女朋友。"

"我没有女朋友，也没有未婚妻，更没有老婆。我是单身。"方明远正式作出澄清。

我猛然回想起郑以牧的那句话。

"好啊。那我告诉你，方明远不仅不是单身，他还喜欢男人，他喜欢我，你死了这条心吧！"

我用手捂住脸，小声地说了句："我的妈呀……"

"什么？"方明远不明所以。

我把头摇得像拨浪鼓："没事！"

方明远又说了一句："我有一个理念，三十五岁之前，不谈恋爱，尤其不和工作场合的女人谈恋爱。"

不和工作场合的女人谈恋爱，是因为他内心有一个郑以牧，我理解的。

我怀着复杂的心情与方明远一同回到了黎园公寓。进家门前，我用手搭上方明远的肩膀，郑重其事地祝福他。

"方总监，相信我，我能理解你。今天我们的对话，我一定会保密的。爱情是很难的，我佩服你坚定的决心与勇气。你要加油，我祝福你。"

我说完后，又向方明远伸出了双手，轻轻地拥抱了他。

"方总监，都会好的，人们的思想会越来越开放的。"

方明远愣在原地，我想，他一定是被我感动了。

关上门后，我喝着红酒，忽然觉得我并不是处境最糟糕的那个人，郑以牧才是。他真正的爱人不能宣之于众，作为一个青年才俊却被迫熬鹰。想到这里，我决定以后一定要对郑以牧好一点。

从这个夜晚开始，郑以牧再也不是我前进路上的绊脚石，他是女人争奇斗艳之路上最好的姐妹。

第七章　野猪队友

　　出于对方明远与郑以牧的了解，我最终给郑以牧挑选了一只粉红色的猫头鹰毛绒玩具。
　　猫头鹰的翅膀柔软且触感极好，一双黑色的眼睛炯炯有神，再配上肥嘟嘟的身体，煞是可爱。
　　"怎么样，是不是很适合你？"我将猫头鹰放在郑以牧的桌上。
　　郑以牧喜出望外："你真买了？"
　　"那当然，这是我答应你的事情。"我嘿嘿一笑，"这可是我精挑细选的，会给你带来好运的。"
　　"是挺萌的，就是有点娘，不符合我的调性。"郑以牧用大拇指和食指将猫头鹰毛绒玩具的翅膀拎了起来，摆弄了一番，嘴里嘟囔了一句，"这只猫头鹰是公的还是母的啊……"
　　"哎呀，是公是母有什么好在意的呢。重要的是，你喜欢。"我说着，还向郑以牧眨了眨眼睛。
　　我与郑以牧嘻嘻哈哈着，忽然方明远的声音从我的身后传来："时岚，你怎么在这里？"
　　我回过头，一副热心群众吃到瓜的表情，也不避讳："午休时间，我来找郑以牧玩。"
　　"嗯，时岚小朋友送礼物给我。"郑以牧突然把猫头鹰毛绒玩具高高举起，又晃了晃，像是在炫耀他的战利品。

方明远点点头，拿着电脑向会议室走去。互联网行业就是这样，但凡职位高一点，会议就不可能间断。

"谢谢时岚小朋友。"在方明远面前，郑以牧突然变得特别热情，仿佛我送给他的是一座用纯金打造的佛像，而不是一个憨态可掬的毛绒玩具。看着两位大帅哥，我本该觉得异常甜蜜，奈何想到方明远不能再在我的遐想范围内了，又有些失落。

而比我摸不清楚方明远与郑以牧这两个人的八卦更为不妙的是，我才来美妆行业不到两周，就莫名背了一个锅。

这个"天外飞锅"之离奇，令我不得不佩服许爽的准确判断。

"没事，你先在美妆蛰伏一阵，注意防着点露露就行。邵佳敏那点坏心思都写在脸上了，露露可不是。"

嗯，露露还真不是善茬。她若是善茬，就没办法在一百多号人的美妆大会上哭得梨花带雨，一边愧疚地指责自己不应该把这重要的沟通环节交给我，一边又假惺惺地为我担责任。

"都怪我，时岚才刚来，弄不清楚情况很正常，我应该自己多问问时岚进度怎么样了。都怪我，都怪我太忙了，手上十几个项目，忽略了时岚可能没有意识到这件事情的重要性。"露露可怜兮兮地掉着眼泪，将一周后就要为"美丽宝贝计划"拍摄当红明星的任务甩到了我的头上。

露露坐在我的对面，泪眼蒙眬："时岚，你真的没有联系钟晨曦的经纪人Vincent哥吗？我们这个拍摄投入很高的，场地都订好了，栽在没和明星提前沟通上，真是太可惜了。"

我欣赏着露露拙劣的表演，如果不是下午灌了一杯黑咖啡，此刻，我应该会打哈欠。

什么Vincent不Vincent的，我压根都不知道这件事啊，大姐。

露露这肯定是不敢承认自己遗漏了最重要的环节，又得罪不起别人，就只能甩锅给我这个本来就和"美丽宝贝计划"项目有关的新人了。

只是，这种甩锅，实在是太幼稚了。

我清楚地知道，如果我也绷不住，要求露露拿出和我沟通的证据来，只会让这场闹剧愈演愈烈。小燕子和五阿哥那种"你无情你无义你无理取闹"和"你更无情更无义更无理取闹"的戏码，放在互联网公司，实在是滑稽可笑。所以，从头到尾，我都没有吭声。

"时岚，你怎么解释？"赵晓雪还是给了我解释的机会，"以及，露露什么时候和你说的这件事？"

赵晓雪的语气有些急促，看来是真的着急了。

在互联网公司，三个月没有起色的新项目，就有很大可能性夭折。而"美丽宝贝计划"作为美妆行业的重点营销项目，投入了大量人力物力，如果连第一站大明星钟晨曦的宣传片都不能如期完成，那么后续想必更是希望渺茫。想到这里，我突然有些心疼赵晓雪。"百星联盟"的问题刚解决，又被这个不靠谱的露露给坑了。

我瞥了一眼罗心慈，她面无表情地看着电脑屏幕，一副与自己无关的样子，仿佛就是在等待赵晓雪这艘船沉下去，她好重新扬帆起航。

我乍生一个猜想：露露是不是故意害我？不见得。但要是这个项目黄了，赵晓雪绝对首当其冲。露露，真的是忘了吗？还是，露露又或是她口中的新人——我，不小心忘记，是对罗心慈最好的结果呢？

所有的项目都顺利进行，唯独最为重要的项目掉了链子，这当然不是小组长的过失，而是领导者的无能。如此看来，做领导者，才真的是步步惊心。不仅要担忧着上面丢下来的任务,还得防着下面的人故意给自己使绊子。归根结底,我也不过是棋盘上的一颗棋子,被人随手利用罢了。

有赖于郑以牧之前给我的提醒,我分析于此,倒吸一口冷气。

"赵总监,这件事情,我会跟进好的。"我平缓地说。

"Vincent哥那边很难聊的,不行的话,我们就别让钟晨曦来拍了,换一个人吧。我可以试着去联系……"露露抹干了眼泪,戴上"好人面具"开始柔情似水。

我拿出手机,快速给赵晓雪发了一条消息。赵晓雪与我对视后,已读了消息。

"既然这样,'美丽宝贝计划'第一站的钟晨曦拍摄任务,就交给时岚吧。"赵晓雪没有再给露露说话的机会,转而进入了下一个会议重点。看着陈思怡一身西装套裙,在台前演示幻灯片,我不由觉得,罗心慈真不见得是赵晓雪的对手。

这种杀敌一千,自损八百的做法,未免太冒险了。

也不对。如果露露根本不是罗心慈的心腹,那么就是杀敌一千,全身而退。这么看,倒是划算。

这时,安姐的消息发了过来:"还好吗?"

我抬起头,看着在会议室一角坐着的安姐,眼神涣散地回复:"还行,就是觉得无聊。"

"真的是你忘记和钟晨曦那边沟通了吗?"安姐又给我发了一条信息,加上了一个"抱抱"的表情。

"不是。从头到尾,露露就没让我碰这个项目。"我把手机放在会议桌下面,飞快打字,"露露这也就是运气好,要是换了以前在大客户战略部,我早就掀桌子让她和我对质了。如今是人在屋檐下不得不低头，我在美妆一百多号人面前，能不吭声，就别吭声了。"

安姐发了一大堆"大笑"的表情："不容易！长大了！"

我回复："那是，嘿嘿。我是直接，但我又不傻。"

"刚刚为什么赵晓雪会选择跳过这个问题？你做什么了？"安姐问。

"我吹了个牛，让她先别在这个会议上把事情弄大了。"我打开与赵晓雪的聊天框，把我对赵晓雪说的话，复制粘贴，发给了安姐。

"赵总监，解决问题为导向，我直接说吧。钟晨曦最大的代言来自天悦集团，天悦集团的太子爷是我好朋友。我有信心可以解决。"

安姐明显皱了皱眉头，回复我："就凭这一句话，赵晓雪就信了？"

"还有张照片呢。"我又附上了一张我与钟晨曦的合照。照片的背景是去年天悦集团盛大的酒会晚宴，我穿着紫色晚礼服与帅气的当红偶像钟晨曦站在最中间的位置，与旁边的人一样，举着高脚红酒杯，脸色红润，一派融洽之景。

"时岚，你到底哪句话是真的，哪句话是假的？"安姐问。我看见安姐用两根手指向外滑动着手机屏幕，绝对是在仔细研究我发过去的图片是不是技术合成的。

我老老实实地说："合照里，我左边是钟晨曦，右边那个胖子就是天悦集团的太子爷。所以，这张照片是真的，天悦集团的太子爷是我好朋友也是真的，钟晨曦最大的代言来自天悦集团也是真的。唯一假的是，我其实没有信心。"

"你和天悦集团的太子爷是好朋友？！那你还在这里上什么班！"安姐的反应超出了我的预料，她就像是一个操心的老母亲在唠叨着四十岁还没有嫁出去的女儿,"去!现在立刻去和他约会,或者让他给你介绍男朋友!都什么时候了,你还坐在这里听这个没有营养的会议!"

我朝安姐望去,向她吐了吐舌头,回复她:"不,我可是职业女性!"

"富太太也有一片天!不要歧视有钱人!"安姐发了一个"抓狂"的表情,让我差点笑出声来。

安姐与她老公都是军区大院长大的孩子,论出身背景都不差,现在一个在宝莱受气,一个在创业打拼。这样的情况下,安姐让我把希望寄托在让胖哥给我介绍饭票上,我实在是做不到。

一来是我本身性格很难逆来顺受,难以遵守富二代家庭的多条规矩。二来是胖哥确实给我介绍过几个公子哥,要么是希望我洗手做羹汤,要么是我的家庭没办法让他们强强结合。一来二去,我的微信里多了不少喊我"大神",让我帮他们分析公司战略,和胖哥一样的傻白甜有钱人,唯独没有想和我处对象的。

普通女孩总以为搭上有钱人就能飞黄腾达,她们不知道的是,这是个等价交换的世界。想要拥有财富,须得拿更多财富来换。

女孩们都知道公子哥有钱,那么公子哥本人难道不清楚自己是抢手的香饽饽吗?有钱人自小接受的教育,是如何理财,通过利滚利的方式实现阶级的二次跨越。对胖哥他们这种人来说,要么三十五岁之前娶门当户对的世家之女,要么三十五岁之后脱离了父母,娶胸大无脑的曼妙女子,只知崇拜,绝不数落他们满地的臭袜子。

对于这种现象,胖哥解释为"方便"。若是一个包能搞定女人,他们就不愿意花更多口舌来哄。如此这般,我高攀不起,也无意打扰，权当笑话听听罢了。

也许，一个人这辈子可能真的只会喜欢一种人。我喜欢李安南，是因为他做事专注，在图书馆里看一本哲学书，可以痴迷到原地站立五小时也不停歇。我曾拿这个给胖哥举例，胖哥想了很久，面露难色："仙女，如果要论专注，你去澳门赌场看看，我们也都挺专注的。"

认真的男人，永远最有魅力。我忽然又想到方明远，不免又觉得可惜。

长达四小时的会议总算是结束了，我拖着沉重的身子走出了会议室。邵佳敏凑上来，挽住了我的手："时岚，你如果需要帮忙，记得和我说。"

我立刻装出感激的神情："谢谢佳敏。"

"没事，你还小，被奸人所害，在所难免，我们都能看见。"邵佳敏拍了拍我的肩膀。

我干笑一下。我竟是不知道，刚刚在会议上，我的处境这么险恶，连邵佳敏都转了性子，选择扮演一个好心人的角色。不过，与其相信邵佳敏，我还不如抓紧点时间去找胖哥帮忙。

我打了个车，直接赶到胖哥的宠物店。胖哥听闻了我的情况，马不停蹄地载我前往那位传闻中极难讲话的 Vincent 哥最爱的夜店——Modu。

晚上九点，尚是夜店爱好者正在缓缓苏醒的时刻，浦东川沙路上，也还没有夜夜笙歌的气息。胖哥将车停在路边，夜店门口的门童迅速跑来为我们开门。这阵仗，说是接待皇储也不为过。

我踩着高跟鞋，拎上精致的小包，挽着胖哥的胳膊往里走。走了两步，胖哥偏头看我："仙女，你把头发放下来吧。你这个造型，我总觉得下一秒你又要抓我去上数学课。"

我将头发放下来,被胖哥逗乐,又被 Modu 的豪华装修所折服:"4800 平无柱空间,这里都可以办春晚了吧?这里应该有很多人用我们宝莱的产品,拍小视频或者做直播。"

"仙女,都到这里了,你就别再想工作了。"胖哥拉着我往里走。

"那不行。我同事写的那个方案,亮点一般。我还得改改拍摄的计划。等会儿你进去,想怎么玩,我都不和你爸说,但是不准影响我工作,知道吗?"我又恢复了老师的语气。

胖哥委屈地点点头,嘀咕着:"我就想号两嗓子嘛。"

关于 Modu,胖哥曾带着诡谲的笑容告诉我:"江浙沪的渣男让你下头,Modu 的服务上海一流。"为何 Vincent 哥一叫即来,也就非常清楚了。

为了方便我谈事情,胖哥开了个包厢。我看了一眼酒水单上的数字,莫名有些心疼,怀疑起宝莱这份工作到底值不值得我花费这么大人情,让胖哥破费。胖哥却玩得极为开心,拿着个话筒在工业风与机械风的桌子上大声唱着《大海》。唱到动情处,胖哥还不忘回头要求我也举起双手与他一起互动。

我当然理解胖哥。如果不是用我的名义,他老爸绝对不可能把他大晚上放出来。人人皆有烦恼。我的烦恼是不明白为什么我一个做战略分析的人要跑来求明星经纪人。胖哥的烦恼是不明白为什么他一个富二代连唱个 KTV 都要叫上自己的数学老师。

人生啊,就是这么妙不可言。

我们在包厢里待到快十点时,Vincent 哥还没来,郑以牧的电话却打了过来。

"走吗?我今天大发慈悲,请你吃夜宵。"郑以牧说。

我走出包厢，找了一个相对清静的拐角处："我今天没空，下次吧。"

"给你分享个八卦，方明远还在会议室里开会呢，一时半会儿结束不了。你要是现在来找我，我可以带你在他会议室门口晃一圈。"郑以牧有些阴阳怪气。

我没心思和他计较，真是奇怪，怎么还来吃我的干醋？

"你要是没什么别的事情，那我先忙了。"我挂断电话，快步走回了包厢。

胖哥坐在沙发上，标价1888元的果盘已经被他消灭了一大半，他打了个哈欠向我撒娇："仙女，Vincent飞机晚点了，说是还在路上。可是，我想回去撸猫了。"

"不行。老娘这Vincent的一个V都没见到呢，你就想跑？待着！"我给胖哥递了一块西瓜，"乖，我现在是骑虎难下，我牛都吹出去了，就必须把这个档期敲定了。"

Vincent是不敢得罪天悦集团的太子爷的，何况这种体面又不用花钱的局，谁会不想来呢？

钟晨曦原来在韩国做了六年练习生，吃了不少苦，通过选秀节目出道，积累了不少女粉丝。之后，钟晨曦依靠Vincent为他接下的"兄弟情"电视剧而爆火，彻底站稳了中国大陆顶流男星的位置。对钟晨曦来说，Vincent对他有再造之恩，若是Vincent让他调整一下档期，他肯定是乐意的。

娱乐圈，重点不是娱乐，而是圈。胖哥让Vincent玩开心，Vincent自然也是聪明人，肯定会卖他一个面子的。风水轮流转，谁说有钱没用？

Vincent到的时候，已经是晚上十一点半了。价格不菲的帽子，用心修剪的胡须，恰到好处的香水。我与 Vincent 握了个手，非常确定，今晚的 Modu 一定会让他非常满意。

Vincent 也非常给面子，他先是用一种极其妖娆的语气夸赞了我穿了快一年的红裙子，又拥抱了穿着潮牌 T 恤和肥大裤衩的胖哥，哭天喊地好一阵，说自己在飞机上心急如焚，恨不得拉开飞机窗、背个降落伞闪现 Modu 与我们见面后，他一口气点了十个类型不同的帅哥，在包厢里唱起了梁静茹的《勇气》。

胖哥靠在我的肩膀上昏昏欲睡，没多久，就在一阵后宫选妃的氛围中，打起了鼾。我饶有兴致地看着眼前的一切，幻想着如果郑以牧在场，那该多有趣。转而，我又想起了露露那张虚伪的脸，竟然觉得很惋惜。大家在校园里想必也都是笑容灿烂的女孩子，在职场上也都是兢兢业业的打工人，为了碎银几两愿意在大公司里做一枚螺丝钉，为什么非要互相为难呢？

而在我面前，摇曳在舞池中的 Vincent，在成为"Vincent 哥"之前，也只是北京电影学院的一个旁听生。他在知名影视公司干了 16 年，场记与道具是他的老本行，剧组缺人的时候，他演过死尸，躺过棺材，才能交得起五道口地下室的房租。就算是千年的媳妇熬成婆，这碗苦水也不是谁都能喝得下的。换句话说，也不是谁都能苦尽甘来的。眼前的繁华终是假，米饭的飘香才是真。

Vincent 玩得很是热闹，德国进口的音响衬着舞曲震耳欲聋。胖哥一觉醒来，Vincent 也差不多尽了兴，遣散了闲杂人等，满脸陶醉地坐在我们身旁。

"泉少，破费了啊。"Vincent 的公鸭嗓，听得我真是难受。

"不白请你玩，你得帮她一个忙。"胖哥开门见山。

如果说，商业谈判讲究的是时机与谈话技巧，那么胖哥与

Vincent 的对话，则只讲究一点——识相。

Vincent 将目光落在了我身上，站起身，围着我转了一个圈。他若有所思地用手指捋了捋胡须，又将眼镜放下一半，仔细地打量着我。过了一会儿，他又伸出手，准备触碰我的脸颊。

"你要干吗？"我向后退了一步。

"妹妹，没整过吧？模样是不错，就是还得打扮看看。"Vincent 试探地问，眼睛还直勾勾地看着我的胸口，"没事，就算整过也没事，到时候咱们不承认就得了。不过，你多大了？我们现在要出道的话，还是建议 2000 年以后的，最好是 2005 年以后的。你们知道的，好炒话题嘛。"

我真的是哭笑不得，赶忙从包里拿出一张工作名片递给 Vincent："Vincent 哥，你误会了，我是宝莱公司负责美妆业务的时岚。我这次来，是想和你敲定一下钟晨曦下周六的拍摄档期。这是我们新改完的拍摄计划，需要钟晨曦大概半天的时间，地点就在上海。您看，行吗？"

Vincent 极其诧异，他看着胖哥："泉少，你喊我来，不是为了帮你的小女朋友出道的？"

我忍俊不禁。我比胖哥还大好几岁，就这样，还能被称呼为"小女朋友"，这个 Vincent 可真是够给面子。

"Vincent，你看着办吧，我也不为难你。但是，你要是不帮她的忙，我以后也不会帮你任何忙。"胖哥一下子支棱了起来，颇有些二世祖的气场。

Vincent 知晓眼前他要解决的问题，不再是把我这个超龄十年的人推进娱乐圈，而只是调整一下钟晨曦的档期后，轻松了不少。他满口答应，并火速与我加了微信，打着哈哈说："我就说嘛，这个妹子长得这么水灵,进了娱乐圈,那才真是糟蹋了呢。"

谁说讨好一个人难?只要钱到位,情谊都是可以水涨船高的。Vincent给钟晨曦接了一个宝莱的合作机会,又卖了胖哥一个面子,何乐而不为呢?而胖哥……胖哥好像只是唱了一晚上的歌,吃了一堆西瓜和哈密瓜,靠着沙发见了个周公。

我们三人一同走出Modu的大门。Vincent挽着我的胳膊,亲昵程度就像我们是孪生姐妹。胖哥还为我与Vincent合了一张影。照片里,Vincent还朝着我比了一个爱心,那架势就像今晚的单是我买的。

Vincent搭车离开前,再次对我表达了兴趣:"妹妹,你为了工作能这么拼,未来要是考虑我们这一行了,来跟我干吧。"

"哈哈,好啊,谢谢Vincent哥抬举。"我笑着说。

Vincent又贴近我的耳朵:"妹子,你这是对的。男人是靠不住的,倒不如做些项目。让我们姐妹一起,花光这些臭男人的钱!"

我闻言而笑。规规矩矩工作的安姐劝我何必执着于工作,不如嫁个好男人。身处花花世界的Vincent却反过来夸奖我对工作的热忱。其实,工作和男人有哪一个靠谱呢?能靠得住的,终究只有自己。

职场女性基本不靠扮柔弱度日。指望事事有人照料,绝对死得很惨。

凌晨三点的上海,还没有完全静下来。不少豪车停在Modu门口,大冬天的,依然有许多穿着清凉的美女顶着略有些花的妆容,一身酒气互相道别。还有一些戴着或真或假金表的男人,信誓旦旦地相约着下次一定要再见。

人生百态,一看医院,二看机场,三看酒吧。

我在出租车上抱着电脑敲敲打打，修改着方案的细节之处。考虑到钟晨曦的粉丝应援色是紫色，我干脆把拍摄的背景点缀花束都换成了紫罗兰，又将预备用作抽奖的礼盒的丝带改成了绸缎质地的江户紫。也许是意识到这个项目的重要程度，我压根没有任何睡意，混在微博的帖子里分析粉丝的心理，努力寻找突破口。

捧着电脑回到公寓，我盘腿坐在地毯上又调整了几个拍摄方案的细节后，再次浏览了一遍，长舒一口气，定了稿。我将方案的最新PDF版本通过邮箱发给了Vincent，一分钟后，我就收到了Vincent的微信。

"妹妹，你真是拼命。"Vincent的头像是一只张牙舞爪的狮子。我回想起他在包厢里扭屁股甩头的动作，不知为何，联想到了春节期间喜气洋洋的舞狮。

我回复Vincent："Vincent哥，你先看看方案，有什么建议，我明天会找专业的团队一起修改。"

"行，我现在开车去横店，明天晚一点回你。"Vincent给我发了一个"月亮"的表情，意为晚安。

我终于可以放心地将电脑合上了。躺在浴缸里的时候，我闭上眼睛想，如果我不认识胖哥，我该如何处理这件事。是应该通过公司给的Vincent官方联系方式，一次又一次地给他打电话吗？还是要像电视剧里一样，跑到他们办公的地方在门口堵他，傻兮兮地介绍自己的方案？又或是像露露建议的那样，几手准备同时做，就算没有钟晨曦，依然可以联系其他的明星来补缺？

解决问题的方式有许多种，可是，在快节奏生态下的我们，总是下意识地选择最简单的那一种。我曾经最厌恶打感情牌，靠他人帮助获益。我素来喜欢在办公室里分析数据背后的逻辑，洞察行业

第七章　野猪队友　　095

发展的新趋势，撰写完整的方案，以此来证明女人在职场上永远可以"向前一步"。

可是，自大客户战略部解散后，我第一次在美妆行业寻得容身之所，是倚仗着郑以牧给的几百位达人名单。第二次能在露露甩来的锅前镇定自若，是凭借着之前与胖哥的交情。如果说任何场合都最怕猪队友，那我这两位"野猪队友"便是神助攻。他们毫无保留地帮了危难中的我一把，这才让我避免遭受不公的待遇。

我自觉好笑，生平第一次怀疑自己。难道李安南以前对我讲过的道理，都是对的吗？

"时岚，你总有一天会发现，实力在职场里根本不值一提。比起在办公室里刀耕火种，你不如去结交更为有用的人脉！"

水流声渐渐静下来，我听到了隔壁开门的声音。同一时间，我的手机收到了一条信息。

"时岚，你好。很抱歉，因为临时需要出差，所以，还得麻烦你的朋友再代为照顾猫一段时间。感谢。"

伴随着这条信息的，还有方明远转账的三千元人民币。

我扑哧一声笑出来。方明远这是要去出差十年吗？这是要吃多么昂贵的猫粮，才能花完这三千元。

我将手擦干，回复他"不用挂怀，出差顺利"，并退回了三千元。

"你这么早醒？"方明远问。

"忙完一些工作，就睡不着了。"我回答。

方明远没有继续与我的对话，他再次回复了一句"谢谢"。不久后，我听到了牧马人离开黎园公寓的声音。

许爽说过，"我觉得方明远根本都不需要运气这种东西，只要他想要，他就会胜券在握"。

我从浴缸里站起身，裹上浴巾，走到阳台上看熹微的日光，不知为何，特别希望能有一个人向我证明，努力工作不是犯傻，认真干活也不是徒劳。

　　面对职场的种种变数，到底用哪种方法，才算得上体面？

　　我真想知道。

第八章　额角勋章

意料之中,"美丽宝贝计划"第一站钟晨曦的宣传片拍摄,得到 Vincent 哥正式应允的消息一传开,美妆行业的各个群里就炸了锅。

一夜之间,处在最边缘状态的时岚,居然被 Vincent 哥直接要求代替露露,成为接下来重点营销活动的负责人。这些消息在茶水间与洗手间里不胫而走,很快就传到了郑以牧的耳朵里。

"中午一起吃饭?"郑以牧的消息弹窗弹个不停。

我撑着脑袋,点开与郑以牧的聊天记录,想也不想就回复了两个字"没空"。

"人是铁,饭是钢!我请你吃你特别想吃的日料。"郑以牧试图用我之前错过的团建日料说服我。

我直接将与郑以牧的对话框关闭,转而打了个电话给广告公司的负责人,确认其下午是否可以准时到达拍摄场地,进行布景。我笔记本上的备忘事项一条接着一条,从人员分布到合同签署,乃至钟晨曦与相关工作人员的航班与酒店安排,我都要亲力亲为。

活要干得漂亮,还得干得安全。我谨记于心。

Vincent 哥对于方案的反馈,并没有如他所说,会"晚一点"。事实上,当我早上九点到达公司时,他已经把长达一千字的修改意见发了回来。邮件里,七个重点、四个新想法、两个尝试方向,所有的关键句子都被标粗，甚至连钟晨曦的应援紫色都被注明了准确的色号。附件里，Vincent还提供了之前钟晨曦拍的三个版本的样片，供我参考。

以上的一切，有条有理，专业至极。唯一能够显现出昨晚在Modu身影的迹象，也不过是Vincent邮件正文的最后一句："妹妹，你可真是和哥哥一样，从事了日不落行业。"

我在刚进入互联网行业的时候，就有听说宝莱是日不落企业。我当时以为这是在形容宝莱的国际化程度高，办公室遍布各大洲。之后无数个加班的夜晚，才让我猛然醒悟，这里的"日不落"指的是从业者从日出到日落、日落到日出都在工作，永无止境，永不停歇。

Vincent言下之意，不过就是："嘿，真没想到，咱俩都不用睡觉！"

我在工位上，对着电脑大屏幕一项项确认着细节，制定好项目倒推时间轴后，碰了碰趴在我左手边午休的罗心慈。

罗心慈抱着自己的羽绒服外套，头发有些凌乱，挣扎着从桌上爬了起来："时岚，怎么了？"

罗心慈的脸色苍白，额头还冒着冷汗。我吓了一跳，连忙问她："你不舒服吗？"

"没事。你叫我有什么事情吗？"罗心慈的声音非常虚弱，与平日里风风火火的她判若两人。

"关于'美丽宝贝计划'的推进安排和预算分配，我想听听你的意见。"我将电脑屏幕扭转了一下，直面罗心慈，方便她审阅。

罗心慈用手扶着脑袋，眼皮好不容易撑开，又很快耷拉下去。

"你要不要休个病假？"我关怀地问，内心多少有些歉疚，连忙给她倒了一杯温水。

汇报给罗心慈以后,我虽然从来没有承担过核心的工作,跟着邵佳敏打了不少杂,但是,我充分理解这是新人会遇到的最正常的局面。从情义上来说,罗心慈也从未为难过我。她工作踏实、做事认真,总是部门里最后一个离开的人,能够在会议上准确抓住漏洞并且提出解决方法。就从这些方面来说,罗心慈绝对是一个值得我尊敬的领导者。可是,就因为我工作得过于投入,整个午休时间,罗心慈在我旁边难受了一个多小时,我居然都毫无察觉。

罗心慈为难着,我清楚看到她的双手握拳又松开,似乎想要再坚持一下,最终还是喝了一口我为她倒的温水,抱歉地对我说:"你把你的想法发给我吧,我等下看。"

"行,不着急,你先照顾好自己。"我的同理心在此刻爆棚。

罗心慈抓起自己印有"宝莱"标志的帆布包,把笔记本电脑塞了进去。离开前,她打了三个电话。第一个电话,她打给了赵晓雪,完成了口头请假的流程,随后通过手机提交了系统里的请假申请。第二个电话,她打给了邵佳敏,拜托邵佳敏替她参加下午的会议,并快速将会议的重点和邵佳敏过了一遍。第三个电话,她打给了她的妈妈,说她这两天要开一个特别重要的会议,就不给家里打电话了。

我叫住她:"我送你去医院吧,我可以开车。"

"不用,你工作吧。"罗心慈谢绝了我的提议,走出了办公室。

我茫然地看着罗心慈的办公桌。与罗心慈同坐了这么久,我这才有机会发现,她的办公桌上,有不少保养品与药品,还有几个空的咖啡杯,上面清一色贴着"冰美式"的标签。罗心慈的电脑大屏幕旁边,贴着一张便利贴,上面写着"事在人先,戒掉情绪"八个字。

事在人先，是工作者专业的态度，而戒掉情绪，这四个字看得我触目惊心。

罗心慈对自己残忍到，不允许自己有任何情感的波动，就连生病这种极为脆弱的时刻，都要求自己冷静克制地处理好所有的事情。

真可怕。互联网，何苦如此？

我看着办公室里埋头苦干的同事们，意外地发现，在宝莱干得最久的，都是那些有上海户口，已经结婚甚至生子，家中父母有一定财力可以支撑首付，却又没办法一口气全款买房的外地人。这些人，是最不敢轻易辞职与跳槽的人。因为他们的肩膀上，都有重重的房贷与车贷。在房贷与车贷的压力下，每一个人都成了勤劳的工蜂，疯狂内卷玩命忙，为他人做嫁衣裳。而像胖哥那样，豪掷千金只为在 Modu 快乐唱首歌、吃个果盘的本地人，血汗工厂宝莱根本不可能成为他们的选项。没有户口、没有伴侣、没有家庭的三无人员，比如我，反倒容易在碰到不顺心的事情的时候，指着老板的鼻子痛骂一番，连年终奖都可以不要，拍拍屁股就走人：此处不留爷，自有留爷处！

这么分析下来，能在李东乾面前大放厥词的我，并非比别人勇敢，只是比别人少被社会毒打一点而已。

感慨归感慨，我依旧步履不停地去往了拍摄地。我在车上通过电话会议，与公关部、法务部、销售部共同对了每一个流程，会议结束后，我将会议纪要与后续需要进一步确认的事项发送到了工作群里。理论上应该在医院接受医生治疗的罗心慈，作为第一个已读我消息的人，在群里给我点了个"大拇指"，表示认可。

我点开与罗心慈的对话框，想要出于同事的立场关心一下她的

第八章 额角勋章　101

进展,那句"医生怎么说?"还没有来得及发出去,罗心慈就已经把对我的方案的建议发了过来。我通篇看下来,罗心慈一共批注了三处,除了两处她有延展的意见外,第三处的批注写着"太棒了,时岚!"。

终究是上司与下属的关系,我回复了一个"谢谢"的表情,没有再多言。我将笔记本电脑放进包里,眼前浮现出在医院打着吊针的罗心慈,一条一条处理未读信息的画面。我问自己,如果有一天,让我坐到罗心慈的位置,我愿意做到这个地步吗?

放眼看去,这场属于互联网的耐力赛,聪明与勤奋,从来都是缺一不可。但是仅有聪明与勤奋还不够,若是没有运气,那也只能停留在罗心慈的地步,成为不了带领一百余人的赵晓雪。

片场里,广告公司负责"美丽宝贝计划"项目的导演主动向我打招呼。他穿着黑色马甲与深褐色皮靴,食指与中指都有因长期抽烟而泛黄的痕迹,约莫四十余岁,却因为将头发扎成了一个鬆鬆,显得有些亲切。

"是时岚,时总吧?"导演笑呵呵的,手里还拿着拍摄布景方案。

真有趣。在宝莱内部,我见谁都得乖巧。出了宝莱,顶着互联网巨头的光环,任他年纪再大,经验再足,见了我,称呼时都得先把"总"加上。

不过,人家给我脸,我也不能太飘。我连忙笑:"胡哥这是折杀我了,我就是个打工小妹,您叫我名字时岚就好。今天真不好意思,麻烦胡哥亲自跑这一趟,主要也是我不够专业,还得劳烦胡哥帮忙,看看道具全不全。"

做惯了乙方的胡导,难得碰到好言相向的甲方,自然是喜出望外。他吆喝着其他工作人员,熟练地开始根据方案布景。我被胡导安排在计划放监视器的位置，面前摆了一堆食物和饮料，荒郊野岭的，连橙子都被切成了五星级酒店的摆盘。为了让自己显得不那么周扒皮，我严格控制着自己不要跷二郎腿，以免被认为是一个绣花枕头监工，被敷衍了事。

我在座位上坐了会儿，见基本的大物件都摆放得差不多了以后，便拿起手机，拍摄了一些细节。胡导是个明眼人，他凑上来问我："是要拍一些图片发给钟晨曦那边的人吧？"

"嗯，想让他们看看大概情况，有什么意见也可以前置提。"我回答。

"哈哈，你之前干什么的？这么有经验。我每次负责这些任务，负责人都是过了很久才跑来问我有没有图片示例，折腾得我们又得回来一次。放心吧，我这边都安排好了。喏，你看，正拍着呢，等会儿就发你先看看。"胡导很是和气，看来是应对甲方的老手。

这年头，当导演也不容易。有能拍片子的技术还不够，还得懂得如何和资方交谈。什么叫"全方位人才"？就是，明明拿的是一份工资，做的却是一支队伍的工作。

我没搭话，笑了笑，奉承了胡导一句："您也专业。"

我怎么可能傻到去和经验老到的导演说自己是个小丫头片子呢？初次见面，咱们比的是专业程度，又不是经验。既然如此，我相信，我之前做的那些准备工作与记录在笔记本上的密密麻麻的提醒，足够为我保驾护航。有时候，想让对方信任自己，除了拿出真本事来，没有其他办法。

胡导安排的摄影师很快将照片发给了我，我见旁边有一台用于办公的电脑，便要求摄影师把照片按照顺序，标注好用处与预计使用时间，编辑成小于5M的长图PDF，再发给我。摄影师悉数弄好后,我又提醒他:"把文件的名字改一下,不要用源数据名,改成'美丽宝贝计划-宝莱-12.24'吧。"

"时总,够严谨的啊,不像是干执行的。"胡导面露欣赏之意。

我笑着说:"您不嫌我麻烦就行。"

走到主拍摄画面的舞台前,我询问胡导:"胡哥,您看要不我们试试灯光吧。"

胡导左右看了看,有些为难:"按理说是要试一试,但是我们用来固定打光道具的器材没带过来。到时候咱们现场弄吧,我们提前一点来,不会耽误的。"

"拍摄当天因为钟晨曦晚上要飞长沙录综艺,估计收工的时间没办法往后拖。如果当天咱们确认的话,要辛苦胡哥和兄弟们帮忙提前两小时来设置了。"我又强调了一句,"我也会和你们一起准时到的。"

胡导用手摸了摸自己头顶的小鬏鬏,走近一步问我:"时岚,你老实和我说,你在你们宝莱内部是个官吧?"

我大笑:"胡哥说笑了,我就是干活的。打工人,总得兢兢业业的。"

"得,你们老板划算,派你一个人来,比派十个人来都强。我看啊,今天不搞定一切,你是不可能放我们走的。"胡导想了想,叫了一个男人过来,叮嘱他尽快把其他工具都带过来后,看着我无奈地笑了笑。

从胡导的角度来看,今天的布景,无非就是与甲方提前接触。如果甲方来的是个花架子,那就随便糊弄一番,大家伙儿也就高高兴兴地收工了。偏偏碰到我,看起来是个小姑娘,挑起毛病来却是一点都不含糊。专业事,专业做,既然碰到了高要求的人,胡导也没理由再找托词。

等其余道具送来的过程中，胡导放其余人去吃盒饭。我坐在监视器位置旁边，对着电脑处理邵佳敏交给我的其他工作。

胡导给我拿了份盒饭，我接过，锁了电脑屏幕后，把鼠标放在了一边。

"你们干互联网的，尤其是宝莱的人，像你这样说人话的不多。"胡导粗暴地把一次性筷子分开，通过彼此摩擦去除了木刺，"我有回坐地铁，听到两个哥们儿聊天，一个哥们儿说'好惨，我今天早上挤地铁没有找到抓手'，另一个哥们儿安慰他'那你应该把手举高高啊，上面有闭环'。我听这话实在是熟悉，认真一看，可不嘛，哥俩儿都挂着你们宝莱的工牌呢。"

我听完不禁哈哈大笑，胡导不愧是我在宝莱广告商供应后台大浪淘沙选出来的人，不仅有丰富的拍摄经验，还接过不少宝莱的案子，很了解宝莱的要求，可以节省许多沟通成本。

我反过来揶揄胡导："胡哥，做哪一行没自己的行话啊？入乡还得随俗呢。您这也算是一只脚迈入了互联网，进入高速发展的时代了。"

"其实我今天一看到你，就知道你这个人啊，难糊弄。"胡导往嘴里塞了一口饭，"平底鞋、大背包、扎马尾、短指甲，一看就是干实事的人。就是比普通女孩漂亮了点，怎么看都像是上山下乡的大学生。"

我心中暗喜。来片场之前，我特地把指甲剪短了，还换上了轻便的鞋子与衣服，为的就是在片场里工作方便。

其实，在美妆行业一段时间后，我有了一个发现：新人刚来时，每天的衣服都是精挑细选的，卷发大波浪均出自昂贵的戴森吹

第八章　额角勋章　105

风机,粉底价格不低于三百元,眉毛根根分明,仿佛下一秒就要去走秀,处处显示着大上海梧桐树下的都市丽人的特点。可是,过不了几天,互联网女工们就开始放纵自己。头发随意地搭在肩膀上,有点分叉也懒得剪掉,为了让痘痘更早消失,放弃化妆的大有人在,连防晒霜都不见得记得抹一下。优衣库和Zara比肩宝莱发的文化衫,成为最常见的服装,黑眼圈和眼袋也不遮了,保温杯里不是枸杞就是菊花,恨不得随时随地在老板的耳边大声播报:我来打工了,我工作很饱和!

等我们把所有的细节都确认好后,夜幕已经降临。郊区地界,温度本就要比市区低个三度,此时显得更为寒冷。我看着外面摇曳的树,对胡导说了句"那咱们今天先这样吧,大家都辛苦了"后,所有人都松了一口气。

因为有些重要器材需要在明日的拍摄地点使用,胡导差遣其他人拆解器材,走到外面去抽烟解乏。我想着手头还有几封邮件没回,在桌椅都被搬到角落的情况下,干脆在原地挑了块干净的地方坐了下来,打算工作完再与胡导他们一同离开。

我在一片嘈杂声中回复着邮件,安姐给我打了电话。

"时岚,怎么还没回来啊?都晚上九点了。"安姐问。

"嗯嗯,差不多了,我等会儿就打车回去。"我把手机夹在耳朵下面,手指还飞快地在电脑键盘上敲打。

"你还在片场啊?那等你打车回来,不都得晚上十一点了?"安姐感叹着。

我笑了笑:"哎哟,没事,我到时候直接回家就好了,回去我就好好睡觉,放心吧。"

"我是放心你,就是有个熬鹰人不太放心你。郑以牧在我旁边呢，他说他一直给你发消息，你都没理他。"安姐说。

"啊？我没看微信消息呢。我看看啊。"我把微信对话框打开，这才发现宝莱熬鹰人郑以牧在百无聊赖之中，给我发了三十五条信息。其中不乏"在干吗""嗨""美女"这种毫无营养的问候语。

安姐打了个哈欠："行，这下找到人了，你们俩自己聊吧，我先下班了。"

安姐挂断了我的电话后，没几秒，郑以牧的电话就打了过来。为了方便工作，我直接开了外放，将手机放在了一旁。

"时岚小朋友，你真是个工作狂。"郑以牧开口第一句，就是抱怨。

"郑以牧，你第一天认识我吗？"我点开邵佳敏发给我的邮件，里面提到了明日得更改年货节活动的目标，让我做好配合，不禁皱了皱眉。这互联网节奏，真是一天一变。

郑以牧压低了声音问我："你喜欢现在的工作内容吗？"

"还行吧。给我什么我就做什么。不管是杂草还是玫瑰，怎么都得先活下来。"我回答。

"等下我来找你吧，我有办法救你出来。"郑以牧神秘兮兮地说。

"拜托，我又不是在地牢里。别担心我啦，我会照顾好自己的。"我笑着催促郑以牧挂电话，"好啦，多谢你的问候，快回去熬鹰吧，小心万厉锋找你麻烦。"

我话音刚落，只听见有人大喊一声"小心"，回头一看，一个大灯架直直地向我砸了过来。

完全来不及躲闪，我下意识地用手护住电脑，随着"砰"的一声，我感觉有一股暖流从我的额角滑落。

是血。

胡导应声赶来，惊慌失措地问："咋的啦！"

几个男人支支吾吾地说："没……没拿稳，没想到她会在这儿。"

"你们还傻站在这里干吗！快送医院啊！"胡导让人把我扶了起来，我用纸巾按住额头，很快纸巾就被鲜血浸红了。

"电脑和手机也拿上，塞到她包里去。"胡导指挥着一个人，我连忙挥了挥手。

"时岚，怎么啦？"胡导靠近我，一脸焦虑。

我指了指电脑："先 Ctrl 加 S，保存一下我的文档。"

胡导着急地说："这时候还在想文档，文档还有止血重要？走，快点，开车去最近的医院！"

我被胡导送上了车，电脑和手机都被放在我的包里。胡导车技不错，不到二十分钟，就把我送到了急诊中心。

"得缝针。"医生看了我的伤口后，下了决断。

"行。"我说。

"会有点疼。"医生开着条子，先给我做心理建设。

"没事，谢谢医生。"我说着，又转而对胡导说，"胡哥，你先回去吧，和大家说我没什么事，让大家都别担心，让兄弟们也别内疚，都是意外，咱们别耽误下周的拍摄就行。"

胡导重重地拍了站在一旁的没有握牢灯架的小伙子一下："还不快谢谢时岚！"

小伙子估计也是头一回碰到这件事，吓得话都说不利落了，连连向我道歉又道谢。

我实在是痛得没办法再多说话，跟着医生进了缝针室。

因为打了局部麻醉，缝针的时候，我还能忍受。为了不干扰医生，我用手紧紧地抓着衣角，尽可能不让自己有大幅度的动作。前前后后缝了八针后，医生放下了手中的医疗器械，对我说了句："你这个伤口比较深，之后一定要注意不要碰水，不能太劳累，五天以后来拆线。"

我谢过医生，缓缓从缝针室里走出来，一眼就看到了和胡导站在一起满脸严肃的郑以牧。

"你怎么来了？"我问。

郑以牧走到我旁边，低头查看我缝针的位置，眉头紧锁："手机里传来那么大动静，我能不来吗？上一秒还说让我放心，下一秒就送来急诊缝针！"

"哎呀，别大惊小怪。"我转而对胡导说，"胡哥，你快回去吧，咱们下周见。"

"行，你男朋友来了我也放心了。郑兄弟，真是不好意思，下次请你和时岚一起吃饭，赔不是。"胡导对郑以牧很是愧疚。

我想要解释，无奈麻药开始逐渐消退，痛感渐渐涌上来，便挤出了笑容，和胡导挥了挥手。

胡导走之后，郑以牧又开始数落我："你要我怎么说你。你看你，才出一个外勤，就把自己弄成这个样子！你以后不要再负责这个项目了，就老老实实在办公室里待着！"

我控制不住地开始流泪，仰起脸看着怒气冲冲的郑以牧，可怜巴巴地说："能不能明天再骂我？我现在挺疼的。"

郑以牧的神情一下子温和下来，他压了压火气，帮我披上了羽绒服外套。他背着我的包，想了想，又把自己的围巾摘了下来，给我围上："我先声明，我这单纯是出于人道主义，看你可怜。你可千万不要对我有非分之想。"

"我现在满脑子都是砸下来的灯架，哪有心思想这些。"我用手

第八章　额角勋章　109

背擦了擦眼泪。

郑以牧从口袋里拿出纸巾,想要递给我,又停住了动作,自己拿着纸,为我把眼泪擦掉了。

"会哭就说明还不傻。看着你从缝针室里像个女将军一样走出来,我真以为你是无所不能的。"郑以牧的声音闷闷的,"走吧,送你回家。"

我点点头,跟着郑以牧,走到了医院门口。

郑以牧叫来的出租车已经在门口等了我们许久,我看着一直在跳动的计价器,疑惑地看着郑以牧。

"这荒郊野岭的,我怕叫不到车,所以就让师傅在这里等我们。"郑以牧为我拉开车门,让我先坐了上去。

我与郑以牧在出租车后排落座,他死死盯着我额头缝针的地方,愁容不展,念叨了一句:"你这个伤口,要是留疤怎么办?"

"留疤的话,我就留个刘海呗,刚好可以挡住它。"眼泪已经干了,我从包里拿出了电脑。

郑以牧把我的电脑塞回了包里:"很晚了!猫头鹰都要睡觉了!明天再处理工作,宝莱不会倒闭的!"

我拧不过郑以牧,只好乖乖投降,老老实实地松开了拽着包的手。

昏昏沉沉的夜色里,月光很淡,出租车师傅放的广播电台说着与我们无关的事情,我百无聊赖地听着,看着窗外风景一直在倒退。我的额头有些胀痛,心里想着明天的工作安排,忽然听到郑以牧的声音。

"你不要在美妆行业做这种工作内容了。我带你去珠宝行业。"郑以牧的眼神坚定起来。

我抬起头看郑以牧,发现他的眼睛亮晶晶的,一改之前我印象里的不着调,沉稳了许多。

我大感不解:"你怎么会想要去珠宝行业啊?"

"这几天,好几个行业线的负责人都来找过我,邀请我去他们的行业。我本来还在美妆和服饰之间做选择,现在觉得还是快点做决定比较好。"郑以牧难得正经,"我考虑了一下,珠宝行业下面有战略分析的职位,比较适合你。我带你过去,你汇报给我,我比较放心。"

我思考了一下现如今的组织架构。我比郑以牧低两级,郑以牧比方明远低一级。以郑以牧的受欢迎程度,他如果去美妆行业或者去服饰行业,前者,他可以横亘在赵晓雪和罗心慈中间,成为美妆行业的话语掌控者,后者,他可以独立负责服饰行业紧俏的大牌线,生意体量可以占据整个大盘的70%,可谓是举足轻重。可是,郑以牧居然要选择已经有方明远的珠宝行业,愿意汇报给方明远。难道,只是因为考虑了我的职位?

我看着郑以牧,伸出手,用手摸了摸他的额头。

"郑以牧,我觉得,你才是那个被灯架砸了脑门的人。"我真诚地说,"你要不然也去缝两针吧。"

郑以牧嫌弃地看了我一眼:"你这个病号,我不和你计较!"

我喜滋滋地笑着挽住了郑以牧的手臂,将头靠在了他的肩膀上。

郑以牧要去珠宝行业,说是为了我,其实是醉翁之意不在酒。他想要去的,是有方明远的地方。如果这点小心思我都看不透,我都对不起自己看过的那么多漫画小说。

但是,不管怎么样,郑以牧还是充满了"姐妹"义气。他在找情郎的过程中还能想到我,足以见得他比李东乾有良心一万倍。

第八章 额角勋章

郑以牧被我靠得有些不自在,我微微打了个哈欠,闭上了眼睛,迷迷糊糊地说:"郑以牧,不管怎么样,谢谢你今天来医院。"

恍惚间,我仿佛听到郑以牧轻声说:"时岚小朋友,平安夜快乐。"

第九章　万象更新

方明远给我打电话的时候，我正在医院龇牙咧嘴地拆线。

时钟指向晚上十一点，医生为了才忙完"美丽宝贝计划"第一站宣传片拍摄的我，特意加了个班。

医生一边拆线一边念叨我："都说了，到了时间就要来拆线，你们现在这些年轻人，怎么会这么忙？你到底在做什么工作？"

"医生，我在宝莱负责直播。"我老实交代。

"宝莱？直播？"医生结束了手头的活，看着我，眼前一亮，"我其实在宝莱也有账号，你帮我看看，我的粉丝怎么就一直涨不上去啊？"

我大感不妙。在几乎人人都用宝莱产品直播的今天，我一旦亮出自己的员工身份，大街上满是我嗷嗷待哺的用户。恰好我的手机不停振动，我谎称是我难缠的老板打来的工作电话，医生立刻向我投来了同情且理解的神情，放我离开了。

"时岚，你好。不好意思，这么晚打扰你。"方明远永远彬彬有礼。

"没事，不打扰，我也刚收工不久。"我走到医院门口，招手打了辆出租车。

"物业打电话和我说，我家的水管好像出了些问题，漏水到了楼下。房东在国外，能否请你帮我回去看一下？"方明远充满了歉意,"如果方便的话,我的备用钥匙放在我办公桌的抽屉里。"

我一只手拿着手机,一只手拉开了出租车的门。

"师傅,辛苦去一下宝莱公司。"我对着出租车师傅报出了地址。

出租车师傅有些抱怨:"姑娘,你大晚上从医院打车去这么远的地方,我回来都拉不到客人的呀。"

"师傅,我按照1.5倍的价格付给你,行吗?"我不愿意和师傅拉扯。加钱,永远是解决问题最快的方式。

出租车师傅闻言心花怒放,转而夸起我来:"像你这么漂亮又讲道理的乘客,不多啦。"

我贴近手机,继续与方明远的对话:"没问题。不过我回去大概需要一个半小时。别担心,我来联系物业吧。"

我准备挂断电话时,方明远叫住了我:"时岚,你给物业打完电话后,请告诉我一下。"

"啊?噢。"我没有问太多,整个人瘫在后座上,致电物业说明情况后,我将笔记本电脑打开,放在双腿上,将今日摄影棚里的进展编写成邮件,并把三张经纪人Vincent哥确认过的钟晨曦的样片作为附件,发送给了罗心慈,并抄送给了赵晓雪、露露与邵佳敏。

已经是晚上十一点二十五分。邮件发送后一分钟内,四人都显示了已读状态。劳模罗心慈更是迅速回复我"辛苦了,不愧是时岚"。

宝莱不愧是人肉战场,个个都争分夺秒,不眠不休。

我单手敲着键盘,回复了两封邮件后,方明远的电话再度打了过来。

"方总监,不好意思,我给物业打完电话后,回复了一下邮件,没有及时告诉你。"我夹着电话,"物业那边我都说好了,等我回去就去处理。楼下的邻居我也打过招呼了,是一对年轻情侣,挺通情达理的。我先请物业把他们安置到旁边的酒店了。"

"时岚。"方明远叫我的名字。

我下意识地顺口回复他："哦，没事的，都是邻居，不用客气。"

"钟晨曦的样片拍得很不错。"方明远肯定了我的工作成果，解释道，"赵晓雪把你的邮件发给了创始人，抄送了我们。"

我难免有些疑惑。理论上来说，"美丽宝贝计划"是罗心慈的项目，就算我做得不错，也该由罗心慈向外宣传，赵晓雪怎么会这么主动来表彰我呢？除非，她希望把这个项目与我绑定，而非让罗心慈分一杯羹。

不愿意多想，我回答方明远："谢谢方总监。"

"你包里带了充电宝吗？一个半小时的乘车时间，要保持手机有电。"方明远意料之外地细心。

我笑方明远实在是太过于谨慎，就算手机没有电量，回到公司以后，我也是可以正常充电的，绝不会耽误回家和物业处理他的房子漏水的事情。

"有的。"我回答他。作为一个在都市里忙碌工作的人与囤积爱好者，手机没电是我最不能忍受的灾难性事件。

方明远嗯了一声，我打了个哈欠，他又说："你把你的行程发给我吧。"

"我打的是出租。"我回答。

"那我加你微信，共享彼此的位置。"方明远说。

我嫌他婆妈，不就漏个水嘛，这种小事都值得他来了解处理的全部过程吗？不过，反过来想，这就是为什么方明远年纪轻轻就做了总监，因为细节决定成败啊！

好吧，反正加方明远的微信，对我来说也不是坏事。

第九章 万象更新　　115

方明远根据我的手机号，向我发送了添加好友请求。我滑动手机屏幕，发现方明远的头像又是一座丝毫没有探究意义的山。我点进方明远的朋友圈看，不是和郑以牧一样拒人于千里之外的"仅三天可见"，但是，除了一篇一周前发布的与珠宝行业相关的宣传软文外，他什么内容都没有分享。

而我自己曾经的朋友圈，则是热闹非常。甜品店的柠檬茶味道极佳，路过的小狗尾巴翘得滑稽，美甲店的老板换了个新发型，食堂阿姨给我多打了一块肉，音乐剧没有抢到票，爸妈因为我没谈男朋友拒绝来上海玩。许多事情，大大小小，我都发在朋友圈，与朋友们分享。我的评论区，几乎都被"哈哈哈"淹没。我是如此依赖着朋友圈的分享与我的朋友们保持联系，它就像是一个窗口，传递着我生活的点滴，让我与朋友们再见面时，不至于没有话聊。

为什么说是曾经呢？因为，在安姐的耳提面命下，我如今的朋友圈，商务气息之浓，与方明远相比有过之而无不及，活生生一个独立女性志在《福布斯》富豪榜的形象。

我回到了与他的对话框，并且按照他的要求，与他共享了我的地理位置。在地图中，方明远的定位显示在北京，与在上海的我，两个箭头正对着，遥遥相望。

"我有一个会议电话进来，保持联络。"方明远率先挂断了电话。

我看着地图里的小箭头左右晃动，恍然觉得有些趣味。科技的发展，总是容易让人误以为距离可以无限缩短，乃至屏幕上的咫尺之遥。可是实际上，隔着几千公里的距离，我们也只是幻想可以洞悉对方的动态罢了。

处理完了所有的工作信息，我将电脑笔记本合上，出租车师傅主动与我搭话。

"男朋友啊？"出租车师傅问。

"嗯。"夜深人静，独自一人坐在车上，我不愿意多说。

"男朋友来接你吗？"出租车师傅又问。

"嗯。"我拿起手机，晃动了一下，"我男朋友不放心我，在和我共享位置呢。照我说，哪有那么不放心啊。都怪他做警察的，一身职业病。喏，您的车牌号我都发给他了。"

出租车师傅干笑道："挺好挺好。"

夜色里，车辆较少，出租车师傅加快行车速度，我关注着手机上地图的路线，提防着师傅绕路。直到看到熟悉的建筑物，确认快到公司楼下时，我才略微放宽了心。

拎着今日跟拍钟晨曦的大包和沉甸甸的电脑包，我火速下了出租车。坐电梯上楼的时候，我长舒一口气，总算明白为何我说准备一人留在郊区的医院拆线时，胡哥的眼神里都是"不放心"。独身女性，深夜晚归，居然会成为我努力工作的附加风险，真无奈。

方明远的电话打了过来，对话非常简短。

"到了？"

"嗯。"

"好。"

我把手机揣进口袋里，先把我的物品放回了我的办公桌上，随即又按照方明远发来的指引，准确找到了他的工位。我站在方明远的办公桌前，发现他简直就是安姐口中最成熟的职场人：朋友圈不杂七杂八，只有工作；办公桌上不像之前的我是一个生态圈，而是清清爽爽的。不对，方明远已然超出了安姐的标准。因为，出差在外的他的办公桌上，除了一包开过的纸巾，什么都没有。

第九章 万象更新　117

谢谢这包纸巾,让我知道这个工位是真的有人在坐的。

我拉开方明远办公桌的抽屉,除了看到他的备用钥匙外,还看到了几张贴在抽屉侧面的便利贴。

"2月5日,老方生日。"

"1月10日,体检。"

"还充电线给时岚。"

"找时岚接猫。"

"请时岚吃饭。"

我看着三张写着我名字的便利贴忍不住笑起来。生活是多么忙碌,以至于还要靠便利贴提醒自己。我将抽屉合上,在微信上给方明远发送了一条信息"拿到钥匙了"。

我伸了个懒腰,搭乘电梯回到大厅,在等车时,顺手关掉了与方明远的位置共享。两个站在门口的保安小哥裹着厚厚的羽绒服讨论着新年愿望,我这才意识到,今天是12月31日,是一年的最后一天。

作为一个不是特别注重仪式感的人,就算是生日,我也不会有任何额外的安排,该吃饭吃饭,该睡觉睡觉。若是特意给它赋予意义,只怕也容易落空。我抬头看不远处树木上的小彩灯与黑夜交相辉映,呼出一口白气,短暂地放空了自己。

回到小区里,处理完方明远的房子漏水的事情,已经是凌晨两点半。送走了工作人员,我一个人站在方明远的房子里,环视着他的居住环境。

方明远的房子内部装修极其简洁,以黑白色调为主,家具也极少,可谓是一览无余。除了一棵圣诞树外,根本看不出丝毫浪漫气息。一套洗漱工具,一双拖鞋,一个喝水玻璃杯,一个枕头,一书柜的书。所有的一切都在向我证实，当时他对我说的"我没有女朋友，也没有未婚妻，更没有老婆，我是单身"，并非妄言。

我给方明远拍了一张修理完毕的照片，发送过去给他后，他回复了我，依旧是简单明了的两个字"谢谢"。

关上方明远的房间门之前，我从包里拿出了今晚从片场带回来的一个拍摄道具——水晶球铃铛，放在了方明远的玄关处，并留了一张字条"方总监，新年快乐"。

对长期在外出差的人来说，也许任何一个祝福都足够给予对方慰藉吧。

从小，父母就常常身体力行地教我如何给予他人关怀。我与李安南相识，就是因为我在公益组织里帮忙制作圣诞节的姜糖饼，负责分发给福利院的儿童，而李安南是福利院的志愿老师，笑容满面地陪伴着孩子们做手工。我们在某个瞬间，默契地一同转身，对上彼此的眼神，又在一同回家的道路上，发现竟是校友，就此开始了恋爱。

那是我记忆里最好的李安南，赤忱、善良又温暖。我见过最意气风发的他，见过一篇文章挥斥方遒批判学校教育现状的他，见过坐在我家台阶门口捧着一本厚重的书等我吃早餐的他。所以经年以后，看着我心中发着光的少年变成他曾经最鄙夷的浑身铜臭味的样子，我才那么难过。难过到，不得不离开他。

爸爸妈妈说得对。我对爱的追求过于纯粹，李安南已经勇敢地向现实又残酷的世界走了，而我还不愿意。

我回到自己的房间里，褪下了满身的疲惫。如果不是郑以牧的电话，我极有可能就在放满水的浴缸里睡了过去。

"时岚小朋友，新年快乐。"郑以牧在电话那边说，语气里充满

第九章 万象更新　　119

了喜悦。

我从浴缸里挣扎着爬起来，用浴巾包住身体，看了一眼墙上的时钟回应郑以牧："郑以牧，凌晨三点多，你给我打电话，就为了和我说'新年快乐'？"

"当然不是。我是想问你，你有没有之前客户的品牌logo，我要白底的。"郑以牧问。

我趿拉着拖鞋走到笔记本电脑旁边，打开了工作软件，从文件夹里调出了品牌logo的源文件与白底图，一并发给了郑以牧。

"好了。"我说。

"时岚小朋友就是靠谱！你怎么不问我用来做什么？"郑以牧反问我。

我把手机放在一旁，开了扩音，擦干身体，换上睡衣："又不是什么保密文件，你爱用来做什么就做什么。我的脑容量太小了，新的一年，不想知道太多。"

"今天已经是元旦了，有什么计划吗？"郑以牧问我。

"没有，只想好好睡一觉。"我蜷着身子缩到了被窝里，打开了香薰灯，往里面滴入了两滴薰衣草精油。

"我正好也没什么事情，要不然我大发慈悲，陪你去医院拆个线吧。"郑以牧说。

我缓缓闭上眼睛："不用了，我已经自己去医院拆掉了。"

郑以牧的话毫无道理："你干吗不等我？"

我翻了个身，把手机晾在一旁，迷迷糊糊地说："大哥，拆线又不是什么好事，你怎么什么都上赶着啊。"

郑以牧后来再说什么，我已经听不清了，只知道，次日下午一点我醒来时，手机微信里塞满了郑以牧发来的抗议语音信息。

我在阳台上一边给绿植浇水一边听，乐不可支的同时，笃信郑以牧就算不在宝莱工作，也可以去公园里说书，以他情绪的饱满度，一定能收获大批粉丝。

我对着绿植，想象着他气急败坏的样子，越想越开心。我正听着，来电铃声打断了我的思绪。

很意外，是英国的号码。

我迟疑了一会儿，看着电话挂断，几秒后，电话又再次拨了过来。

"Hello."我转用英文打招呼。

"时岚，是我。"李安南是从小在伦敦长大的华裔，说起中文来，有一股特有的洋腔。我不止一次笑话过他不标准的普通话，他也曾苦学许久，最终还是决定把时间投入对他的工作帮助更多的西班牙语与法语中。

"噢，安南，好久不见。"我把手中的喷水壶放到一旁，倚靠着墙壁，听着久违的声音。

李安南比我想象中还要利落许多。他手起刀落，跳过了旧情人藕断丝连的烂戏码，直截了当地向我说明了来意："时岚，我要结婚了。我想，这个消息，应该第一个让你知道。"

我默默咬紧了嘴唇，片刻后，我听见自己体面地送上了祝福："噢，恭喜啊。"

"时岚，你能来吗？"李安南向我发送邀请，语气里有明显的忐忑。

我的迟疑让李安南有些紧张，他连忙解释道："我前几天给你的邮箱发送了请柬，可是，你一直没有回复。"

"不好意思，这几天工作比较忙，我还没有来得及查看私人邮件。"我如抓到救命稻草般做出了回答，"真抱歉，我接下来工作的

第九章 万象更新

安排太多了。"

　　李安南与我分开的过程，堪称情侣分手模板。我意识到与他的追求渐行渐远，从而拒绝了他的求婚。我们如一对多年好友，在我们最常去的餐厅点了我们平日里最常吃的菜，最熟悉的服务生为我们挑选了桌上的花。那一天我还是喝热可可，唯一不同的是，李安南则喝了不少酒。他脸颊通红地在餐厅门口与我拥抱，我尚能感受到他的克制。李安南始终是一个绅士，他尊重我做出的所有决定，包括分开。

　　安姐曾和我说，感情好好告别过会比较容易治愈。如果没有好好告别、互相祝福，那吵过一场架，反目成仇到老死不相往来也可以。而我和李安南这种，彼此都没有什么过错，认真期待过未来五十年的生活，却因为成熟后人生志愿的分歧而造成遗憾的，最容易成为心中的一根倒刺，在夜深人静的时候猛然生疼。

　　"时岚，关于我们，你遗憾吗？"李安南问。

　　"安南，祝福你进入全新的人生阶段，我相信，你会有更好的人生。"我很确定，这句话说出口的时候，我心中的那根倒刺被连根拔起，一时间血肉模糊，可是，我已经失去喊疼的力气了。

　　"时岚……"李安南还想说些什么，郑以牧的电话拯救了我。

　　"安南，抱歉，我同事找我，应该是工作相关的事情。再次祝福你。"我连忙转接郑以牧的电话。

　　还来不及整理自己的心情，郑以牧就已经在电话那头叫嚣了："你！为！什！么！不！理！我！"

　　一字一顿，就像是我欠了他八百万。

　　"我刚醒。"我说。

　　"撒谎。你刚刚在和谁打电话？"郑以牧问。

"前男友。"我走到盥洗池前,对着镜子,观察自己额头上的疤痕,又扒拉了一下眼睛,看有没有长出可怕的鱼尾纹。

"你前男友找你做什么?"郑以牧显然没预料到这个答案,愣了一秒才说话。

"没什么,叙叙旧。"我不愿意和郑以牧过多解释。

我的手臂晃动了一下,一不小心将牙刷杯打翻在地,发出了较大的声响。

郑以牧在电话那头大呼小叫:"你别冲动啊!不就是前男友嘛!我十几个前女友给我打电话,我也没怎么着啊!"

"郑以牧,你的脑回路真的有够奇葩。"我挂断郑以牧的电话,蹲下身,把牙刷杯捡了起来。

我望着镜子里的那个女孩,长发披肩,双眼皮,因近期熬夜太多,黑眼圈清晰可见,碎刘海没有完全盖住额角细长的疤痕,下巴还冒了一颗痘。平日里,因为工作忙,我从未慢下来,好好看看自己。当卸下妆容,我瞧见这张苍白的脸,只觉得陌生。

我好像快想不起那个第一次见到李安南时的自己了。

工作突遭变故,在新岗位上需要拼尽全力才能稍微证明自己,意外受伤深夜回家差点在浴缸里睡着,前男友要结婚,自己还孤身一人。所有的糟糕情绪在一瞬间涌了上来,如一记重拳,就要把我打垮。

我刚进入感伤的情绪中,恼人的手机铃声又响了。

我一把抓过手机,语气恶劣:"拜托,让我一个人静一下,可以吗?!"

电话那头安静了两秒,随即,方明远温和的声音令我顿生愧疚。

"不好意思,我是不是打扰你了?"

"噢，方总监，我没想到是你。"我小声惊呼，"对不起，我刚刚情绪不是很好。"

"没关系。我刚出差回来，朋友送了我一瓶红酒，如果你不介意，我想转赠给你。"方明远的语气永远是波澜不惊。

我有些受宠若惊，连忙道谢："谢谢方总监，真是客气了。"

"如果方便的话，还请你帮忙开门，我在你家门口。"方明远说。

"啊，就来！"我大步蹦到了门口，将门打开，一眼就看见气宇不凡的方明远与他手上的红酒。

方明远看着素面朝天的我，礼貌地将红酒递给我："时岚，谢谢你的帮助。"

拿着方明远送的红酒，我突发奇想：不过是借了一次充电线，代养了一段时间猫，又搞定了一次漏水，就能得到一瓶红酒。这样的交易，实在是比买股票划算一万倍。

"你还好吗？"方明远问我。

"噢，没事。"我说。

"你刚刚在想什么？"方明远好看的眼睛望着我，嘴角还带着笑。

"噢，我在想，如果以后你家还有什么麻烦事，你可以随时找我，我非常乐意帮忙。"我也尽力挤出笑容。

"谢谢你。"方明远还是道谢。

我抱着红酒，向方明远挥了挥手，刚想关上门，听见方明远问我："今天有约吗？"

我反应过来，对，他肯定想要去接猫。

"你稍等下，我联系一下我朋友，他今天好像和家人出门了。如果他在家，我可以让他帮忙把猫送过来。"我侧身伸出手，从盥洗台上把手机扒拉回来，翻找着胖哥的电话号码。

"猫的话，等你朋友方便的时候，我亲自去接吧，不希望再麻烦你们了。"方明远看着我，"我是想说，如果你今天没有约，要不要等下一起出去吃个饭？我刚下飞机不久，还没有来得及进餐。"

方明远的邀请有些突然，他注意到我有些犹豫，接着说："如果你今天没有心情外出就餐，可以告诉我你想吃什么，我回来的时候，帮你捎带一份。"

"我不是没有心情，我是没有洗头。"我坦诚地说。

方明远好像突然被我戳中了笑点，他极力忍住笑："那……"

"我想到了！我可以戴帽子！五分钟后见！"我说。

"五分钟够吗？不用着急，我可以等你。"方明远很是周全。

我却摇摇头："哎呀，换个卫衣，披个羽绒服外套能要多久？咱们就到小区门口吃，很快就回来了。"

方明远的笑容越来越明显，他点点头，算是同意了我的提议。

关上门，我迅速换上了日常穿的粉红色卫衣与牛仔裤，挑了一双最舒适的运动鞋，把自己的头发用帽子盖住。瞥了一眼镜子里憔悴的自己后，我破罐子破摔地从柜子里翻出了一个口罩，把自己包了个严严实实。

方明远在电梯口等我。我揣着羽绒服的兜，如一个大笨熊般向他走去。他还是一身笔挺的西装，侧过头来看我，眼神里分明写着"你确定要这样出门吗"。

"别惊讶，你又不是没见过女人。"我认定方明远和我之间不可能有任何感情线。既然如此，姐妹之间，何必浪费我的粉底液与口红？

"时岚，每次与你见面，你都会给我惊喜。"方明远的话，我竟然听不出来是褒是贬，"如果你不介意的话，我们能否去一家我比

第九章 万象更新　　125

较熟悉的餐厅就餐?"

我不假思索地说:"噢,行啊,无所谓。"

我本来还在思考是否要没话找话与方明远攀谈,以免过于尴尬,好在方明远事务繁忙,车刚开出去不到两分钟,一个工作电话就打了过来。

找方明远的是国内知名珠宝企业的大老板。方明远起初还是挂着蓝牙耳机,用"嗯""好"这样的字眼作答。过了大概五分钟,方明远的眉头皱了起来,他摘掉了蓝牙耳机,开了外放。

"王总,您的好意我心领了,认识就算了吧。"方明远手握方向盘,言语里都是推辞。

手机里,王总的声音极为热情:"别介啊,小方,你说我俩这么谈得来,你和我那个侄女,肯定也聊得来。不是我王婆卖瓜啊,我的侄女是北京电影学院毕业的,好家伙,那可是大美妞一个。我老婆天天催着我,就想让你们两个年轻人认识一下。要不然下周你来北京出差,我做东,你赏光,行吧?"

方明远看了我一眼,投来求救的信号,我笑着会意,凑到方明远的手机旁,尽力让声音显得甜美:"明远,电话打完了没呀?今天说好了陪我逛街,怎么又在忙嘛。"

此言一出,果然奏效。王总的声音极速降到冰点:"小方,我听说你没有女朋友啊?"

"追了很久,刚追到。"方明远睁眼说瞎话,"王总,还是多谢您的厚爱。那我先不跟您多聊了,再聊多了,回家又得哄半天。"

看样子,王总也是个"妻管严",倒也不纠缠,爽快地对方明远说:"那快去,女人啊,可怕!"

我帮方明远挂断了王总的电话,与方明远对视了一眼后,不约而同地笑了起来。我刚想笑话职场精英方明远竟也有疲于应对客户的时刻，方明远的电话又响了起来。我看了眼来电者的名字，赫然写着"妈"。

对于春节将至，孩童们最早的感知来自寒假作业，而我与方明远这种年岁渐长，却没有结婚趋势的都市单身男女，所有的感知都来源于家人们介绍的相亲对象。

方明远将牧马人停在一家西餐厅门口，微微颔首，接着看向我："时岚，是否能……"

"没问题，我来吧。"我把方明远的手机拿了过来。

我滑动接听键，用手轻捂住嘴，制造出朦胧的对话感："明远，有电话。"

方明远也很配合，一副刚从忙碌中找到缝隙的语气："谁呀？你先帮我接吧。"

"噢，好。"我温柔地说完，又补了一句，"放你桌上的茶记得喝，都要凉啦。"

"好，马上喝。"方明远回答。

一整套戏做完，我把手机贴近耳朵，乖巧地向方明远的妈妈打招呼："阿姨好，不好意思，明远在忙。晚一些，我让明远给您回消息好吗？"

电话那头，方明远的妈妈喜出望外，用带着浓重家乡口音的普通话向我确认身份："姑娘，你是我们家小远的女朋友啊？"

"嗯嗯，是的，我们俩刚在一起。"我相信，就凭借这一句话，方明远还得给我送两瓶红酒。

"太好啦！小远终于有女朋友啦！"方明远的妈妈不知在与谁说话。

第九章　万象更新

我疑惑地看着方明远，方明远憋着笑，对我做了个口型："辛苦了。"

当我在电话里向方明远的爸爸、外婆、四个叔叔伯伯、三个舅舅与六位看着他长大的邻居长辈，以及对方明远的成长有着至关重要的影响的村主任依次问好后，我又迎来了在邻村家访、听闻方明远有了女朋友骑着摩托车赶来的方明远的小学老师。好在，扮演方明远女朋友这个角色，所需的台词并不多。"是啊，特别忙""嗯嗯，我们会注意的""好啊好啊，有机会一定回来"，三句话来来回回，就已经把电话那头的人哄得眉开眼笑。

方明远看着我满脸堆笑地配合着，实在有些看不下去了，把手机从我手中接了过去："哎呀，妈，你们别吓着她。"

"小远，这个姑娘声音好温柔，你们一起回来过年吧？"方明远的妈妈问。

"她也要回自己家的。"方明远说。

"回家也没几天啊，邀请她来家里坐坐，老家好山好水的，来玩玩。"方明远的爸爸接话，"你好不容易愿意谈个女朋友，我们都会关照好的。"

方明远有些为难，我顺势接话："叔叔阿姨，我也特别想来，可是，我得回英国陪爸爸妈妈，实在是不好意思。"

"啊，姑娘要去国外啊。"方明远的妈妈遗憾的声音传来后，电话那头窸窸窣窣的，似是纷纷接受了我无法跟着方明远在春节期间回家的事实。

方明远感激地对我点点头，继而向他的亲人们说了"再见"，总算是挂断了电话。

"也许我应该像你一样，把手机关机。"方明远笑着耸了耸肩，

"时岚，谢谢你的帮助。"

"小事儿。其实父母不能接受你喜欢郑以牧，也很正常。你得多给你爸妈一些时间。"我劝慰他。

"什么？"方明远的笑容霎时消失，满脸震惊。

我以为方明远是不好意思向我承认，只好宽慰他："真没事，我在英国生活了那么多年，都能理解。不过，我真的很佩服你，能忍受得了郑以牧的坏脾气。我说过了，我会替你们保密的。"

方明远的脸色了沉下来，他咬着嘴唇，好一会儿后，才勉强蹦出两个字："不是。"

我狐疑地打量着清爽俊秀的方明远，思索了一番，摇了摇头："不信，直男没你这么爱干净的。"

方明远被我噎住。他的脸红一阵白一阵，神奇极了。

我拍了拍方明远的肩膀，戴回我的口罩，打开车门，在服务生的引导下，在方明远预订的位置落座。

方明远在我们到达之前，已经点好了餐。我心满意足地大快朵颐着，完全没理会几番欲言又止的方明远。方明远拿着刀叉许久，愣是没有开动，真不知道不久前和我说"我刚下飞机不久，还没有来得及进餐"的人是谁。

等我吃完了一大堆食物后，方明远总算开了口。

"时岚。"

"嗯？"

"……我也不是每天都洗澡。"

我猛然抬起头，发现方明远气鼓鼓的，还握紧了拳头，忍不住扑哧一下笑了出来。

第十章　男人的嘴

元旦假期结束之后的第一个工作日，赵晓雪与美妆团队的人力资源同事组织了一场大型会议，美其名曰"同步全年计划"。

我在有我名牌的位置前落座，快速扫了一眼同桌人的名字，大部分都是陈思怡团队的人。她们或穿着奢侈品牌的裙子，或选择了小众设计师的走秀款，眼线一个比一个浓重，假睫毛根根分明，张开大红唇，中英夹杂着讨论最新的美妆品牌。我深吸一口气，感慨着这哪是开工作会议，这明明就是争奇斗艳的舞林大会。

好在第一天重返职场的森森也不逊色。看他头发的造型，至少消耗了三分之一瓶啫喱水。森森脱下黑色外套之后，粉红色的衬衫飘出栀子花香水味。他环顾全场，准确找到了我的位置，看到桌上的名牌没有他的名字，就自己跑去隔壁会议室，拖了一张椅子到我右手边，又从双肩背包里拿出签字笔与一张白纸，龙飞凤舞地写下了"森森"两个字，折成立体三角，放在了自己的面前。

"时岚姐，我刚刚上电梯的时候，碰到郑以牧了，他说让你得空的时候找他。"森森一边从包里拿出电脑一边对我说。

我下意识地点点头："行。"

"时岚姐，你怎么了？看起来很没精神。"森森把电脑打开，桌面壁纸还是之前的图片，赫然写着五个大字"老娘要发财"。

我瞟了一眼同桌的同事们都还在高谈阔论着自己在巴黎的见

闻，确认她们绝对不会对我感兴趣后，放心地用手撑着头，耷拉着眉眼，低声问森森："森森，我问你。如果说，有人特地买了红酒送给我，可是，我拿红酒来擦玻璃了……"

"拿红酒擦玻璃？时岚姐，你这也太摆阔了吧！"森森瞪圆了眼睛。

"我哪知道那瓶红酒那么贵。拿红酒擦玻璃，玻璃是真的可以越擦越亮。那个人和我说，是他朋友送他的嘛。我是擦到一半，发现买红酒的小票没撕干净，才知道他是在小区附近买的。"我叹口气，"我猜测，他是误以为我喜欢喝红酒，可是，他不知道，我完全不懂行。我自己买的红酒都是超市里几十块钱一瓶的，当天刚好家里红酒喝完了，就顺手用了一下他送的。"

"没事，时岚姐，只要那个人不知道你拿来擦玻璃就好了。"森森不忍心苛责我，尽力宽慰我。

我又叹了一口气："知道的。我擦到一半，看到小票的时候，他从楼下向上看，刚好看到我拿红酒擦玻璃。森森，那个人应该不会生气吧？"

"时岚姐，你坦白告诉我，那瓶红酒多少钱？"森森迫切地问。

"五千七。"我殷切地看着森森，"应该还好，对吧？"

"谢谢，如果我是那个人，我不会生气，我会发疯！"森森义正词严地说，"时岚姐，我给你指一条生路，现在拿一块板子，写上'我错了'三个字，挂在胸前，去他门口负荆请罪，也许还来得及。"

我哀号一声，手机打开与方明远的对话框，打下了一行字："方总监，什么时候方便接猫呀？"

哎，不行，这样显得我压根不愿意帮他照顾猫一样。我把这句

第十章 男人的嘴　　131

话一个字一个字删除了。

"方总监,昨天的事情,真是不好意思。"

打完这句话,我还是觉得不妥。人家方明远都没说什么,我自己跑去把事情捅破,这不是特意让他尴尬吗?

"方总监,你什么时候方便,我请你吃个饭吧。"

我正思忖着这句话要不要发出去的时候,森森用胳膊肘碰了一下我:"时岚姐,有火鸡。"

我一下没注意,手指碰到了发送键,邀请方明远吃饭的消息就这么发了出去。

"什么火鸡?我现在自己要变火鸡了!"我连忙将信息撤回,接着顺着森森手指的方向看去,发现有个美妆行业的男同事穿了一条五彩裙,翘着兰花指坐在会议室正中间的桌子上。

"森森,这不是火鸡,这是霸王鸡。"我由衷地感慨道。

十点钟到了,大会准时开始。赵晓雪先走到幻灯片面前,向大家问了个好。台下掌声一片,我与森森也跟着鼓掌。

"美妆行业的伙伴们,大家好。首先,还是要先感谢大家在过去这一年为美妆行业付出的一切。"

赵晓雪话音刚落,所有人立即齐刷刷地继续鼓掌。

"谢谢。在今天分享我们美妆行业新年整体规划之前,让我们先感谢一下我们人力资源部的同事,谢谢他们为我们组织这么一场盛大的活动。"

赵晓雪说完,大家继续鼓掌。

"好的。那让我们一起看看投影仪。这里的封面,我特意写了'旗开得胜'四个字,是预祝我们美妆行业在新的一年再创辉煌!"

在第四次如雷的掌声中,森森哭丧着脸对我说:"时岚姐,我应该把我上次看演唱会专门用来鼓掌的道具带来。这么一直鼓掌,我的纤纤玉手会变成猪蹄的。"

"雷声大,雨点小。动作幅度到位,合掌的时候减轻力度。你多练练。"我向森森传授我的经验。

赵晓雪的演讲技能极佳。她语气高昂地介绍着以数据为支持的美妆行业大局势判断:"过去的一年,美妆行业规模化实现了稳定增长,全渠道体量接近8000亿。如今,宝莱已经稳居线上第二大平台,用8个月的时间,走完了线上第一大平台天迈从2012年到2018年7年时间走过的道路。

"我们在觉得充满信心的同时,也要看到急需解决的痛点。目前来看,虽然新锐品牌有不错的案例落地,可是,宝莱的池子里,新锐超头控比较低,招商依然需要大规模扩张。在达人作者层面,数量上确实有大幅度提升,但是,目前来看,还是过度依赖高流量的达人,缺乏高客单和高端品牌的支撑。说到这里,我就要说说营销策略,NPS比较低,个体商户反复打击不清,消费者运营的能力也没有搭建,新客拉新也没有突破。这么多问题点,在新的一年,都将成为我们的发力点。"

我本来也抬着头,手里拿着笔记本和笔,与所有人一样假装在认真听赵晓雪的分析,直到森森给我发了一条信息。

"时岚姐,我有一个感想!"

"你说。"

"赵晓雪好有文化,我以后也要多读书!"

"……嗯,好好读书。"

"时岚姐,我还有一个问题。"

"你说。"

"NPS 是什么？"

"NPS，Net Promoter Score，净推荐值，是一种计量某个客户将会向其他人推荐某个企业或服务可能性的指数。'NPS 比较低'，说白了就是，宝莱美妆行业的口碑比较差。"

"就这？那赵晓雪干吗不直接说'口碑差'？"

"因为赵晓雪希望你觉得她读了很多书。"

我忽然想起胡哥抱怨互联网行业的人都不说"人话"，不免觉得有些好笑。

在赵晓雪口若悬河地说了两个半小时的过程中，森森发掘了赵晓雪的五个优点，包括：眉毛画得很好、口红叠涂了四种颜色、中指美甲上的那颗钻很闪、袜子的颜色跟鞋子很搭以及说很久话也不用喝水。

时间走到十二点四十分，赵晓雪终于决定放所有人去吃饭。与我想象中作鸟兽散不同，美妆行业的每个人都表现出意犹未尽的模样，屁股粘在椅子上，没人舍得离开。

森森凑近我："时岚姐，我饿了。"

我望了一眼安姐，她回看我，做了个口型——"忍着"。

"森森，敌不动，我不动。"我如壮士断腕般，从包里拿出一块巧克力递给森森，"省着点吃，这是咱们最后一块干粮了。"

森森的眼里尽是绝望，他把巧克力推回来给我："不，时岚姐，你比我老，我应该尊老爱幼。"

"……我谢谢你。"我捏紧巧克力，挤出笑容，继续坐在座位上，听同桌的同事们指点江山，共同感慨赵晓雪的发言是多么精辟。

好不容易又挨过了十五分钟，总算有人要起身离开。我和森森如离弦的箭般，从椅子上弹坐起来，拉上安姐一起往食堂冲。

无奈，美妆行业一百余人，六个电梯压根不够用。安姐迅速做了决定——咱们走楼梯。

虽然抢先了美妆行业的同事们，可当我们到达食堂的时候，菜式已经所剩无几了。我扒拉着餐盘里的红薯和玉米，后悔今天的早餐没有再吃得丰盛一些。

"哟嗬，你们在这里啊，好巧。"郑以牧拎着三个盒饭走了过来。

我瞥了一眼是他，便继续低下头用筷子夹起清汤寡水的蘑菇。安姐与森森则热情许多，尤其是安姐，接过了郑以牧拿来的盒饭，笑呵呵地说："别装了，你就是特意来送饭的。"

森森掀开盒饭的盖子，开心地说："时岚姐，有你喜欢吃的糖醋排骨。"

"时岚小朋友，我有话和你说。"郑以牧把我的餐盘端了起来，"我们去那边吧。"

"安姐和森森又不是外人。"我不理解。

安姐和森森却帮着郑以牧："哎呀，你俩去那边吃吧，爱说什么说什么。"

郑以牧端起我的餐盘，提着给我的盒饭，我只好拿着筷子跟着他走到了食堂的另一个角落。郑以牧将盒饭打开，我也不客气地开始埋头吃。下午的会预计得开六个小时，这时候不吃饱，真不知道下午会多难熬。

"时岚小朋友，和你商量个事。"郑以牧一本正经地说。

"嗯。"我应了一句。

"你跟我去珠宝行业吧。"郑以牧表情严肃，不像是在开玩笑，"我已经和珠宝行业的方明远沟通好了，我去他下面负责黄金业务，同时带你一起过去。我衡量了一下，就算我来美妆行业，短期内也

第十章 男人的嘴

没办法让你汇报给我。我不想你继续待在美妆行业了。所以，我们一起去珠宝行业吧。黄金这块业务我们都不是很熟悉，但是你相信我，我会找到业务的上升路径的。"

我对郑以牧的工作能力当然不怀疑，我只是很好奇，他这副语气，像是做出的所有决定，都是为了我？

"为什么？"我问。

"方明远下面的几条线里，只有黄金暂时还没有做起来，他还在发掘时尚饰品，不过还需要一小段时间。所以我和他商量，最快让我过去的方式，就是让我做黄金了。"郑以牧解释道。

"我问的不是你为什么要去做黄金线，而是你为什么要为我着想？"我单刀直入，还不忘把糖醋排骨蘸上酱汁。

郑以牧今天穿了一件深蓝色夹克，还一反往常地戴了一副黑框眼镜，颇有些斯文败类的气质。他把可乐拉环拉开，将可乐推到我面前，笑了笑："因为，你好用啊。"

"啊？"我喝了一口可乐，"没懂。"

"时岚小朋友，黄金线可都是些老品牌商家，你长得这么好看，刚好对付那群老男人。你之前不是在烦恼森森怎么办吗？我让你带森森一起来，你俩搭配着，什么商家吃不下啊，对吧？"郑以牧的算盘打得清楚。

我将可乐罐直接放回了桌面上，怒视着郑以牧："郑以牧，流氓吧你！"

说完这句话后，我站起身就走出了食堂，径直回到了开会的会议室里。我时岚在工作场合，靠的是专业能力，郑以牧却和我谈外貌！我又联想到之前在大客户战略部，他不让我参与核心项目的事情，更是觉得这个人面目可憎。不过生气归生气，饿着肚子的是笨蛋。想到这里,我给森森发了条信息:"看看食堂还剩什么能带走的,给我带点。"

森森和安姐回来的时候,我已经趴在座位上小睡了二十分钟。森森把从食堂带回来的一根玉米递给我,疑惑地问我:"欸?时岚姐,你什么时候买的三明治?"

"三明治?"我揉了揉眼睛,发现确实有一个三明治和一瓶果汁放在我的手边,"没有啊,我没去买。"

与我们同桌的一个同事搭了话:"是一个男同事放在你旁边的。放下就走了。他长得还挺帅的,是你男朋友吗?"

是郑以牧?我思考了一下,应该不是他,他才没有这么好心。

"他穿深蓝色的夹克吗?"我没有直接回答同事的问题,而是反问对方。

"那倒不是,他穿着黑色的卫衣。"同事回答。

我点点头,我就知道肯定不是郑以牧。我的脑海里又冒出另一个人名,难道是方明远?不对,方明远怎么会知道我没有吃午餐?还是说……我心里,希望那个人是方明远?

吃着还温热的三明治,我忍不住胡思乱想。森森坐在我旁边对着电脑仔细研读,似是忽然意识到了什么,他扭转过头来对我说:"时岚姐,我觉得珠宝行业,可以。"

"郑以牧和你说了?"我有些惊讶。

"对啊,你走了以后,他过来和我说的。"森森把电脑摆在我面前,向我展示着珠宝行业的人员组织结构,"郑以牧说,如果我们下周可以和他一起去珠宝行业,我们可以先从头部商家开始对接。我看了一下他们目前的生意体量,有不小增长空间。而且,珠宝行业的人可能比美妆行业的人简单很多,起码你去了,可以开心

第十章 男人的嘴 137

一点。"

我有些犹豫,想到郑以牧是在食堂和森森说的,连忙问森森:"那安姐呢?安姐也去吗?"

"安姐不行。安姐的职级太高了。郑以牧这次去珠宝行业,也是创始人愿意捞他,才同意让他从3C去别的行业。我觉得郑以牧能带我们去,已经很不容易了。"森森对郑以牧充满了感激。

我翻了个白眼,对森森说:"才不是,你不要被他骗了。他是为了让我们去和那些老色鬼接触。他这个人最不正经了,完全不知道他哪句话是真话,哪句话是假话。"

森森挠了挠头:"这样啊。那,时岚姐,咱们还去吗?"

"你想去吗?"我帮森森分析,"其实大客户战略部解散的时候,我就想让你去珠宝行业的,因为那边人少,转正的概率比较大。如果你一直在美妆行业待着,你也看到了,我目前分到的都是苦活脏活,想要出彩还是很难的。"

"时岚姐,你去哪里我去哪里。你不用担心,我这张脸,走到哪里,哪里的人都会爱死我、疼死我的。"森森用手摸了摸自己的脸。

我被逗笑了,对森森说:"那你让我先想想,等我想好了,我先和你说。"

森森点点头,继续对着电脑研究两个行业的差别。

整个下午,不管是陈思怡的宣讲还是罗心慈对接下来工作内容的展望,我都几乎没有听进去,只是如机器人一般配合鼓掌。原因之一是根据我这一年来对互联网行业的了解,第一天的计划,第二天就可以被轻易推翻,此时的期待也不见得什么时候就要扭转方向,倒不如等到了跟前,再逐步推进。原因之二则是我真的被郑以牧的那句"你很好用"激怒了。

可是，从现实角度出发，我又不得不认同郑以牧的提议对我来说，一定是利大于弊。抛开郑以牧会不会真的这么做不考虑，去珠宝行业的话，我工作的自由度一定可以大大提升，最起码不用困在和露露与邵佳敏奇奇怪怪的人际关系里，也不用再去权衡罗心慈与赵晓雪的微妙博弈。只是，万一郑以牧真的是把我和森森当作"可用"的人呢？

我不禁又想到了即将步入婚姻殿堂的李安南。当初，我来到上海，是为了向李安南证明，我在职场上是可以通过干干净净的努力获得他人认可的。可如果到头来，我竟还是因为"美色"和"性别"被选择，那我离开李安南是为了什么呢？也许我这种坚持听起来十分幼稚，毕竟外貌与性别并不是不能被利用，但我就是不想。

我左思右想，又担心自己一意孤行的坚持耽误了需要转正机会的森森。愁绪满腹的我，连到了晚上聚餐的地方，都不自觉地叹了好几次气。

"时岚，你不舒服吗？"

我抬起头，发现对我说话的人是赵晓雪。她端着红酒杯，走到了我们这一桌。

"噢，没有没有。"我赶忙说。

所有人一齐举杯，说了些台面上的话后，赵晓雪当着罗心慈的面对我说："刚来新团队，慢慢来，放轻松。"

在所有人的注视下，我除了微笑，再没有更好的回应。

吃饭的过程中，森森如品鉴师，一道道菜点评着。碰到好吃的菜，他就偷偷给我夹两块。很快，我的碗里就堆满了食物。

赵晓雪指定的餐厅是上海本帮菜排名第一的老店，装修别有一番风味，菜色也多样化，我却食不知味。

酒过三巡，人力资源部的同事特意组织了一个"击鼓传花"的活动。纸条从最右边的一桌开始传起，热闹非常。森森警惕地靠近我："时岚姐，不会抽到我们吧？我除了这张脸，真的没什么才艺。"

"年轻人，放心，这种场合，轮不到我们的。"经历了不下十次这类饭局的我，愈发担心森森到珠宝行业以后，面对可怕的客户，该如何应对。

果不其然，纸条"刚刚好"地在陈思怡和罗心慈的手里停住，人力资源部的同事又"刚刚好"地停止了鼓掌。在一堆人的起哄声里，陈思怡与罗心慈半推半就地走到了餐厅的中心。

"哎呀，我没什么才艺，真是不如心慈。"陈思怡率先进攻。

"哪有，思怡身材这么好，跳舞肯定很厉害。"罗心慈也毫不示弱。

赵晓雪在当中调节着气氛，霸王鸡也站了起来，用特别妖娆的声音大喊："让我们姐妹四个一起为大家唱首歌吧！"

霸王鸡小跑着站在了陈思怡的旁边，不等罗心慈开口，邵佳敏也跑上了前去，挽住了罗心慈的胳膊。我瞄了一眼露露，发现她拿着筷子在品尝一块红烧肉。我心中暗笑，在众人面前显山露水，确实不是露露的风格。

五个人在餐厅中心商量了好一阵，最终一曲定音——《女人花》。

由台上五人起头，在场的所有人都合唱起了《女人花》，声势浩大，让我有一种闪回小学联欢晚会的感觉。在工作场合，每一个成熟的工作者都将自己不偏不倚地嵌入了套子中，摆出来的都是带着笑容的脸庞，无人在意有几分真心。

一首带着浅浅哀愁的歌，在美妆一百余人的发力下，快唱成了气势恢宏的《黄河大合唱》。

我的手机屏幕在黑暗中亮起，我翻过手机一看，是一条加急消息："时岚，百群这个客户在商品抽检中，被证实商品是假货。质量管控部门要求你立刻把百群的售卖资质关闭，并且让它同意缴纳五十万罚款。今晚完成。"

我看了好几遍，才确认信息来自隔壁桌坐着的露露。怎么回事？百群这个客户我上周才稍微接触过，也只是为了帮它解决一个消费者投诉的问题，怎么把客户关停这件事情，也和我有关系了？而且露露就坐在离我不远的地方，她是突然断手断脚了吗？

几百句脏话就要脱口而出的时候，音乐声止住了，灯被重新打开，我看见了每一个人脸上的喜悦与意犹未尽，当然也看到了露露的闲适。

罗心慈与邵佳敏手拉着手坐回了位置上，露露抢先对罗心慈说："心慈，真不凑巧，时岚得先回去了。"

"啊？怎么啦？时岚，你有什么急事吗？"罗心慈问我。

"真是工作压死人。时岚对接的客户百群，出了些问题，质量管控部门找她协助工作呢。"露露说着，语气里都是对我的心疼，"时岚，你看你要不要打包点吃的？"

如果眼神能杀人，此刻露露已经被我碎尸万段了。

"不用了，那我先走了。处理的情况，晚一点我会在工作群和大家同步。大家吃好玩好。"我笑脸盈盈，恨不得把脸笑僵，才能向全天下彰显自己的"心甘情愿"。

我走出餐厅，在路边等车的时候，森森也背着包跟了上来。

"时岚姐，我陪你一起。"森森从口袋里拿出两块塑料袋装着的桂花糕，"这个真的味道不错，等会儿我们在公司吃。"

我哭笑不得："真有趣，邵佳敏跟着罗心慈，霸王鸡跟着陈思

第十章 男人的嘴　　141

怡,你跟着我。目前看来,你跟着的人,最没前途。"

去珠宝行业,还是留在美妆行业,我至今还没有下定决心。

但不管我做什么选择,我都希望能够对森森有帮助。以前常听其他人讲"领导力",曾以为是鼓励团队的能力,又或者是做出决策的能力,现在想来,还是破釜沉舟的决心。

破釜沉舟……这个词,未免太悲壮。

"森森,万一,我是说万一,我做错了选择,跑路回伦敦的话,你要不要跟着我去伦敦?"我认真地说。

森森扶了扶额:"时岚姐,事到如今,我要和你坦白了。"

"嗯?没关系,你放心,到了英国,我会关照你的。"我说。

"不,我要告诉你。你面试我的时候,我说我英语特别棒,是骗你的。"森森拿出桂花糕,咬了一口,"其实吧,我英语六级都还没过。"

"……行吧,我们还是老老实实回宝莱先工作吧。跑路回伦敦的事情,以后再说。"我看着窗外的夜色,觉得这才是压死骆驼的最后一根稻草。

这可真是,男人的嘴,骗人的鬼!

第十一章　八日寒蝉

如果说连夜疯狂向一个又一个审核卡点的同事加急,请他们帮忙关掉百群的经营资质,要了我和森森半条命,那么次日到达公司,接到赵晓雪的通知,让我再加急所有审核卡点的同事,让他们重新打开百群的经营资质,就彻底把我和森森置之死地。

"时岚姐,我需要去医院吸氧。他们每一个人都和我说,从来没有听过这么离谱的事情。昨天关,今天开,和闹着玩儿似的。"森森哭丧着脸,与我一同瘫在宝莱的休息室里,旁边摆着两份冰凉的盒饭与还没有拆开塑料包装的一次性筷子。

我用手捏了捏自己僵硬的脖子:"关掉经营资质,是因为平台规定。重新开经营资质,是因为对方的总裁大半夜给我们的创始人手签了一份保证书,还即刻缴纳了五十万元罚款。"

管控的同事履行职责,对接商家的我兢兢业业,而创始人亦有大视野要兼顾。我们没有任何人做错事情,可是,从结果上来看,却是两头遭殃。身处其中,也只能各司其职了。

森森躺在沙发上,拿着手机滑动着,口中念念有词:"人家在微博首页,我们在宝莱守夜。"

高跟鞋脱落在地上,我拿着羽绒服盖着身体,蜷缩了一下,笑着问森森:"你又发现什么好玩的了?"

"嗯?!时岚姐,宝莱上热搜了!"森森猛地坐了起来,朗读了热门话题——"宝莱电商发布平台治理年终盘点：累计拦截超9100万次违规商品发布"。

听到热搜话题与宝莱有关，我也坐了起来。森森将相关文章发到了我的微信上，我俩静默着各自阅读。

今年伊始，《宝莱电商平台治理数据报告》发布，全面盘点了上一年度宝莱平台治理工作的进展及成果。

宝莱电商上一年度已累计处罚了超97万个违规创作者，处罚违规商家超40万次，拦截了超9100万次违规商品发布，封杀了上万个销售侵权商品的店铺，疑似假货订单低于万分之一，打假力度居业界前列。

此外，平台全年投入超8000万元，用于对商品进行质检核查。宝莱的消费者权益保障基金全年支付超1.8亿元，用于帮助消费者处理售后纠纷和维权索赔。

据悉，该治理方案得到了宝莱各个行业线负责人的支持，其中宝莱珠宝行业线负责人方明远明确表示，建立分级标准，构建优质正向内容生态，是每个行业都必须选择的方向。值得一提的是，这位有顶端咨询公司背景的行业负责人方明远入职短短三个月，所负责的行业便在消费者权益保障方面进展迅速，由此前的"七天无理由退货""运费险"等基础权益，扩展到包括"安心购"权益组合、价格保护、正品保障、晚发必赔、真实宝等在内的16项增强权益，带动了其他行业的迭代脚步。

一篇不长不短的文章，方明远的名字重复出现了两次。我忽然想通了为何方明远常常早出晚归,频繁出差,原来他是把每一分每一秒都用在了"推动事情往前走"上。

"时岚姐,你说,珠宝行业也会面临像我们美妆一样,客户总裁手签一封保证书,违规行为就不了了之的情况吗?"森森懵懂地问,"这个方明远,听上去非常'铁血手腕'。"

"我不确定,不过珠宝行业的水,一定比美妆深。美妆的品牌里,不乏国际大牌,大多还是讲道理的。珠宝那边……鱼龙混杂吧。不然,方明远之前的那位珠宝行业负责人,也不会锒铛入狱。坐方明远那个位置,真是如履薄冰,非得谨言慎行不可。"我说着,很快理解了为何当初大客户战略部解散时,方明远面对我的邀约避之唯恐不及。能坐在他这个职位上的人,如果没有清醒的头脑,只想着人情世故,只怕也不可能走到今天。

"OK!我宣布,今天在互联网的打工,到此为止。时岚姐,咱们打烊了!"森森站了起来。

"批准了。森森,下班愉快。"

"时岚姐,你不下班吗?"

"当然下班,不过我得先回工位把家门钥匙拿上。"我耸耸肩,"管它互联网卷不卷,做完工作的我,一定得回家歇着。"

与森森在电梯口分开后,我搭乘电梯,到达了美妆行业所在的九层。刚出电梯,我就听到了露露大呼小叫的声音。

"你能不能不要再找我了?我说了一万次,我不知道为什么你的店铺分数会下降,我也不知道为什么那个达人要放你的鸽子。你找我有什么用?我也就是个打工的。又不是我限制了你的流量,我怎么知道为什么进你直播间的人越来越少!"

九层里,除了露露和刚到的我,没有其他人。静谧的环境里,在崩溃边缘的露露毫无顾忌地发泄着情绪:"我已经一年多没有休过假了,我说什么了吗?我手里四百多个商家,要是每个人都来找我,我的日子还过不过了?要不这样,你就当我死了,好吧?"

"是,我不专业,那你每天夺命连环 call 我,你就是个人了?有事找客服,别来找我!"露露将手机啪的一下砸在了地上,发出清脆的声响。

我迟疑了片刻,最终还是向自己的工位走了过去。我平稳地将电脑放在了自己的位置上,把包收拾好后,刚要离开,露露开了口。

"很好笑吗?"露露来者不善。

处在情绪里的人,最不适合对话。我不想节外生枝,更不想成为露露盛怒之下的受害者,因此没有搭理她,拿着包往前走了。

"你以为你什么都不说,我就不知道你讨厌我吗?"露露今天的情绪格外激动。

躲不过,那就应对吧。

我回过头来,将包放回办公桌上,走到了露露的面前。她的眼睛红红的,好像是哭过。从进职场第一年开始,我就知道,职场不相信眼泪。要哭,要梨花带雨,要扮演柔弱,那是个人的选择,但是,指望职场同僚有半分怜惜,那简直是痴人说梦。在工作场合加过班熬过夜的人,都有一个理念"我都可以,为什么你不行"。

"你抬起头看看,三个摄像头对着我们。你要发疯,是你的事,不要扯上我。"我看到露露的妆容花了大半,联想到今天下午周会上,她手里的两个营销活动都完成度不及预期,因而被罗心慈批评"跟得不够紧,想得不够细",真论起倒霉来,我们也是不分伯仲。

"时岚,我挺讨厌你的。"露露这么开诚布公,反而让我有些佩服。

我看了看手表，想了想，从桌上的纸巾盒里抽出两张纸巾，递给露露："准备离开宝莱吗？"

"当然不！"露露反应很大，瞪着眼睛看着我。

"噢。那么刚刚工作上的事情，有什么我能帮忙的吗？"我双手抱胸，歪着头看露露。她的额头冒了好几颗痘，一看就知道，这段时间被烦得不轻。

露露面露惊诧："你要帮我？"

"店铺分数受到商品体验、物流体验与服务体验三个维度的情况影响。我需要确认相对应的商品差评率、品质退货率、揽收及时率、订单配送时长、投诉率，以及退货退款自主完结时长是不是高于行业平均值。达人放鸽子这件事，理论上前置都有签订履约合约，如果没有签，也可以找到法务的同事一起看如何后期跟进，或者在后期和这位达人合作的时候，扣除达人履约分，限制达人的权益，这也是对商家的交代。至于商家反馈进直播间的人数越来越少，这个要看一下是不是自然流量下降。我个人猜测，也有可能是主播的口播触发了违规条款，因此受到了限流惩罚。这部分的话，需要看直播切片来判断了。"我就事论事地分析着，"所以，需要帮忙的话，给我那个客户的店铺账号吧，我有个看板，能帮上你的忙。"

"你真的要帮我？"露露还是一副不可置信的表情，"为什么？"

"我入职当天，你给我发过两个文档，内容很有用。你就当是等价交换。"我看到露露的眼神变得柔软，神色也缓和下来，便知道，也许这个决定做对了。

我与露露将笔记本电脑搬到一起，二人并排坐着。我用之前在大客户战略部搭建的数据看板，帮露露剖析了烦人商户的问题。确认客户本身的发货时长高于行业平均值40%，以及主播反复在直播间提及"美白"字眼后,我帮露露编辑了一段话,以露露的名义,有理有据地发给了客户。

一大堆碎片数据分析完,已经是凌晨四点半。我伸了一个大大的懒腰,一杯黑咖啡被露露放在我的面前。

"今天太晚了,下次请你喝酒吧。"露露的状态已经完全恢复了,只是妆容变淡后,她脸上的痘痘与黑眼圈更加明显,显得有些老态。

"行啊,我早就看中了几家不错的酒吧,下次买单的时候,你可别逃跑。"我吓唬露露,"我很能喝的。"

"那你还是悠着点,我还得给自己攒嫁妆呢。我刚和男朋友分手,因为他爸妈想要个上海本地媳妇,看不上我这种外地的女孩。"露露忧伤脆弱的模样,在办公室的灯光下一览无遗。

我听到露露这么说,很快就明白了令她失态的真正原因。她本就是一根紧绷的弦,被感情的重压一扣,便瞬间断裂。落在一个人一生中的雪,其实我们都很难全程目睹。我们只是在某个早起的清晨,看见白色覆盖了瓦片,疑惑地想,为何不拨开它,看看春天呢?

"时岚,其实你分来美妆行业之前,我就见过你。你写的项目复盘文档,我看了好几遍。所以当你来美妆行业的时候,我才这么不喜欢你,或者说,对你有忌惮。"露露自嘲地笑,"不过,很奇怪,不管多难的事情,你都能做到。当我发现你可以熟练地说出宝莱电商的违规条例的时候,我就知道,你熬过的夜,不见得比我少。我觉得,我只是单纯的嫉妒你吧。你年轻、漂亮、工作能力强,还有帅气的男朋友。"

"帅气的男朋友?"我笑了出来,"露露,我并非向你示好,只是想坦诚地告诉你我的处境。今年元旦,开年第一天,我就收到了前男友的婚礼请柬。元旦假期刚结束,我就被客户百群坑到反反复复求人办事。现在,如你所见,我和一个根本不喜欢我的同事才熬夜看完三百多个直播片段,看得头昏眼花。你觉得,你真的想和这样的我交换人生吗?"

安慰人的最好方式,从来都不是拍着对方的肩膀说"我可以感同身受",而是把自己的伤口揭开,带着哭腔说"你看,我是不是更惨"。

我的回答对治愈露露极为奏效。她转而关心起我来:"你前男友也是上海人?你们交往了多久?"

"他不是上海人,不过也差不多吧,他也需要一个配得上他、能够帮上他事业的女人。交往的时间……三年。"我回答。

"三年!那你比我久。我是相亲认识的,花了3888元,参加了个相亲俱乐部,你要不要一起?"露露的重点完全被转移了,她心疼地看着我,安慰我说,"你还小,会有更好的男人的。"

我万万没想到,关于李安南结婚这件事,第一个给我送来慰问的,居然是露露。

我想,露露自己也没有想到,她以为的对手,其实混得比她还惨。我与露露,或许成不了好友,但是,经过这件事,我们对彼此都多了一分理解。

与露露分开后,我打车回到了黎园公寓。凌晨五点半,我开公寓门时,恰好方明远也开了门,提着公文包,准备离开。

"时岚,你刚下班吗?"方明远很惊讶。

"嗯,有点事情,刚忙完。"我停住了手上开门的动作。过度的劳累让我忘却了与方明远之间的尴尬,反而显得轻松自然。

方明远看了我一眼,轻声说了句"稍等",重新打开自己的家门,从家里拿了一个三明治还有果汁给我。

"可以当作早餐。"方明远说。

我接过,"谢谢"还没说出口,方明远意外地比之前话多。

"就算公交上空无一人,司机也会把车开到终点站。我的意思是,你不要因为任何人的离开,而让生活陷入停滞。"方明远忧心忡忡地看着我。

"……呃,你在说什么?"我问。

"啊,我背错了吗?噢,没什么。"方明远自说自话。

我看着迷迷糊糊的他,忽然觉得很可爱。我踮起脚尖,伸出手,把他头顶的那根头发压了下来:"方明远,你的'聪明天线'竖起来了。"

方明远的脸颊泛了红,他往后退了一小步,说了句"那我先去机场了",就快步离开了。

我看着他的背影消失在转角处,回想到微博热搜评论区里,有人形容方明远是"岩岩若孤松之独立",不由得发笑。

我打了个哈欠,刚想进门,发现方明远着急离开,连自家的门都没关。

我走到他的房门前,又发现这个冒失鬼床头的阅读灯也还打开着。我四下张望,发现方明远已经走远,只好脱了鞋,走进他的房子里,关掉了他床边的阅读灯。方明远的平板放在床头柜上亮着光,我凑近看,发现他不久前在搜索"怎么安慰知道前男友结婚消息的女孩"。

原来方明远刚刚背诵的句子,是用来安慰失恋的我的?我大感不妙,照这么看,在方明远的眼里,我还是一个悲剧女主角。因为前男友结婚,我黯然神伤,以至于只能用工作麻痹自己,而且直接工作到了凌晨五点多。

我无奈地把方明远的平板关上,抱怨了句:"要是真为了逃避情伤工作到这么晚,这不是纯真少女,而是傻瓜。"

关上方明远的家门前,我发现他把我之前留给他,写着"新年快乐"的字条贴在了书柜上。

回到自己的房子里,我快速冲了个澡,换上睡衣,睡了过去。等我被闹钟叫醒的时候,才早上九点半,我不得已爬了起来,又开启了工作状态。

坐在出租车里,我吃着三明治,又看了一眼塞在包里的果汁,意识到这个三明治和果汁,跟我在美妆大会议室里收到的一模一样。难道那个给我送三明治和果汁的人,真的是方明远?

我正想着,方明远的微信发了过来。

"时岚,你好,不好意思,希望没有打扰你休息。我的飞机刚落地,忽然想到好像我走得着急,门还没有关,能否请你帮忙看看?"方明远的这句话后,还破天荒地附了一个笑脸。

看得出来,他是真的以为我因为李安南结婚的事情非常不开心。

"我已经在去公司的路上了。不用担心,我已经帮你关好了门。考虑到这几天会下暴雨,我帮你把衣服也收进来了,垃圾我也顺手倒了。还有你阳台上的两盆奄奄一息的绿植,我抱回家了。等你回来的时候,希望我已经把它们养活了。"

我发送完这条信息后,又补充了一条:"谢谢你的三明治与果汁,祝你工作顺利。"

"谢谢。"方明远回复我。

我前脚刚走进办公室,后脚森森就凑了上来:"时岚姐,三级预警!"

第十一章 八日寒蝉　　151

"说。"我的步伐并没有停下来。今天早上十点半的美妆横向周会,赵晓雪也会参加,我一定不能迟到。

"我早上来上班的时候,露露竟然和我打招呼了!"森森慌张地说。

"……就这?"我把电脑从包里拿出来,轻轻扯了一下森森的衣领,"森森,女人呢,是很善变的。好了,快拿上你的电脑,跟着我去八层会议室。"

"八层?!时岚姐,我们去找郑以牧吗?"森森有些小激动。

"找他干吗?"我没好气地说,"快点,你要是迟到了,我就把你送给露露做实习生。"

"最毒妇人心!"森森哼了一声,还是快速抱着电脑跟了上来。

在有赵晓雪的会议室里,罗心慈始终面带微笑。邵佳敏汇报着她引以为豪的二次元偶像与美妆行业品牌结合的项目内容,一张张幻灯片展示着,讲话字正腔圆,看样子是做了充足的准备。

"在今年万圣节前夜,又一位元宇宙虚拟偶像横空出世,一则短视频,一夜吸粉百万,微博热搜榜霸榜,至今短短几周时间,在宝莱官方账号共推2则短视频,获赞近千万,收获500万粉丝,出道即巅峰。

"去年中国虚拟偶像核心产业规模为34.6亿元,同比增长70.3%,预计今年将超过62亿元;虚拟偶像带动的周边市场规模为645.6亿元,预计今年将超过千亿。特别是借着'元宇宙'的东风,虚拟和现实的边界不断被模糊,虚拟人将离我们的生活越来越近。明星艺人接连塌房、人设不保,资本的眼光也投向了可控性更高的虚拟偶像。

"在这个大背景之下,我第一时间联系了佐伊的创作公司,正在与他们洽谈我们美妆行业今年的跨界合作方案。我们将分三个阶段推进。第一个阶段，是让佐伊为宝莱拍摄一条短片，让更多网络上的达人和用户都来参与这个话题。第二个阶段，我们会购买各大APP的开屏位置，并且通过光影技术，让佐伊这个虚拟人物进入直播间，并且邀请大明星钟晨曦与她合作，播讲商品。第三个阶段，我们打算在线下租下一个大商场，打造一个'佐伊'美妆天地，并且邀请各个品牌商家加入，作为一个招商项目，统一向消费者展示我们的美妆产品。

"以下就是我们的图例展示……"

邵佳敏的PPT做得很精美，肯定是下了不少功夫的。与佐伊创作公司的谈判并不轻松，她在统筹两个大活动的前提下，还能一直保持新项目的挖掘与推进，实属不易。可是，看着赵晓雪皱起的眉头，我就知道，邵佳敏的策划与赵晓雪的期待并不吻合。

身为下属，想要获得领导的表扬，前提是他做了领导想让他做的事情。对赵晓雪来说，做虚拟偶像无疑是一个新颖的尝试，但绝不是扩充生意路径的方式。如果往大了说，还很有可能投入多，产出少，让美妆行业被其他行业抓住把柄。罗心慈鼓励邵佳敏做虚拟偶像，是因为她升职依靠的是营销亮点，而赵晓雪不予以支持，是因为她看的是美妆行业增长的速度。邵佳敏夹在中间，实难兼顾。

"佳敏，你懂什么叫作虚拟偶像吗？"赵晓雪问。

"嗯……"邵佳敏被问住。

我相信，对这个二次元项目呕心沥血的她不可能不知道"虚拟偶像"的定义。邵佳敏的犹豫，更多出于对赵晓雪冰山脸的惊愕。我也很奇怪，赵晓雪不是一个锋芒毕露的人，更没必要给比她低两个职级的人找不痛快，为什么要这么咄咄逼人呢？

第十一章 八日寒蝉

"虚拟偶像本不是一个新概念。80后、90后大概还记得一款叫作《超时空要塞》的日本游戏,开场时敲锣的小姑娘,就是被称为虚拟偶像元祖的林明美。初音未来,那位最为人熟知的虚拟偶像,她的声音基于 VOCALOID 技术,而外表是由动态捕捉技术实现的,还通过全息投影技术举办了演唱会。'天下熙熙,皆为利来',虚拟偶像也开始进军直播带货、综艺节目、品牌代言,比如洛天依就走进了头部主播的直播间。可是,为什么要创造虚拟偶像呢?是人类不够用了吗?"赵晓雪说起虚拟偶像,真是如数家珍。

"佳敏,你们想要做营销亮点,我能理解,但是,在直播带货领域,虚拟偶像直播其实也有很多硬伤。一方面,虚拟主播还未被大众所认可,而目前的真人直播用户群体非常广泛;虚拟人也无法真正带领用户试吃试玩试穿,除非在技术层面实现突破。另一方面,人们选择虚拟偶像,是为了得到一些陪伴感。如果这种陪伴与利益捆绑,那么势必会带来不适感。到那时候,如果公众的舆论呈现负面走向,你们打算怎么应对?比起把重心放在前景不明的虚拟偶像项目上,我们美妆行业的当务之急,应该是开拓新品牌,突破流量瓶颈。"赵晓雪将话题对准了罗心慈,"心慈,你说呢?"

满脸尴尬的邵佳敏退回到一旁的位置上。

罗心慈则笑了笑,对赵晓雪说:"晓雪,你说得对,高筑墙、广积粮。现在宝莱已经面临着流量瓶颈,需要把流量运营转化为消费者运营。可是,我们手里的美妆品类就这么多,我们在招商的时候也很努力了。拿天迈公司举例,他们招到一个新美妆品牌进入平台,都要花五到十年,我们只用了一年多的时间,就帮陈思怡搭建了那么多条业务线,已经很不错了。"

当初,美妆线刚建立的时候,宝莱电商还在起步阶段,所有人都在质疑宝莱的生意模型不够健康，根本没有国际品牌肯入局。是被创始人许诺可以做美妆行业线负责人的罗心慈，带着手下的四个人，不顾冷眼，去国际品牌的办公室里挨个聊合作，这才搭建起了多条业务线。

罗心慈辛辛苦苦打下来的根基，在赵晓雪到来后，转手就给了旁人。现在，赵晓雪又提到了"开拓新品牌"的事情，罗心慈没有暴跳如雷，已经很有涵养了。

这些背景故事，在旁边傻眼的森森当然不知道。我看着赵晓雪与罗心慈，却心生佩服。天迈公司花五到十年才能做到的事情，在她们的手中，短期就成为可能。互联网就是这样神奇，只要你敢想敢做，那些所有人都不相信的事情，很有可能就会成功。

"向外的扩展，思怡那边会负责。对内的部分，我希望你能想想办法。"赵晓雪的话说得有多直白，罗心慈的脸就笑得有多僵。尤其是当赵晓雪亲切地说出"心慈，我相信你"的时候，我在罗心慈的眼里看到了杀意。

赵晓雪称自己还有一个会议先行离开后，会议室里霎时间议论纷纷。

"什么是对内的部分要想想办法啊？"

"就是让我们去和别的行业撕。"

"什么？和别的行业撕？怎么撕？和珠宝行业抢珠宝吗？"

"哈哈，还可以和家居行业抢沙发品类。"

在七嘴八舌中，我快速拉了一下美妆现有的品类，沉思了片刻后，主动开了口。

"心慈，我看了一下，有四个突破口。男士颈霜作为护肤品被分在了个护行业，脱毛刀和蒸脸机作为电子产品被分在了3C行业，葡萄籽胶囊作为养颜产品被分在了食品行业。可是，说到底，男士颈霜、脱毛刀、蒸脸机和葡萄籽胶囊，都能从功效的角度，归到我们美妆行业来。"

可能是我说这段话的语气过于坚定，连森森看我的眼神都写满了诧异。

罗心慈看着我，问："让你选，首选哪个？"

"抢男士颈霜。"我说。

"理由？"罗心慈又问。

"两个理由。第一，从管理的逻辑上看，女士颈霜本就在美妆行业，把男士颈霜合并回美妆行业，可以降低管理成本；从商家的角度来说，也不用一批人同时对接两个宝莱行业线。第二，从销量的角度看，男士颈霜在去年全年，仅占个护行业总销量的3%，而另外三个品类，都占了所在行业线的5%以上，洽谈的难度明显更高。赵晓雪希望我们可以尽快出成绩，那么男士颈霜就是最好的突破口。"我阐述着。

罗心慈对我的回答非常满意，她笑着说："很好，那么这个专项就交给你了。"

"没问题。"我说。

会议结束，大家陆陆续续离开了会议室。露露离开前，对我眨了眨眼睛，"可以啊，小妞，总算不苟着了。"我耸了耸肩，没有答话。

等所有人都离开了，森森恐慌地问我："这……我们这算是开始抢地盘了？时岚姐，你不是说，在美妆行业不能太出风头吗？你怎么还自己冒出来了呢？"

"这不是抢地盘。我是真的觉得，这件事我能干成，不做的话，可惜了。"我掂量着,"做病猫实在憋屈,打一架就打一架吧,没什么好怕的。"

"时岚姐,你可真是我偶像!"森森雀跃起来,"打!打起来!不过,你是怎么做到那么短的时间内就拉到那么清晰的数据的呀?"

"也不是都正确的。"我把笔记本电脑合上。

"啊?"森森疑惑地看我。

"其实,论销量占比,蒸脸机的占比更低。但是,我打不过万厉锋。"我抱起电脑,喊上森森,"所以说,咱们还是得变成硬柿子!"

我曾读过日本作家角田光代的一本书,名为《第八日的蝉》。故事的大概内容我已经记不清了,只记得里面有一段话:蝉在土中七年,破土而出后却只能活七天。但若有一只蝉跟伙伴不一样,独活了下来,那么它感到的是孤独和悲哀,还是看到崭新风景的喜悦呢?

当下的我,就像是一只第八日的蝉。拖着空壳子,带着他人无法体会的立场,想要奋力前进,又不知道背后的代价。不知道为什么,我忽然很想向旁人证明自己。想向自以为是救我出火坑的郑以牧证明,就算我在美妆,也可以过得很好;想向露露与邵佳敏证明,来到美妆行业实非我愿,但是,以我的工作能力,我绝对不会是糟糕的队友;想向森森证明,选择跟着我一起工作,一定不会落得委曲求全的下场。

我也很想向李安南与方明远证明,我是时岚,是谢灵运《晚出西射堂诗》中山间雾气经日光照射而发出的光彩,不是一个因为失恋就失魂落魄的小女孩。

微博热搜里那个被人称赞的人,不仅可以是方明远,也可以是我。

第十一章 八日寒蝉

第十二章 势在必得

从个护行业拿回男士颈霜品类,远比我想象中要难得多。

罗心慈没有给我设置任何截止日期,可是,我清楚地知道,留给我的时间并不多。这个能让我快速证明自己的机会,证明自己不是只能被拯救的机会,也许只有这一次。

郑以牧又陆续联系过我两次,询问我的决定。我提出让森森以实习生的身份转而汇报给他,从而去珠宝行业,至于我,则留在美妆,被郑以牧拒绝了。我与郑以牧僵持不下,索性没再联系。

这两日,我都早出晚归,把整个个护行业能读的文档都读了个遍,又私下请个护行业的两位同事吃了饭打听了一下情况,这才知道,男士颈霜作为新的一年个护行业要发展的潜力品类,将由个护行业的负责人,与赵晓雪、方明远同一级别的孙家扬直接负责。

这也就意味着,我要直接对话的人,比我高两个级别。而我要做的事情,无异于让对方把刚刚煮熟的鸭子,亲手送到我嘴边,还要祝福我享用愉快。

我琢磨着有两种方式能达到目的。第一种,是让孙家扬认为男士颈霜在美妆行业确实可以发展得更好,出于大局观,慷慨同意让美妆行业认领该品类。这一种想法,显然太天真。没有任何一个行业负责人会嫌自己的蛋糕太大,愿意主动分一部分给自己的竞争对手,更何况是一个准备要重点发展的品类。那么就只有另一种方法——让孙家扬认为这个品类弊大于利,最好是个烂摊子,转而做个顺水人情,推给其他行业。

转换了战术后,我从一开始研究男士颈霜品类生意发展的机会点,变成深究男士颈霜品类的雷区。提到颈霜的功效,消费者对它的期待必然是祛除颈纹。但对已经形成的颈纹来说,颈霜可谓是"有心无力",它最多可以起到一些预防的作用。仔细想下来,颈霜的最大风险点就在于功效有限,如果号召一大群网络红人唱衰这个品类,倒是有可能让孙家扬把男士颈霜拱手相让。但是,这种杀敌一千自损八百的做法,实在是不明智,等男士颈霜品类归回了美妆行业,只怕也是日薄西山了。

我只能把写在纸上的两个方向,画上一个大大的叉。

"得,那还卖什么颈霜呢?预防颈纹就是要少低头玩手机,不驼背,做好保湿和防晒。这么看的话,颈霜哪有人买呢?"我端着一杯热可可站在办公楼的落地窗前喃喃自语,感慨着大多数被夸得神乎其神的护肤品,其实都只是"智商税"罢了。女生擦颈霜是寻求心理安慰,尚可以理解,男生又怎么可能精致过女生呢?

不对,有一种男生,是有可能比女生精致的!

我坐回到电脑面前,快速搜索当今市面上,有"贵妇奢品"之称的法国品牌FIMO的官方网站。在网站的"产品介绍页",果不其然,发现FIMO品牌确有颈霜这一产品。更让我欣喜的是,通过宝莱内网查询,FIMO的颈霜尚没有进驻售卖,而FIMO的面霜则属于美妆行业。这也就意味着,我完全可以通过"重要客户的意志要求",反向把男士颈霜品类捞回美妆行业。

"妈耶,这些奇奇怪怪的字符是啥?"森森把头贴近我的电脑面前。

第十二章 势在必得

"法语。"我打开手机,在微信里,搜索早先有过两次交集的FIMO品牌中国公司销售部总监的名字"Lorraine"。不搜不知道,一搜吓一跳,我的微信里竟然有十七个Lorraine。这些可怕的外企,把一个个"张薇薇""陈丽丽"都变成Jessica和Monica,中英夹杂着聊case和opportunity,仿佛不用点英文单词就显示不出自己的高贵气质。

还好,我要找的Lorraine姓刁,单名一个潺字,取潺潺流水之意,又谐音四大美女之一貂蝉。她是上海本地人,不到一米六的个子,踩十厘米的恨天高,据说是法国留学回来的高才生,年过三十五,中指有被香烟熏黄的痕迹,脖颈处有英国小苍兰香水的味道。她皮肤很黑,故而粉底擦得很厚,半永久的眉毛与眼线为她每日省了不少事,鼻子在光下呈现透明状,似是刚从玻尿酸的海洋里遨游回来。

我清楚地记得我和刁潺第一次见面,是在重要客户与大客户战略部见面的场合。郑以牧当时坐在我的右手边,被刁潺反复调戏,她的大红色厚嘴唇轻启:"郑帅哥,勿是瞎讲,我辩份工作真叫呒没劲!长年累月东奔西走忙煞了,生活忒呒没规律了。侬个工作调拨我做做就好了。(郑帅哥,不是瞎说,我这份工作真是没劲!长年累月东奔西走的忙死了,生活太没有规律了。你的工作换给我做就好了。)"

纯正的上海腔调,倒是让我扑哧一下就笑出声来。

刁潺没想到的是,郑以牧可不是什么小奶狗,更不是什么纯情少男。郑以牧笑了笑,眼神里满是玩味:"真叫看人挑担勿吃力,我脱侬调一调好伐?侬个工作工资老高,工作辰光也交关理想。(真叫看人挑担不吃力,我跟你换一换好吗?你的工作工资很高,工作时间也相当理想。)"

听到郑以牧用上海话回答她，刁潺很是受用，连连称赞郑以牧。我在一旁默默摇头，这个刁潺，只怕是看男人的眼光，不见得有多好。

我当时还问过郑以牧为何会说上海话，郑以牧挑了挑眉，自豪地说："刁潺是出了名的难缠、脾气差，尤其排斥外地人，不学点上海话，怎么让她一见如故？再说啦，阿拉在上海也待了好久的好伐，不像侬，上海话都讲不好，这是不行的呀。要不，你给我三万块，我教你？"

现在想想，郑以牧的话，多少还是有道理。看了一下现在时间才下午五点，我给刁潺发了微信："Lorraine 大美女，侬最近好伐？"

刁潺的信息在三个小时以后才姗姗来迟，用的果然是上海话："还好，勿大忙，侬呢？"

我打开网络上的上海话翻译器，复制粘贴系统翻译的句子发给刁潺："Lorraine，吾有点小事体想请侬帮忙，方便的时候出来吃吃饭好不啦？"

"你们郑帅哥来不啦？"刁潺问的是郑以牧。

"他最近老忙额。"我皱了皱眉，让我喊郑以牧帮忙，绝不可能。

我想了想，该拜码头还是得拜："Lorraine，我看到你在 Ins 关注了一家西班牙餐厅，我可以去订位置。明天好伐？"

"要不今晚咯？我刚好想喝点红酒，吃点海鲜。"刁潺回复。

我低声骂了句"真会出难题"。刁潺在社交平台上，最起码发了二十次想要吃那家西班牙餐厅，可惜一位难求。刁潺都喊了三个月了还没人请她去，这么看来，她约会的男士们也不见得多有心，才让我捡了漏。

人际社会，投其所好，诚不欺我。

我与刁潺约好后，花了一千五百块钱从黄牛手上买了位置，又打车去 FIMO 中国公司楼下接刁潺。为了配上刁潺的尊贵身份，我还特地叫了一辆奔驰网约车，眼巴巴地在停车场等了刁潺二十分钟。刁潺姗姗来迟的时候，我一眼就认出了她，不是因为她的下巴尖到可以戳破地面，而是因为她今天真的穿了貂皮大衣，肩膀上还站了一只小雕的立体装饰。

干脆拎着花雕酒出场好了，将"刁"的谐音进行到底。我忍住没把这个建议给刁潺，而是从包里拿出一瓶新买的小苍兰香水送到刁潺的面前，听她说完那句"哇，亲爱的，你太贴心了"之后，我就知道，这个礼物又选对了。

在车上，我听着刁潺说自己专用的整容医生又给哪个明星动了刀子，上海最新的潮流真是一年比一年看不懂，以及她的四个追求者让她烦恼，扮演着乖巧听众的角色。奔驰网约车司机却不太给面子，一直从后视镜里偷瞄刁潺与在一旁"点头哈腰"的我。要不是刁潺在，我真想给司机一拳。是怎么样？没看过"求人办事"吗？大惊小怪！

到了餐厅，给刁潺点了前前后后五道菜，与她对饮了两杯，又听她吐槽了巴黎时装周的主编与她抢最热门的设计款后，刁潺先忍不住了。

"时岚，喝了这么久，你的主题还没出来咧。"刁潺的脸颊通红，我猜测她并没有自称的那么会喝酒。

"总得把你陪好了，才好说我的来意。"我笑。

"我就喜欢你这种耐得住性子的人。OK，说说吧。"刁潺放下了刀叉，慵懒地靠在椅子上。

我单刀直入，没有再绕弯子："Lorraine，FIMO品牌的男士颈霜，也放进宝莱做吧。"

"哎哟，你是来聊工作的呀。"刁潆将头发挽在耳后，露出大大的宝石耳环。

我从包里拿出笔记本电脑，向刁潆展示FIMO品牌的男士颈霜与美妆下个月要进行的"春美一宙"主题活动的结合方案。"春美一宙"原本是由邵佳敏负责的美妆活动，主要内容为以口红为突破赛道，连带粉底液、卸妆乳等产品，冠以"春节也要美丽动人"的主题，进行销售绑促。为了让刁潆能够认可FIMO品牌男士颈霜需要尽快在宝莱进行售卖的必要性，并迎合她对谐音梗的喜爱，我特地在方案里，将"春美一宙"的"宙"字，改成了"皱"。

我详尽地为刁潆介绍宝莱集团美妆行业对"春美一宙"活动的预计投入金额，以及宝莱将与重点品牌共同打造的二次元虚拟偶像项目。刁潆的眼睛亮晶晶的，看似听得漫不经心，可是，听我说完后，还追问了我两个细节问题，足以见得，她感兴趣。

"如果仅仅是邀请FIMO品牌男士颈霜入驻，你带着方案来我办公室聊就好了，不用大费周折。"刁潆又端起了红酒杯，"说吧，碰到什么难处了？"

"我希望FIMO品牌男士颈霜入驻宝莱的时候，指定进入美妆行业，而非个护行业。"我说。

刁潆嘴角动了动，随即笑了："噢，我听明白了，你们宝莱内部在抢地盘。我有听说你们大客户战略部解散了，但是，没想到你的处境这么糟，居然要靠兜个大圈子找外援。不过，你怎么就确定，我不可以拿着你给我的方案，去和个护行业的孙家扬谈条件呢？"

"你不会这么做的。"我坚定地说。

"你觉得我得罪不起你?"刁潺问。

"不。我是相信,能在竞争激烈的FIMO品牌做到销售总监的Lorraine,不可能不吃送到嘴边的肥肉。FIMO男士颈霜入驻宝莱美妆线,于你而言不过是一句话的事,就可以换来下个月销量肉眼可见的增长,完成销售业绩。而且我知道,你的老板对二次元虚拟偶像非常感兴趣,如果你能带领FIMO品牌和宝莱合作,对你未来的升职加薪一定大有帮助。如果你选择和个护行业讨价还价,且不说个护行业是否有你感兴趣的项目,能不能迅速帮你补足销量缺口,你还很有可能错过不久以后的升职风口。Lorraine,你说,我说得对吗?"我素来听闻刁潺是个敞亮人,事业心极强,和聪明人谈事情,当然不用说假话,我就索性开门见山了,"Lorraine,男士颈霜,只是一个开始。宝莱美妆行业线,和FIMO品牌的合作,还多着呢。"

刁潺挑了挑眉,将红酒杯举到我面前,我也端起了红酒杯。二人碰了杯之后,我听见刁潺说了句"合作愉快"。

送刁潺回家的车上,刁潺打开了网约车的窗户,冷风钻进车里,吹得人格外清醒。刁潺把手靠在车窗上,头枕在手背上,回过头来看我:"时岚,我没有看错你。不叫的狗,最会咬人。"

我不打算深究刁潺这句话背后的意思,只当是夸奖。

猫又如何,狗又如何,起码我已经看着刁潺给创始人发信息,对男士颈霜与女士颈霜分属两个行业提出了疑问。几句话沟通之后,为了重要客户的体验感,创始人明确回复刁潺,将把男士颈霜也同女士颈霜一样,从个护行业归回美妆行业。明天一大早,我就可以拿到FIMO品牌授权给美妆行业售卖男士颈霜的文件,宣布这一场仗打得快速又漂亮。

"时岚,如果有一天,你不想在宝莱干了,欢迎来FIMO找我。"

刁潺从车上下来，高跟鞋触碰到地上时，发出尖锐的声音。

我笑着与刁潺说了再见，心里想的却是"我才不想和你一起工作，你也太能吃能捞了吧，临走还不忘打包两道菜"。

我坐在网约车的后座闭目养神。坦白说，我并不讨厌刁潺。我喜欢她的算计，也喜欢她的"人不为己，天诛地灭"，我还喜欢她在工作上不矫情的直接。还是那句话，不能小瞧任何一个在职场里赤手空拳拼上来的女人。

她们每个人，都有足够让你仰望的地方。要么是吃了别人不能吃的苦，要么是舍了别人不能舍的福。我反观自己，既不想吃苦，又不想舍福，活该这么被动。

我打开手机，破天荒地发现方明远刚发了个朋友圈。

虽然内容依然是工作相关的宝莱新物流政策的通知，但是，能恰好撞上方明远发朋友圈，我还是觉得自己运气不错。我怀着小女生心思，给方明远点了个赞。两秒后，方明远的消息弹了出来。

"时岚，你好，我落地上海了。如果你方便的话，能否请你帮忙联络你的朋友，我想把猫接走。"方明远发完这句话，还发了一个老土的玫瑰花的表情。

我盯着方明远的头像，打了两个字"稍等"，想了想，又加了一个语气助词，最终发出了一句"稍等哟"。

中国文化，博大精深。任何一个陈述句，只要加上一个语气助词，立刻就能变得温柔可爱。

我打了个电话给胖哥，胖哥如临大赦，几乎是跳起来高声回答我，生怕他老爸不放他出门："仙女，接猫？好啊！哎哟，怎么会没空呢？你可是我的老师啊！一日为师，终身为观音菩萨啊！我这就出门，在宠物店门口恭候你大驾！"

第十二章 势在必得

对于胖哥的热情,我自然是全盘接住。挂断电话后,我给方明远发送了宠物店的地址。

"我们宠物店见吧。"我说。

"谢谢,不用麻烦了,我自己去接就好。"方明远推辞。

"我现在离宠物店就十分钟的路程,你慢慢来,我等你。"方明远这个人神出鬼没,隔三岔五就出差,我今晚赔笑脸赔了一整晚,怎么能放过看帅哥的机会!

方明远过了一会儿才回复:"谢谢。"

如果不是微信没办法设置自动回复,我一定以为手机那头是一个自动回复的机器人。我当然可以将方明远的礼貌理解为有涵养,不过,这也说明我们彼此之间不太熟悉吧。

胖哥狂踩油门赶到,哼着歌把车停在一旁的时候,我正在他开的豪华宠物店旁边大口嗍湖南米粉。刁潺心仪已久的西班牙餐厅,连海鲜饭都是极小一碗,几杯红酒下肚,我现在饿得发慌。米粉店老板大气,还免费送了我一个煎蛋,乐呵呵地和几个邻居坐在炉子旁眯着眼睛打牌。

"仙女,你吃米粉怎么不带上我?"胖哥摸了摸圆滚滚的肚子,大声吆喝了一句,"老板,给我也来一碗,双倍粉啊。"

就这样,当方明远开着牧马人到达宠物店的时候,他见到了一脸陶醉地在一起快乐嗍粉的胖哥与我。

我今晚穿了酒红色丝绒长裙,脖子上是一串珍珠项链,可是此时,我将袖子撸了起来,头发也随意绑在脑后,拿着一罐辣椒酱往碗里加了满满一勺,笑容满面地和胖哥吐槽刁潺的浮夸。胖哥更加夸张,一件价格三万的Moncler羽绒服敞开着,嘴里咬着煎蛋,听我说话的间隙里,还指挥老板不要出红桃三,应该打方块八。

再看方明远，永远是那么体面。他的头发又剪短了一些，穿着深色暗格条纹西装，显得人更加精神。我注意到方明远今天戴了金色细边框眼镜，他下意识地用手指将眼镜往上推了一点，似乎在确认米粉店里的人是不是我。

"这儿！"我朝方明远招了招手。

胖哥靠近我，小声地说："仙女，这个男的，有点好看。"

"别想了，这个男的，三十五岁以前不谈恋爱。"我用筷子拨了一下煎蛋，内部的蛋液流出来，我皱了皱眉，"老板，我要吃全熟的。"

胖哥见状，把我碗里的煎蛋夹了过去："太好了，我就喜欢吃半生不熟的。"

方明远在我们旁边拉了个椅子坐了下来，开口第一句话就是表达歉意："真是不好意思，临时决定要来接猫，让你们二位大晚上赶过来。"

我埋头吃粉："没事，你再给我们两分钟，马上吃完，带你看猫。"

胖哥咀嚼着，朝方明远笑了笑，被我从后背拍了一下："抓紧时间！快点吃！别耽误帅哥接猫！"

等我们酒足饭饱，胖哥抱着一只圆滚滚的形似猪而非猫的动物交给方明远的时候，我看到方明远满脸的疑惑。

"真的是你那只猫。"胖哥信誓旦旦。

"呃……其实，我没有见过它。不过它在照片里，好像不长这样。"方明远很是犹豫，说着他掏出手机，打开相册对比。

原本担心猫毛过敏的我，出于好奇，上前看了一眼，毫不犹豫地同意了方明远的说法。我很确定，不久前，我交给胖哥的正是照

第十二章　势在必得

片里的这只猫,而非眼前这只重达二十斤的庞然大物。

"哎呀,谁养的像谁。凡是进了我胖哥家门的小动物,我就不允许它瘦着离开。"胖哥把猫装进了猫袋中,交到了方明远手上。我明显看到,有锻炼习惯的方明远在接住猫袋时,手臂的弧度还是变弯了许多。

"这段时间多亏你的帮忙,你看,钱怎么结算比较好?"方明远将猫放在了牧马人的后座,再次向胖哥道谢,并拿出钱包。

胖哥惊讶:"这年头,还有人身上有现金啊?没事没事,你对仙女好点就行。行了,我也吃饱了,下次见啊!"

我与方明远挥别了胖哥。夜色已深,街边的路灯逐一暗了下来,有风吹进我的脖子,带来一阵凉意。

方明远在我上车之前,喷了一种喷雾,然后才为我打开了副驾驶的车门。

"时岚,可能要麻烦你先陪我把猫送回去。"方明远在驾驶座上,系好了安全带。

"噢,没问题啊,不过你家好像没有合适的猫笼子。"我思考着,"欸,刚刚应该在胖哥那里再拿一些猫粮走的。这个家伙在这里养尊处优惯了,万一饿了,我怕它挠你。"

"我是要把它送到它主人那里去。从这里开车过去大概要半小时,如果你困了,可以睡一会儿。这么晚了,我也不放心让你打车回去。"方明远难得说这么长的话,反而让我有些不习惯。

我半眯着眼睛,感受着方明远将牧马人发动时的震动,突然想起了郑以牧,以及那句让我久久不能忘怀的令我难受的话:"时岚小朋友,黄金线可都是些老品牌商家,你长得这么好看,刚好对付那群老男人。"这句话就像梦魇一样,总在某一个奇怪的瞬间,回荡在我的耳边。

"方明远,你们珠宝行业有很多难缠的客户吗?"我没头没脑地问。

"珠宝行业环境比较复杂,三教九流的人都需要接触,需要比较强的适应能力。"方明远说得很委婉,我却完全听懂了他言语里对客观事实的肯定。

我接他的话:"那你当时为什么想让我去珠宝行业?是因为看中了我是女孩子,可以对付那些客户吗?"

"不,我不会让任何同事在职场遭遇奇怪的事情。"方明远说得很是坚定,"我想让你来珠宝行业,是看中了你的战略背景。"

"那如果,我是说如果,有客户就是指明让我和他一起喝酒呢?"我顺着方明远的话追问。

"那就让他一边去。"

我心满意足地笑,听见方明远继续说:"我刚开始工作的时候,在一家不算大的公司。老板比较专横,钟爱酒局文化。我那时候就想好了,如果有一天我成了别人的上级,我一定会为对方创造好的上升环境,而不是成为他对职场失望的原因。"

"嗯⋯⋯"我想到森森,惊觉这是一个好机会,"方总监,我能不能向你举荐一个人?"

"你说。"方明远轻声答。

"是我的实习生森森,他跟着我很久了,做事情非常踏实,人也机灵。其实,当初大客户战略部解散的时候,我约你吃饭,也是希望你可以给小朋友一个机会。现在毕业生找工作压力太大了,他现在跟着我在美妆,也不知道是不是正确的选择。如果可以的话,能不能让他去珠宝行业做你的实习生?我相信,不管能不能转正,跟着你，他肯定能学到东西的。"我诚恳地说着，眼睛逐渐睁大。

方明远的牧马人在红灯前停下，他偏转过头看我："那个雪夜，你约我吃饭，不是为了你自己，是为了你的实习生？"

"是啊。"我点着头，接着向方明远推荐森森，"森森很能干的，他的文档写得特别好，你们珠宝行业肯定也很多文档要写，他一定可以帮上你的忙。"

"那如果他来了珠宝行业，你怎么办？"方明远问我。

"我？我正常工作呀，就是累点呗。"我满不在乎。

"我想郑以牧已经和你说了，他想要带你一起来珠宝行业。"方明远重新踩下油门，在静谧的夜里，车内声音很是清晰。

我活动了一下手腕："嗯，他说了，不过我拒绝他了。"

"可以告诉我原因吗？"方明远问，"我以为，你会愿意来珠宝行业，和我一起工作。"

"和你没关系。"我用右手慢慢捏左手，惬意地给自己放松，"我怎么可能不想和你一起工作？每天都能看到你这张帅气的脸，我做梦都能笑醒。"

方明远好像松了口气，长睫毛低垂后，又上扬了。

"我就是觉得，现在不是时候。我不想用一种逃兵的姿态，被捞去珠宝行业。我想先在美妆行业证明我自己可以，再堂堂正正地选择自己想去的地方。可能听起来特别像赌气，可我还是想这么做。我希望别人提起我的时候，会觉得任何一个行业有我，都是一种福气。"我笑着，担心自己失言，有些不好意思地对方明远说，"是不是听起来很傻又很不识时务？"

"不会。我相信你，你做得到。"方明远不假思索地说。

"那……如果我最终在美妆行业还是没有成功证明自己呢？"

看到方明远无条件信任的态度,我又有些打退堂鼓。

"没关系,我这里,随时欢迎你。"明哲保身的方明远竟然主动表明了态度,他顿了顿,进一步解释道,"宝莱需要有战略思维的员工,如果职位内容没有那么匹配,人力资源部的同事有责任为优秀的同事找到合适的位置,而不是放任人才流失,这会是公司的损失。我看过你做的方案,你很努力也很优秀,你值得好的机会。想做什么就去做吧,我给你兜底。"

一本正经的方明远说着大义凛然的话,居然让我觉得有一股暖流在这个冬夜涌动。自从大客户战略部解散以后,安姐要求我谨言慎行,郑以牧让我不要那么拼,新同事的敌意令我不得不如履薄冰,只有方明远,和我说"时岚,想做什么就去做吧,我给你兜底"。

我沉默了一阵,方明远有些尴尬地问:"我是不是说错什么话了?"

"没有,我只是在回味被肯定的幸福。"我笑。

又是一阵沉默,我没有睡着,只是转过头看窗外倒退的街景,听着空气里方明远均匀的呼吸声与后座小猫的呼噜声,觉得内心非常宁静。

"时岚,那个男生,是你新交的男朋友吗?"方明远冷不丁地开了口。

"啊?不是,他是我在英国的时候,负责辅导的学生。我们认识很多年了,所以很熟悉。"我不在意地解释着,问方明远,"怎么了吗?"

"噢,没什么,随便问问。"方明远说。

"噢。"我接着百无聊赖地抬起头,透过车窗看天上的月亮。真不明白，是不是职场里的精英都这样，对每个人的人际关系都格外关注。转念想，好像方明远在生活中又不是这么精明的人。我回想起他见到我与胖哥时的眼神，恍然大悟。

"你是不是以为我因为情伤，就立刻找了个新男友来治愈伤口啊？"我震惊，"你不会是在网络上看到什么'治愈失恋的方法，一是时间，二是新欢'吧！"

"你也看过这句话？"换方明远震惊。

"……方总监，我真是服了你。那都是网络上别人瞎写的。我再怎么想走出失恋的痛苦，都不会拿自己的感情开玩笑。而且喜欢是装不出来的，喜欢就是喜欢，不喜欢就是不喜欢。"我感觉自己简直是在对牛弹琴，"总之，请你不要再担心我了，在我的人生哲学里，是不会允许自己糟糕的情绪影响工作的。"

"那在你的人生哲学里，治疗失恋的最好方法是什么？"方明远好像真的只是出于单纯的好奇。

我的天，我怎么会和一个三十岁的男人讨论什么是"治疗失恋的最好方法"！

"我不知道。"我赌气。

"那你知道了告诉我吧。"方明远说。

"你也需要？你前女友也结婚了？"我问。

"没有。"方明远摇头。

"那你要干吗？"我追问。

"我觉得，网络上，需要有人提供正确的答案。"方明远义正词严，"互联网，应该是一个有正确导向的地方。如果时间和新欢都不奏效，我想，你的方法也许可以帮到别人。"

我就差气晕过去,好半天才憋出一句:"方明远,你时刻心忧天下,感动中国十大人物,没你可真是说不过去!"

方明远好像真的以为我是在夸他,还傻乎乎地说了句"谢谢"。

我盯着方明远的面孔许久,最终决定忍下这口气,原谅他。

谁让这夜色撩人,而这个人,在十几分钟前,说他相信我。

第十三章　笑泯恩仇

收到创始人正式宣布将男士颈霜品类纳入美妆行业的邮件,距离我在会议室里主动请缨,不过才六十个小时。

罗心慈对我的高效非常满意,一是快速完成了赵晓雪交代下来的任务,二是在刁潆的要求下,邵佳敏手里的二次元项目将与FIMO品牌合作。这就意味着,就算赵晓雪再不愿意,罗心慈想要打造的虚拟偶像项目都必须落地。

误打误撞,我原本只想兑现自己的诺言,没想到顺带帮了邵佳敏一把。她的项目本来岌岌可危,现在却成了美妆行业的香饽饽,就连露露都主动找到了罗心慈,希望可以加入二次元项目当中去。

心情愉悦之下,我喊上森森,到公司楼下的新加坡餐厅吃午餐,趁他大快朵颐的时候,对他说:"森森,你去珠宝行业吧。"

"我去珠宝行业?不是我们一起去珠宝行业吗?"森森喝了一大口肉骨茶,疑惑地问我。

"你先去,打个头阵。"我说。

森森把汤匙放下,摇了摇头:"不去,而且应该也去不了了。"

"去不了了?这话怎么说?"我问。

"时岚姐,你这双小耳朵长得这么灵动,怎么就一点八卦都进不去呢?你还记得萧梦箐吧?"森森夹起一只虾塞进嘴里后,故作神秘地向我透露他最新知悉的情况。

"怎么会不记得？我又没失忆。"我吃了口青菜，催促着森森继续说，"行啦，别卖关子。"

萧梦箐是我在大客户战略部的同事，比安姐小一岁，与我却是平级。她与男朋友恋爱长跑十年，一直因为经济问题结不了婚，处在焦虑之中，做事情也就毛糙不少，惹人非议。但我听闻大客户战略部解散的时候，除了我与郑以牧对李东乾表达过强烈不满外，其他同事都还是表现得非常平静。照这个推断，萧梦箐也是识时务的人，又能有什么八卦呢？

"大客户战略部宣布解散的时候，萧梦箐被分到了服饰行业。服饰行业的老大对她也还行吧，没为难她，就让她接着做自己手里的那摊子工作。但萧梦箐是什么人？她可是有强烈升职加薪诉求的人。李东乾骗她干了那么多苦活累活，到头来，嘿，李东乾这个家伙跑了！可怜的萧梦箐只能自寻生路……"森森用说书先生的语气讲着故事，就差拿两个快板打节奏了。

我及时喊停沉浸其中的森森："说重点。"

"时岚姐，你真没耐心。"森森娇嗔了一下，只好挑关键的说，"萧梦箐自己联系了跨境业务线的老大，那个老大也不知道是哪根筋搭错了，把萧梦箐拉进了工作群，做了介绍。萧梦箐自己也胆大包天，还在朋友圈说希望大家多给她的跨境业务介绍些合作机会。这不？直接被人力资源部抓包了。"

"……真是魔幻。创始人说得很清楚，短期内不能转岗，就算是郑以牧，那也是创始人悄悄网开一面的结果。"我顿感匪夷所思。

森森点头："对啊，简直是明面上在老虎头上拔毛了。人力资源部的同事不仅批评了跨境业务线的老大，还顺带把萧梦箐提溜回了服饰行业，在大会上明确表示，要想转岗，那也得是春节以后的事情。现在，免提。"

森森说着，还做出了个双手交叉的手势。

"这么说的话，那郑以牧……"我思考着。

"当然也去不了珠宝行业啦。所以，时岚姐，你也不用纠结啦，咱俩就先老老实实地待在美妆行业吧。反正现在罗心慈和赵晓雪都挺看好你的，怎么说咱们都比郑以牧处境好。要知道，郑以牧要去珠宝行业这件事，万厉锋是知道的。现在郑以牧走不了了，还得在万厉锋手下熬一个多月，估计气都要气死啦。"森森摇摇头，"郑以牧真惨。真是不怕神一样的对手，就怕猪一样的队友。我要是郑以牧，现在就打个飞的去北京找萧梦箐拼命！"

我扶额："森森，郑以牧这个人，嘴巴确实坏了些，但是心眼不小。他和李东乾那么多年好兄弟，被背叛和利用的时候，他也没有和李东乾拼命。萧梦箐的做法，最多算是殃及池鱼。唉，不过他真是倒霉。"

这么想来，郑以牧真的很不顺。他对于事业的抱负，毁于兄弟，亏在同事，还要在大恶人手下忍辱负重。

此情此景，我不得不叹服方明远的沉得住气与全身而退。虽然郑以牧想要去的是珠宝行业，汇报给方明远，但是万厉锋清楚地知道，要走的人是郑以牧，点头的人是创始人，从头到尾，都和方明远没有任何关系，自然也不会迁怒于方明远。

郑以牧来，方明远有得力队友；郑以牧没来，方明远也没有任何损失。待方明远再次与万厉锋见面时，二人还是可以和和气气地谈笑风生。再从另一个层面看，创始人说好让方明远接收郑以牧，现在郑以牧又去不了了，如果方明远再表现得平和一些，创始人还得夸赞方明远识大体、不情绪化。

方明远之所以能成为被宝莱重金挖角的方明远，光靠运气和勤奋，断然是不够的。

既然人力资源部已经清楚表示年后才可以提转岗，我也不便再让森森以实习生身份去汇报给方明远。因此我索性没告诉森森我与方明远之间的对话。

森森又和我分享了许多他听来的八卦，我惊叹于森森收集八卦的能力，鬼使神差地问他："森森，那你知道方明远的消息吗？"

"方明远？嗯，他是帅的啦……不过有点无聊。"森森想了想，"他真的一点绯闻都没有。之前听说很多高层啊客户啊，都给他介绍过女朋友，他都拒绝了。不过前几天好像又听说，他和客户说自己有女朋友了。反正我八卦了很久，都不知道方明远说的女朋友是何方神圣。"森森上下打量了我，"不过，肯定不会是我们俩这种为了工作焦头烂额的笨蛋。"

在那个当下，我真的很想告诉森森，如果没猜错的话，方明远口中的那个"女朋友"，就是本人，从而为"独立女性"争光。

"时岚姐，我建议你不如去关心一下郑以牧。他现在在低谷期，而且单身，你好好关心他一下，没准就能抵达人生新巅峰！"森森机灵地转动了一下眼睛，"郑以牧的资料我有，你要不要看？他家世不错，有钱得很哩！"

"不用。"我下意识地拒绝，"安慰郑以牧的事情，还是让钱月月去做吧。而且他不是号称身边美女成群吗？"

"时岚姐，那你就错了。郑以牧说找各种美女玩，那都是口嗨，纯属吹牛。郑以牧这种人，我早就看透了，他追女孩，全死在一张嘴上。郑以牧这种白羊男，太拧巴了，总是用嫌弃来表达好感，不懂得正确表达喜欢。他嘴上说你智商低太冲动，可你要是真有什么

第十三章 笑泯恩仇

事情，他第一个就冲上来了。可惜现在女孩都是需要拥抱、夸奖和偏爱，就凭他那套喜欢谁就抓谁头发的小学生恋爱做法，他不单身谁单身。"森森说起恋爱话题，总是头头是道，"要我说啊，郑以牧还是值得投资的，起码他这种人要是出轨，应该不会和前妻抢财产。"

我被森森逗乐，反过来笑他："那你呢？恋爱大师，怎么不去谈恋爱？"

"智者不入爱河，铁锅只炖大鹅。"森森又扒拉了几口饭，与我一同回到了办公室。

萧梦箐的事情，很快传遍了各个行业线。我在茶水间泡花茶的时候，还能听到两个同事提到跨境业务线老大在被教育时，脸色铁青。这种牵一发而动全身的事情，萧梦箐还是欠考虑了。事缓则圆，不是没有道理。

我给方明远发了一条微信："方总监，森森暂时不来了，谢谢你的帮忙。"

"好。也谢谢你。"方明远回复。

我端着热气腾腾的花茶，不知道方明远说的"谢谢"是因为我没有强他所难，在这个敏感时期，依然要求他履行诺言，接收森森，还是因为那个晚上，我再一次陪着他，以旁人眼中"正牌女友"的身份，把那只"不速之猫"送还给了它的原主人——许爽口中的方明远客户的女儿，自此让他免于烦恼。

谁能说方明远不聪明呢？他总能用恰到好处的方式，在泥淖中保全自己，稳妥离场。不管是职场还是情场，方明远永远都可以体面结尾。还好我对他也没有太多幻想，从他对我说"三十五岁之前不谈恋爱"后，我就知道，我们之间最好不要有男女之情。

与一个处处有规划的男人谈例外，太天真了。

我在李安南的人生规划里摔过跤，不想再摔第二次了。

当天晚上，我照常在工位上加班。不得不说，写文档真是一件苦差事。执笔人要将早已经烂熟于心的想法用领导们觉得高端的话术表达出来，又要用一线人员能看明白的字句解释清楚。以前在大客户战略部的时候，我只需要着重于宏观策略的把控，现在到了美妆，手里五个活动并行不说，文档还得面向不同层次的同事。白天忙碌到喘不过气的时候，我就会在洗手间的隔间里待五分钟。

五分钟就好。五分钟，足够让我深呼吸十次，重新出发，继续作战。

而在夜晚，我则格外享受寂静带来的紧促感。人们都说，深夜不适合思考人生。我想，这句话是有道理的。深夜不仅不适合思考人生，也不适合怀念任何人。说来奇怪，我有时候反而会感谢罗心慈交给我这么多工作，让我忙碌到没有时间去怀疑，自己与李安南之间，是不是我做错了什么，才导致如今的局面。

或许学会接受"不被选择"，也是成长的必修课之一。永远不要为某个人树立丰碑，在无数个当下将他与旁人逐帧对比，甚至反复咀嚼难以下咽的记忆碎片，又为绝不可能再重来的美好时光加上多重滤镜。我清楚地知道，如果我始终背着旧包袱，就不可能张开双手拥抱新生活。因此，我尽力学习健忘与保持冷酷，祈祷着它会是让一切过去的灵药。

我再次检查了文档里的表述，摁下"保存"键后，关掉了网站页面。我靠在办公椅背上，歪着头看落地窗外树上的点点灯光，又抬头望了望圆月，潜意识里算了算伦敦的时间，猜想父母应该在花园里修改学生们的论文。

第十三章 笑泯恩仇　179

父母对我隐私的足够尊重，让我在享受自由的同时，也容易觉得迷茫。就拿李安南结婚这件事来说，他们明明都参加了婚礼，可还是尽可能不在与我的通话中提起。极端一点想，我有时竟然希望父母直接替我做决定，将我"抓"回伦敦，回归我原本的人生轨道，而不是任由我留在上海，呆呆地看着明亮的路灯与漆黑的角落。

"时岚小朋友，还在打工啊？头发还没掉光吗？"郑以牧从我的背后，拍了一下我的肩膀。

我连头都没有回，懒洋洋地说："还行，刚做了植发手术，要是掉光了，我就带人去拆了植发店的招牌。"

"不错，还有心情开玩笑，说明没有工作到变笨。"郑以牧拉了个椅子，坐在我旁边，顺着我的目光看向外面，"你看什么呢？那么认真。"

"看我的未来。"我的兴致不高。

"噢，那不用看了。相信我，你的未来，黯淡无光。"郑以牧从口袋里拿出一包跳跳糖，丢在我的桌上。

"干吗？"我问。

"不干吗，我就是这么一个乐善好施的人，想要发发糖，不行啊？"郑以牧又看了看我的电脑桌面，鄙夷地说，"你和你前男友不是分手了嘛，怎么壁纸还是你们去过的地方？德国新天鹅城堡，这个地方有什么值得怀念的？你要是想去旅游，请个假，我陪你找个更好玩的地方。去泰国怎么样？"

我回过头来看郑以牧，他八成是刚刚熬鹰结束，还有一些精力没用完，才不辞辛苦跑来九层祸害我。

"这么盯着我干吗？你可别打我的主意，我是不可能喜欢你的。你千万别想用我来转移失恋的伤痛！"郑以牧认真的语气，实在是让我不爽。

"你为什么说你不可能喜欢我？"就算清楚地知道郑以牧是在开玩笑，我还是被他脱口而出的嫌弃惹怒了，"我有哪里不好吗？"

"啊？"郑以牧先是一愣，然后想了想，严肃地说，"你的不好嘛……确实挺多的。你看啊，你总是爱逞强，明知道是困难的事情，还是铆足劲要去做。而且，你也不太温柔，你看现在受欢迎的女孩子哪个不是娇滴滴的？还有，你太容易相信人了，太单纯，很容易被骗。还有啊……"

我的脸色越来越沉："可以了，收到你的反馈了，不用再说了。"

"欸，你需不需要我写个文档给你啊？我保证，绝对有条有理，让你记忆犹新。"郑以牧笑得欠揍。

我摆摆手，忽然想起了什么，笑着看着他："郑以牧，既然你在，那就帮我干点活吧。"

"干吗？我卖艺不卖身的啊！卖身的话嘛……是另外的价格。"郑以牧警惕地向后退了些。

我打开了电脑里的邮箱，安慰郑以牧："没那么严重，就是让你帮我回复一下我前男友的邮件。这封邮件他发给我好久了，我一直不敢看。你在的话，我可能轻松点。"

"不就是一封邮件嘛，你至于吗？行吧，让我发发善心，帮你品读一下。不过，我真同情你前男友，居然能忍受你三年。还好他现在脱离苦海了，不然，指不定多惨呢。"郑以牧调侃着我。

我无心与郑以牧计较。说实在的，整个上海，除了郑以牧，我真的找不到其他愿意和我一起打开这封邮件的人。森森只是小朋友，安姐又会认为我太小朋友。如果找胖哥，胖哥肯定会特别担心我。只有郑以牧，他的毒舌能让我快速从悲伤的情绪中抽离出来，而且他一定不会记得我这件事情太久。

郑以牧在意的事情太多了，我的糗事对他来说，不过是云烟一阵，倏忽便散，反而让我轻松许多。

李安南发邮件的方式一直都很优雅，那封未读邮件躺在众多已读邮件之中，显得格格不入。

"致岚。"郑以牧念出李安南邮件的标题，眉头紧皱，"什么玩意？你不是叫时岚吗？还什么'致'，咬文嚼字，'给'就是'给'。这封邮件就非常不言简意赅，如果让我写，就要写'拜拜，时岚，哈哈哈'。不加个'哈哈哈'，都表达不了和你分开的喜悦。"

我深吸一口气，无视郑以牧的玩笑话，鼓励自己好好看这封邮件，就当是一个妥善的告别。

时岚：

很快，又是一个新年。

今天晚上，我们常散步路过的教堂里聚满了人，他们期待可以在新的一年有所收获。人们祈愿幸福，而我祈求你幸福。

我做过许多好事，也犯过一些错误。回顾过往，我始终觉得，与你在一起的时间，最不枉活。

你去上海的这一年，我按照我们的约定，尝试了新的可能性。我遇见了Jasmine，她很文静，话不太多。我会向她提起你，就像提起一个老朋友一样。Jasmine是一个很好的女孩子，与她在一起的日子，让我萌生了再一次尝试走进人生新阶段的念头。

时岚，你知道的，我需要一个妻子。

你在上海好吗？希望你好。

如果得空，希望你可以参加我与Jasmine的婚礼。

祝好。

李安南这封邮件的落款，是一个单字"南"。相爱三年，我自然懂得李安南那句"我需要一个妻子"是什么意思。李安南不是一个坏人，他若是决定走进婚姻，一定会对这一段关系负责。而Jasmine，肯定是出身和家教都百里挑一的女孩。我回忆着第一次与李安南见面的场景，看着邮件附件里他与金发碧眼的女孩并肩而立的照片，忽然觉得，想必他做了正确的选择。他已经走向更好的人生了，我该为他高兴。

"你这个前男友太矫情了，都要和新女朋友结婚了，还来问你要份子钱。"郑以牧为我鸣不平，"难道他不知道，你在宝莱的工资换算成英镑的话，根本穷得叮当响吗？而且，你一个单身狗不得留些钱，给自己做嫁妆吗？你看看人家那洋妞，再看看你自己。你如果想嫁出去，不往自己身上砸点钱，那可太难了。"

没错，在这种容易陷入惆怅的状态下，每个人都需要一个像郑以牧一样的人，在身边提醒——"醒一醒！"

郑以牧拿过我的手机，握住我的手，将我的大拇指放在手机解锁键上，打开了相机。不等我问及缘由，他一只手揽过了我的肩膀，在我完全没有准备的情况下，拍下了我与他的合照。

"你要干吗？"我问。

"看着吧。"郑以牧将我们的合照作为附件上传到了回复中，又附赠了一段话。

我在郑以牧旁边，乖巧地看着，没有打断他。

第十三章　笑泯恩仇

李先生：

　　你好，不好意思，最近工作太忙，忽略了你的邮件。

　　知道你结婚的消息，我由衷地为你感到高兴。

　　李先生，若有机会与太太一同来上海旅行，请务必联系我。我们一定会热情款待。

　　郑以牧一气呵成地帮我回复了李安南的邮件，拍了拍手："厉害吧？相信我，'李先生''忽略'还有'我们'，这几个字眼，绝对足够让你前男友看到邮件以后内伤，哈哈！"

　　可我无意报复李安南。我们走到这个结局，两个人都有责任。

　　"好啦，别垂头丧气的了。你自己回忆一下，你买东西的时候，是不是卖家常和你说'只要你真心想要，我就给你便宜一点'。你看，真心就是这么不值钱。"郑以牧将我的电脑合上，又把我们的合照传给了他自己，才把我的手机塞回我的衣服口袋里，"走吧，送你回家。"

　　我围上围巾，跟着郑以牧一同走进电梯。站在公司大门口等车的时候，郑以牧大大咧咧地呵了一口冷气，打趣我："时岚小朋友，你今天穿这么少，是要美丽'冻'人吗？"

　　我哆嗦了一下："我哪知道今天这么冷……郑以牧，你今天明明不开心，就不用在我面前装作开心了。"

　　"你怎么知道我不开心？"郑以牧惊讶。

　　恰好车来了，我自顾自地打开了车门，直接钻了上去。郑以牧跟在我身后，与我一起坐在了后排。

　　"快说，你怎么知道我不开心？"郑以牧追问道。

　　我把羽绒服的领口松开一些："萧梦箐的事情我听说了。"

郑以牧的情绪瞬间激动起来,双手不停挥舞着:"你也听说了?萧梦箐真是没脑子,坑了我们所有人!被她这么一搞,我得熬到春节,然后在这里打完绩效才能走了!这种事你就偷摸的,低调地走不就完了嘛!她流程还没走完,就被拉进跨境业务线的群,还敢发朋友圈,满世界说她去跨境业务线打黑工了,生怕谁不知道一样!你送我猫头鹰可真没送错,接下来我要安心地熬鹰了。"

郑以牧越说越气,看来要让他装作毫不在意,真的够为难他的。我闭着眼睛假寐,任由郑以牧在我耳边絮叨。

在半梦半醒里,我迷迷糊糊感觉到手机振动,我接起电话,听到了方明远的声音。

"时岚,你好,你下班了吗?"方明远问。

"快到家了。"我偷瞄了一眼郑以牧,发现他正看着我。

"好的,我等下要出差,所以把借你的电脑充电线放在了你家门口的信箱里,要辛苦你拿一下了。"方明远说。

"噢,没关系。"我将手机贴得很近,以免郑以牧听出是方明远的声音。

没想到郑以牧居然特地大声喊我的名字:"时岚小朋友,我们快到家了,你电话打完了没啊。"

"那你早点休息。"方明远的语气很平和,我猜测他一定是听到了郑以牧的声音,不过既然他没有任何反应,我也不好平白无故去解释一通。

挂掉电话,我立刻开始凶郑以牧:"大哥,你是唯恐天下不乱吧!"

"我说什么了吗?"郑以牧扮无辜,"谁知道哪个男人大晚上给你打电话啊?你还神神秘秘的。你不会这一边还在我面前伤春悲

第十三章 笑泯恩仇

秋,另一边已经在接纳新的追求者了吧!"

"不关你事!"我没好气地说。

为了表达我对郑以牧的不耐烦,我无视郑以牧可怜巴巴的"你不陪我等车啊?"的询问,下了车就准备往家里冲。

"我这么一个大帅哥,在路边站着,你不担心有人对我图谋不轨吗?我要是在你小区门口出事了,那你可脱不了干系。"他在我背后气急败坏。

"你放心,等你出事了,我会出具不在场证明的,你抬头看看,头顶就是个目送你离开的监视器。怎么样,有安全感吧?"我大踏步离开。

我往电梯口走去,从身后听到汽车的鸣笛声。

"方总监,你也住这里啊?真巧,你怎么这么晚还出去?"

"嗯,我去一趟杭州。你去哪里?要不然我送你吧。"

"好啊,那我就不客气啦。"

我不愿意细想方明远和郑以牧会在车上聊些什么,只想快一点回到我的房间里,好好睡一觉。

我想告诉李安南的,并非郑以牧假装的"我很幸福",而是往事不可追,除了珍惜当下,其实我们都没有别的选择。

不过,今夜过去后,那些都成了不再重要的事情。

我从家门口的信箱里拿出方明远放置的纸袋,晃动一下,发觉里面不只有充电线。我将纸袋内的物品倒在桌子上,哗啦啦十几支药膏掉了出来。

是祛疤膏。

我摸了一下额头的疤痕,笑了出来。

第十四章　鸡犬不宁

一周之内，宝莱有三大新闻。

第一则新闻，与郑以牧有关。被萧梦箐事件波及，无法顺利离开3C行业的郑以牧，在3C行业的全体会议上，与3C行业负责人万厉锋起了争执。万厉锋怒斥郑以牧开会时心不在焉，摆明了在找郑以牧不痛快。郑以牧不肯示弱，拍下一张"病假条"，给自己放了三天病假，跑去三亚过冬。

第二则新闻，与方明远有关。创始人宣布，古董文玩类目正式纳入方明远负责的珠宝行业，同时陶瓷茶叶业务也被整合并入。陶瓷茶叶业务负责人对架构变化表达了强烈不满，甚至将矛头指向了方明远，认为是方明远为了自己的版图扩展，强行抢夺他人的工作内容。此举，虽然因被创始人判定为"领地意识"过重而被批评，但是在公司里，还是对方明远的口碑造成了不好的影响。毕竟，没有人希望在未来某一天，自己手里的肉被要求拱手相让给方明远。

第三则新闻，很不幸，与我有关。

"钟晨曦慈善洗钱"七个大字，冲到了热搜榜第一，关联词便是"宝莱美妆"。相关文章介绍，大明星钟晨曦利用宝莱美妆的慈善项目进行洗钱，看似捐款八千万，事实上，这是他作为代言人伙同互联网巨头宝莱进行的资产违法转移。宝莱公关部第一时间应对，确认钟晨曦的善款事实上已经到位，并用官方账号发布了捐款明细。本以为风波能暂时平息，未料到不知是谁发布了我与钟晨曦经纪人 Vincent 哥在 Modu 酒吧门口的照片。照片里，灯影模糊，我与 Vincent 哥相谈甚欢。没过多久，我在拍摄现场将健身餐递给钟晨曦的照片，也被解读为眼神暧昧，看起来有不可告人的关系。

令人费解的虚假消息，轮番袭来。

"据可靠消息，宝莱美妆行业与钟晨曦的合作，均由一位名为时岚的女子撮合而成。是因为她，钟晨曦才在密密麻麻的行程当中抽出空来进行拍摄。在钟晨曦经纪人 Vincent 与该女子的聊天记录中，可以看见该女子亲昵地喊 Vincent '哥'。"

"其实 Vincent 哥只是一个幌子。这个女的其实是钟晨曦的圈外女友，一直在伦敦读书长大，学历背景是牛津的，为了钟晨曦才回了国。他们两个感情很好的，已经在谈婚论嫁，筹备婚礼了。去年八月，狗仔拍到钟晨曦在法国的时候，这个女的账号定位也显示在法国。虽然不是一个地方，但他们肯定是一起去的。"

"我把这个女的账号都扒完了。这个女的本来在国外有一个男朋友，后来好端端分开了，她还挺怀念前男友的。看来，要不是因为钟晨曦，她肯定不会分手。不过钟晨曦不是和曲念姿是荧幕情侣吗？他们一起拍摄的电视剧下个月就要上线了，这个节骨眼被曝恋情，钟晨曦是不是要赔钱啊？"

"这个女的长得也就那样吧。肯定是她勾引的钟晨曦！呜呜呜，心疼晨曦哥哥一秒。"

我站在公司楼顶的天台上，一只手端着咖啡，另一只手把手机调成静音模式，丢进了上衣口袋里。

咖啡已经完全冷掉了，天台的寒风吹得我头脑愈发清醒。唯一值得庆幸的是，罗心慈主动找到了处在话题中心的我，没有问任何话，直接让我休了一天假。露露和邵佳敏都没机会找我问些八卦，就看到我拎着电脑包走进了电梯。

女性的同理心让我短暂得到了解放，忙碌的工作节奏让我确认留在公司的天台上，一定不会被人打扰。在这个我本该惊慌失措的时刻，我居然因为要用公司内网改一个文件，而独自留在天台上，花了一小时调整。

越是慌乱，越要镇定。与其跳出来百口莫辩，还不如专心做自己的事情，再做打算。

事情发生后，第一个给我打电话的是胖哥。他怒气冲冲地说他一定会将背后推手抓出来。第二个给我打电话的是安姐，她在广州见客户，急匆匆地跑进洗手间里安慰了我两句，让我放宽心。第三个给我打电话的是森森，他请了两天假，回老家陪妈妈过生日，我好说歹说，才阻止了他买张高铁票跑回公司。

还好英国鲜有人使用微博，不然我还得向父母解释，更是雪上加霜。我把咖啡纸杯护在手心，感慨原来"各扫门前雪"也不见得多么寂寥。

"还好吗？"

我听到身后有声音传来，回过头去，是身穿深蓝色西装的方明远。他打了一条褐色领带，脸上红扑扑的，像是刚刚运动过。

"欸？"我轻声疑惑。

方明远笑："我在下面抬起头，刚好看到你。"

"噢，好巧。"我点点头，没有打算过多寒暄。我不确定方明远是否知晓网络上的热议，我只是单纯觉得，最擅长划清界限的方明远，不会是一个乐意探听他人八卦的人。

"不是巧，我是特意来找你的。"方明远说，语气还有一点急促，

第十四章　鸡犬不宁　　189

他试着逐渐恢复平静,"时岚,我知道你是一个怎么样的人。我觉得,这件事情没有大家想象的那么严重。或许,我们可以一起想办法。"

我微微怔住。眼前的这位愿意与我一同解决问题,主动来"惹麻烦"的人,竟然是方明远?

"别在天台待着了,先回家吧。"方明远接过我手里的咖啡杯,触摸到冰凉的杯体的时候,他皱了皱眉,随即将它扔进了一旁的垃圾桶里。

"你下午不需要开会吗?"我问。

"刚好休年假。"方明远说。

我不再说话,也决定不再回绝方明远的好意。虽然我相信就算是我一个人也可以面对这种突如其来的风浪,但是这艘船上有一个愿意与我共渡难关的队友,我没有理由踹他下船。

在牧马人上,方明远挂着耳机一直在开会,我闭上眼睛假寐。他的声音很小,偶尔才会说一句话。我侧过脸去,感觉暖气将我包围,还有一双手为我披上了一条小毯子。

"谢谢你送我回来。"我走下牧马人,向方明远道谢。

他将车停在小区的地面停车位上,自己也下了车:"我说了,我休年假。"

门卫从我们身边走过,向方明远打招呼:"方先生,你和时小姐一起回来啦。找到她了就好。"

"嗯,谢谢你们帮忙。"方明远笑。

"帮忙?"我问。

方明远向保安挥挥手,与我一同走进电梯间,漫不经心地说:"敲你家门,没有人应答,给你打电话,手机关机,只好查一下小区监控,看看你有没有回来。"

"方总监,我没有你想象的那么不堪一击。"我说。

"当然,你是时岚。"方明远没有反驳我。他今日格外照顾我的情绪,这令我感到慰藉。

走到家门口,方明远主动问我:"时岚,我想问问你的意见。"

"什么意见?"我问。

"流言止于智者,但是我们不能指望每一个网友都能明辨是非。我想问你,这件事,你现在想怎么解决。如果你想正面回击,我可以找公关行业的朋友咨询一下应对策略。如果你想找出幕后推手是谁,我也可以找到专业人士调查取证。如果你想寻求情感上的安慰,我也可以问问有没有相似经验的朋友陪你聊一聊。如果你想静一静,暂时不去面对这件事,你可以好好睡一觉,我会帮你准备晚餐,等你醒来吃。"方明远眼神坚定。

我看着他,勉强挤出一丝笑容:"不好意思,其实,现在我也不知道到底应该做什么才是对的。"

"没关系。我说过的,你想怎么做都可以,我帮你兜底。这只是一个意外,如果不想继续在美妆被议论,只要你愿意,欢迎加入珠宝行业。"方明远说。

我当然是感动的。方明远本可以置身事外,可是这一次,他选择了站在我这边。

"为什么要帮我?"我问。

方明远一愣,随即笑着说:"你应该听说了,我的业务内容扩大了,所以,现在我非常需要一个有战略思维的同事。转岗的流程不过两三天就能完成,比我招聘外来的人要快得多。"

果然,还是利益所需。

我安慰自己,也好,能被人认为是"有用"的人来利用,也说明自己尚有价值存留。没有必要过度联想,我的人生哲学从来都不是逃避。我知道,如果坚强和勇气不是解决问题的方法,那么逃避更不是。我不抗拒方明远的帮助,因为我坚信,在未来的某一天,我一定可以回报他。

"方总监,那要多麻烦你了。我不想坐以待毙。"我说。

方明远邀请我进入他的房子里,开始了电话沟通。

方明远不是娱乐圈中人,所幸他的一位校友开了经纪公司,在娱乐圈里颇有地位。方明远主动给她打了电话,对方很是热情,满口答应。我不知晓他们背后的利益置换是什么,只知道方明远挂断电话之前,与她约定了下个月洽谈一个合作。

专业的律师与公关,都与方明远进行了对话。几个小时后,他将笔记本电脑放在了我面前,指着文档说:"这是根据刚刚的讨论,拟定的应对方案。如果你觉得可行的话,下一步,我们需要联系钟晨曦团队。"

我凑近方明远的电脑屏幕,仔细地看着。方明远站起身,走到了厨房里。

等我看完文档,回过身找手机时,发觉手机已经没有电了,便向方明远借了充电器。

"洗个手来吃点东西吧。"方明远端着两碗面放在了餐桌上,对我说。

"好啊。"我也不客气。折腾了一下午,我确实饿了。

我拿着筷子咬了一口煎蛋,惊讶地发现面条下面还压着三个煎蛋。我又看了看方明远的碗里,并没有煎蛋。

"冰箱里最后的余粮了,你先凑合吃。"方明远说着,发现电脑屏幕亮了起来，显示有一封邮件进来。他胡乱吃了几口，又坐回了电脑前。

"方总监，你鸡蛋过敏吗？"我问。

"没有啊。"方明远浏览着邮件，敲打着电脑键盘。

"那你为什么把煎蛋都放我碗里？"我数了数，确认是四个煎蛋。

方明远拿起了自己的手机，走向卧室："我看你上次和你朋友在店里吃粉的时候，好像很喜欢吃煎蛋。我先打个电话，你慢慢吃。"

我摇摇头，方明远对人表示关怀的方式，难道就是往死了喂吗？不过，不能得了便宜还卖乖，就冲方明远匆匆跑回公司帮我解决问题的这个举动，就足够虏获人心。方明远这种人，想要做的事情，总是有千万种方式实现。我笑自己应该感到庆幸，方明远愿意把我招入麾下，也算是对我工作能力的认可。

我吃着面，手机在充电器的补给下，屏幕重新亮起。在手机恢复工作状态的同一时间，郑以牧的电话打了进来。

"你一下午不开手机，去哪里了？！"郑以牧凶巴巴的，似乎我做了什么天大的错事。

"我手机没电了。"我说。

"你快点把你的账号注销掉！你也是的，什么信息都往社交平台上写，如果你不写，怎么会被那么多人查到个人信息？那个项目，你要是不参与，也不会出这个事。你看看，现在怎么办？"郑以牧劈头盖脸一顿指责。

我也不是好惹的，径直反驳："郑以牧，你是不是有毛病，我让你管我了吗？"

第十四章　鸡犬不宁　193

"我不管你谁管你！我已经从三亚飞回来了，赵晓雪那边我打好了招呼，我也帮你担保了，这件事情你绝对是无辜的，所以公司那边你暂时不用管。但是网上太多人在讨论你了，我问了一下平台那边的人，他们建议你先别说话。"郑以牧想了想，接着问我，"算了，等下见面再说吧，反正你总是不让人省心就是了。你在哪儿？我来找你。"

"不用了，我自己的事情，我自己会解决。"我挂断了郑以牧的电话，被坏心情笼罩着。

我将手机放到一旁，把面条大口塞进嘴里，如同与我过不去的不是郑以牧，而是这碗面条。方明远从房间里走出来，看着我苦大仇深的样子，给我倒了杯温水。

"是面条不好吃吗？"方明远问。

"啊，不是。"我赶忙摇头。郑以牧犯的错，与方明远无关，与这碗面条更加没有关系。

我闷头吃着面条，方明远回到了电脑屏幕前，拨通了他那位经纪公司老同学的电话，二人交谈了一番。得知她已经约定了一小时后，与钟晨曦的经纪人 Vincent 在露白会所见面，让我们等她的消息。

我把筷子放下，对方明远说："你这样大费周折，是为了找 Vincent 吗？其实，我有 Vincent 电话，你可以直接问我的。"

"不一样。"方明远走过来，端起了两个面碗，拿到厨房开始清洗。

我立刻跟了上去，对方明远说："我来洗吧。"

"没有让女孩子洗碗的道理。"方明远想用手将衬衫袖子挽起来，又意识到手指上沾了食物污渍，犹豫之间，我伸出手帮方明远将他的袖子折上去。

"谢谢。"方明远说。

"不客气。"我的心情好了不少,"方总监,你刚刚还没说完呢,为什么不一样?"

"你找 Vincent,是求助,很容易陷入被动。但是我同学作为一家经纪公司的老板,直接表示愿意介入,这就给 Vincent 传递了一个信息——你这边,也是有人的,他们不能随意欺负甚至牺牲你。"方明远把水龙头关掉,用厨房纸擦干了面碗。

我感激地看着方明远:"方总监。"

"嗯?"方明远问,"怎么了?"

"你这样帮我的忙,那我有什么可以帮你的吗?"我诚恳地问。

"有啊。"方明远说。

"是什么?"我期待着,"你尽管说,只要我能做到,上刀山,下火海我都在所不惜。"

方明远哈哈大笑:"没那么复杂。只是……需要耗费你一些时间。"

为了表达对方明远的感激,我振奋精神,准备抛头颅洒热血,打定了主意,无论任务有多艰巨,我都一定会全力以赴。然而,当方明远拿出了平板电脑,拨通了他父母的视频电话,看见屏幕里一张张纯真的脸时,我知道了我真正的使命——辅导方明远老家的孩子们做寒假英语作业。

方明远老家的孩子们的求知欲水涨船高,他们在完成了英语作业后,纷纷向我提问。并非像我想象中的,外国人是不是蓝眼睛这类问题,这些孩子早就因为新媒体而具有国际视角。有的孩子问我英国电影里的庄园是不是在现实中也开放给旅客参观,还有的孩子

第十四章 鸡犬不宁　195

问我对英语与法语作为联合国工作语言利弊的看法。

我用尽我个人的知识储备,耐着性子介绍着,看似轻松愉悦,内心则叫苦不迭。怪不得方明远不自己来教小孩呢,原来他早就知道这是一门苦差事。我真希望跟他交换,让我来跟专业律师与公关对话,而非搜肠刮肚地向孩子们展示着自己的羽毛,从而不给"在大城市工作的大人们"丢脸。

一个小男孩扒开离镜头最近的小朋友,满脸童真地问我:"阿姨……"

"叫姐姐。"我纠正他,听见方明远的笑声,我不加理会,继续纠正小男孩,"弟弟,有什么问题呢?"

"姐姐,是你追的明远叔,还是明远叔追的你啊?"小男孩问。

这是什么问题?!小朋友,要不你再问问我对全球变暖的看法?唉,无论多少岁,人类对宇宙的好奇心,到最后都会落回到八卦上来。

"小孩子好好学习,你再胡说八道,我就告诉你妈。"方明远凑到电脑屏幕前,为我解了围。他对着电脑向他爸妈用家乡话打招呼:"爸妈,那我们先忙了啊。"

方明远的妈妈亲昵地用不太标准的普通话对我说:"真是辛苦你了啊,我们本来是想让小远帮个忙,没想到打扰到你了。"

"阿姨,没事,别客气。"我只好乖巧地笑。

上次是只听其声,不见其人,这次倒是连人脸都能对上了。方明远的父母看样子都非常和善,总是一张笑脸,二老的感情也很好,我在教孩子们读书的时候,他们一个倒水一个递水,配合得十分默契。

"姑娘,我们怎么称呼你啊?"方明远的爸爸问。

"我叫时岚，岚是山加上一个风。"我说。

"时岚，好，好啊。"方明远的爸爸妈妈的眼睛笑得弯成一座桥。

方明远将电脑屏幕合上，对着我不好意思地笑了笑："看来我这个春节，要多感谢你，让我少了许多念叨。"

"挺好的，爸爸妈妈操心情感状况，也是对子女的关心。我爸曾经和我说，当我逐渐长大，他发现自己不再能帮我做许多决定。比如说我的工作抉择，身为大学老师的他，只知道教书育人，对战略一窍不通，更别提我们自己国家飞速发展的互联网了。所以，对他们来说，现在唯一能给到我建议的就是感情生活了，帮我去选一个合适的男孩子。只可惜我上一段感情比较失败，他们现在都不敢和我提谈恋爱的事。"我将桌上的本子收拾好，方明远伸出手，帮我把散落在一旁的笔放在了本子旁。

"你父母都是老师吗？"方明远问。

"嗯，他们都是伦敦政治经济学院金融系的老师。"我说。

我侧过头看方明远，他换了一套银灰色家居服，戴着一副黑框眼镜，极其书生气。他领口的纽扣松了一颗，露出白皙的皮肤与清晰可见的锁骨。

"方明远，你穿家居服和平时不太一样。"我说。没有说出口的是，他穿家居服时，会让人不由自主地幻想跟他一起生活的画面

他微微一笑，没接话。

我接着问："我一直很好奇，你为什么总是穿西装啊？"

"以防不时之需。"方明远坐回了自己的电脑屏幕面前，"我刚毕业没多久的时候，原定休假那天，突然接到老板的电话，让我代替他参加一个会议。那时候也是冬天，我穿着羽绒服，抱着电脑就跑过去了，结果发现⋯⋯那是一个鸡尾酒会。从那一次开始，我就

第十四章　鸡犬不宁　197

要求自己,'时刻准备着'。"

"那也得怪你老板没有说清楚。"我为方明远鸣不平,同时把自己的电脑放在了桌上,坐在了他的对面,登录工作账号,决定继续工作。我的工作账号上数不清的信息在疯狂跳动,好奇八卦者不在少数。我滑动着鼠标,打开了与赵晓雪的对话框。

"时岚,你明天回公司吗?"

短短的一句话,发送于三小时前。

"怎么了?"方明远问我。

"赵晓雪问我明天回不回公司。"我如实以告,用手横着头,"方总监,我觉得我要失业了。"

"不会。"方明远的眼睛盯着电脑屏幕,云淡风轻地说,"只可能你不要宝莱,没有可能宝莱不要你。如果美妆行业需要避嫌,欢迎你来我这里。"

我望着方明远,壮着胆子问:"方总监,我问你。如果说,我是你的下属,在网络上掀起了轩然大波,你会怎么处置我?"

"我要处置的是引起轩然大波的人,不是你这个受害者。不过,你会失望吗?"方明远看着我。

"失望什么?"我问。

"对宝莱失望,对你期待的新环境失望,对不公平的事情失望。"方明远说。

我随即意识到方明远的言下之意。他问的是,我有没有为当初义无反顾离开伦敦来上海的决定感到后悔。可是,从来没有人向我保证过来上海就有好的生活,就会有更好的机会,就会一切顺遂。没有任何一个人需要为我的遭遇感到抱歉,除了我自己。

我时岚,最不会做的事情,就是怨天尤人。

"你在担心什么？"我反问方明远，又自己回答了这个问题，"你是不是在担心，我会一气之下回伦敦？欸，你是不是舍不得我？"

方明远陷入了认真的思考，几秒后，他点了点头："嗯，如果因为这些意外的事情，你离开宝莱，会很可惜。你运用商业模型的能力，很出众。"

唉，搞了半天，方明远还是用"老板思维"在看待我这个还不错的员工。一个企业培养一个人才至少需要一年，像我这种入职刚满一年不久的员工，现在正是"压榨"我的最好时机。在这个时候放跑了我，确实是损失。

"坦白说，不是没想过。但是，你知道吧，上海还有很多值得我留恋的东西。"我叹了口气，"我和你说，射手座最糟糕的习惯，就是自以为可以在某一个地方待得足够久。我来上海以后，有三大心得。第一，不要办卡；第二，不要买大件家具；第三，不要囤物品。"

"嗯，见识过你囤物品的能力。"方明远笑。

"你也不差。你给我买的祛疤膏，够我受伤十几次了。"我下意识地回撑他，但是，又知道自己不能不识好歹，"行吧，那我还是明天老老实实回公司吧。那么多工作卡在我手里，大家的工作都得停滞，那才是过错。"

"嗯。别怕，回去吧。"方明远说。

方明远的话音刚落，我的手机屏幕亮了起来，是胖哥打来的电话。我接听胖哥电话的同时，看到了二十几个来自郑以牧的未接来电。

"仙女，没事了。查清楚了，是钟晨曦的对家，故意往他身上泼脏水。你的照片是他们从狗仔手里买的，现在你们公司的公关也出面澄清没有'诈捐'和'洗钱'的问题，加上钟晨曦公司也发了

第十四章　鸡犬不宁

律师函，还有很多明星都出面力撑钟晨曦，大家的舆论都已经一边倒了。"胖哥激动地说了一大串话，我只记住了三个字"没事了"。

我向胖哥表示感谢："嗯呢，谢啦。谢谢你为我忙里忙外那么久。"

"哎呀，我们俩谁跟谁啊。不过，说真的，其实我也就是找人逼问了Vincent那小子一顿，确认不是他故意放的风声。我听Vincent说是有专业的法务和公关介入，才能在这么短的时间内，搞定这次的问题。哦对，我和你一个同事在一块儿呢，他说他是宝莱的，来找Vincent解决问题。好家伙，差点打起来，亏得我拉住了。"胖哥说着，手机被郑以牧抢了过去。

"时岚小朋友，哭了一下午吧？知道害怕，以后就别再……"郑以牧的声音传来，我干脆利落地挂断了电话。

方明远笑着看着我："雨过天晴了？"

"嗯，谢谢你。"我说。

"不客气，你已经回报过我了。不用介怀。"方明远说。

我的手机屏幕再次亮起，是一封邮件，标题里赫然写着"企业纪律与职业道德委员会通报"几个大字，令我控制不住好奇心，点开了它。

各位同事：

近日来，安全与风控部发现多起员工违规事件，特对此进行通报，希望大家引起重视。涉及员工违规违纪的案件，已由公司职业道德委员会、内审部门、业务监察等部门对事件调查后跟进并处理。

目前安全与风控部已对相关事件进行应急处置并完成止

损，移交相关部门评估作出相应处理。通报内容属于内部信息，请大家注意严格保密。

我快速浏览着内容，不乏司空见惯的因为收了商家或者达人的"好处费"，而涉嫌非国家工作人员受贿罪被公安机关刑事拘留，被批准逮捕的；也有利用职务便利，在账号处罚定级等方面徇私舞弊，为外部公会或主播提供资源倾斜，而被立刻辞退、取消期权的；还有未经正式授权，私自下载大量公司代码、文档等内部信息并拷贝至个人存储设备、外部网盘或通过社交软件发至外部，导致自己被监令退回既得利益，并失去工作，落得永久被行业阳光联盟通报下场的。

以上这些，在一家大公司，都不稀奇。令我感到震惊的是这则通报：

个护行业负责人孙家扬存在严重违反廉洁制度的违规行为。公司已将其辞退，并取消全部期权。

该前员工违反公司财务报销制度，逃避审批，违规报销3笔招待费，金额共计512.9元。

手起刀落，一个大行业负责人，就此下台。

我回到邮箱首页，发现一封新的邮件进了邮箱，标题为《个护行业人事变更说明》。

即日起，个护行业总监一职，由个护行业原高级经理樊凯森升任。个护行业原有组织架构不变，过渡期由珠宝行业负责

第十四章　鸡犬不宁　　*201*

人方明远辅助。

邮件内容不长,却足以让人警醒。

高处不胜寒。我与露露、邵佳敏只能算是小打小闹,而孙家扬摆明了是输家的典型结局。

个护行业负责人这样一个举足轻重的位置,孙家扬能安稳地坐了快一年,得益于他在上一家公司超过十年的深耕。而拉这么重要的一个大人物下马,只需要平均一餐不到200元的违规报销款。如果这不是有人有意为之,主动举报,那就是孙家扬自己倒霉,被财务审查抓住了痛处。

谁会这么狠心呢……谁又会就此获利呢……我的脑海里闪过了作为珠宝行业负责人兼顾个护行业的信息。

"想问就问吧。"方明远说。

"不用问,我信你。"我说,"我知道你想要往上走,但是,你一定不会这么做。"

"此话怎讲?"方明远笑了,说,"那如果我告诉你,对孙家扬的裁定,是征求了我的意见的,你还会觉得我不是刻意在利用这个机会,达到自己的目的吗?"

我摇头:"君子论迹不论心,论心天下无善人。想一想,有什么打紧?我还每天醒来都想去把李东乾打一顿呢。如果不是他,我现在还在大客户战略部躺着。而且你要是有你想去的地方,一定有去那里的能力与方式,用这种手段,不稳妥,没必要。包括所谓的吞并其他业务线的事情,我也充分信任你。"

"谢谢你信任我。是的,我没有。"方明远似是内心的一块大石头放下了。

天色已晚，我与方明远再次表达了感谢后，回到了自己的房间里。

我不敢想，如果今天的事情，没有方明远与胖哥一众人的帮助，我要如何解决。或许是等这件事情自然发展，或是我被逼无奈辞职回到伦敦，怎么看都不是好的解决方式。

生活本就艰苦残忍，总是状况百出，选朋友也好，选恋人也罢，都要选能并肩作战或是能毫不犹豫为自己挡子弹的。在糟糕的高低起伏里，绝对不可以再给自己找一个麻烦的队友。当然，更重要的是，自己也不能成为一个脆弱的小女孩。

在入睡前，我给方明远发了一条信息：

"方总监，在我的心里，你一直都是一个光明磊落的人。我也想和你说，如果有一天，我看到你身上阴暗的地方，我也会相信你一定有你的考量与背后的原因。我一定会理解你不被他人理解的地方。"

没有等到方明远的回答，我就难抵睡意，进入了梦乡。

在梦里，一切都很安全，我还没来得及对任何事情失望。

黑暗的洼地里，依然有明朗月光。

第十五章　不堪重负

如飓风过境,待我再回到办公室的时候,昨日的热议话题已经悄然蒸发。

太阳底下没有新鲜事,年货节收官在即,所有人扛着自己的业绩指标殚精竭虑,对于无法给他们带来年终奖的杂人轶事,就算好奇,也不愿投入过多关注。而作为当事人的我,就当是淋了一场倾城之雨,冲个热水澡就要从头来过。在宝莱工作,对不愉快的记忆有过多留恋,绝对不是好事。

当忘且忘,是每一个成年人的必修课。

我前脚刚迈入工位,后脚郑以牧就出现在了我的面前。

"你出来一下。"郑以牧斜靠着我的办公桌,似乎已经等待我许久。

"就在这里说吧。"我拉开椅子,坐了下来。

早上九点,通常十点开始才陆续有人来的宝莱公司里,除了我与郑以牧,就只剩下保洁阿姨在确认每一个工位旁边是否有垃圾。

为了避免郑以牧又对我念念叨叨,我决定先发制人:"电视剧里有不少犯人,不管经历多么可怕、多么残忍、多么无限度的严刑拷打都宁死不屈,你知道他们是怎么做到的吗?"

我从包里不疾不徐地拿出了电脑打开。受到上次郑以牧话语的启发,我将电脑桌面换成了系统预设的风景照——一片蔚蓝的大海。

"他们有些人是出于信仰，有些人是保有气节。而我，就像他们当中的第三种人，不是有什么秘密非要坚守，所以咬着牙怎么都不说，而是我不知道，我是真的不知道。"我试着将自己的立场表达得更加清晰，"你可以这么理解，我就是倒霉，好端端走在街上，突然从楼上掉下来一个花盆砸在我头上。你不能问我为什么要走在街上，你得去看看是哪个讨厌鬼把花盆推下来的。实在不行，你也可以去问问那个花盆，反正你不能来问我。"

郑以牧两只手揣在兜里，仗着身高优势，直接坐在办公桌上，猝不及防地伸出手，恶作剧般用力地揉了一下我的头发。我下意识地用手挡住他，站起来向后退了两步。

"郑以牧，你是不是有毛病啊！"我怒不可遏，"我早上刚洗的头！"

"时岚小朋友，你这小脑瓜里，到底都装了些什么啊？你觉得我大老远从三亚跑回来，起了个大早来公司等你，就是为了问你的娱乐新闻？"郑以牧啧啧嘴。

"那你来干吗？"我没好气地整理着自己的头发，嫌弃地看着郑以牧。

"当然是来让你感激涕零啊。先说好啊，可以感动到落泪，但是，我不接受以身相许。"郑以牧嘿嘿一笑，滑动了一下手机屏幕，把手机放在我的面前。

我狐疑地拿过郑以牧的手机，发现他的手机壁纸居然是上次他抓拍的与我的合照。照片里，他笑逐颜开，而我则极为勉强，看起来滑稽极了。

"如果你是想用这张照片取笑我，你大可以把这张照片洗出来，放大十倍,裱在墙上。"我把郑以牧的手机塞回他的手里。

"哎呀,不是让你看这个。喏,是这个邮件内容!"郑以牧将邮件打开,把内容展示给我看。

本来以为郑以牧又要玩什么恶作剧,没想到,他这次是在和我分享于他而言至关重要的决定。

"你为什么要告诉我?"我把手机还给郑以牧,压低了声音。

郑以牧挑了挑眉:"时岚小朋友,只要你夸夸我,我就可以带你走。"

"去哪儿?"我明知故问。

郑以牧弯下腰,盯着我的眼睛:"去你本来就想去的温哥华。"

为了与郑以牧保持距离,我只能往后仰。

"我知道你在大客户战略部解散之前,就想要去温哥华工作。现在我大发慈悲地告诉你,温哥华有一家战略公司,向我发出了邀请。如果你让我开心,我就考虑带你一起入职。"郑以牧向我伸出了五根手指,"年薪是这个数。"

"五块钱?"我顺口说。

"……五十万加币。我已经帮你谈了一个很不错的offer,下面有四个人,直接向我汇报,主要负责电子市场的战略分析。如果你愿意,现在就可以把辞职信丢在那些说你八卦的人的脸上了。"郑以牧悠然自得地朝我打了个响指,"来吧,夸我吧,夸得好的话,给你的offer我就发到你邮箱,哈哈!"

我双手抱胸,打量着一脸得意的郑以牧。

"干吗这么看着我?怎么?激动得说不出话来了?没想到你今年命中的贵人是我吧!"郑以牧哈哈大笑。

"你知道我当初为什么想转岗去温哥华吗?"我问。

"我看你的转岗申请书上写的是'探索海外市场'。"郑以牧说。

"那种理由,不过就是随口瞎掰的官方套话。真正的原因是,我前男友,就是你知道的已经结婚了的那个,在脸书上发状态,说他今年会在温哥华借调工作。我想转岗去温哥华,其实是希望在不放弃自己的立场的前提下,看看和他之间还有没有机会。所以你觉得,现在我还有去温哥华的理由吗?"我说着,看着郑以牧的脸色逐渐变差。

良久,郑以牧皱起了眉头,吐出一句:"你这个恋爱脑!"

"大哥,我已经二十六岁了,我需要有正常的感情生活。我不像你,always available。"我反讽他。在大客户战略部的时候,所有同事一起团建,酒过三巡,谈及情感状态,要么说单身,要么说交往中,要么说已经结婚,唯独郑以牧眨了眨眼睛,故作神秘地说:"我?我 always available。"

一个男人对一个女人说他 available,是示好与邀约。可是,一个男人对一群女人说他 available,我只能理解为在耍流氓了。

"那你和我去温哥华,我带你去认识更好的男生咯。你喜欢什么样的?土豪、富二代,还是模特?"郑以牧说着,用手摸着下巴,"不对,以你的品味,你肯定只喜欢书呆子。"

"随你怎么说,你的好意我心领了,你自己去吧。"我径直拒绝了郑以牧。

"为什么?"郑以牧反过来问我要理由。

"因为我没有去温哥华的理由啊。"我说。

"你可以和我一起去。"郑以牧说完,想了想,又补充了一句,"而且薪酬很不错。温哥华还有最美日落!"

我从抽屉里拿出了两包饼干,递了一包给郑以牧,接着撕开了另一袋,一边吃一边说:"大哥,你去温哥华那是精英男士追求事业高峰,温哥华离你美国老家也近。可是,你看我,我真的没什么必要大老远跑到另一个大洲去。我如果真的不想在宝莱干了,直接回伦敦就好了呀。薪酬嘛,我这个人真的没那么多对物质的追求,够吃够用就好了。最美日落……那我有空的时候,去温哥华找你玩?"

我曾在书上看过一段话,深以为是。书上说,全世界最难发财的就是那些出生于中产家庭,且生活在父母的爱中的女孩子。因为,她们过早丧失了对金钱的渴求,转而追求生活的"质感"。她们要的是幸福的感受,而"拼搏"二字本就与此背道而驰。

不过,郑以牧的话倒是点醒了我。我来上海,是想向李安南证明自己不需要依附任何人。我想去温哥华,是希望能给我们之间再多一次机会。现在,李安南在我的心里已经是个过去式了,那我是不是可以考虑回伦敦了?上海这个城市,还有什么地方值得我留恋吗?

我琢磨着,如果要离开上海,回到伦敦,那么我得在走之前解决森森的转正问题。除此之外,房子转租、打包行李、办理离职,对我来说都不是什么难事。如果进展顺利,大概一个月后,我就可以拖着行李箱回伦敦了。

"可惜了,要是森森英文好,还真能出去看看。"我碎碎念了一句。

郑以牧似是猜中了我的心思:"你要是不想去温哥华也可以不去,不过你要给我点时间,我联系看看伦敦那边的工作机会。"

"你看伦敦那边的工作机会干吗?"我疑惑。

"没什么,就是向你简单证明一下,我,郑以牧,鹰王,永不失业！"郑以牧撕开了饼干的塑料袋，咬了一口，鄙夷地说，"时岚小朋友，你什么品味？怎么会有这么难吃的饼干！这块饼干，简直是饼干家族的耻辱！"

我从郑以牧手里抢回饼干："爱吃不吃。当着饼干的面说它难吃，你考虑过饼干的感受吗？好啦，没事了就赶快下去，回3C行业熬鹰吧，万厉锋要来抓你了！"

"……行吧。"郑以牧从办公桌上跳下来，刚准备走，被我叫住："郑以牧。"

"怎么？改变主意，想和我一起去温哥华啦？"郑以牧如川剧变脸般，忽然露出了笑容。

"不是，我是想和你说，你今天和我说的事情，我会保密的。你去温哥华之前，我请你吃饭，给你饯行。毕竟隔了那么远，以后也不知道还会不会见面了。"我诚恳地说。郑以牧这个人虽然招人烦，但是，他能想着帮我也捞一个职位，算是很讲义气了。冲着他这么仗义，我至少请他吃人均三百块钱的火锅。

郑以牧突然表现得有些生气，他白了我一眼，抛下一句"狗才去温哥华！"就拂袖而去。

郑以牧就像是一个永远不会长大的小孩，喜怒无常，阴晴不定，是个不错的玩伴，但是，又需要你随时照顾他的情绪。他的魅力来源于他总是令人捉摸不透，可是，现在身处混沌的环境里，我只想和不需要我费尽心思去猜测的人相处。

郑以牧走后，我重新整理手头的活动。来美妆行业一个多月，从起初的抢不到工作内容，到现在所有的边角料和轻量级活动都握在我手里。七七八八的事情加在一起，也堆积成了一座不算小的山。

按照活动周期来看，年货节后是新年正当红，再之后是春节不打烊,紧接着是情人节……我一一细数着,对话框里,罗心慈的消息弹了出来。

"时岚,我有个小事情可能要麻烦你。"

"嗯呢,你说。"

"三八S级大促,佳敏那边和我说她手里工作太多,实在是忙不过来了。你看,要不然你和露露商量一下,看看你们谁来支持一下呢?"

如果生活中也可以出现卡通特效,那我的头顶一定有三根黑线。

我是和罗心慈生活在不同的星球上吗?"小事情"这三个字,不应该对应着拿个咖啡、丢个垃圾或者是递个本子吗?接下三八S级大促,意味着最起码熬夜通宵二十天,这怎么会是小事情呢?

我怀着沉重的心情,在对话框里回复了一个可爱的表情,乖巧地说:"好的,我和露露商量一下。"

罗心慈给我比了个心,下一秒,头像就显示"忙碌中"。

让我和露露说"嗨,露露,你知道吗?虽然你很忙,但我还是要和你比比看,我们谁更忙",我实在是头大得很。在罗心慈的手下,做大促活动的负责人当然能怒刷存在感,但是,真的要升职加薪,一定要拿营销IP,而不是刀耕火种地做活动。露露不傻,她不会自己往圈套里钻的。

当然了,罗心慈也不傻,不然她也不会把我当作突破口,先来找我,而不是找露露。

"一个人好用,是优秀。但是,一个人太好用,就很可怕。"我发了一条吐槽信息给安姐。

"怎么啦?又加工作量啦?"安姐回问我。

"对，三八大促，八成又是我。"我发了一个"抱头痛哭"的表情。

安姐回我："那怎么办？等等吧，到时候转岗。"

"我想辞职了。"我说。

"我在外面出差，等我回来和你出去吃饭，别冲动。"安姐安慰我。

我伤春悲秋了不到三分钟，就被源源不断的工作信息打断了愁绪。在工作群里，与你合作或是对抗的人，根本不在意你是不是刚从别的行业转过来，也没有人关心你是否有相关的工作经验，更加不会有人询问你今天状态是否足够支撑满额的项目量，他们只会在毫无背景介绍的前提下，直截了当地问你："没问题吧？"

示弱，只能是一种技巧，绝不能成为一种惯性技能。

我强打起精神，一条条消息依次回复，就像是在流水线上的女工，只知道低着头处理落到面前的材料，绝望地等待夜幕降临。偏偏，天就是不遂人愿。唉，也许天遂人愿，只是不遂我愿。我本就手忙脚乱得很，偏偏一直以来的好帮手森森，在此时又莫名帮起了倒忙。

如果不是我掐了自己一下，证实不是在做梦，我绝对不会相信，一个复旦大学的优秀学生，跟着我实习了这么久，接访客的时候，居然妄想带着他们强闯刷卡机，还被保安抓了个正着……

当我把森森和三位访客从保安室里接出来的时候，我发誓，如果不是我尚且保留着成年人的理智，我一定把森森钉在宝莱的耻辱柱上，让他自己一个人在保安室写五千字检讨。

"你怎么想的？"在电梯里，我低声问。

"哎哟，我就是觉得方便，哪知道警报声那么响。保安腿看

第十五章 不堪重负

着很短，跑起来还挺快的。"森森反而怪起了公司的安保系统过于完善。

进会议室前，我强压着怒火，提醒森森："你用公司软件订八份饭，走公司账户，看情况再拿进来。"

等到会议结束后，森森拎着八份盒饭走了进来。而不让我失望的是，他非常大气地将八份盒饭都塞给了合作公司的人。看着对方感慨宝莱的伙食真好，我实在找不到机会解释——宝莱的员工，不是每个人都吃三份盒饭的。

而这还不是今天离谱的巅峰，从下午到晚上，森森向我展示了，离谱的更高级叫作荒谬。

我和他说销量进度，他和我讨论基准值。我和他说要看一下头部达人的增长曲线，他给我做了三张条形图。我请他帮我去找一下活动组的李磊，五分钟后，我见到了被他拖到我面前的销售部的张晨。

万念俱灰，是我唯一的感受。就像是本来在大海上漂流了数十天的你，感恩于手中紧抱的浮木，可是，突然你发现，这根浮木想自己漂了……

"森森，你飘了。"傍晚，我筋疲力尽地趴在桌上，哀号了一句。

森森也很懊恼，他挠了挠自己的头："时岚姐，是爱情让我升空！"

"爱情？你谈恋爱了？"我惊讶，森森什么时候开辟了感情线？！

森森反过来安慰我："时岚姐，你放心，我们追求的是独立，我保证，我还是会好好打工的。不过，我现在能不能先下班？对方约我看音乐剧《人鬼情未了》。"

"……去吧，不管谁情未了，我都请你快点回到地面吧。"我看着森森蹦蹦跳跳地离开了会议室，哭笑不得的同时，又觉得这才是正常的生活。

在森森这个年纪，本就应该谈着没头没脑的恋爱，在灯火辉煌的街道上说着一些不着边际的话。那些话语从相对而望的山峰跃出，落在柔软的白云上，又跌进溪流里，化作山谷里经久不息的回声。而不是和我一样，对着渐黑的夜色，挠着越来越秃的头。

年货节美妆行业业绩不佳，根据罗心慈所说，这是一年以来，美妆行业第一次活动销量有可能不达标。赵晓雪每日急得在工作群里疯狂找陈思怡与罗心慈商讨解决办法，罗心慈则毫不手软地将赵晓雪的原话直接转发到我们的工作群中，似乎是在向我们证明"不是我要逼你们，是赵晓雪"。

在这样的高压之下，我每天醒来时，手机里都最起码有两百条未读消息，每天晚上最早十一点才能到家。与此同时，我的脑海里不止一次有了离开宝莱的念头。

"离开宝莱，回到伦敦。"这句话，不再仅仅是一个郑以牧给我的启发，而是我不经意就会想起的解救自己的方法。我和郑以牧说，我没有理由去温哥华，同样，我也不再有理由留在上海。

产生了离开的想法后，最显著的变化就是我的快递数量骤减。每当想通过购物解压的时候，我都会提醒自己"用不完"。原来，物品囤积营造的安全感，来源于天真地以为自己会留在某一个地方足够长的时间。可是，当要起身离开的时候，藏在物品里的安全感，要如何带走呢？

我等待着一个打定主意的契机，却意料之外地再次目睹了露露的崩溃。

起因是周六清晨，罗心慈在群里发的一长段话。

"我真的很困惑，你们天天都说忙，都在忙些什么？现在的业绩情况有人在跟进吗？别说达成销量目标了，有的直播间连基准值都没有达到，甚至干脆都没开播，销量为零！这么大的事情有人汇报吗？针对每个板块、每个客户，我都给你们划分了清楚的职责，人呢？人都到哪里去了？我们现在的销量压力非常大，每个人都不能掉以轻心，每个直播间都需要有人跟进了解情况。现在搞成这个样子，我很失望，非常失望。

"你们想过吗？怎么把业务做得更好？怎么把直播间做得更丰富？怎么让消费者更愿意花钱？你们研究过消费者吗？你们想过怎么弥补现在的生意差额吗？没有！一个都没有！

"我不知道你们到底是有风险不知道要预警，还是根本不知道风险发生了，又或者是压根不知道什么是风险！你们的不认真，毁掉的是我们整个团队的荣誉！为什么不能做到凡事都及时汇报？这很难吗？为什么我做得到，你们做不到，你们到底在干吗？"

我迷迷糊糊地躺在床上，后悔不迭，连连质问自己为什么要在大好的周末打开工作软件。

我揉了揉眼睛，挣扎地爬坐起来，背靠抱枕，又看了一遍罗心慈发来的信息。我叹了口气，真为组里所有人，也包括我自己叫屈。工作节奏实在是太快了，大家并非不想"事事有回音"，实在是有心无力。没有开播的场次，陈思怡那边没有及时同步信息，我们又怎么可能第一时间知道呢？

群里一片沉寂，而没有罗心慈和她的铁跟班邵佳敏的小群则热闹了起来。我也是在那个夜晚帮助了露露后，才被露露主动吸纳进去的。在那个群里，大家会谈论今天吃什么、会议很无聊这类不适合在罗心慈面前谈论的话题，每个人至少是百分之五十真实的自己。

不出所料,罗心慈的一长段话,让每个人的心态都很爆炸。有的同事说自己已经压力大到额头疯狂冒痘,有的同事说自己因为这份破工作都很久没有见过孩子了,还有的同事则抱怨自己一天的好心情被这一段话给毁了。

大概是因为我的状态显示了已读,群里的一位同事问我和露露:"你俩怎么想?"

我不假思索地发了两个字:"想哭。"

露露则更加直接:"想死。"

都是被工作逼到悬崖边的人,可是,在罗心慈眼里,我们所有人都是一潭死水。

原本所有人都想用沉默混过去,无奈的是,罗心慈在二十分钟后再次向众人开火。

"你们现在写的活动方案,一个比一个差!毫无亮点!毫无规划!我真怀疑你们有没有用心在工作!天天说预算低,照我说,就算给了你们足够的预算,你们也做不出好的活动!你们不觉得羞愧吗?你们在互联网前沿的公司工作,拿着不错的薪水,就给我看这一堆垃圾?我再次声明!所有的方案至少要提前两个月完成。如果做不到,没关系,找我,我支持你们调岗!"

我将手机丢到了枕头下面,不愿再看,烦恼的情绪却扑面而来。我允许自己不去理解罗心慈的无奈,我不愿意去想她肯定也是被赵晓雪逼到了死角,也不想去体谅她作为我们的直系领导承担了多少压力。我只知道,罗心慈这段情绪发泄的话,把那些依靠着责任心前行的人,纷纷拽入了深渊,却不自知。

我在床上摊了许久,翻来覆去怎么都睡不着,还是将手机从枕头下方摸了出来。意外的是,在我看来,最能忍耐且知晓审时度势的露露,率先开了口:"心慈,我这个活动可能没办法提前两个月筹备好方案,我真的是抽不出身,年货节事情太多了。"

这是求救的信号,而罗心慈三十秒后的回复,可谓是见血封喉:"现在大家都比较饱和,换人是做不到的,你自己尽力吧。"

露露大概是缓了十分钟,才打出了下面的一段话:"没有说要换人的意思,就是前置暴露下风险。这个活动我只能年货节很尾声或者结束后才能介入,等于开始前一个月。如果这是个需要很高级玩法的活动,我担心可能来不及,或者即便方案写出来也无法落地,所以提前提一下难度。"

罗心慈回答:"很难吗这件事?做事情不要拘在自己的想法里出不来,要跳出去看看有没有调整的空间,而不是做不到就反驳正确的想法。"

"我没有反驳什么,已经周末都在加班复盘各种数据了,一直没闲着,每天都在做更紧急的事。如果这个活动要得很急、很重要,那今天重要紧急的事都做完后,我可以着手准备这个的。"

露露最后示弱了,而那一整天,群里都没有等来罗心慈的回复。

我没有办法知道在那一天,在群里每一个人的身上,到底发生了什么。唯一可以确定的是,这场雪崩让所有人都感到窒息。

我叹了口气,本想给父母打电话,商量回伦敦的事宜,忽然接到了一个陌生的电话。

"您好,请问是时岚小姐吗?"

"您好,我是。"

"您好,我是天迈公司负责战略部门招聘的同事,想问问您,是否有兴趣来我司就职?"

天迈公司？我怔住。天迈公司是互联网龙头，也是宝莱一直以来追赶的对象。论市值，宝莱至今难以望其项背。

是好事吗？是吧，至少证明，除了逃跑，还有机会去更宽广的道路上，抬起头，看看方寸以外的世界。

第十六章　向外一步

在一夜的深思后，我决定接受天迈公司的面试邀请。

这并不意味着我已经决定留在国内，只是了解一下自己在国内的市场价值也不是坏事。据我所知，有许多职场前辈都会定期在外面试，从而检测自己当下的能力是否与市场真实的需求匹配，或是拿着外界对自己的裁定，向现公司提出升职加薪的诉求。

我没有那么多积极的念头。我只是知道，在迷茫的时候，选择往前走，一定不会是坏事。

天迈公司在杭州，为了方便在上海的我面试，他们提议与我第一轮沟通时，可以采用远程视频面试的方式。协调时间时，我无奈地发现我的行程表已经被罗心慈排得满满当当。天迈公司负责直接联络我的黄艳似乎毫不意外，她气定神闲地问我："那这周六早上七点？你的面试官那时候在机场，刚好可以和你面试。"

"早上七点""机场""刚好"，这三个词，听得我想立刻拒绝天迈公司。

互联网行业根本就是一朵绚烂的食人花，用传闻中的财富自由引诱着所有人，让大家都甘之如饴地贡献青春与热情。

可不管我的内心多么惊涛骇浪，我的表面依旧平静。我听见自己特别温柔地说了一个"好"字，得到了对方的嘉许。

从黄艳的笑声里，我仿佛听到"不愧是互联网人，不像某些小姑娘，周末早上面个试也要大惊小怪，像是没见过世面"。

挂断了黄艳的电话，我化好妆，看着玄关门口的高跟鞋与平底鞋，想了想，穿上了白色帆布鞋。以往在工作场合，即使身处对穿着没有硬性要求的互联网行业，我也一定是穿着高跟鞋，戴着精致的耳环，用最精致的面貌走进办公室。可是今天，我真的不想再精致了。

我第一次明白了，什么叫作"黑色星期一"与"上班如上坟"。一想到进了办公室，就要见到罗心慈那张严肃紧绷的脸，我就止不住地叹气。

坐在电脑面前，看着密密麻麻的数字，我撑着脑袋思考"为什么自己会在这里"。人们总说，比死亡更可怕的是未知。可是，在我看来，比未知更可怕的是已知的看不到尽头的黑暗。我用手抚过日历上的安排，肉眼可见，最起码要如永动机一样，转到八月。可是，现在连二月都未到。

恋爱中的森森自然无暇察觉我的情绪变化。他的恋爱对象，是一个小画家，浪漫且富有情调，会拿着一束花在公司楼下等他下班，裹紧大衣一同踩马路。森森也因此搬了一次家，与恋人毗邻而居，声称要保持恰到好处的距离。在森森的观念里，恋人之间最好的距离就是一墙之隔。听到这句话的我忍不住笑了。小朋友的逻辑真是古怪，按照他的说法，我与方明远刚好占据了天时与地利。

为了能够完成罗心慈交给我的任务，我改变了自己的饮食习惯，将自己压榨得更狠了。中午的时候，我会让森森给我带一个三明治，五分钟咽完后，就迅速投入会议里。有时候，会议过于密集，我就刻意减少喝水的次数，从而不用花费时间去洗手间。

我清楚地知道，罗心慈并没有在为难我，她亦有她的崩溃与脆

第十六章 向外一步　　219

弱。可是，最可悲的莫过于我知道罗心慈并没有与我过不去，只是因为我们团队里的每个人都已经步履维艰。

邵佳敏与露露的脸色都愈发苍白，我反观自己，其实也没有好到哪里去。有好几次，出租车师傅提示我已经到了宝莱楼下，我都会重重地叹一口气，请师傅再开车绕一圈，哪怕晚一分钟上楼也好。

好在天迈的面试环节，我的进展十分顺利。我一连通过了四次面试，来到了终面。

根据黄艳的介绍，我的终面面试官是天迈公司电商业务部总裁，人称"半仙"的青年才俊——1985年出生的康骏，天迈公司公认的下一任接班人。本质上来说，如今宝莱做的所有努力，都是在追赶康骏为天迈打下的江山。

能够得到与互联网传奇人物交流的机会，对还在行业里摸爬滚打的我来说，不可谓不是一件令人期待的事情。为了表示诚意，我请了半天事假，在年货节收官的次日上午，独自坐高铁去往了杭州，在约定时间到达了天迈公司。

我在前台登记后，身着玫红色西装裙的黄艳来大厅接我。

电梯间里，黄艳上下打量了一下我，神秘地笑了笑："时岚，你可得加油。偷偷告诉你，你现在的面试评分是近半年来最高的，只要康骏点头，你就可以入职了。只要你入职，我的绩效奖还能多拿20%。"

黄艳这段话，相信对每一个面试者而言，都是一剂强心针。我们走进电梯里，见没有旁人，黄艳又叮嘱了我两句："我今天上班的时候看见康骏了，他心情还挺好的，你放轻松聊就好。"

我笑着道谢。任何场合，不管对你透露信息的人出于什么动机，只要对方给予你的是积极的信号，都无须甩冷脸。

康骏的办公室离电梯口很远，我与黄艳走了大概七分钟才到达。门口摆了一棵青松，茂盛青翠，是个好意头。

"康总，时岚到了。"黄艳轻轻敲了三下门。

"噢，请进。"康骏没有抬头。我注意到，三十七岁的他，头发白了一大半。

黄艳朝着我眨了眨眼睛，做了个"加油"的口型后，扭着腰离开了。

我轻步走入，再次礼貌地称呼了句："康总好。"

康骏总算是抬起头来，神色和善，伸出右手示意我在他对面落座："辛苦了，还劳烦你从上海特意过来一趟。从车站过来堵吗？"他长得浓眉大眼，戴着一副黑框眼镜，说起话来慢条斯理。他将手里的文件夹合上，对我笑了笑。

康骏是个典型的技术派，初中时代就开始表现出在计算机方面的极高天赋，国内的竞赛大奖拿到手软。后来，他放弃了保送清华大学的机会，斩获了哈佛大学、帝国理工学院等世界名校的offer。据说，康骏觉得哈佛大学所在的街区中餐馆太少，又不喜欢伦敦的天气，加上对斯坦福大学的计算机课程设置赞赏有加，这才选择了斯坦福。

我回想自己当年考牛津，数轮面试，拿到录取通知时，如获至宝，就差看看自家祖坟是否真的冒青烟了。而康骏，则是在名校里挑挑拣拣。果然，人与人之间的差距，真的比人与猪之间的差距还大。

2006年，康骏从斯坦福大学毕业后，加入了普诺朗公司。仅仅三年的时间，他就从一线程序员升职为高级经理，所带领的团队为全公司贡献了30%的业绩增长。后期，由于天迈公司收购了康骏的创业公司,他在 28 岁的时候,就实现了财务自由,可真正算得上年轻有为。

天迈公司创始人一眼就相中了康骏,他对康骏的评价是"功成名就,财务自由,未来可期"。天迈公司创始人认为,功成名就,意味着能力得到过证明;财务自由,那做事的目的就不是升职加薪,而是觉得事情有意思,因此必堪大任,未来可期。

在康骏的带领下,天迈页面的点击量在一个月内,就从 3000 万增长到 6000 万。到了 2015 年,点击量达到了 1.1 亿,电子商务交易无线占比从百分之十几,增长到 80% 以上。

有小道消息说,宝莱创始人也出过手,希望可以挖康骏跳槽。奈何宝莱虽然成长速度惊人,但是论起量级,还是不如天迈,只能就此作罢。

看着坐在我面前的人生赢家,我连忙礼貌性地回答:"还好。应该的,我来面试,当然得来一趟杭州。"

"哈哈,我们就是随意聊一聊。"康骏把文件推到了一旁,似是做好了与我这个面试者好好"聊一聊"的准备。

我与康骏没有过多寒暄,直接进入了业务话题。康骏的问题并不刁钻,更多时候,他只是抛出一个方向性问题,任由我信马由缰地描述对事件的判断。我说话的过程中,他会时不时地点点头,露出微笑,从不打断。等我完全说完以后,才会补充一两句,再延展性地问深入的思考方式。

与康骏的面试过程,确实很像他所说的"聊一聊"。康骏身上没有那种倚老卖老的庸俗气质,他虽然已经站在了泰山之巅,可还是抱着谦虚的态度,听着"年轻人"的想法与所见所闻。康骏没有在我面前提及他真正的想法,只有在我一再询问的前提下,才会说上个一两句。其中，与宝莱有关的问题尤甚。

康骏在说其他事情的时候，都是等闲视之，淡淡地笑一笑，说句"嗯，是的"。唯独在谈到对宝莱赶超天迈的决心的看法时，他慢悠悠地说了一句"道阻且长"。

这是我在与康骏的对话中，唯一一次感觉到，坐在我对面的人其实是电商直播业务的掌舵人。这位掌舵人看似内敛，其实内心运筹帷幄已久。电商直播业务的开端，完全出自康骏对内容化电商的决策。我们现在看到宝莱直播电商有多火，就应当知道当时康骏踩对的内容化路线有多关键，而宝莱不过是聪明的效仿者。

"你负责的那场直播创下了宝莱播放量的最高纪录4.08亿。我看过那场直播的复盘，你做得很不错。"康骏夸赞我。

我下意识地补充："我只是负责了操盘，总方案是我当时的小组长定的，其他同事也都有帮忙。那一场能创下纪录，除了主观努力，也有运气的成分。"

"你的小组长是Bosco郑？"康骏问。

"郑以牧。我不知道他的英文名。"我说。

"噢，那就是他，哈哈。"康骏提起郑以牧的时候，眼神里都是嘉许。我没有追问，以免拿捏不好初次见面的分寸。

我转而吹捧起康骏来："天迈才是电商直播的鼻祖。2016年5月，天迈推出天迈直播平台，您亲自上场，创造了2小时成交额近5000万元的纪录，这才让所有人看到了直播的未来。"

天迈直播平台建立初期，遭受着种种质疑，几乎招揽不到任何明星与网红合作。康骏为了稳定军心，当下决定亲自作为主播，售卖天迈自行开发的智能小程序。这个在外人看来充满了风险的方案，却在康骏的设计下，一战成名天下知。这次成功，也直接助力了康骏大步流星地推进项目的发展。我特意提起这个项目，就是赌一把不管过了多久，最早期的成功总是最令人难忘的。

不出所料，康骏哈哈大笑了起来，他笑着对我说："那都是很早以前的事情了，如果你愿意加入天迈，我相信，我们可以做得更好。"

此言一出，我便知道，这张跳槽的邀请函，我已经收入囊中。出于职级的差别，我不会直接汇报给康骏，可是，能被这样的一个能人认可，已然是一件幸事。

与康骏道别前，我主动提出了加他的微信。康骏很爽朗，没有拒绝。我一开始以为是他平易近人，加了之后才发现，这个大佬和方明远如出一辙，朋友圈空空如也，头像也是座看不出是在哪个地方拍的山。

我们普通人，将朋友圈看作分享生活的窗口，把微信当作娱乐分享的聊天工具。可是，对大佬们来说，所有的心事都不会公之于众。

坐在回上海的高铁上，我靠着车窗扪心自问，可能不管给我多少钱，我都做不到放弃分享欲。这么看来，我大概一辈子都成不了成功人士。我正想着，天迈的录取邮件发到了我的邮箱，等待着我的回复。

天迈非常有诚意。除了涨薪 35% 以外，还愿意一次性支付我在春节前离开宝莱损失的年终奖总数，并且额外给予一万元作为搬家费用。除此之外，我还可以申请天迈的员工宿舍，每个月仅需花费三百元，便可以拎包入住单人间。我回想着工作内容，也不算是太难，长舒了一口气，这段时间的苦闷得以排解了不少。

到达上海虹桥高铁站，我拎着包在地下停车场等待网约车，漫无目的地四处张望着，突然有一个人喊了我的名字。

我定睛一看，撇了撇嘴，居然是仇烨。

仇烨把周朗坑走的事情，我都还没有找到机会帮周朗出气呢，这个家伙居然还自己送上门来？我故意偏过头，假装没有看到他。没想到仇烨见到我却是格外兴奋，他举起手大幅度地朝我打招呼："时岚，你怎么会在这儿？"

不等我回答，他便自问自答："你也出差啊？你们美妆行业是不是很忙？再忙也不可能比我们3C行业忙吧！欸？你叫车了没有？"

"叫了。"我不愿意搭理他。

仇烨凑近我："那太好了！还是碰到老朋友好啊！我们3C行业不允许打车报销，只能坐地铁。有你就好了，我都不用坐地铁了。"

仇烨的脸皮之厚，简直超乎我的想象。他根本没有问我的意见，就死皮赖脸地说要蹭我的车回公司？

我没好气地说："我不报销。"

"哎呀！你说你，有钱就有钱，炫富干吗？"仇烨穿着一件全黑的蓬松羽绒服，就像是一个令人讨厌的黑煤球，但他的兴致很高，"车牌号多少？"

我知道被仇烨蹭车这件事是逃不过了，只好看了眼手机屏幕，爱搭不理地报上了车牌号。

一路上，仇烨表现得就像付车费的人是他，厚脸皮搭顺风车的人是我。

他怡然自得地坐在后排座位上，对着坐在副驾驶座上的我指手画脚，满满的"爹味"："你说你这姑娘家家的，一个人出差，也不叫个男同事陪着，万一有什么事情需要帮忙怎么办？欸？你去哪里出差？我听说你现在是罗心慈跟前的大红人,连三八S级大促活动都给你了！了不起！不愧是我们大客户战略部出去的人,就是能抢能打。"

仇烨说了一大串话,我连吭都不想吭一声,干脆装作闭目养神。

"你能去美妆行业可太好了,不像我,来了3C行业。那个万厉锋,根本就是个恶棍！每天一大早都要开会,五分钟之内没有已读他的消息,他就会在大群里面破口大骂！"仇烨又把话题引到了郑以牧身上,"对了,郑以牧的事情你听说了吗？"

我没有搭话,微微移动了一下身体,佯装已经入睡的样子。

仇烨完全不需要我的回应,他自顾自地说:"郑以牧和创始人好像搭上线了。创始人点名让万厉锋给他分了一个特别难谈的3C客户。你知道是谁吗？是四字电器！好家伙！四字电器的吴总是出了名的吃人不吐骨头,谁去他那里谈判不得在酒桌上被扒一层皮？偏偏万厉锋让郑以牧去找吴总结算去年的款项,这不是摆明了要赶郑以牧走吗？不过照我说啊,郑以牧也是自己性子拗。当初李东乾说了要带他走,他偏不要,这下吃苦头了吧。"

四字电器的吴总,这个人在行业里名声并不好。他进驻宝莱直播平台,不过是想分一杯直播风口的羹,拿到宝莱对早期入驻商家的扶持资源,再拿着这些福利转过身去和天迈直播平台谈条件。只可惜,四字电器的做事方法虽然嚣张,但是作为大家电类目的龙头,销量占了总类目的30%,任谁都不敢得罪这个"祖宗"。

万厉锋手下的人都对吴总避之唯恐不及,也一直是由手段凌厉的万厉锋自己直接杀到四字电器吴总的酒桌上,以一当十来维持客情关系的。听到仇烨说郑以牧要去接这个烫手山芋,我在心里真为他捏一把冷汗。

郑以牧去温哥华尚且想着我，我转念一想，或许，我可以向康骏举荐郑以牧也说不定呢。

仇烨叽叽歪歪了一路，我苦撑了三十分钟，总算是回到了公司。仇烨下了车，喊我一同进电梯间。我看着他实在反胃，挥了挥手，谎称自己还有事，愣是在楼下又晃悠了十分钟，这才不疾不徐地走回了电梯间。

等电梯的时候，我用手机给郑以牧发了条消息："郑以牧，你在哪儿？我有事情想和你商量。"

对话框里，郑以牧的头像下方显示着"正在输入中"，没多久，他的信息就回复了过来："嘿嘿，时岚小朋友，你这是一段时间不见我，就想我了？"

"你别瞎扯……"我刚打了四个字，电梯门就开了，我顺着人潮走了进去，摁下楼层后，站在电梯角落里准备继续回复郑以牧的消息。

电梯门关上后不久，我把消息编辑完毕，正准备发出去的时候，电梯突然骤降。我与电梯里的同事们瞬间失重，还没来得及叫出声，电梯显示在五楼停住了。

我一只手握着手机，越过身去，用另一只手迅速地按亮了所有的电梯楼层按键。在电梯里的另一个男生则摁下了"应急"键，等待着工作人员回应。

我环顾电梯里，含我在内，一共六个人。三男三女，都挂着宝莱的工牌。他们五个人看样子是刚从食堂吃完饭回来，本来在电梯里说说笑笑，碰到这种突发事件，我们都彰显出了宝莱人的职业素养——感慨起再过十分钟就要开各个行业的周会了，是不是应该先请个假。

第十六章 向外一步　　227

应急按键迟迟没人响应，我立刻在公司的公开话题群里，发布了求救信息："宝莱十一号楼二号电梯骤降，现在停在五楼，电梯内有六个人，目测电梯内不是密封状态，可以正常呼吸。请工作人员尽快帮忙解决一下，我们还有各自的会议要开。"

我抬起头问在场的陌生的同事们："你们手机都还有电吗？"

"有，大不了就各自戴着耳机开会吧。"其中一个男生说。

我们六个人互相看看，大笑起来，双手都紧紧抓着电梯内的栏杆，自嘲地说："太离谱了，都命悬一线了，脑子里想的还是刚刚的数据看板还没有做完。"

我们说笑着，试图缓解紧张的情绪，物业人员终于有了动静，声音从应急按键上方传了出来："你们被困住啦？"

"对啊！电梯骤停了，你们快来看看。"其中一个女生回答。

"噢，你们在几号电梯啊？"物业人员问。

"二号电梯。"男生说。

"噢，五号电梯啊。"物业人员重复了一遍。

男生赶忙纠正他："是二号电梯。"

"噢，他们在五号电梯。"物业人员仿佛在对身边的同事说话。

我们六个人不约而同地大喊道："是！二！号！电！梯！"

物业人员总算是听明白了我们的正确位置，见怪不怪地安抚了一句"那你们站着别动啊"之后，就没了回应。

我们六个人都贴着电梯壁站着，我用一只手抓着手机，发现有物业人员回了我的消息，让我们耐心等待，已经在处理中了。

"咱们等等吧，估摸着应该快了。"我向另外五个人晃动了一下手机，"我看群里的人说，咱们这电梯好像不是第一次骤降了，只是之前没人困在里面，直接修理了一下而已。咱们闲着也是闲着，要不然都互相认识一下?"

在场的人都笑了起来,依次报上了自己的部门和名字。我惊讶地发现,在电梯里困着的另外五个人里,有三个来自策略部门的同事我都在电话会议上打过交道,另外两个财务部门的同事,我们虽然没有交流过,但我的工资单都是过他们的手审批的。

宝莱能有多大?在这个人人如陀螺般旋转的地方,我们被迫在电梯里按下了暂停键,这才发现,其实生活的奇妙,一直都在我们身边。

我们在电梯里故作轻松地聊着天,吐槽着一些无伤大雅的事情。比如,今天中午食堂的排骨肉太少,纸巾盒里的纸巾没有放够。有个男生提议,让现场的我们拉个群,也算是患难之交了。

我拿出手机,发现郑以牧给我打了十几个电话。打开工作的沟通软件,有几个看了话题群的同事私戳我,问我情况如何。其中,郑以牧更是夸张到发了四十多条消息。他一开始打的字还挺多,是一句完整的问候:"我看话题群说你困在电梯里了,你现在怎么样,情况还好吗?"到最后一条消息,就只剩下孤零零的三个问号。

"我没事,在等物业来了。"我回复他。

"嗯,别怕。"郑以牧回我。

"还行,真挺巧的。你知道胡涵吧,就是给我们审批工资的财务,她也在里面关着,哈哈!"我与郑以牧分享着电梯里的情况。

"别拿着手机了,双手紧紧抓着扶手!"郑以牧难得不与我嬉笑打闹。

我听话地把手机塞进口袋里,听到外面传来了物业人员的声音。物业人员嘱咐了我们好几次不要走动后,从声响判断,他们拿着专业工具在想办法了。我们六个人不再交谈,都抿着嘴唇盯着电梯门缝。

大概五分钟后,电梯的门被工具撬开了。有光线投射进来的同时,我听到了郑以牧的声音:"时岚,时岚在里面吗?"

"郑以牧?"我大声问。

"没事了,别怕!"郑以牧说。

"嗯,好。"我高声回应。

糟糕的是,我们发现此时电梯停在了五层与六层之间。物业人员搬来了梯子,示意我们弯着腰,顺着梯子爬到五楼。我壮着胆子踩牢每一步,终于回到了地面。

郑以牧将我拉到了一旁,他的脸红扑扑的,递给我一瓶已经拧开了的矿泉水。

"没事的,别怕,喝点水。"郑以牧难得对我这么轻声细语。

我喝了一口水,物业人员负责人走上前来向我道歉。郑以牧代我搭腔:"这些事情等下再说吧,让她先休息一下。"

我抬起头看郑以牧。他紧皱着眉头,似是在思索什么,忽然蹦出了一句:"走吧,大难不死,我带你买彩票去?"

我扑哧一声笑了出来。

第十七章　他需要我

正常男生安慰惊魂未定的女生的方式，是温暖的拥抱或是温馨的话语。而郑以牧安慰我的方式，则是带我在宝莱园区的便利店里买了十张刮刮乐，而且他的手机没电，最后还是由我买的单。

如果说被迫花一百块大洋买刮刮乐已经足够令我悲伤，那么当我在便利店门口，拿着钥匙一张张刮完了所有的刮刮乐，发现颗粒无收的时候，可谓是肝肠寸断。

"欸，这十张刮刮乐是你自己从店员手里选的啊，和我可没关系。"郑以牧率先撇清自己的关系。

我咬牙切齿地指责他："我说我要买五块钱一张的，你非要我买十块钱一张的，不赖你赖谁！如果买了五块钱一张的，我就可以节省五十块钱！那可是五十块钱啊！"

"时岚小朋友，我就说你格局小了吧！来，你看那几个大字，读一遍，'中国福利彩票'。你可是在给我国的福利事业添砖加瓦，你难道不觉得骄傲，不觉得自豪吗？"郑以牧嘿嘿一笑靠近我，"你卡里还有钱吧？来都来了，请我吃个饭呗。"

我看了眼手机上的时间，震惊地问："下午两点四十了，你还没吃饭吗？"

"粒米未进。"郑以牧说着，还自怜地叹了口气，"郑以牧啊郑以牧，你真惨，你好心来看望命悬一线的同事，结果呢，人家连一餐饭都不舍得请你吃。"

"是因为昨晚和四宇电器的吴总喝酒喝太多了,所以不舒服吧?"我指了指郑以牧右手手背上的针孔,"上医院输液了?"

郑以牧毫不在意地瞟了一眼右手,朝我挑了挑眉:"我只是输了个液,吴总可是吐了八回。论喝酒,吴总手下的所有人啊,都不是个儿!"

"别逞强了,你胃本来就不好,还去拼酒。行啦,我请你吃饭。"我看郑以牧的脸色不算很好,想着反正罗心慈私聊了我,让我先休息一下再回工位,便不再担忧耽误工作。

"我要吃日料。我知道有一家店,生鱼片特别新鲜。"郑以牧说。

"喝粥!"我白了他一眼,"你现在是半个病人,肠胃脆弱得很,还想吃生冷食物!你能不能老实点?"

郑以牧的身上有一种江湖气,可是,之前在大客户战略部的时候,对于客户的邀约,他都是能推则推。唯独在负责不让我去的那个项目时,他因为在酒桌上谈合作,进了两次医院。

想到这里,我问郑以牧:"郑以牧,我问你,以前我们在大客户战略部的时候,你怎么说都不让我参与那个项目,是不是因为对接的人都特别不守规矩?"

我说得很委婉,就差把"流氓"两个字作为那些人的指代词。

"当然啊。不然你以为呢?那些人,都是些老色鬼、老油条。你一个单纯到没脑子的小姑娘,见到那个阵仗,哪里承受得了。"郑以牧随口说着,往前走了两步,回头看站在原地的我,"怎么啦?"

"郑以牧,我没想到你人这么好,这么为我着想,我还错怪你……以为你是故意在为难我……"我顿生愧疚。

"现在才知道我人好啊?唉,其实说真的,主要也是你没达到陪客户的要求。你说你也不年轻了,身材吧,也就一般,脾气还臭,带你去酒桌上,也是添乱。"郑以牧上下打量了我一下。

我就不该脑子短路,以为这个人能说出让我感动的话。

我几乎是被郑以牧拖到了公司不远处的港式茶餐厅,目睹他恬不知耻地点了八个菜。郑以牧喝着艇仔粥,津津有味地吃了口烧腊,看着手撑脑袋在放空的我,用筷子在我面前晃了晃:"你是不是没看过帅哥吃饭?怎么,看傻了?"

我把郑以牧的手拿开:"没有,我就是在想,如果我这次喂的不是你,是猪,大概能卖多少钱。"

"放心吧。你喂我,比喂猪,回报率要高很多。"郑以牧夹了一块排骨。

我不再与郑以牧斗嘴,转而说起了天迈公司的事情:"我和你说个正事。我去面试天迈了,对方开的条件还不错。如果你愿意,我也想试着推荐一下你。"

"你这么不舍得离开我啊,去哪里都想着带上我。哈哈,你不会是爱上我了吧?"郑以牧停下吃东西的动作,坏笑着看着我。

我懒得接郑以牧的烂茬:"天迈公司电商业务的盘子比宝莱更大,康骏在面试我的过程里,还主动提到了你的名字,我觉得如果你愿意去的话,谈条件和职位应该都不难。"

郑以牧得意地笑:"你对我还挺有信心的嘛。既然你这么看好我,要不然你去创业,我跟着你打工,你来养我吧。"

"……郑以牧,你能不能严肃一点。如果你要去天迈的话,可能要考虑几件事情。最理想的情况就是你可以直接汇报给康骏,我觉得康骏很聪明,如果他能欣赏你,一定对你未来的发展有帮助。而且呢,你如果能操盘主要明星与头部达人的资源场次,那么天迈

第十七章 他需要我 233

40%的销量就算是握在手里了,以你的能力,肯定能处理得游刃有余。"我说着我的想法,又发觉自己忽略了一个关键信息,"哎呀,但是,假如你真的要加入天迈,就得从上海去杭州了。我记得你说过你很喜欢上海的。"

郑以牧满不在乎地喝了一口热粥,随口说:"你去我就去呗,我们可以当邻居。"

"我是说真的,如果你想聊一聊,我一定尽力先帮你搭线推荐。"我真诚地说。以郑以牧的能力,他不应该困在3C行业无望地熬鹰,也不该在酒桌上消耗自己的身体。

"我也是说真的。虽然你脑子笨,但是我感觉和你做邻居还挺好的。我早就吃腻了外面的东西,你如果住在我隔壁,我还可以去你家蹭饭。要是哪天不想做家务了,给你打个电话,你就能像田螺姑娘一样出现在我面前。还有加班,如果我碰到了不想干的活,就抓你来帮我写文档,哈哈哈。"郑以牧说着,把自己都给逗乐了。

听到郑以牧将未来的画面描绘得过于美好,我不得不残忍地"叫醒"他:"郑以牧,我必须事先声明。第一,我不会做饭,我家里连锅都没有。如果你真的饿了,最多我们一起点个外卖或者煮泡面。第二,我也不擅长做家务。你最好还是找个靠谱的钟点工阿姨。第三,你抓我写文档,根本用不着我住在你家隔壁。你以前哪一次不是突然给我打个电话,就让我迅速出现在会议室?"

"嗯……这么听起来,你还挺没用的。"郑以牧把青菜盘向我的面前推了推,又把虾饺的碟子往自己这边拉近了些,"行啊,那你安排呗。大不了,去了杭州,我带你去外面吃饭。"

"好,那我帮你问问看。不过,我其实还没有想好要不要去天迈。我只是单纯觉得这对你来说,是一个脱离苦海的机会。"我坦诚相告。

时至今日，我已经逐渐找不到继续在国内互联网行业工作的理由了。入职前造航母，入职后拧螺丝。每一个人的努力，在瞬息万变的大环境下，都有可能在谈笑间化为乌有。我观察我周围的女同事，优秀如安姐，从北京来到上海，遭逢巨变，一样要仰人鼻息；努力如罗心慈，在医院里也依然秒回消息；就算运气和赵晓雪一样好，在某一天可以独当一面，可是，工作日程安排得满满当当，连去幼儿园参加小朋友活动日的空隙都没有。那我呢？我不想成为她们当中的任何一个。

对我来说，最糟糕也最幸运的就是我没有经济上的负担。大客户战略部解散的时候，不少同事之所以能够忍气吞声，就是因为他们在上海购置了房子，几百万的贷款压力，让人只能前进，不能后退。还有些同事，则是子女在老家，自己独自在一线城市打拼，更是只能赢，不能输。他们的人生就像是被推进了死角，除了鼓励自己向上看，再没有别的办法。

我不想自己被卷入这个可怕的旋涡，被毫无意义的加班吃干抹净，最后连骨头都不剩。对比留在宝莱，去天迈会不会是一个更好的选择，谁都不知道。天下乌鸦一般黑，东边老虎要吃人，西边老虎也要吃人。我必须承认，在这道选择题面前，我迷茫了。

"你不去天迈，那你叫我去干吗？"郑以牧放下了筷子，冷哼一声，"我郑以牧，还不需要靠女人来找工作。"

"我没有这个意思。"我解释道，"我只是自己也不知道下一步要怎么走才对。"

"我都说了，你跟着我就行。想去温哥华呢，咱们就去开车到国家公园溜达溜达。如果想去天迈，咱们就去，我罩着你。要是想回伦敦,那你就等等我,我在看伦敦的工作机会了。你要是实在希望离你家近一点,就把你家的地址给我,我在你家附近三公里内找。"郑以牧将服务生刚端上来的炒牛河放在了自己的面前,拿起筷子,夹了一大堆到碗里,"反正我嘛,就是块金子,去哪里都发光。"

"你为什么要带上我啊?"我问。

"做慈善啊。每个聪明的男人身边,都要放一个笨蛋来衬托的。"郑以牧嘿嘿一笑。

"……我有手有脚,能养活自己,不需要被人处处照顾。"我摇头,转而问郑以牧,"那天迈那边,我还要帮你联系吗?"

"你想好了再说吧。"郑以牧拿过菜单,继续看着,"哎呀,不讨论这些无聊的事情了,要不我们再加两个菜?"

"……你饿死鬼投胎啊!"我扶额,还是敌不过郑以牧故意讨好的眼神,点了点头,"吃,想吃什么吃什么,撑死你!"

我从来没有想过,两个人在港式茶餐厅,能吃出四位数的账单,直到我见识了郑以牧的饭量。我们一前一后地走在回公司的路上,他美滋滋地摸着圆滚滚的肚子,而我则摸着自己干瘪的钱包。

走到公司一楼电梯间时,我抬起头,仔细看电梯编号。

"不敢坐电梯了?"郑以牧笑我。

"有点。我要避开二号电梯。"我说。

"从逻辑学上看,刚刚坏过的电梯,经过检修,是最不容易再出事的。"郑以牧看着我厌厌的样子,一把把我推进了二号电梯里:"哎呀,没事,我和你一起。"

电梯门关闭后,我在心里积极暗示自己,一切都会没事的。没想到,郑以牧这个不靠谱的家伙,居然猛地从我身后吓了我一下,令我条件反射地缩向电梯角落,死死地抓住扶栏。

"郑以牧,你有毛病吧!"我在电梯里尖叫。

"时岚小朋友,你要克服内心的恐惧!"郑以牧一副丝毫不觉得自己做了错事的样子。

我立马摁下当前的楼层——五层,电梯门打开后,我扔下了一句"你就是我内心的恐惧",便头也不回地快速走向了楼梯间,决定步行上楼。

我心有余悸地一边爬楼,一边在心里痛骂郑以牧。爬了没有几步,我就在六层的步梯间,找了个干净的台阶坐了下来。大公司的写字楼里,电梯总是熙熙攘攘,高峰期要等许久才能到达自己想去的楼层。与之相反,步梯间则格外寂静。白领们在追求快节奏的同时,也惧怕体力上的辛劳,因此鲜有人走步梯间。

我坐在冰凉的台阶上,双手环抱住膝盖,将头埋了进去,期望能在短暂的逃避里,找到自己内心的答案。回伦敦?去天迈?还是干脆辞职,放空自己,找个好山好水的地方好好旅行?又或是去公益组织做一段时间义工?再或者,回到校园,再修读一个学位?

什么都可以选,又什么都没有必要性,这是自由吗?

思绪万千之时,我听到了方明远的声音。

"时岚,你不舒服吗?"

我抬起头,勉强笑了笑,站了起来:"没有,我没事。"

"嗯,我先去开会。"方明远朝我点点头。与我擦肩而过后,他又回过头来,问我:"我去九层,一起吗?"

"噢,好。"我回答着。

我跟在方明远的身后,从六层走到了九层。过程中,方明远没再与我搭话,也没问我为什么会在步梯间独自坐着。我们在九层步梯间分开时,他只是与我礼貌地说了句"再见",就大步流星地走进了会议室。

不知为何,我内心里竟然涌现一丝失落与没有来由的惆怅。不知道为什么,我在见到方明远的那一刻,忽然好想告诉他电梯骤降时我的恐惧。当方明远离开时,我又会因为没有得到他的问候,而萌生"可惜"的情绪。我耷拉着脑袋,心想,或许这就是我内心的脆弱吧,以至于见到任何一个人,我都希望得到拥抱与安慰。

我回到了工位,也没有得到同事们的问候。他们都特别繁忙,盯着电脑,敲打键盘的声音此起彼伏。我振奋精神,恢复了工作状态,继续以专业精神对待手头的事情。

工作了好几个小时后,邵佳敏手里的二次元项目似是碰到了资金不足的情况,在工作群里反复和露露掰扯,互相推诿。罗心慈坐在我旁边,突然靠过来问我:"时岚,你怎么看?"

"我?我觉得挺没意思的。"我平静地说。

"啊?"罗心慈习惯了我日常满门心思都顾着工作的样子,忽然听到我开口谈论的不是解决问题的方案,而是个人感受,难免有些惊讶,"时岚,你怎么了?"

"我想休息了。"我脱口而出内心的想法,说完后,我又重复了一遍,"我觉得好累啊,我想休息了。"

罗心慈立刻紧张起来,拉着我进了最近的会议室。她关上会议室的门,拉了把椅子让我坐下,关心地问:"怎么了?是发生什么事情了吗?是不是因为电梯骤降,有些吓到了?"

"不是。坦白说,我就是觉得累了。我觉得我们在工作中就像是一直在被抽打的陀螺,没有个人意志,没有停下来的可能性。可是,不管我们多辛苦、多疲惫,在别人看起来,我们都只是在原地打转而已。等到有一天,我们转不动了,那我们的未来在哪里呢?"我把自己的想法不加掩饰地说了出来,又突然反应过来,我面对的不是处处关心我的安姐,而是罗心慈,立刻改了说辞,与罗心慈统一战线,"我就是觉得好不公平啊,凭什么陈思怡那边那么轻松?就你的团队,在当牛做马。好心疼你啊,我觉得你那么认真负责,连休息日都在工作,陈思怡凭什么在滑雪?就因为她是赵晓雪的人吗?"

我这一番话果然正中罗心慈下怀。罗心慈愤愤不平地说:"时岚,你才来一个多月,就有这个感受了!你看,这个问题多么明显!可是,赵晓雪她就是视而不见!"

"是啊。我们来公司上班,总要图点什么吧。我也特别想通过自己的努力升职加薪,而且我也特别喜欢你,觉得和你一起工作特别开心愉快。可是,我常常会想,如果有一天,我可以升职,成为第二个你,也还要被赵晓雪压着,那真的好惨。我好迷茫。"我把握好了节奏,顺势开始卖惨。

"唉,赵晓雪这个人,她其实和我说话都不是很客气的。那你说你想休息,是不是太累了?如果实在太累,我可以把一些工作分给别人。"罗心慈听出了我的言外之意。她现在团队里人手有限,工作量也极大,如果我在此刻提出离职,很容易让她措手不及。

我故作为难:"这也是我最头疼的地方。在你的带领下,我们团队里每一个人都特别靠谱,每一个人都加班到很晚,没有人是工作量不饱和的,包括你。你作为我们的老板,都从来没有懈怠过。我明白,我的工作是分不出去的。我只是不想等到自己撑不下去了,才选择停下来,那时候,我的状态一定会更差。不瞒你说,我现在连一分一秒都不想在这里待下去了。"

"至少拿了年终奖再走吧。"罗心慈的语气认真,不像是在瞎说,"时岚,等评绩效的时候,我会让你得到满意的结果的。"

宝莱公司每年的年终奖会在 4 月 30 日发到员工们的手里,表现好的员工至多可以拿到十个月的工资作为年终奖,这可是一笔不小的钱。可是,为了这笔钱,我要再撑三个月。有一个明确的声音在对我反复说"时岚,走,别犹豫"。

"我不想要了。"我说。

"那或者,不离职,只是换岗?再不然,我给你放一个礼拜的假,你好好想想?"罗心慈说。

"说真的,我不知道未来我去的地方,还能不能碰到你这么好的老板。不用了,我想着我们可以规划一下手里的工作,我做好交接,尽早彻底休息一下。"我没有给自己留余地,语气柔和,态度坚定。

罗心慈望着我,仿佛正在与我共情。罗心慈今年是本命年,三十六岁的她,看着二十六岁的我,或许,不经意间也想到了她自己。

"要不然这样,你再等等,会有变化的。"罗心慈拍了拍我的肩膀,"不是每一个地方都会像赵晓雪管理的团队这样的。"

罗心慈的手机疯狂地振动起来,她接听电话,是赵晓雪让她迅速带着电脑去八层的会议室参加一个会议。罗心慈拿着手机,叮嘱了我一句"今天早点下班吧",就匆匆离开了。

我悻悻然回到了工位上。因私事没来公司的安姐和森森在微信上询问我的情况,说他们才听说电梯的事情,我回复了一个可爱的表情,说"没事"。我不敢告诉安姐,我又没忍住暴露了真实的情绪,可后期我用了没有得罪罗心慈的话术,是不是也是一种进步呢?我也不知道这是不是一个好时机,告诉森森我想要暂时停下的决定。

有许多事情等着我去做，也有许多抉择等着我下定决心，而我却只想像烂泥一样瘫在地上。

夜幕降临，我盯电脑盯得眼睛有些模糊，无精打采地靠在了办公椅上。

一条微信闯入了我的视线，是方明远发来的消息："时岚，你好，我家里人从老家寄了些特产，晚上是否有时间一起吃个饭？"

也好，工作不顺，看看帅哥养眼也好。

我答应了方明远的邀约："好啊，去哪儿？"

"就在家里吧。"方明远说。

"那我先回家吧，你肯定得加班。"我说。

"如果你现在可以走的话，我们停车场见。"方明远很快回复。

真是稀奇，大忙人方明远居然能有七点下班的时候！我决定不再纠结，披上了外套，把钥匙揣到兜里，连招呼都没打，就直接离开了工位。我在方明远的牧马人旁边等了大概五分钟，便看见了边走边打电话的方明远。

"嗯，具体的情况，明天我们会议上聊吧。好的，谢谢。"方明远挂断了电话，向我笑了笑，"等了很久吗？"

"五分钟，度秒如年。"我拉开了牧马人的车门，坐上了副驾驶，给自己系好了安全带。

方明远坐在驾驶座上，看了一眼我，露出疑惑的神情，随即又笑了一下。

"你笑什么？"我问。

"不知道，看到你，突然觉得很想笑。"方明远说。

我不知道为什么，只要和方明远离开了公司的环境，我就会变得放松。尤其是坐在他的车里，听着他车里的音乐，闻着他惯用的

第十七章　他需要我

车内香薰，整个人也变得愉悦起来。

我哭丧着脸："方明远，我今天真的很惨。我实话和你说吧，其实在步梯间遇见的时候，我就想和你说的，可是，你走得太快了。"

"是因为电梯的事情吧？"方明远说。

"欸？你知道的啊？我以为你工作那么忙，也不在我们平常讨论杂事的话题群里，不可能知道的。"我惊讶地问。

"刚好知道了而已。"方明远回答。

我哀叹了一句："唉，我可真是倒霉。你敢信吗？电梯骤降的那一刻，我脑海里想的居然是，我还有一份表的数据没有分析完！我真觉得，每天上班，我就像是一个工具人提着工具箱。今天下班，本工具人要为自己而活，放下工具箱！"

"时岚，我很佩服你。"方明远忽然称赞起我来。

"佩服我？那你详细展开说说！我现在真的很需要鼓励与安慰。"我被方明远的一句话，激发了兴趣。

方明远笑了笑，用手指了指他的后座："喏，我这个工具人的工具箱。"

我随即会意。方明远因为长期出差，又频繁出席各种会议，在他的牧马人的后座上，总是放着备用电脑，堪称职场人的典范。我开心的是，对于我这么糟糕的冷笑话，方明远还能一本正经地接话。

我突然想到了步梯间的见面，一个念头闪过，我干脆直接问当事人："方明远，你每次开会，都是走步梯间的吗？"

"不是。"方明远没有回避我的问题。

"那你今天……"我引导他说下去。

"我今天想撞撞运气。"方明远说。

"撞什么运气？"我明知故问。

"运气不错,撞到了惊慌失措的你。"方明远浅笑。

我看着方明远的侧脸,棱角分明,有小小的胡楂冒了出来,看来最近加班确实太多了。

"方明远,你可以答应我一个请求,算是安慰我吗?"我问。

"好。"方明远不假思索地答应了我。

"你……不问问我是什么请求吗?"我看着他,"万一,我是让你把银行卡密码告诉我怎么办?"

"没关系。我答应你,就给得起。"方明远说。

我鬼主意上心头:"放心,绝对不会让你倾家荡产,我就是想摸一摸你的胡楂。难得抓到你没来得及剃胡子。"

方明远的脸颊居然顷刻间有些红,几秒后,他闷声说:"换一个。"

"为什么?"我问。

"我会害羞。"方明远说。

我扑哧一声笑出来,阴霾一扫而空。

到了方明远家,他脱下了西装外套,换上了做菜的围裙。见过方明远居家这一面的我,依然为方明远的"家庭煮夫"形象感叹:"方明远,如果哪个女人能把你娶回家,她一定是世界上最幸福的女人!"

"如果能给自己喜欢的人做饭,我也会很开心。"方明远说着,拿了一个超级大的纸箱递给我,"这些是我家里人给你准备的。"

"给我?"我把大纸箱子扒拉开,发现里面几乎囊括了贵州遵义的所有特产,震惊不已,"我的天,怎么会有这么多东西!"

"我家里人说,要对你表示充分的热情。"方明远从厨房探出头来,看到抱着一大堆东西目瞪口呆的我,忍不住笑了起来,"这些东西，其实不值钱的。"

"怎么会?！这都是心意！对我来说，太珍贵了！"我反驳方明远，"只是……这里面好多吃的，可是，我吧，家里连锅都没有……"

方明远走过来，把我从地板上拽起来："不要坐在地上，太凉了。没有锅没关系，这些食物可以放在我这里，我来做。"

"有你真好。"我笑着说。

"你自己玩会儿吧，饭很快就好。"方明远指了指沙发上的平板电脑，"密码是六个零。"

我也不见外地坐在沙发上，盘着腿拿起了方明远的平板电脑。他的平板电脑和他本人一样简单，壁纸是系统自带的，只有工作软件，什么小游戏都没有……

方明远的厨艺很不错，他做了三菜一汤，都是遵义的特色菜。他妈妈自己做了香肠，寄了很多给我们。他将香肠切成了片状，蒸熟后摆盘，看起来让人格外有食欲。

"香肠里面放了点辣椒，怕你吃不惯。"方明远提醒我。

我抱着大白米饭大快朵颐："怎么会吃不惯呢？你妈妈好厉害啊，还会做香肠。我真想多吃几顿你做的饭，可是，我应该要辞职了。"我说。

方明远并不惊讶，他反问我："罗心慈和赵晓雪怎么说？"

"罗心慈希望我可以再想一想。赵晓雪那边，我还没聊。我之前有一次碰到赵晓雪，她给我大灌鸡汤，说什么'不逼自己一把，人都不知道自己可以有多优秀'。我真的不理解，为什么人总是要逼自己去做不舒服的事情。如果我现在为了年终奖而留下来，我以后还会被期权之类的乱七八糟的事情留下来。我不想进入恶性循环。"我一股脑儿地对方明远倾诉，"我是真的觉得，我的人生字典里不可以有'熬'和'撑'这两个字。我们只活一次,我不想总是在做消耗自己生命的事情。"

"嗯,我能理解。"方明远居然没有说我孩子气,真让我惊喜。

"可是,辞职以后,我要去做什么,其实我还没有想好。"我干脆自己坦白,"我觉得,我还是喜欢宝莱的,只是找不到留在宝莱的理由了。一直在美妆,太憋屈了,可是,我又不想让别人觉得他们是在'救'我,或者是'可怜'我,所以才愿意伸出手帮我一把。"

方明远给我夹了一片香肠,沉默了一会儿,突然抬起头看我:"那如果,我让你摸一下我的胡楂呢?"

"什么?"我没反应过来。

"时岚,来珠宝行业帮我吧,我需要你。"方明远看着我的眼睛。

他的眼神清澈澄亮,好像一眼就看到了我的心底。

第十八章　意乱情迷

与方明远共进晚餐的当天夜里,我在床上辗转难眠。

次日一大清早,我向罗心慈请了个病假,把胖哥从家里拽了出来,强迫他在一家早餐店里充当我的情感导师。

胖哥指明要在号称上海最贵的早餐店桃园就餐。这家早餐店,开在上海寸土寸金的南京西路繁华地段,占地400多平方米,上下两层,玻璃落地窗,装修极其奢华,据说连水晶吊灯都是老板从法国进口的。这也导致一个烧饼要30元,一杯豆浆动辄也要20元。

而我的倾诉欲如滔滔江水般奔涌而来,与此相比,离谱的物价已经算不得什么了。

"我觉得,方明远想泡我。"我斩钉截铁地说。

胖哥打着哈欠,将油条在豆浆里搅和了一下,塞进嘴里:"你的意思是,他为了把你留在上海,居然想泡你?"

我一字一顿地纠正胖哥:"因果关系错了。是他想泡我,所以想把我留在上海。不然,那么多员工,为什么他要做饭给我吃?为什么他要说他需要我?为什么他……"

"他什么?"胖哥一只手里拿了两个油饼,轮番咬着。

我左右看了看,凑到胖哥身旁,压低了声音,如卧底般谨慎:"他把他家的备用钥匙给我了。"

"仙女,你和他是邻居。而你一看就是不差钱的主儿,把备用钥匙给你，总比给物业强。"胖哥不以为意。

一盆凉水浇下来，还是没有熄灭我燃烧的少女心。我接着说："可是，我觉得，他不会对别人这样，所以，他就是想泡我。"

胖哥大口将豆浆一饮而尽，顾不上擦嘴巴，直接对我说："仙女，那我现在问你一些问题，你根据事实回答我。"

"行。"我爽快地说。

胖哥清了清嗓，提问："第一个问题，你电梯骤降的事情，他知道以后，有没有第一时间来问候你？"

"他后来有来步梯间找我，而且还约我吃了晚饭……"我还没说完，胖哥就打断了我。

"我是问，他有没有第一时间来问候你。"胖哥强调他的问题的重点，"比如说，他有没有不管不顾，跑到电梯口等你，或者在知道事情后，主动问起你的情况？"

"没有。"我不再解释。我确实不知道方明远是在什么时候知晓的电梯骤降的事情，但可以确定的是，他就算想要关心我，也没有如胖哥所说，为我送来关心。21世纪了，我不可能不知道，如果一个男人想要关心你，一个电话就可以搞定。就算方明远再内敛，也不至于不会用微信发一条"你还好吗"的信息。

胖哥接着问："第二个问题，你在美妆行业熬夜加班很辛苦，他在你主动提出有离职想法之前，有没有主动为你找解决办法？"

"有，他说过，'时岚，想做什么就去做吧，我给你兜底'。"我重复着方明远的话。方明远明确表示过，只要我愿意去珠宝行业，他的大门是为我敞开的。

胖哥摇头："这个不算，开空头支票，谁不会说啊。只要他和你说这句话的时候，没有第三个人在场，他随时都可以不认账。男人啊，要看做什么，不能只看说了什么。那他有为了你，去和你美妆行业的老板聊一聊或者直接开口要你吗？"

"他为人很谨慎，轻易不会这么做的。"我为方明远开脱。

"行，那第三个问题。你被八卦媒体瞎写，说你和钟晨曦有关系的时候，他有为你做什么吗？"胖哥再次强调，"是做，不是说。"

我终于有了好好回答问题的机会："这个真的有。方明远提前了一天从外地回到上海，在公司找到我以后，把我带到了他家，煮了面条给我吃，而且还帮我找了律师和公关。哦对，方明远还动用了他的校友关系，找了他创办经纪公司的老同学出面，约了 Vincent 出来。"

"哇！这个方明远，可以啊！好的，这让我对他刮目相看了。"胖哥惊呼，想了想，又皱着眉说，"那你和郑以牧是怎么回事？我一直觉得，是他想要泡你。"

换我震惊。我瞪大眼睛问胖哥："郑以牧？我和他有什么关系？"

"欸，容我帮你分析啊。我们反过来再问一次刚刚的问题。拿钟晨曦那件事情来说，郑以牧原本在三亚休假，听说这件事后，直接买机票飞回了上海，单枪匹马去片场找 Vincent 和钟晨曦，让他们不准祸害你。要不是我在旁边拉着，他绝对能把钟晨曦揍一顿。你知道他在现场怎么说的吗？他让钟晨曦立刻发声明，说你与他没有任何关系。虽然是有点冲动，但是保护你的决心，我是看得见的。不过，我和他闲聊的时候，问他是不是喜欢你，他嘴硬说他就是喜欢'可怜弱小'。"胖哥描绘着当时的情况，还不忘加一句，"郑以牧不错的，愿意为你出头，就是对你有保护欲了。"

我难以置信，连连摇头："郑以牧不可能喜欢我的。我和他认识一年多了，他每次说话都在损我，而且他亲口说过，我不是他喜欢的类型,他是绝对不可能喜欢我的。"

"那我问你,你在美妆行业这段时间,郑以牧有为你做什么吗?"胖哥看着我,提醒我,"好好回想,不要厚此薄彼。"

"嗯……郑以牧原来想带我去珠宝行业,各方面都谈好了,但是,在我犹豫的过程中,出了点岔子,他自己也没去成。后来,郑以牧以为我想去温哥华,给我找了个温哥华的工作机会,连薪水都帮我谈好了,不过我拒绝了他。"我回忆着,"再有做什么的话……他会隔三岔五来我工位旁边晃悠,损我两句,丢给我几个糖,算不算?"

"当然算!"胖哥一脸八卦,笑着说,"仙女,喜欢你,就是想一直见到你!"

我还是无法相信胖哥的推断,补充说:"郑以牧对别的女同事比对我好一万倍,他天生就长了一张甜嘴,特别擅长哄各种女生开心,女同事们都很喜欢他。他会一直拿我和其他女同事对比,但都是贬低我,从来没有夸过我。"

"哎哟,那是因为郑以牧还是大男孩心态,越是喜欢哪个女孩,就越喜欢揪那个女孩的头发,讨厌得很。你可以说郑以牧很幼稚,但是,你不能说他不喜欢你。"胖哥提起了精神,连油饼都放到了一旁,"咱们来说说电梯骤降的事情,郑以牧怎么做的?他也去步梯间找你了?"

"没。"我说。

"什么?他没来找你?不可能啊!"胖哥盯着我,"仙女,不要回避!"

"郑以牧出现在我出电梯的第一时间。"我莫名地放低了声音。

"他拥抱你了?还是拍了拍你的头?还是说了些温暖的话让你

别害怕？"胖哥问，嘴角有笑意。

"呵呵，郑以牧？拥抱？拍头？温暖的话？"我仿佛在听天方夜谭，"如果有一天郑以牧会这样对我，那么不是他疯了，就是我魔障了。他强迫我去买了一堆彩票，让我血本无归，还敲诈我请他吃了一餐一千多块钱的午饭。就这，还温暖？我的心冻得拔凉拔凉的。哦对，他还在电梯里故意吓我！我就是被他气得去步梯间的。"

夸郑以牧，我不擅长。数落郑以牧的种种恶行，我滔滔不绝。

胖哥凝重地思考了一下，叹了口气："完了。"

"什么？"我问。

"仙女，你完了。"胖哥神色复杂，"为了表达对你的同情，你想吃几个油饼就吃几个油饼，我买单。"

我故作严肃地对胖哥说："说，清，楚！不然，我就把这些油饼都塞到你肚子里去。"

"我的意思是，你喜欢了一个没那么喜欢你的人，而那个很喜欢你的人，自己都没发现他喜欢你。如果我是你，我会选那个很喜欢你的人，因为比起那个没那么喜欢你的人，他更愿意把所有的喜欢都给你。可惜很喜欢你的那个人实在是太迟钝了，偏偏你只被会说温柔的话的男人吸引，所以只有那个没那么喜欢你的人才能得到你的喜欢。"胖哥仿佛在说一个绕口令。

我听得迷糊："你是说，我喜欢方明远？"

"果然……我说了一大堆，你只记得方明远。"胖哥无奈地摊摊手。

"那什么叫作方明远没那么喜欢我？"我试图弄明白胖哥的分析逻辑，"没那么喜欢，是不是也说明，他对我有好感，他还是想泡我？"

胖哥疑惑地把眼睛眯成一条缝,凑近我,瞅了我好几眼:"嗨,仙女,你还是我认识的那个睿智又清醒的仙女吗?"

我伸出手,把胖哥推远:"瞧你说的,我也是在理性分析。"

"如果你真的是在理性分析,那我建议你,重点驯养郑以牧,别去搭理方明远。方明远的身上,分寸感太重了。我想了一下,他没有在电梯骤降的第一时间来找你,可能是因为他在忙工作或者其他更重要的事情,并且他知道你死不了。说直白点,就是你的感受在他看来,没有他要做的事情重要。"胖哥试图点醒我,"这么说吧,除非明天你生命垂危,不然,你都别想成为他的第一顺位。"

胖哥所言,不是没有道理。我耷拉着脑袋,细细琢磨了一番。

"总之,我投郑以牧一票。"胖哥做了总结性发言。

"我这又不是一个二选一的比赛。"我喝了口豆浆,咂咂嘴,没喝出什么高档感。

"要我说呢,你就接受郑以牧的提议。而且,他还愿意和你回伦敦呢,你们就一起在伦敦落户安家,就住在李安南家对面,气死他。"胖哥越说越夸张,"而且郑以牧那么能说,一定能秒杀李安南!"

我总算意识到,此时,坐在我对面给我提建议的人,不是我的朋友,而是一个狗头军师。在他的分析之下,我感觉自己不仅仅是走到了一个"十字路口",而是被卷入了一团凌乱的毛线中,无法脱身。

快刀斩乱麻,互联网人最大的优势,就是善于高效解决问题。因此,我把胖哥丢在了早餐店,打了辆车,去机场堵那个让我彻夜难眠的人。

我的理论很简单——我都睡不着觉了,你凭什么出差?

在航班起飞一小时前,四处搜寻的我,在机场安检口精准抓到

第十八章 意乱情迷 251

了即将检验身份证的方明远。真的,不管人潮多么汹涌,我总是能一眼就看到方明远。除了他出众的身高外,还因为他永远都整装待发,西装革履。

"方明远!"我冲上前,喘着气,叫他的名字。

方明远讶异地看着我:"时岚,你怎么会来?"

我懒得与他解释太多,开门见山地问:"方明远,你是不是喜欢我?"

方明远显然是被我的问题问蒙了。他先是一愣,再疑惑地看着我,嘴巴张开着,想说什么又没说出来,似是在确认刚刚有没有听清楚我的问题。

"你要是喜欢我,你得告诉我,不能让我猜。"我的语气很严肃,像是老师在教育没有按时交作业的学生,"我必须让你知道,我昨天一整晚都没睡,脑子里一直在想你让我去珠宝行业是什么意思:是因为欣赏我的工作能力呢,还是想泡我?我自己没有答案,就让我朋友帮我分析,可是,我朋友说你没那么喜欢我。我觉得,反正我怎么琢磨都不会有答案,不如直接来问你。方明远,你给我答案吧。"

我说得理直气壮,面不红心不跳,反倒是见惯了大场面的方明远,一时间有些无所适从。

"我能理解你现在可能有点紧张,不过,如果你不告诉我,我今晚又会睡不着觉。"

方明远忽然笑了一下,有些无奈地看着我:"时岚,我从未见过你这样的女孩子。"

"抓紧时间,回答问题,你的飞机过一会儿就要起飞了!你喜欢我吗?"我急不可耐。

"你很优秀,很阳光,很积极,很乐观……"方明远列举着我的优点。

"大哥，这不是买菜，不是表彰大会。我说的喜欢，不是工作上的欣赏，是男女朋友那种。"我对方明远婆婆妈妈的态度有些不耐烦。

方明远除了笑，好像已经不会别的表情了。他看看我，好不容易才挤出一句话："时岚，我三十五岁之前，不谈恋爱，尤其不和工作场合的女人谈恋爱。我告诉过你的。"

"那如果我不是你的同事了呢？"我想了想，又说，"你今年三十一岁，四舍五入，就算你三十五了吧！"

"哪有你这么四舍五入的。"方明远笑，他像是回过神来了，反问我，"那你呢？你喜欢我吗？"

"喜欢啊。"我脱口而出。

"男女之情的那种喜欢吗？"方明远问。

怎么变成方明远问我了？！

"嗯，不过还在萌芽状态，我正在思考要不要扼杀它。"我坦白地说。

"我现阶段，没有考虑过谈恋爱。"方明远一锤定音，给了我回复。

我很知趣地连忙对方明远说："好嘞，明白，那我会自己负责画上休止符。快去安检吧，出差一切顺利！"

"那我也需要你的一个答案。你愿意来珠宝行业吗？你想离开的是'消耗你的环境'，而非这份工作内容本身。互联网行业自有它的迷人之处，它让你快速试错、快速迭代，在每一次奔跑里看见新的自己。如果你愿意汇报给我，我向你保证，我会让你在这个岗位上得到最大程度的发挥，让你的想法悉数落地。如果你的方案做得好,我会直接带你去向创始人汇报。我会让你用你最喜欢的方式,站上你最想要站的位置。"方明远拍了拍我的肩膀,"时岚,不要对互联网失望。"

"方明远,你为什么会选择宝莱?"我问。

"我是充分想好了才做的决定。我是来带领宝莱超越天迈的。"方明远眼神坚定,丝毫没有避讳向我提及他的规划,"宝莱自然有它的弊端,但是瑕不掩瑜。不要因为一时的疲惫,放弃你本可以走得更远的道路。时岚,加入珠宝行业,你会变得更好的。"

我相信,方明远从未在旁人面前,提及自己在职场上的抱负与野心。此时此刻,他是方总监,而我,是他希望纳入麾下的一个员工。他给我提供工作平台和晋升空间,换我全心全意为宝莱开疆拓土。

"能再让我想想吗?"我问。

"好。不过,你得给我一个时间节点。"方明远说。

"今晚十二点以前。"我说。

"好。"方明远向我道别,走进了安检口。

一段不超过十分钟的对话后,我像是自动送上门的笨蛋,把炸弹丢给了自己。抛开男女之情的考量,我非常确定,方明远是在用自己的专业精神,聚精会神地做自己想做的事情。这种做法,诚然让他在我的眼里更加闪闪发光,但也足够让我收起毫无意义的小心思。

我突然发现,对于"没有被别人喜欢"这件事情,我竟然可以毫不介怀地悉数接受。从这个角度来看,我真想和自己说"时岚,你还挺棒的"。

从收入角度来看,在天迈公司,我可以直接获得大幅度加薪,长期收益不可预知,短期收益必然是最高的。从舒适角度来看,回伦敦，绝对是最好的选择，有家人，有熟悉的环境，有舒缓的节奏。可是，我逐渐意识到，我是不甘心做逃兵的。天迈随时都可以跳过去，伦敦就在那里，我也随时可以一张飞机票回去，可是，被优秀且野心勃勃的老板赏识、挖掘与重用的机会，却是难再得。

工作嘛，首先得自己行，然后得干的事情行，还得要有本来就很行的人说你行。

想明白了这些，我心中有一块大石头落了地。这些日子以来，令我思前想后的去向选择，总算是有了内心的答案。

回到家里，我致电黄艳，回绝了天迈公司的机会后，给方明远发了一条信息："方总监，我愿意加入珠宝行业。不过，我希望可以尽快。"

方明远很快回复我："收到，我会安排。"

我算了算时间，理论上，方明远这时候应该在飞机上啊。

"航班延误了吗？"我问。

等我洗了澡，换好睡衣，瘫软在床上，看了眼手机，还是没有收到方明远的信息。我自叹无趣，这个方明远，总不能因为我问他个问题，就要与我保持距离吧？

也许是因为太累了，等我一觉醒来时，已经临近傍晚。我从被子里摸到手机，迷迷糊糊发现有三百多条未读消息，我一一点开，还好大多数都是群消息，与我关系甚少。我打了个哈欠，又点开了邮箱，查看邮件，一封公司人事处发布的对方明远的处理通报，赫然在目。

珠宝行业线负责人方明远，因S级事故，降薪20%，职务下降一级，特此公告。

第十八章　意乱情迷　　255

简单一句话，让我一刹那就清醒了。

"S级事故"是宝莱公司牵扯到财务损失千万级别以上的事件的统称。我又看了一遍这封邮件的内容，才逐渐相信方明远确实遭受了处分。我连忙打了个电话给安姐，询问方明远的情况。

安姐还在忙当天的日报，在电话里简短地满足了一下我的"好奇心"："今天的直播大场，方明远手下的一个小朋友在配置优惠券的时候，把200元的数字，设置成了2000元，并且没有限制使用门槛与单人领取额度，这就意味着一个人可以领无限多张，直接0元购买刚好价格为2000元的商品。所以，直播刚一开播，优惠券就被疯狂使用。十分钟时间内，就消耗了二十七万张。我听说，方明远本来今天要出差的，还好他不知道为什么没有赶上飞机，在机场的时候，发现了这个漏洞，立刻叫停了优惠券，不然，只怕更糟。可惜，即使如此，公司的财务损失也已经造成了。方明远直接表示由他来全权负责，理由是他没有把控好工作流程。所以，那封邮件才来得那么快。接下来的一个月，方明远要想办法将损失控制在三百万以内，不然，珠宝业务线就必须裁减40%的人手。"

二十七万张2000元的优惠券，五个多亿的现金量。这么大的数额，作为珠宝业务负责人的方明远，没有选择直接把"锅"砸在执行者的身上，算是仁至义尽了。从另一个角度来说，面对巨大的经济损失，宝莱公司依旧没有让方明远的团队原地解散，已经是在保护这位"可造之材"了。

"这些订单可以用风控方式拦截吗？或者，直接找物流部门别发货呢？"我试着找解决方法。

"晚了。"安姐接着说，"物流部门的负责人姚松林说，根据方明远的要求，所有的商品都是即刻发货的。方明远去问的时候，二十七万张订单里，95%都已经在路上了。除了这个以外，客服部门的负责人欧阳磊说现在他的人手，因为这件事情已经完全不够用了，整个客服中心的人调了20%在跟进这件事。"

我的火气一下子冒上来："姚松林是蓄意报复！我就不信了，这系统可以跑得这么快，连即刻截单的时间都没有。95%，这么高效，怎么平日里没看他做到呢？还有那个欧阳磊，宝莱这么大的平台，又不是第一天出幺蛾子，他要是作为负责人都这么手忙脚乱，那其他人要怎么想？这不就是明摆着在告诉所有人——方明远捅了马蜂窝吗？"

听到姚松林与欧阳磊这两个名字，我就可以瞬间反应过来，这件事情背后有猫腻。

我依稀还记得之前全网疯传的那篇文章里，方明远顶着光环，被大肆夸赞在宝莱平台治理工作上的成果。方明远提出的一系列改革，对物流部门的合作公司有了强时效性的要求。也因此，姚松林被迫更换了之前合作的物流公司，并在方明远设计的规则下，实时对合作物流公司做考核。一旦考核结果低于指标，合作物流公司就要面临重新竞标的局面。这种做法之下，物流速度确实上来了，但是，姚松林的工作量也骤增，灰色地带的油水也少了。

与此同时，客服部门也叫苦不迭。在方明远设立的追踪目标下，每一个客服人员，都需要在48小时之内完成消费者索赔的全流程。而方明远在流程的设计部分，曾批评过欧阳磊忽略了考虑"举证"的完备性。有小道消息说，是因为"举证"过程过于烦琐，所以欧阳磊才抱着侥幸心理试着减少工作量。方明远的"火眼金睛"，可谓是戳中了欧阳磊的痛处。

安姐劝我："时岚，我警告你，现在全公司都在看方明远的笑话，你和他也不熟，别去惹事，知道吗？记住我一句话，放下助人情节，尊重他人命运。"

"噢……"我嘟囔了一句。

安姐说还有事情要忙，挂掉电话之前，又叮嘱了我一遍，千万别去掺和，就算真要掺和，也不能留下痕迹。

我抱着手机，看着外面黑漆漆的天空，觉得安姐真是高看我了。我一个无名小卒，能掺和什么呢？至少五个亿的资金损失，把我卖了都不够方明远还债的。想到方明远如今焦头烂额的场面，我不禁感慨"高处不胜寒"。原来，做着底层工作的我，在抱怨此类内容无异于消耗生命的同时，也幸运地拥有了一面看似无用的免死金牌——因为负责的内容不够重要，自然也不用承担可怕的责任。

安姐说得没有错。可是，我和方明远没有不熟悉。我可以尊重方明远的命运，但是，我始终放不下助人情节。这件事情既然我知道了，我就不能袖手旁观。

我换了衣服，抱着"撞撞运气"的心情，打了辆车回到公司。

恰是晚上七点，宝莱公司的同事们三三两两结伴去吃晚餐，办公室里稀稀拉拉的，办公桌上有许多电脑以"锁屏"的模式被摊放着。我装作若无其事地在珠宝行业的工位区域晃了一圈，失望地发现方明远的工位空荡荡的。

"也许是去吃晚餐了。"我小声嘀咕。

"谁去吃晚餐了？"方明远拿着电脑，从我身后走了过来。

我回过头来，意外地看见方明远的笑容。

"方明远，你怎么还笑得出来？"我的话刚出口，就很想自己掐死自己。时岚啊时岚，你怎么可以这样在别人的伤口上撒盐呢？！

好在方明远并不计较，他没有回答我的问题，转而问我："你是来找我的吗？"

"我就是随便看看……好吧，我是看到了公司的邮件，主动来找你的。有什么我能帮你的吗？"我关切地问。

方明远笑了笑："这是珠宝行业的事情。"

"你不是答应了我，尽快让我加入珠宝行业吗？"我反问。

方明远眉眼间尽是诧异，他把我拉到一旁，低声说："时岚，也许你还不清楚目前珠宝行业的处境。我们就像是要打一场大仗，胜算无几。一旦兵败，那就是万劫不复。"

"我知道啊，一个月后如果不能将损失控制在三百万以内，就被动裁员40%嘛。"我说。

"你知道为什么还要来？你不是不想'卷'吗？未来的一个月，珠宝行业绝对是连轴转，没有人可以好好休息的。"方明远靠近我一小步，轻叹一口气，严肃地告诉我，"我已经收到五份辞职信了，我能理解大家的心情。现在转岗，对你来说，完全不是一个好时机。你也无须为了履行承诺，做这个选择。"

"方总监，我想和你分享我在互联网行业里发现的一件特别有趣的事情。当我一两天没上网，可能就会跟不上许多热门话题，错过很多；但是，当我一个月不上网，就会发现好像什么都没有错过，因为那些事情都过去了。"我对方明远笑，"而且，拜托，我可是时岚，在外面希望我去他们公司工作的人，那可是排着长队。你不让我来珠宝行业，难道是觉得我帮不上你，还是你害怕自己没有这个能力力挽狂澜？"

方明远爽朗地笑："我没怕过。"

"好啊，那一言为定，你负责尽快把我捞到珠宝行业来。我呢，就负责与你并肩作战。放心吧，我很能干的。"我把离开小区前在餐厅打包的一份简餐从背包里拿出来,递给方明远,"本来想买给自己吃的,忽然不想吃了,你就当帮我个忙,消灭它吧。"

方明远没有拒绝,他收下了食物。

"谢谢。"方明远的手机振动,屏幕显示他的下一个会议将在五分钟后进行。

"没事。方总监,你已经足够好了。如果是我碰到这样的事情,一定没有办法做得像你一样好。加油,我先回家了。"我朝方明远挥挥手。

"一起。"方明远拿着外卖盒与电脑,与我一同走向了电梯间,摁下了一楼的按键。

我发觉方明远摁了一楼后,没有摁下其他的楼层,便问他:"你去几层的会议室开会呀?"

"哦,忘记按了。没事,我等下再上去吧。"方明远说。

方明远送我出了电梯后,我回过头想再和他说一下食物一定要趁热吃,意外发现他摁了三楼的按键。我下意识地伸出手,拦在了电梯门间。方明远见状,立刻按住电梯的开门键。

"你这样很危险。"方明远提醒我。

"你去的是三楼,刚刚来得及按啊。"我问。

"没反应过来。"方明远面无表情。

"你是……特意陪我坐电梯的?"我看着方明远。

"没有。我去开会了。"方明远把我的手推出了电梯,按下了电梯的关门键。

我在宝莱的大厅里站了会儿,看着电梯显示在三楼停下,自顾自地笑了起来。

就当是赌一把能否做战友吧。方明远说得对,他需要我。

而我,正巧愿意被人需要。

第十九章　蛇打七寸

方明远的执行力，比我想象中还要强。

第二天早上八点，罗心慈就给我打了电话，问我是否有空一起吃早餐。我们约在了公司不远处的星巴克。

星巴克里，罗心慈对着电脑，在键盘上敲敲打打。她的深蓝色外套半折着挂在椅子上，白色高领毛衣的袖子被随意地卷起，一个鱼尾夹卡住所有的头发。她手指上的指甲油已经斑驳，透露着她近日的忙碌。

我难免感慨，互联网行业的生态真是奇怪。只要不是常需要见客户的职位，如果你每天妆容精致、打扮用心，那只能说明——你的工作不饱和。越灰头土脸，越能说明自己鞠躬尽瘁。

"心慈姐，早。"我在罗心慈的面前坐了下来。

罗心慈抬起头，眼里还有血丝，她当着我的面舒展了身体，说了句"稍等"，便去餐台端来了两杯热美式与两份热腾腾的三明治。

"时岚，咱们在一起共事了这些日子，彼此算是非常熟悉了，我就不拐弯抹角了。"罗心慈的神色很柔和，话语中却充满了担忧，"实话和你说，昨天凌晨一点，人力资源部的同事给我发了邮件，通知我会把你调去珠宝行业，直接汇报给方明远。我今天一大早问了人力资源部，这才知道赵晓雪没有和我商量，就审批了你的职位变动。现在你的调令还卡在我这里，暂时还没有批，但是可能也拖不了多久。时岚，你是不是得罪赵晓雪了，她怎么能在珠宝行业一团糨糊的时候，把你往方明远手下推呢？"

罗心慈说着，又向我道起歉来："时岚，我想来想去，是我没有保护好你。与陈思怡团队的正面交锋，我不应该派你去的。你去珠宝行业的决定，我没办法改变。真的很抱歉。"

我一时间竟然不知道怎么接话。在罗心慈的视角里，我与方明远素不相识。在方明远背上重大处分的第二天，我就被强制转岗到他名下，罗心慈理所应当地推测是赵晓雪拿我开刀，对她小惩大诫。

"你如果想要离职，我可以即刻批准你，无须等三十天。"罗心慈说。

罗心慈将我看作她与陈思怡斗争的牺牲品，因而对我满怀歉意。我无意解释，以免将事情越弄越复杂，便顺水推舟地对罗心慈说："心慈姐，没事的，不要为了我和赵晓雪结仇。"

"时岚，你这个姑娘啊，就是太懂事了。"罗心慈长舒一口气。在与我见面之前，她肯定是担心我在得知这个消息后，控制不住自己的情绪，在办公室破口大骂，这才帮我想了诸多退路，还把我一大早约到了与公司有一定距离的咖啡馆进行安抚。

也不怪罗心慈这么想，换了任何一个有抱负的年轻人被告知要从风光无限的部门转去摇摇欲坠的部门，恐怕都会气急败坏，甚至掀桌子骂人。

只是，那些名义上的职位与薪资，都抵不过"我愿意"。

"心慈姐，既然调令已经下了，你就批吧。批得晚了，还容易让其他人觉得你在闹情绪。你放心，我去了珠宝行业，一定不给你丢人。"我喝了一口热美式，情绪平静。

罗心慈对我的态度大为赞赏，似乎还有些被我感动到："时岚，你来美妆之前，就有人和我说，大客户战略部解散时，你和李东乾闹得特别不愉快，说你脾气很冲。现在看来，都是些谣言。姐答应你，等姐可以去好的部门了，一定会想着你。"

哎，我是真的没想到，我斥责李东乾的事情，影响力居然能延续到今天。我又猛地想起来，几乎在天迈的每一轮面试中，面试官都会询问我"如果你与上司有意见分歧，会如何处理"这个问题。还有一个面试官，露骨地问过我："如果你的部门突然解散，你会配合公司安排吗？"我当时以为这些不过是寻常问题，现在才后知后觉，原来当初安姐对我的嘱咐绝不是多此一举。

这个圈子就这么大，任何一点风吹草动，随意做做背调就能知晓。若要求生存，还是谨言慎行为妙。我又联想到方明远。在我处于低谷时，他犹豫着是否向我伸出援手，肯定也是顾虑过那些与我有关的"管理成本高"的传闻。一个员工，不管单线作战的能力有多强，仅凭顶撞过老板这一条，就足够判决他出局。

我自然没有相信罗心慈对我的承诺，也从未打算让她兑现承诺。我在大客户战略部时，信任过李东乾，却落了个惨淡收场。职场经验教会我，与其期待他人点亮自己，倒不如努力成为自己的灯。靠着老板上位，不如修炼自己的专业技能。如果我只是一个曲意迎合的人，而非着实经手过颇有名气的业务案例，我也不可能胸有成竹地对方明远说"我可以帮你"。

罗心慈在得到我的肯定答案后，回到办公室做的第一件事，就是在系统里审批通过了我的被动转岗。森森作为汇报给我的实习生，在系统里的信息也自然转入珠宝行业。世界上的事情有时候就是这么有趣，当初我犹犹豫豫不肯去珠宝行业，如今又眼巴巴地自己送上门去。这么看来，我真的不是一个会审时度势的聪明人。

在旁人眼里，我真是一个命途多舛的人。原本是大客户战略部备受重视的潜在培养人才，临近升职，部门解散，被迫夹在美妆行业两个领导的内斗里，又是进医院又是背锅，还废寝忘食地工作到请病假。没想到，一个病假刚结束，就被通知要去刀山火海里走一遭。

理性分析，等待我的结局，只有两种。第一种是珠宝行业窟窿实在太大，方明远无力回天，我因为不是方明远的"自己人"，顺理成章地成为被裁员的40%中的一员，喜提N+1的赔偿金。第二种是方明远逆天改命，书写奇迹，而我则还是因为不是方明远的"自己人"，干着脏活累活，依然分不到升职加薪的名额。

大概是眼看着我落入低谷，露露与邵佳敏出于同情，竟然共同出资给我买了个抹茶蛋糕，包装得极为精美，粉红色的绸带旁，还有一张手写卡片，上面写着"时岚，你真的很棒，千万不要否定自己。就算再不开心，也要好好吃饭哟"。

罗心慈为了表示对我的歉意，主动在系统里给我和森森批了一天"搬家假"。在安姐的耳提面命下，我的办公桌上只有一台笔记本电脑而已，随时能轻轻松松"拎包入职"。从九层搬到六层，一天的"搬家假"可谓奢侈。

以前在美妆行业如履薄冰，忙得脚不沾地也讨不到同事们一个好脸色，我也不会因此沮丧。现在被一大堆突如其来的"善意"包围着，反倒让我无所适从。

相比"强忍泪水"的我，喜气洋洋的森森，在露露与邵佳敏看来，就像是被刺激得精神不正常了。

只有我知道，森森在听闻去珠宝行业后欢呼雀跃的原因——他的恋人酷爱珠宝。森森立志要成为一个珠宝达人，自此在恋人眼里闪闪发光。

而我，怀着一腔稀里糊涂的英雄主义，把自己搅和进了泥淖中，也说不清楚是为了啥。

午餐时间，森森的恋爱对象骑着自行车来给他送爱心便当，我识趣地拎着抹茶蛋糕一个人去了公司楼下的餐厅。过了这个中午，我就不再是美妆行业的时岚。也许，我离开宝莱的日子，也正式开始了倒计时。

安姐的问候如期而至，知她如我，第一条信息便是问："你这次没闹？"

"没有。"我点了一杯热巧克力，在餐厅的角落坐下。

"没把咖啡浇在赵晓雪脸上？"

"暂时还没有。"我说。

"行，精神还正常。时岚，再熬一会儿，美妆行业要变天了。"安姐暗示我，"会比你想象中快。"

安姐在宝莱混的圈子比我高端许多，十余年的工作经验，让她在互联网行业内的信息总是比我灵通。以前我会抱着听八卦的心情向她打听，现在我却提不起一点兴趣。

美妆行业爱怎么变天怎么变天，反正老娘要走了。

安姐这些日子一直在被陈思怡折磨，境况看起来比我好不了多少。可是，安姐比我聪明的地方就在于，她懂得主动靠近赵晓雪。这几天，赵晓雪已经跳过陈思怡，单独带安姐出差了。

任何一个行业负责人，除了要应对横向的斗争，还要招架领导的要求，更要提防下属掉链子。像安姐这样靠谱又有行业经验的人，去到哪里，都不会混得太差。

我用叉子挑了一口抹茶蛋糕，切实感受到了露露和邵佳敏对我的关怀——这块蛋糕是从公司不远处的一家西式甜品店买的,小小一块,标价一百八十八。去到珠宝行业之后,我对露露和邵佳敏的威胁骤降为零,更别提对她们的工作能有任何帮助,可是,她们仍然愿意"多此一举"。仅从这一点来看,她们就比我强上不少。

对于露露与邵佳敏,我何尝不是戴着有色眼镜在看待她们呢?都是在大城市里独自生活的女生,都是夙兴夜寐希望证明自己的工作者,都是被互联网浪潮拍打的礁石。如果再有一次机会,希望我没有在一开始就将她们划分在另一阵营。

"时岚,在发呆?"方明远在我的对面坐下。

我向方明远打招呼:"方总监。"

"嗯。我恰好碰到你的实习生,他说你在这里。"方明远主动向我解释,又问了句,"离开美妆行业,有人为难你吗?"

我把抹茶蛋糕旁的那张卡片递给方明远:"喏。"

方明远看了露露与邵佳敏对我的寄语,笑着说:"你在美妆人缘还挺好的。"

"还行吧。大客户战略部解散的时候,同事们都自顾不暇了,还纷纷来叮嘱我,让我别雇人把李东乾套上麻袋打一顿呢。那时候,我的人气更旺。"我用叉子把抹茶蛋糕切成三块,又拨到一起,"热巧克力加抹茶蛋糕,这是有多苦,才需要这么多甜来平衡啊。"

"真正吃过苦的人,一点甜就可以填满了。"方明远接我的话。

我抬起头看方明远,他看上去心情不错,一点都不像是一个处在险境中的人。

我站起身,喊上他:"走吧。"

"去哪儿?"方明远问。

"去处理那些奇奇怪怪的优惠券还有难搞的客服人员啊。方总监,我准时来报到了。"我对方明远说。

"不急,该午休就午休。有我在,用不着你拼命。"方明远说。

我催促他:"你都火烧眉毛了,还在这里悠闲自得。你知不知道,你身上还背负着我的饭碗呢!别闲着了,走,干活去!"

方明远被我逗笑,他也站了起来:"行,听你的。"

正式成为珠宝行业的一员,是从方明远在珠宝行业工作群里欢迎我与森森的到来开始的。方明远原有二十个员工名额,陆陆续续招聘了十一个,昨天提了离职的有五个。方明远为了不耽误他们找新工作,均慷慨地批准了即刻离职。因此,工作群里,包含方明远在内,一共也只有七个人。

五个多亿的金额要追回,珠宝行业的正常业务也要进行,方明远身边可用之人甚少。剩余的那些员工,有四个人是跟着方明远一同跳槽来宝莱的,能干又忠心。只可惜珠宝行业的年货节也才结束,紧接着就是春节不打烊,他们必须把精力投入这些活动中去,实在是分身乏术。

"时岚姐,3C行业是龙潭虎穴,美妆行业是妖魔鬼怪,珠宝行业是寸草不生。没关系,不管珠宝行业有多贫瘠,我们来让它焕发生机!"森森给我发私信。

我远没有森森乐观,给森森发了一个"擦汗"的表情:"我建议你先修改一下简历,投投别的公司吧。"

方明远将我的工位安排在他对面,森森则坐在我的右手边。我看着方明远给我的订单数据资料,越看越觉得不对劲,让森森在后台拉取了近三个月内同一个达人开播时在线人数与购买转化率的数据。令我咋舌的是,昨天那场直播事故发生时的在线观看人数是以往的二十三倍,而且,在直播开始后,还没有等到主播口述优惠券

第十九章 蛇打七寸 267

的领取方式,就已经有三百多位消费者自行点击链接,跳转到了领券后台,并且核销了优惠券。

我将这些数据整理好,把头歪过去,看到方明远戴着无线耳机在座位上开会。

"方便吗?有个紧急的事情想和你说。"我在手机上打下一行字发给方明远,示意他看手机。

方明远坐在我对面,回复我:"在和创始人开下个季度的会议,你打字发给我吧。"

"好,我简单说一下。我横向对比了直播间近三个月的人员数据与转化率,纵向看了昨晚的流量大盘,确认昨天晚上直播间整体的浏览量一如往常,并没有出现暴增。因此,我推断,优惠券设置错误这件事情,事前是有人发现了的,只是他不但没有纠正,还有可能提前散布了优惠券的领取方式。"我噼里啪啦地打下了一段话,又附上了森森拉取数据的透视图,将重点数据用红框标了出来。

我看到方明远笑了一下,一分钟后,我收到了他的回答:"不错,我昨晚也注意到了这一点。不过,我们不做无意义的揣测。姚松林那边,已经停止了派送,除了一开始反应速度慢了些,后期的处理方式还是比较妥当的。相比之下,有些棘手的是欧阳磊,他刚刚给我发了加急消息,说他那边人手严重不足,让我做好处理不够完善的准备。"

"听他胡扯。"我飞速地回复方明远,"我带森森去找他,你等我消息。"

"好。我把我之前与他沟通的信息转发给你。"看到我和森森收拾好包,准备出发,方明远从自己桌上拿了两瓶矿泉水递给我们。

我向方明远点了点头,带着蹦蹦跳跳的森森,直接打了个车,杀到了宝莱公司客服中心所在的浦东新区。

客服中心内，每个同事都戴着耳机与消费者交涉着。她们语气和缓、声音温柔，倾听着不同消费者的诉求。在喧嚣的环境里，我还可以零星听到有些客服人员正在处理珠宝行业优惠券事件。客服人员希望消费者可以拒收物品，被消费者拒绝后，只能苦口婆心地规劝，最后落了个猝不及防被挂电话的下场。

森森如发现新大陆般，跟在我身后，探着头感慨："哇，她们每天要说这么多话，不得口干舌燥啊？"

"不然呢，你以为方明远给我们递两瓶水是为了什么？"我拍了拍森森的书包，"加油吧，让珠宝行业焕发生机的人。"

我们在同事的指引下，找到了欧阳磊。与我设想中的脑满肠肥不同，欧阳磊很清瘦，国字脸，个头不高，讲话还是和善的。他在得知我是珠宝行业的员工后，没有对我露出不耐烦的神色，也没有向我吐苦水，抱怨珠宝行业给他们带来的麻烦。

"时岚，是这样，我们现在都在尽量与消费者沟通，希望他们退回商品，可是你看，我们是真的人手有限，所以，你们得做好资损追回率有限的准备了。"欧阳磊拿出他昨晚加班熬夜赶制的安抚消费者的话术文档给我看。

在文档内部，欧阳磊事无巨细地列举了与消费者沟通的技巧与通用解决方式，帮助客服人员更加清楚地传递信息，提高消费者退回的可能性。我瞄了一眼欧阳磊的工位，旁边有一张行军床。看来欧阳磊经常为了工作，直接睡在公司。

宝莱公司的成长速度之快，除了业绩的飞跃，随之而来的就是客服工作量的骤增。欧阳磊作为客服中心的负责人，不到四十岁的年纪，头发已经白了一大半。我在心里感慨，这个吃人的互联网行业，任何一点功勋与地位，都是要拿精力来换的。

"磊哥，你看，我能不能看一下目前客服同事沟通下来，消费者整体的反馈意见？"我换了一个称呼，试图与欧阳磊拉近距离。欧阳磊对我没有敌意，他眼里的焦灼都在证明他是想要解决问题的。

欧阳磊立刻答应了，他从系统里导出了一份数据，交由我和森森分析。

客服中心没有空位可以坐，欧阳磊想把他的工位让给我与森森，我连忙谢绝了，与森森一起在客服中心的转角处找了张空桌子，用于放置电脑。从直播到现在，不超过 24 个小时里，客服中心已经向 16839 位消费者致电，平均每小时 702 人。负责这个专项的客服人员只有 40 人。这意味着，客服人员在完全不休息的前提下，每个小时要负责联络 18 个人，约等于每三分钟就要完成与一位消费者的沟通。从数据层面上看，欧阳磊在追回款项这件事上，无可指摘。

"时岚姐，他们咋能这么快就完成沟通啊？"森森琢磨了一下，"三分钟的时间，我连话都说不利索。"

我浏览着文档，回答森森："不稀奇，你想想你接到骚扰电话的时候，都怎么做？"

"直接挂断。"森森下意识地回答。

"对呀，一样。"我说。

森森用数据透视表总结了一下数据结果："有道理，速度是很快，但是，86% 的人都说弄错优惠券是宝莱的责任，凭什么要他们退回。"

"还是话术上有问题。"我的手指停在欧阳磊的话术文档上，

"宝莱公司的要求是诚信、坦诚与清晰。欧阳磊直接告诉对方是优惠券配置错误导致的,其实没有错,但是呢,会让消费者觉得明明是平台的错误,后果却让他们来承担,任何人听了都会不开心的。"

我想了想:"森森,你把这些消费者过往在宝莱平台的消费记录拉出来看看。看一下他们的退货率和投诉率,如果可以的话,再看一下他们下单的平均价格。"

"时岚姐,看这个干啥?"森森虽然口头上问着,行动上已然动了起来。

"赌一把,看看是不是好人多。"我说。

半个小时后,我与森森对着一张分析表格,不约而同地长舒了一口气。与此次事件有关的98%的消费者,他们的退货率与投诉率都低于行业平均值。由此可以合理推测,消费者们拒绝退货,并非贪图小便宜,他们只是单纯觉得"烦"。

欧阳磊的退货策略是对于所有自愿退货的消费者,平台在收到货以后,将补偿10元的无门槛优惠券。这与2000元的"意外之喜"相比,绝对是小巫见大巫。

我也能理解,欧阳磊绝对不是故意为难珠宝行业,他作为客服中心主管,最大的权限也只是发放面额不超过10元的优惠券。如果要用其他的方式来安抚消费者,则需要由业务部门上报,通过层层审批后,再实施落地。对欧阳磊来说,非不为也,是不能也。

我没有办法去指责欧阳磊,但我也不可以看着这种无效的策略,令珠宝行业如一艘沉船无望地沉入海底。

"森森,如果你是消费者,什么情况下,你会愿意退回这个商品?"我问。

"很简单啊。要么不退回来就会有损失,要么退回来很方便,

第十九章 蛇打七寸

不费什么力气,还有利可图。"森森说。

"很好,就往这个方向走。"我的心里有了主意。

在算了一笔数据后,我给方明远发送了一封邮件,提出了客服中心沟通的新策略:

首先,沟通话术为宝莱公司珠宝行业与达人献礼,优惠券确实操作失误,为了弥补消费者时间上的损失,对于愿意退还的消费者,支付宝或微信即刻到账现金50元。

其次,若消费者对商品特别满意,希望保留,系统将在收货后,自动推送账单,消费者可以在领取200元正常优惠券的前提下支付订单。同时可以提醒消费者,信誉记录是全网共通,且宝莱账号均绑定了身份证。

最后,在消费者表示可以退回商品的前提下,由宝莱公司与物流公司合作,物流人员上门收取快递,消费者无须自行去快递点邮寄。

我的设计逻辑为,在最理想的状态下,27万张优惠券的领取者共计27846人,如果每个人都愿意退回,那么就是每人补偿50元,共计不超过140万。再以40元计算往返物流成本,是111万左右。二者共计,在250万左右,还有一些结余。优惠券是没有诱惑力的,只有现金,才能让消费者产生对金钱的直观感知。

又想挽回损失,又不舍得花费成本,最后只会竹篮打水一场空。我还提到,如果可以在人为干预的情况下,尽可能联系物流公司拦截快递,那么物流费用与补偿成本都可以下降,就有希望把损失控制在两百万以内。

方明远在我发送邮件后的五分钟内,就批准了我的策略。我拿着这封邮件,找到了欧阳磊,向他阐述了想法。欧阳磊的配合度极高，立刻调集了客服中心的人员，在我的口述下，传递了话术信息。

客服人员纷纷回到座位上开始工作，森森乖巧地按照我的吩咐，让外卖小哥把犒劳客服人员的面包与热牛奶放在了客服人员的面前，还每人送了一张价值158元的隔壁商场的购物卡。四十个客服人员，看到森森这个小帅哥，都笑靥如花地表示了理解。

"时岚，方总监有你这个得力干将，运气不错啊。你是和他一起来宝莱的吗？"欧阳磊问。

我在心里暗爽。这个欧阳磊，在客服中心待着，还真是消息闭塞。也难怪，与杨浦区总部相比，浦东新区就是另一片天地。我要是欧阳磊，也懒得去听宝莱总部的那些八卦。

"哈哈，磊哥高看我了。磊哥，我还得去一趟姚总那边，那我就先走了。"我向欧阳磊笑。

我与欧阳磊之间，存在职级的差异，肯定不能像鼓励客服人员一样，送一张购物卡了事。就算要送礼物表示心意，那也是由方明远送，我绝对不能越俎代庖。但是，我又不能就这样什么表示都没有就溜了。还好有智多星森森，给我出了个主意——森森为欧阳磊睡的那张行军床拍了张照片，在我们离开后不久，"一不小心"发到了有创始人的大群，用与其他实习生讨论的语气感叹道："客服中心负责人也太不容易了吧，居然睡在公司！"

在确认创始人与欧阳磊都已读了信息后，森森发了个"抱歉"的表情，我们的"心意"也就送到了。

远在浦东新区的欧阳磊，不缺钱，不缺职位，缺的，仅仅是创始人的关注度而已。

与欧阳磊相比，姚松林就没那么好合作了。我好话说尽，姚松林却始终声称系统数据出了问题，没有办法迅速与我分享。

第十九章　蛇打七寸　　273

"姚总，那根据您的专业判断，我要等多久，才能看到订单情况呢？"我收起了笑脸，字句清晰。

"等等吧，至少五天。"姚松林在办公室里对我和森森不太礼貌，跷着二郎腿，端着茶杯，慢条斯理地说。

"姚总，是只有我们珠宝行业这笔订单这样，还是全公司都这样呢？"我明知故问。

姚松林不敢把话说得太死，也不敢在明面上为难我，便说："我都说了，是系统问题。既然是系统问题，怎么可能只有你们珠宝行业这样呢？要怪啊，就怪你们珠宝行业倒霉，刚好赶上了系统故障。这我也没办法啊。"

"好的，谢谢姚总。"我笑了笑。姚松林的话正中我下怀，我回头看了一眼森森，森森立刻把口袋里的录音笔拿了出来，递给了我。

"你要干吗？"姚松林放下了茶杯，眼神里有恐慌，语气一下子凶狠起来，"你个丫头片子，跟老子玩阴的？！"

"姚总，珠宝行业这场事故仅仅发生了十分钟，就造成了五个亿的损失。我很好奇，如果物流系统故障五天，您都无力回天，那么给宝莱整体带来的损失有多少呢？"我晃了晃手上的录音笔，"姚总，刚刚的录音已经上传到云盘了，会不会保存得当，就看咱们这次的合作了。以示诚意，这支录音笔，送您。"

姚松林抓过我手里的录音笔，砸进了垃圾桶里，骂了句脏话。随后他带我们去了工厂，叫了一个人专门接待我们，并交代得格外清楚——"他们要什么就给什么，全力配合，别让人家说我们消极怠工！"

我在一旁接话："姚大哥真好，放心吧，我一定按照您说的，把这些订单追回来！您说得对，谁要是敢在这件事上说一个'不'

字,那就是在和您作对,咱们就让他滚蛋!"

姚松林的脸色铁青,一声不吭地甩手走了,留我与森森对着工人们傻笑。

欧阳磊与姚松林都是从一线干到如今这个位置的人。不同的是,欧阳磊所在的客服环境,讲究的是服务精神。而姚松林做物流派送,要想赚钱,就必须清楚地知道什么能给自己带来直接收益。姚松林是风里来雨里去,什么体力活的苦都吃过的人,自然也就习惯了用野路子解决问题。面对在办公室里舞文弄墨的我,他根本没有放在心上,也就容易在言语上失了分寸,这才被我抓到了把柄。

姚松林想让我认怂,我偏要告诉他,在我时岚的人生法则里,绝不给小人让路。

作为公司前辈,他当然有千百种方法为难我,但一定不是现在。未来的事情,我也顾不得了,只求先帮珠宝行业渡过难关。

即便面前此时是一片荆棘丛林,我也愿意亲自走上一遭,就权当是我作为队友,在实现对方明远的承诺。

第二十章　携星而归

排查订单，比我想象中要难上一万倍。

宝莱的物流系统过于复杂，关卡限制点又多，唯一庆幸的是，在我狐假虎威打着姚松林的幌子的前提下，工人们都特别配合。由此可见，姚松林的管理方式，必然是"一言堂"。

工厂没有像样的办公区域，我索性在地上垫了张报纸，抱着电脑盘腿坐了下来。我盯着物流看板跑数，推算资损的情况，森森则与姚松林派来的对接人一起排查着订单，确保还未出仓的订单能够及时拦截，不会误发货。

夜色渐深，时钟指向十点的时候，对接人来提醒我工厂要关门了。我挣扎着让他稍等，最多五分钟，我就可以算完手头的数。我的手指飞快地在键盘上敲打，以求不要忙中出错，也不要让对接人等太久。

忙碌快把我吞噬的时候，郑以牧又来给我添乱。我的手机疯狂振动着，忍耐到极限的时候，我接听了电话。

"你怎么去珠宝了？你现在在哪儿？"郑以牧问。

"忙着呢，大哥，你有啥事？没事我就先挂了。"我对着笔记本电脑屏幕，用脑袋与肩膀夹着电话，一只手在本子上记录着看板上的数据，另一只手滑动着鼠标。

"你在哪儿？我来找你。"郑以牧说。

"我真的很忙，咱们明天说吧。"我挂断了电话，把手机塞回了包里，继续测算汇总数据。

我的神经高度紧绷着，察觉到有人轻轻拍了一下我的右边肩膀，我头也不回地表达歉意："不好意思，就一个步骤，马上就好了。"

"地上凉，先站起来吧。"

"噢，没事……"我本来下意识地回绝谢意，又感觉是熟悉的声音，抬起头看，意外地发现是方明远。

方明远向我伸出手，我不知为何，明明知道方明远只是绅士礼仪，还是没有把手搭上去。我把文档内容保存好，自己站了起来，礼貌地招呼了一句"方总监好"。

"很晚了，先下班吧。辛苦了。"方明远放下了手，转向对接人与森森说，"你们怎么回去？我开了车，可以送你们。"

对接人笑呵呵地说："我就住在厂子里，走两步就到了。"

"我和森森打车回去就行。"我抢先说。

"我？时岚姐，我不用打车，我对象来接我。"森森嘿嘿地笑，"方总监，辛苦你捎一下时岚姐回去吧。"

"不用了。我们不顺路的，谢谢方总监。"我说。

森森疑惑地看了我一眼，贴近我，小声说："时岚姐，有免费司机，干吗不要？"

"这不是免费司机，这是咱们的老板。"我说。

"有道理，我现在脑子已经成糨糊了，居然把你往豺狼的车上推。"森森点了点头。

我看了看在向对接人道谢的方明远，想象着斯文的他化身豺狼的样子，忍不住笑了出声。

我与森森跟着方明远走出了厂子，与对接人分开前，我特意询问了次日开工的时间,留了对接人的电话,表示自己会准时到。

"时岚姐,咱们明天还来吗?"森森问。

"当然。客服中心那边,有明确的考核机制,再加上有欧阳磊盯着,不会出什么岔子。但是,姚松林这边一定得格外上心。我们在现场待着,最起码能给大家传递一个清晰的信号,没人会消极怠工。"我对森森说,"明天早上我七点起床,差不多八点就能到。你十点半左右到就好。"

"行,那我和我对象说一声。"森森没有叫苦叫累。

不远处,森森的恋爱对象在向他招手,还朝我们打了个招呼。森森雀跃着,对我与方明远挥了挥手,小跑着离开了。

寒风吹进我的脖颈里,我打了个哆嗦。

方明远看着我,笑了笑:"饥寒交迫?"

"没事,我老当益壮。"我胡说一气。

"好啦,回家吧。"方明远说得很自然。

我坐上方明远的车,他车内的空调开得很足,特别暖和。方明远从驾驶座探过身到后座,拿了一个保温饭盒递给我:"猜到你顾不上吃饭,给你打了个包。"

我揭开饭盒盖子,发现是热腾腾的饺子。咬了一口,我惊喜地发现是我最喜欢的牛肉白菜馅的。我乐滋滋地问方明远:"你在哪家买的啊?还挺好吃的。"

方明远没有回答我,转而没有来由地问我:"为什么?"

"什么为什么?"我抿了抿嘴唇,又塞了一个大饺子在嘴里,有些心虚。

"为什么和森森说我们不顺路?"方明远问。

"怕小家伙瞎想,到时候对你不好。"我向方明远解释,"怎么说我也是刚来你部门,如果让大家知道我与你本来就很熟悉,我担心会有奇奇怪怪的风言风语。你已经够烦的了,我不想你再辛苦。"

方明远挑了挑眉毛,微微颔首:"时岚,你总是有本事,把所有的事情都说得像是在为了我好。"

"那你说,要我怎么解释我和你本来就认识?"我气鼓鼓的,决定破罐子破摔,"是要和他们说'你们好,这是方明远,是我的邻居,我昨天上午刚向他告白被拒绝,昨天晚上自动送上门说要去为他打工,所以呢,他看我可怜,大晚上来领我回家'吗?"

方明远果然被我这一大段话噎住了,他沉默了一分钟,轻声说了句:"嗯……不用说得这么详细。"

"方总监,你看,我是不是对的?为了避免被问到细节,干脆一开始就别让大家知道。哈哈,思维缜密吧?"我仗着方明远现在急需我守在工厂,大着胆子自夸道。

方明远哭笑不得,只好投降:"好,谢谢我的得力干将。"

"不客气,这都是你慧眼识珠的结果。"我乐呵呵地吃完了最后一个饺子。

"慢点吃,狼吞虎咽的。"方明远腾出一只手,把纸巾递给我,"今天怎么样?"

"哦对,我得和你说一下优惠券事件的进展。更改了客服话术以后,根据欧阳磊的反馈,愿意退回产品的消费者比例达到了78%,还有20%左右的消费者愿意正常购买,因为这些产品的价格对比别的平台,本来就要便宜不少。这么看的话,也就只有1%左右的消费者暂时还没有接听电话。对于这些消费者,欧阳磊会安排客服人员,多次致电。说真的,我觉得欧阳磊人挺好的,老实肯干,我看到他那张行军床都挺旧了,也不讲究。对比之下,姚松林就讨厌多了,推三阻四的。要不是我……"我一想到方明远那副正人君子的样子,话到嘴边又咽了下去。

"要不是你什么?"方明远笑了笑,"要不是你拿出录音笔,威胁姚松林,还没办法进工厂是吗?"

我诧异地问:"你怎么会知道?"

"那支录音笔,是我的。"方明远说。

仿佛有一万只羊驼从我的内心里奔腾而过。森森啊森森,我让你搞一支录音笔来,没让你去找方明远那里搞一支啊……

我闻言霎时沉默,一只手扶着额头,不敢吭声。

方明远淡淡地说了句:"没事。你做出什么事情,我都不觉得稀奇。"

这一句话,说是方明远在安抚我也对,说是方明远在揶揄我也对。反正我都无力反驳,干脆一次性把难说出口的话都说了:"录音笔可以物归原主,不过,你得帮我审批报销一下'活络人脉'的钱。40张购物卡,138块钱一张,森森出卖了一下甜嘴,打了九五折。还有些吃吃喝喝的东西,加起来六百多块钱。账单我会整理好,在系统里申请,发票都是公司的抬头,类型写的是'对内招待',完全符合公司规定。你明天早上醒来就会收到。放心,实报实销,童叟无欺。"

"你以前也是这么对李东乾和罗心慈的?"方明远问。

"这不都是按照规则办事嘛。"我嘟囔着。

"我是说,你以前对李东乾和罗心慈说话,也这么……直接吗?"方明远问。

"那不一样。方总监海纳百川,所以不管我怎么说,方总监都会照单全收!"我趁机拍起马屁来。

方明远无奈地摇摇头，抛下了一句"我真是拿你没办法"，我就知道此次顺利过关了。

方明远送我到家楼下后，没有要下车的意思。

"我等你停车。"我说。

"不用，我得出去一趟。"方明远说。

"这么晚还出去啊？"我准备把饭盒带下车，被方明远制止了。

"饭盒我来洗。你快点回去，好好休息。明天我要去一趟北京。有任何事情，给我打电话。"方明远又从车上拿了一袋零食递给我，"饿了的时候可以吃。"

我惊呼："方总监人真好！"

方明远没有搭理我的恭维，开着车，出了小区。

我回到家里，洗漱后，打开电脑，复核今日的数据总结情况。

在邮件内，我向方明远汇报了迄今为止追回的损失金额与明日的计划，并且估算了在此趋势下的损失总额。在邮件末尾，我还横向对比了宝莱公司同类型事件的损失金额与处理方式，提出在最终盘算资损时，不能使用零售价，而应该使用成本价。

按下发送键的时候，已经是凌晨两点半。我把电脑放到一旁，躺在床上，昏昏沉沉地闭上了眼。

第二天早上，我被七点的闹钟准时叫醒。我一边刷牙，一边看方明远在邮件里给我的回复："时岚，邮件内容很详尽，非常有帮助，感谢。"

我伸了个懒腰，换上衣服，准备出门时，意外地发现门口放着昨天方明远给我的保温饭盒。我揭开饭盒盖子，果不其然，是满满当当的饺子。在保温饭盒旁边，还留了一张字条："森森的早餐费我已经私人报销，不用挂心。"

这个方明远,当老板真的很有一套。难怪在珠宝行业遇到难关时,他之前带来的几位伙伴,无一不表示要和他奋战到最后一刻。而那些得到他许可,拿到应得的工资离职的员工,也没有人说他一句不是。我听安姐说,珠宝行业的员工们离职时,方明远都帮他们推荐到了其他几家互联网公司,还简单地介绍过不同职位的情况。就连造成优惠券事件的"罪魁祸首",胆战心惊地等待着方明远大发雷霆的时候,都意外地得到了方明远的安慰。方明远的原话是"吃一堑,长一智,记得就好了",依然让她继续做手头的工作,给予了充分的信任。

这么慷慨又大气的老板,在人人自危的互联网行业里,确实是不多见了。

安姐说,那些不为赚钱而赚钱的人,比那些为了赚钱而赚钱的人赚到的钱多得多。

我不知道我会不会真的那么幸运,赚到许多钱,积累令人艳羡的财富。但是,我很确定,方明远激发了我对珠宝行业的使命感。在加入珠宝行业之前,我几乎是抱着一个月以后打包滚蛋的心情,希望可以在此之前为方明远做些什么。而现在,我开始逐渐相信,珠宝行业在方明远的带领下,一定能够走出泥潭。而我,将带着这种使命感,全力以赴。

可是,当我精神亢奋地在工厂里又勤勤恳恳干了两个小时的活后,得知森森的收买代价是人民币两百元的早餐费,价格远高于我的两盒饺子时,我还是绷不住了。

整个珠宝团队,没有人知道方明远的临时出差所为何事。为了维持整个珠宝行业正常运转,除了我以外,方明远的其他下属都在各自的项目上,加班加点地工作。我与森森独自面对堆积如山的快递时,才真正意识到——如果我不主动提议加入方明远的团队,方明远就只能自己单枪匹马解决优惠券事件。

午饭时间,我正收拾好东西,准备和森森一起吃饭时,郑以牧居然和姚松林一起出现了。

姚松林与郑以牧勾肩搭背地走过来,笑容满面地朝我打招呼:"时岚,还在忙呢?歇一歇,我的人都会盯着的。快去吃饭吧。"

这是太阳打西边出来了,还是我在做梦?昨天还被我逼得跳脚的姚松林,今天居然对我这么客气?

"小帅哥,你也别忙了,快去吃饭吧。"本来连正眼都不会看一眼森森的姚松林,竟然还与森森说了话。

姚松林向郑以牧使了个眼色:"这么不给面子?你难得来一趟,不让老哥我给你们做个东?"

"哈哈,姚大哥,我哪敢不给您面子啊!唉,真的是,我平时也没什么时间来找她,难得有时间,姚大哥体谅一下我这个做弟弟的吧。"郑以牧说,一副与姚松林十分熟稔的架势。

"明白,大哥都明白!"姚松林叫来对接我们的人,当着我与森森的面斥责道:"怎么连个桌子椅子都不给人家搬啊?这要怎么办公?快点,安排好!"

送走了姚松林,我小声问郑以牧:"你怎么会来?"

郑以牧一把揽过我的肩膀,笑嘻嘻地说:"来救你啊。走,带你和森森小帅哥吃饭去!"

"好嘞!"如果森森有一条小尾巴,此刻一定快乐地摇了起来。

即使我已经向郑以牧声明工厂内非常忙碌,他还是坚持不能降低生活水准。我拗不过他,只好打了个车,花费了十五分钟,到达了他预订的西式餐厅。

第二十章 携星而归　283

一道道精致的菜肴端上桌后,森森美滋滋地夸赞起郑以牧来。吃人嘴软,何况郑以牧还特意照顾森森,给他点了一杯他最爱的椰子汁。

"我找过方明远了。"郑以牧看着心不在焉、食不知味的我,用叉子敲了敲玻璃杯。

"嗯?"我放下手里的刀叉,问道,"你找方明远做什么?"

"我问他,为什么要在这个风口浪尖,把你牵连进去。"郑以牧说。

"噢,他怎么说?"我装作不在意地问。

"还能怎么说?那家伙来来去去就是一句'公司的安排'。"郑以牧愤然,"我今天上午去找了赵晓雪,她与方明远口径也一致。我看,就是有人故意要为难你!"

我心虚地看了看森森,想了想,决定不再瞒着:"没人为难我,是我自己提出去珠宝行业的。"

"什么?你自己要去珠宝行业的?"郑以牧震惊,"为什么?"

喝椰子汁喝到一半的森森,猛然放下了杯子,深情地望着我:"时岚姐,没想到你为了我,竟然要以身犯险。"

啊?森森这又是唱的哪一出?

"可是,时岚姐,就算富贵险中求,珠宝行业也有点太'险'了。"森森嘟着个小嘴,幽怨地哀叹了一句,"没事,假如一个月以后,珠宝行业真的黄了,我没办法转正,咱们还可以去摆地摊!我可会炸臭豆腐了!咱们永不失业!"

我不由得被当代年轻人的脑回路折服。森森并不知道我与方明远熟识,因此,想当然地认为我是为了帮他抓住转正的机会,这才以身犯险。毕竟在美妆行业,眼瞅着是不可能获得转正的机会了。

若是在珠宝行业风光时，我们成为当中的一员，分到的肯定也是边角料的工作。可是，当珠宝行业人员短缺，落入困境，如果我们可以在当中扭转乾坤，那么森森的转正，肯定也就妥了。

我惊叹，不知道我平日里在森森心中的形象到底是有多好，才让他毫不犹豫地信任我。

"瞎搞。"郑以牧没好气地说，"要转正机会，为什么不和我商量？"

"大哥，你自己在 3C 行业做苦行僧，我帮不了你就算了，怎么能给你添麻烦？"我说着，不禁回忆起以前与郑以牧一起在大客户战略部的日子，"又不像以前，业绩都靠自己赚来，每天和你斗斗嘴，日子过得多开心啊。"

郑以牧忽然莫名其妙地开心起来："哟，总算是开窍啦，知道碰到我这么个优秀又帅气的同事，是一件多么不容易的事情啦！"

"对对对，在美妆行业受苦受难的时候，我一想到你，都难过得半夜躲在被子里流泪。"面对郑以牧，我可以毫无顾忌地满嘴跑火车。

郑以牧啧啧嘴："不错，看在你有这个觉悟的分上，森森的转正包在我身上了。"

郑以牧平日里就爱说些不着边际的话。我不像涉世未深的森森，绝对不可能把他的话当真。但是，我也没必要当着森森的面，驳了郑以牧的面子，便点了点头，说了句："好啊，那多谢啦。"

"欸，话说在前头，我如果真的帮森森转正了，你怎么谢我？"郑以牧笑眯眯地看着我。

"噢。森森很会炸臭豆腐，让他给你炸三十块臭豆腐过年？"我说。

第二十章　携星而归　285

"那不够有诚意。"郑以牧晃了晃酒杯,身体靠在椅子上,上下打量了一下我,坏笑着说,"我要是搞定了这件事,你陪我去趟迪士尼。"

"啊?你没搞错吧,你要我和你去迪士尼?"我真以为自己听错了。

以郑以牧的个性,让我通宵熬夜帮他写文档一点都不稀奇,但是,交换条件居然是让我和他一起玩,一听就有诈。

"没错。迪士尼里有个奥乐米拉,我觉得和你长得挺像的,想看看你和你失散多年的兄弟合影。"郑以牧说。

我有些疑惑:"呃,米奇我知道,奥乐米拉是什么东西?"

"你真的完全没有少女心。可耻。"郑以牧嫌弃地看着我,拿出手机,向我展示图片,"喏,看看你异父异母的亲兄弟。"

我定睛一看,不假思索地怒吼道:"郑以牧,你才是乌龟!"

与郑以牧的这餐饭,以我黑着脸和郑以牧捧腹大笑告终。

我怀着对郑以牧的怨气回到了工厂里,意外地发现由于姚松林对我态度的转变,工厂里的人对我比昨日更加和气。准确一点来说,昨天大家对我客气,那是觉得我是大老板派下来的人,姚松林不敢怠慢而已。今天……却像是把我当作"小姑娘"在呵护。桌子、椅子被妥帖地摆放在舒适的位置不说,还配备了花茶,小太阳电暖器火力十足,烤得我浑身上下暖洋洋的。隔一段时间,对接人就会来问我工作得累不累,有没有什么地方不满意,生怕惹我不满。

"时岚姐,我打听了一下。嗯……他们对你这么好,是因为他们以为你是郑以牧的女朋友。郑以牧和姚松林关系挺好的,他托姚松林要特别关照你。"森森在工厂里晃荡了一圈,帮我找来了答案。

怎么会有这么离谱的误解?!他们为什么会认为我是郑以牧的

女朋友？这个郑以牧，到底是在帮我还是害我！

"时岚姐，咱们要解释吗？"森森问。

"不用。"我气得龇牙咧嘴，依然没有丧失理智，"我舍不得这张舒服的桌子和有靠背的椅子。森森，你去问问他们，晚上能不能给我们煎两个荷包蛋，全熟，洒两滴生抽。"

"时岚姐，你是我见过最识时务的人，你会有大出息的。"森森赞赏地向我竖起大拇指。

就这样，在郑以牧的"照顾"下，我与森森在工厂的日子并不难过。想要的数据，有人第一时间送到我面前；需要核查的流程，也有专人盯着；就连我想联系重点地区的物流站长，都会在他人拨通了电话的前提下，再把听筒交给我。

郑以牧在美国长大，回到中国，面对人情世故，依然游刃有余，不得不说，是种本事。细细回想起来，凡是与郑以牧合作过的客户，没有不与他称兄道弟的。客观来说，这也不奇怪。在谈判桌上，郑以牧取舍得当；在酒桌上，他爽朗大气，宁愿喝吐，也不说不行。这样的他，有几分傲气，完全可以被理解。

一周后，欧阳磊通知我目前所有的消费者都已经联系完毕，可以做预估结算了。在做最终的资金核对时，看着财务给出的总计金额，我与森森都长舒了一口气——二百六十七万元。十天不到的时间，损失从五亿多元追回到了三百万元以内，珠宝行业算是渡过了一劫。

拖着疲惫的身躯，我与森森回到了公司，与同事们共同庆祝后不到两个小时，坏消息又传了过来。

虽然损失已经大幅度降低，但是根据公司上个月新出的规定，每一个出现 S 级重大事故的行业，都要处以一百万元的罚金。最糟糕的是，这笔钱要计入创始人规定的三百万元要求内。这也就意味着，两百六十七万元再加上一百万元罚金，将令我们又不得不面临裁减 40% 人手的局面。

要是早知道有块一百万元的巨石在等着我们，我压根都不用挣扎。将资损控制在两百万元以内，简直是天方夜谭。到底是努力过，意外失败，还是不努力，直接面对失败的结果，更让人捶胸顿足呢？

方明远还在外出差，我将这个令人扼腕的消息通过邮件告诉了他。没过多久，我就接到了他的电话。

"时岚，没事，等我回来。"方明远的语气很急促，电话里传来催促他登机的声音。

"好。等你回来。"我说。

方明远简单的一句话，我焦躁的心情就舒缓了一大半。我反思自己近日来的情绪起伏，深刻地感受到了自己与方明远的差距。泰山崩于前而不改于色，这件事，我不知道还要修炼多久才能做得到。

为了不让自己失落的情绪影响到团队，我在洗手间把冷水扑在脸上，提醒自己至少做好优惠券事件的收尾工作。

可惜，我坐在电脑面前，却怎么都提不起精神，眼神空洞地发着呆。不知道是该感谢结局较早被揭晓，没让我白费更多时间，还是该为因为愧对方明远交给我的任务，没有交出满意的答卷，而负荆请罪。

沮丧与自责如浪潮般席卷而来，差点让我否定自己。

"We are all in the gutter, but some of us are looking at the stars." 手机屏幕亮起，方明远给我传了一条信息。

是王尔德的一句话：我们都身处阴沟，但仍有人仰望星空。

我惆怅地想，身处阴沟是现实写照，可是，哪里有星星呢？

"我没看见星星，我感觉未来是不可逆的永夜。"我不争气地回复他。

"我会带星星回来的。让同事们都早点下班吧，我先登机了。"方明远回复我，还伴有一颗星星的表情。

方明远在外地出差，还不忘给整个珠宝团队叫了水果外卖与蛋糕甜点。离我们工位不远的食品团队的同事笑称，要不是珠宝行业正处在特殊时期，他们都想转岗过来。我与珠宝行业的其他同事则苦笑着说，只能尽忠职守到最后一天，再各自谋出路。

森森比我看得开许多。他拽着一串红提，若有所思地说："时岚姐，我算过了，我的一千三百元存款够我挥霍一个月。所以我决定，一个月以后再烦恼。在这一个月里，我每天都会去买一张彩票，迎着朝阳满怀希望，等待不用打工的那一天。"

"森森，买彩票这种事情，你就别学郑以牧了，那是反面教材。"我被逗笑。

"说到郑以牧，我刚去行政那边拿东西的时候碰到了他。他让我不要慌，还让我告诉你，只要你想在宝莱工作，就没人可以辞退你。"森森模仿着郑以牧的语气，感慨着，"你别说，郑以牧这么说的时候，还挺霸道总裁的，很迷人！"

"好啦，吃饱了快干活，今天的表格还没更新完呢。"我已经厌倦了旁人开我与郑以牧的玩笑。郑以牧这个家伙就是这样，特别喜欢别人误以为他对自己有意思，再嘲笑对方自作多情。我不是不谙世事的十六岁女孩，不准备玩无聊的游戏。

在我勉强支撑着完成工作内容的两天后，公司在除夕当天，放了春节假期。优惠券事件的损失金额也在同一天得以尘埃落定。在所有人的努力下，宝莱公司因优惠券事件，共计损失三百五十四万。

尽管结果还是让人失望，但这已经是我们可以努力得到的最好的结果了。

在互相道别后，同事们纷纷离开了公司，回到各自的家乡。原计划要回伦敦过年的我，因为考虑到不久后，待部门解散，就可以彻底回家，索性留在了上海独自过年。

伴随着天际绽放的烟花与广场上的热闹背景音，我在处理好工作内容后，在距离零点还差五分钟的时候，回到了家中。

我把电脑包放在玄关处，换上拖鞋，森森的电话就打了过来。

"森森，还没到零点呢，现在说'新年快乐'有点早。"我笑着说。

"不是！时岚姐，你快看微信，我给你截图了！"森森催促着我，"你快看！快点！"

我打开微信，发现森森发来的截图是一封来自宝莱公司人力资源部的邮件。

森森：

您好！鉴于您在实习期间的工作表现及主管部门总监方明远举荐，经公司研究决定：同意您转正的申请。您将于今年2月9日起，转为公司正式员工。在此，向您表示祝贺！

以下，是您转正后薪资福利情况……

森森转正了？这意味着……珠宝行业没事了。不对呀，我们的金额明明超过了三百万，怎么可能在这个时候，给予一个实习生转正名额呢？

"时岚姐，这是我收到的最好的新年礼物了！时岚姐，明年见！"森森笑得开怀。

挂断了森森的电话，我站在原地，又看了一遍截图。"方明远举荐"，啊，是他。

我正想着，方明远的名字出现在了我的手机屏幕上。

"时岚，在家吗？"方明远温和地说。

"在。"我赶忙向方明远道谢，"森森收到转正通知的邮件了，谢谢你的帮忙。"

"那……要不然当面谢我吧。"方明远说。

"啊？"我疑惑。

"开门吧，我在你家门口。"方明远的声音里有笑意。

我立刻打开门，一眼就看见方明远拿着一瓶红酒，眉眼俱笑地看着我。

"时岚，新年快乐！"

"方明远，新年快乐！"

那颗在阴沟里仰望的星星，与方明远一起，点亮了我的眼眸。

第二十一章　一山二虎

方明远走的第一天，大年初一，我宅在家里吃了一天的饺子。

方明远走的第二天，大年初二，我又宅在家里吃了一天的饺子。

方明远走的第三天，大年初三，我还是宅在家里吃了一天的饺子。

这样的日子，一直延续到方明远走的第六天，大年初六，为了避免春节假期结束，回到公司复工时，自己变成饺子，我裹上羽绒外套外出觅食。

当我沉浸在家门口的麻辣烫店里，兴致盎然地挑选食物时，却接到了方明远的电话。

"时岚，你在做什么呢？"方明远语气轻快，听上去似乎心情不错。

"在煮饺子。"我暗讽他，往自己的食物篮里夹了两个荷包蛋。

除夕那晚，方明远将红酒送我作为春节礼物的同时，还在我的冰箱里放了两百个速冻饺子。我一开始还挺感动，觉得方明远是在感谢我对优惠券事件的努力。后来，看到饺子就生理性抗拒时，我难免犯了嘀咕——这个方明远，是不是要整我？我确实喜欢吃饺子，但他也不至于把我喂成饺子吧。

"噢，那我想，饺子应该很美味。"方明远说。

我把满满当当的食物篮放在收银台上，回答方明远："对，非常好吃,我对这些饺子真的充满了感恩。"

收银员问我:"四十五元。加辣吗?"

我下意识地捂住手机,重重点了点头,做了个口型:"多加点!"

收银台响起了系统音:"支付宝到账四十五元。"

我回过头去看,方明远恰好把手机放回了裤子口袋里。他围着一条米白色的围巾,行李箱还在一侧,看样子是刚从老家回来。

"我说过的,跟着我干活,管饭。"方明远对我笑。

被抓包的我,只能苦笑一下。一是尴尬于我刚刚撒了谎,弃方明远的饺子于不顾。二是尴尬于麻辣烫能吃到四十五元,还是需要点食量的。

我本以为方明远只是顺路经过,没想到他径直说:"要不然打包回家吃吧,我找你有点事情。"

因为自知理亏,我只好点头答应。方明远接过麻辣烫店家贴心打包的三大盒食物,而我像只摇尾乞怜的小狗跟在他后面。

回到方明远的家里,他先走进厨房,捣鼓了一阵,把打包盒里的食物装进碗中后,才端给我。

"你说找我有事情,是什么事情?"我问完,还不忘把荷包蛋在汤里泡了泡,浸满汤汁。

"投资部整体裁员的事情,你听说了吧?"方明远问。

"嗯。"我点点头,夹住一个鱼丸,却没拿稳筷子,看着它扑通一下掉回了碗里,满脸失望。

正月初六,也就是今天,微博热搜可谓是一片祥和。唯独在热门榜单的倒数第三位,赫然写着"宝莱投资部门一夜之间解散"。

宝莱的投资部被互联网行业称为"最神秘的部门"。该部门的招聘门槛极高,国内高校非清北复交不要,国外名校也得在世界排

第二十一章 一山二虎　　293

名前三十。我当初离开英国加入宝莱时,在战略部与投资部之间犹豫过,后来得知投资部要具备四年以上的工作经验,才有机会参与面试,只得作罢。

真是此一时彼一时,大客户战略部解散,员工被公司强制安排到新的岗位,而投资部说解散就解散,直接 N+1 赔偿说"再见",竟说不出是哪个更惨。

看到这则消息后,我抱着手机想了想,还是投资部更惨。只要能熬到四月,年终奖最起码也是六个月工资。现在,正值春节期间,投资部的人估计还在乐呵呵与家人享受美好时光呢,一封邮件下来,钱少了一大堆,还要面临重新找工作的压力。

只能说,在互联网行业里,众人皆苦。今日不知明日事,没有人可以承诺你"付出就有回报"。只能在拼搏的同时赌一把运气,争取跑在机会的前面。

"投资部解散,公司的说法是'加强业务聚焦,减小协同性低投资',你怎么看?"方明远递给我汤匙。

"瞎说。"我嫌汤匙麻烦,端起碗,咕噜咕噜喝了一口汤。

方明远给我递纸巾擦嘴,说:"不管是不是瞎说,我觉得,这是一个好机会。"

"你想要吸纳投资部的人?"我问。

"聪明。"方明远夸赞我。

虽然方明远肯定了我的猜想,但我不觉得这是一个好主意。

优惠券事件经过我们多番斡旋,损失在加上一百万元罚金后还是超过了三百万元的水位线,眼看着珠宝行业依旧要面临裁员的处罚。若不是方明远早就想好了后招——对半负责物流成本,由达人主播团队与珠宝行业共同承担物流上产生的一百零九万元损失。这才让总计三百五十四万元的损耗，减去五十四点五万元，金额最终定格在二百九十九点五万元，勉强符合了创始人的要求。

在我与森森昼夜不分地待在工厂里战斗的时候，方明远只身一人飞到了那场直播的达人主播团队茹孜公司所在的广州，进行谈判。于公，虽然优惠券是由宝莱公司珠宝行业的员工配置的，但是达人主播团队依然有责任在直播前二度检查，并在直播过程中进行有效引导，发现问题时及时制止，因此达人主播团队本就脱不了干系。于私，茹孜公司作为依托于直播平台兴起的达人主播培养公司，不管旗下的主播多么年轻貌美，没了平台的扶持，那肯定是死路一条。方明远正是看准了茹孜公司大老板对于同宝莱合作的期待，以未来珠宝行业将与茹孜公司旗下达人主播深度绑定的合作方式，换取了对方爽快答应承担一半物流费用的承诺。

哪怕大家都知道，要以结果论英雄。可是，五万元的差额，无异于置珠宝行业于悬崖边，至今想起，还会让人觉得心惊胆战。方明远能够得到创始人的首肯，免除裁撤珠宝行业人员的决定，已经十分不易。如果在公司有大动作裁撤投资部时，方明远主动向投资部的人发出邀约，组建自己的团队，那就是在刀尖上跳舞，过于引人注意，很容易惹祸上身。

"你有没有想过，如果茹孜公司不同意承担一半的物流资损，怎么办？"我问。

"这种事情不会发生。"方明远在我旁边坐下。

"被拒绝是很正常的，何况涉及真金白银呢。"我担忧地说，又怕伤害到方明远的自尊心，"虽然我知道你是常胜将军，不太会有人拒绝你。"

"哈哈，不是不太会，是根本不会。"方明远笑。

第二十一章 一山二虎

我只恨自己举错了例子。

茹孜公司的大老板在今年，预备培训一百位主播在直播平台试水，正需要平台。刚好，珠宝行业有这个平台。茹孜公司好不容易搭上一场合作，奈何出了岔子，正愁着别因此中断合作。现在，方明远主动飞来了广州，他作为珠宝行业的负责人与宝莱创始人极其重视的对象，对方不可能不卖他这个面子。更何况，茹孜公司近年来依托宝莱赚得盆满钵满，不可能因小失大。这么看来，对方会拒绝方明远，才是天方夜谭。

看着方明远自信满满的样子，我接着问："那这次是刚好比三百万元少了五万元，比较幸运。但你想，如果我没有办法把物流损失降低到一百零九万元呢？你难道要逼着茹孜公司承担所有的物流费用吗？"

"嗯，是个好主意。"方明远还是很从容。

"方明远，我是认真的！"我有点着急。这个方明远，该不是休了几天春节假昏了头，都快忘了商场如战场，绝不能把希望寄托在他人的牺牲上吧？

"哈哈，你这个小脑袋里，怎么会有那么多负面思考呢？"方明远莫名笑了起来，仿佛我的忧虑是一件非常幼稚的事情，"首先，我充分信任你，你在邮件里和我说'物流以四十元往返计算，是一百一十一万元左右'，那我就按照一百一十一万元去准备。结果呢？你做得很好，还释放了两万元的空间。其次，就算茹孜公司临阵退缩，那我去抓姚松林对半承担责任就好。姚松林作为物流部门的总负责人，没有及时迭代最适宜直播生态的物流系统，也没有在第一时间完成拦截，有着无可推卸的责任。再说了，一百多万元的物流费用里，又有多少钱，是合作物流公司私下里给姚松林的好处费？"

方明远耐心地向我解释："茹孜公司可能是一个会考虑利弊的未知数，但姚松林一定是一块随时可以挤压的海绵。五个亿也好，十个亿也好，捏紧这一只蛀虫，问题都会迎刃而解的。"

姚松林，他身上的肮脏事真是太多了。我在物流工厂的那段时间，经常听到工人们暗地里骂他，说他任人唯亲，明里暗里要求员工们给他送礼，逢年过节的"表示"一点都不能少。连那些合作物流公司的大老板来见他，都必须用"心意"装满他车子的后备箱。有关姚松林受贿贪污的传闻此起彼伏，宝莱公司不是不查，只是暂时没有收集到证据罢了。我没想到的是，经过之前方明远对物流系统的整治，姚松林居然还是没消停，依旧顶风作案。

"创始人早就想治一治姚松林了，如果能因优惠券事件把他拎出来，我相信，创始人一定是乐见其成的。再加上，珠宝行业上一个季度的净利润率是全行业第二，仅次于美妆行业，公司这么大张旗鼓地宣布对我的惩罚，只是为了警示其他行业的负责人——千里之堤，溃于蚁穴。"方明远反过来宽慰我，"我这么说，能够解释清楚吗？"

原来，方明远能临危不乱，不仅是因为他有诸多应对方案，还因为这一件在我看来可怕至极的事情，于他而言，根本不足为惧。我与方明远看待事情的角度，因我们所在的位置有所不同。想到这里，我真觉得自己是皇帝不急太监急，咸吃萝卜淡操心。

"方明远，你是不是不怕站在风口浪尖？"我直截了当地问他。

"风口浪尖又有什么要紧呢？站得高，看得远。"方明远似是看出了我的心思，他主动说，"而且，时岚，你是我的底气。"

真没想到，做老板这么难，还得负责心理辅导，睁着眼睛说瞎话。我时岚还没有自恋到以为顶头上司要依靠我,才能勉强维持生计的地步。

"我能为你做些什么呢?投资部的人,我一个都不认识。"方明远在大年初六,看到消息的第一时间从贵州老家飞回上海,绝对不可能只是为了帮我答疑解惑。可是,我认真思考后,依然不觉得我有任何可以"利用"的地方。

"投资部负责人周政安是伦敦政治经济学院金融系毕业的。"方明远对我说,"你父亲是他毕业论文的指导老师。如果你可以主动联系他,他肯定会与你见面的。"

我惊讶于方明远对我家庭背景的了解。我只是无意中向他提过我的父母均在伦敦政治经济学院任职,他竟然能将二者联系起来,形成他的关系网。我放下了筷子,心头蒙上一层阴霾。

"方总监,不好意思,我从不把私人关系带到工作中。"我干净利落地回绝方明远,"谢谢方总监,我吃饱了。"

不等方明远反应过来,我火速回到了自己家。关上门的那一刻,我气呼呼地朝着方明远的方向,对着空气踹了几脚,骂了他好几句。

怎么可以这么做呢?怎么可以让我用父亲的名义,去联络周政安呢?而且,这个要求,怎么可以是方明远提出来的呢?

我趴在床上自我反省,发觉自己这通无名火,实在是没必要。我并非不懂"裙带关系好办事",也不是没见过因私人关系而在职场上畅通无阻的例子。只是,我不知为何,天真地期待着方明远不是那种把人脉当垫脚石的人。但转念一想,方明远并没有对我提出多过分的要求,他当初也是通过自己的人脉关系,帮我从"钟晨曦事件"中脱身。那么,现在为什么我会这么抗拒方明远利用我的人脉关系,达到自己的目的呢?还是说,我生气的是,方明远在背后偷偷调查我?

为什么要对方明远有不切实际的期待呢?他可是一个能够随时离开家人,只为抢占先机的职业经理人。更重要的是,他是我的上司。

我在床上赖了会儿,觉得自己多少有些情绪失控,想了许久,还是打了个电话给父亲,假模假样地寒暄了起来:"喂,老爸,你在干吗呢?"

"我按照你妈的吩咐,在中国城买练毛笔字的宣纸。你呢?奋斗之路还要走多久啊?"爸爸那边一阵欢腾。每年春节,伦敦的中国城都热闹非凡,年味不输国内。

"嘿嘿,再走走看看,不想奋斗了我就回家。"我敷衍地应答。

"随你,我们家丫头开心就好。"父亲向来由着我。

"欸,老爸,你记得你有个中国学生叫周政安吗?英文名的话,应该是Gary。"我小心翼翼地提起周政安。

"Gary?噢,当然记得啊。他每年过年都会发邮件给我,祝福我们全家新春快乐。他是个很不错的学生,据说也在互联网行业。怎么,你们碰上了?"父亲说。

"没呢。但我和他是一个公司的,都在宝莱。我今天听同事说起,还以为是同事说错了。"我趁热打铁,"老爸,你把他的联系方式发给我呗,我去套个近乎。"

父亲竟有些警觉:"岚岚,周政安是你的上司吗?"

"不是。老爸,其实是公司组织架构调整,周政安的部门解散了,我现在的上司希望可以通过周政安,把周政安手下的人都招过来做我的同事。可是呢,他又不认识周政安,所以才想通过你和周政安的这层关系联络他。"我对父母从不撒谎,为了得到父亲的支

第二十一章 一山二虎 299

持，我更需要把事情的来龙去脉说清楚。

父亲听后，没有反对，非常通情达理地说："如果是这个原因，我觉得不失为一件好事。我相信，周政安也希望他的员工能够多一个选择。但是，我们要保证掌握主动权的人是周政安，尊重他的想法。这样吧，你写一封邮件给我，理由要详细，态度要诚恳。我会将你这封邮件转发给周政安。如果他认为有必要与你的上司联络，我会告知他你的联络方式。"

"嗯……可是，如果这样，会不会让我的上司为难呢？"我有些犹豫，"如果周政安不愿意……"

"岚岚，根据你之前的描述，你的上司是一个睿智且有谋略的人，那么他一定不会介意开诚布公地等待周政安的回答。而且，你的上司有意接纳周政安的下属，这何尝不是对周政安表达出的欣赏呢？既然你决定为了帮你上司，向我开这个口，接下来的事情，就交给他们自己吧。"父亲笑着说。

"爸爸，为什么你可以这么快接受他人'利用'你去达成自己的目的这件事呢？说实话，一开始我的上司向我寻求帮助的时候，我还挺生气的。"我说。

父亲哈哈大笑："岚岚，不要在心里神化任何人。为什么要把这件事理解为'利用'呢？其实，这是人与人之间的羁绊呀。两个人之间，你麻烦我一下，我帮助你一下，久而久之，两个人也就更加熟络了。而且，你自己也说，你的上司是在向你寻求帮助，而不是命令你这么做。那他也只是在等待你的回应而已呀。选择权在你，你可以选择是否帮助他。那么，岚岚，你想帮他吗？"

"嗯。老爸，我觉得他是一个好上司。"我笃定地说。

"哈哈，好，那你写邮件吧。"父亲笑。

挂了电话，回想父亲的话，更觉出自己的不成熟。我在心里对方明远有了非常多奇怪的期待，这些期待让我对方明远更为苛刻，以至于产生了愤怒与不满的情绪。我不确定这些诡异的想法从何而来，也许在我的潜意识里，方明远就应该和其他人不一样吧。

我坐回办公桌前，给父亲写邮件。在邮件正文里，我绞尽脑汁地把方明远夸了一通，所有的正面词语都被我用在方明远的身上。在邮件的末尾，我再度向周政安保证，哪怕周政安不愿意将自己之前的下属介绍给方明远，即使只是结识方明远，也一定会是非常愉快的经历。

整封邮件，情真意切。父亲看过后，打趣我"当年大学毕业找工作时，写的求职信都没有这么用心"。

写完邮件后，我伸了个懒腰，肚子又咕咕地叫了起来。真后悔，再生气，我也应该把剩下的麻辣烫带回家。怪不得古人说，小不忍则乱大谋。我小不忍方明远，就乱了我的肚子的大谋。

没事！我都帮方明远试着联系周政安了，就算厚着脸皮去让方明远把麻辣烫还给我，应该也不过分吧。我这么想着，深吸一口气，敲响了方明远的门。

三声敲门声后，无人应答。

好你个方明远，我就小小地发了一下脾气，你连门都不给我开了。好，既然没有麻辣烫，那我就回家吃饺子！

我在温暖的空调房里，苦大仇深地对着情景喜剧大口大口地塞着饺子，就像是在把对方明远的怨气都发泄在他买的饺子上。吃饱喝足后，我爬回了床上，睡了个天昏地暗。等我迷迷糊糊被敲门声吵醒的时候，已经是晚上八点半了。

"谁啊？"我问。

"讨厌鬼方明远。"方明远说。

我从床上弹坐起来，慌乱冲向门口的时候，一不小心被没有收拾的小餐桌绊了一跤，膝盖撞出一片乌青。我忍着痛，把大门打开，龇牙咧嘴地说："我可没说你是讨厌鬼。"

方明远穿着一件白色的POLO衫，搭配着灰色长裤，看样子是刚刚运动回来。

"只有我们两个人的时候，只要你叫我'方总监'，我就知道，你在心里骂我是讨厌鬼了。"方明远笑，他歪了一下头，注意到我一瘸一拐的样子，问道，"怎么了？"

"见讨厌鬼太着急，在自己家出了'交通事故'。"我说。

"你啊你。"方明远伸出手扶着我，让我坐在沙发上，"等我一下。"

我看着方明远走出我的房间，两分钟后，拿着一块热毛巾与一瓶药剂回到了我旁边。方明远在我腿边蹲下，用热毛巾捂住乌青处，过了一小会儿，他问我："怕痛吗？"

"不怕。"我脱口而出，绝不示弱。

"很好。"方明远说着，就把云南白药气雾剂对着乌青处一顿喷。

刺痛与酥麻感随之而来，我不顾形象地破口大骂："怎么会这么痛?!"

"你不是说你不怕痛吗？"方明远憋着笑。

"我那是吹牛，吹牛你懂不懂啊?!"我痛得呜哇大叫。

方明远再次将热毛巾敷在我的膝盖上，叮嘱我："知道痛，就不要毛毛躁躁。"

我低下头，刚想反驳，忽然从上往下看到方明远的头发上有两个旋,好奇地伸出手摸了摸方明远的头。方明远明显愣了一下,但他并没有躲开。

"方明远,你头顶有两个旋,好神奇啊。我听说,头顶上有两个旋的人,性格都很火爆,也很难管教。可是,你一点都不像那种人。你的脾气很好,好像没什么能让你特别生气。"我说着,又顺口提到了郑以牧,"哦对,那下次,我要看看郑以牧头上有几个旋。他那个人,脾气差得很,好像不损我两句,就吃不下饭。今天一大早,他还给我发恐怖电影的视频,想要吓唬我。"

方明远让我自己按着热毛巾,缓缓站了起来:"你和郑以牧很熟悉吗?"

"嗯,挺熟的。我们在大客户战略部的时候,他做过一段时间我的上司。"我说。

"他应该很护着你吧。"方明远说,语气里听不出喜恶。

"护着我?说不上。他啊,就是看不得别人欺负我而已。可其实呢,最喜欢欺负我的人,就是他。"我还想再在方明远面前抱怨郑以牧几句,手机铃声刚好响了起来。

方明远体贴地帮我从桌上把手机拿了过来。

"喂,老爸,有消息了吗?"我问。

"岚岚,周政安回复说非常感谢你上司的好意,他询问我,你的上司是不是方明远。"爸爸说。

"是呀,就是方明远。"我回答着,抬起头,撞见方明远探究的目光。

"周政安说,他已经与方明远见过面了。他也认为方明远是一个非常优秀的管理者。岚岚,周政安问我要了你的联系方式,说会在你方便的时候,与你见面。"爸爸笑着说,"周政安还告诉我,听

第二十一章 一山二虎 303

你的上司说,你也是一个工作能力很强的人。加油,岚岚。"

"好的,谢谢老爸,那我先挂啦。"我挂掉电话,自己犯起了嘀咕,抬起头问方明远,"不对啊,你不是要通过我老爸去联系周政安吗?为什么我老爸说,你和周政安已经见过了呢?"

方明远接过我按住的热毛巾,走到了水池边,背对着我,打开了热水:"对啊,我来找你,就是想向你道歉。同时告诉你,周政安已经答应帮我推荐他之前的下属了。"

"啊,你怎么做到的?"我问。

方明远把热毛巾拧干,重新敷在我膝盖上,从口袋里拿出了一张卡片递给我:"周政安喜欢打高尔夫。我办了张会员卡,在他旁边展示了一下球技,很快就聊起来了。"

"汤臣上海浦东高尔夫球场……这也太贵了吧!就为了认识周政安,你跑去办了一张卡?!"我惊呼。

"兵贵神速。"方明远笑着对我说,"我们的团队很快就会组建完毕。我很感谢你,谢谢你为了我联系你父亲。"

我一想到方明远花费的那么多钱,竟然有些心疼:"哎哟,也怪我,如果我早点告诉你,我联系了我爸爸,你就不用花那么多钱了。"

"哈哈,你现在愿意理我,我已经很感谢了。时岚,我并没有背后调查你。不过,我承认我对你很好奇。"方明远向我解释,"我很好奇,是什么样的家庭能够让你成长得这么率真。我在牛津大学的毕业生网站上看到了你的毕业照,以及你与家人的合照。知道周政安所在的投资部解散后,我仔细地搜寻了周政安所有的信息,看到他在采访中着重感谢了他在伦敦政治经济学院的教授,又因为他提到,这位教授姓时,是华裔,我才联想到可能是你的父亲。希望你原谅我的唐突。"

方明远诚恳的语气，让我本就所剩无几的怒气霎时间全部消散。父亲说得对，人与人之间，你来我往，才能加深情谊。方明远向我寻求帮助，是不是潜意识里也把我当作他熟悉的人了呢？否则以方明远的性格，又怎么会轻易向他人示弱呢？

"好啊，想要我原谅你的话，帮我把饺子碗洗了吧。"我嘿嘿地笑。

方明远也笑："行，方总监今天就做一次洗碗工。"

看着方明远帮我收拾着碗筷，我心里松了一口气。真好，我与方明远之间的误会这么快就解开了，不然，等到明天一同上班，还不知道要怎么说话呢。

细致如方明远，他不仅帮我清洗了碗筷，还帮我把厨房收拾得整整齐齐之后才离开。

万千思绪充斥着我的脑海，零点了，我还没睡着。当我蒙着眼罩，催眠音乐听了不下三十遍后，手机邮箱提示音再次驱走了我的睡意。

我哀号着把手机从床头柜上拿了过来，骂骂咧咧地想着是哪个王八蛋非要赶在春节复工的一大清早发邮件。

在读完这封关于人事调动的邮件后，我切实感到了慌乱：

即日起，3C 行业高级经理郑以牧调任珠宝行业，与珠宝行业高级经理方明远共同负责珠宝行业，直接汇报给创始人。

什么？郑以牧与方明远，要共同管理珠宝行业？！

一山不能容二虎。要是这两只虎打起来，我要帮谁呢？想到这里，我更加睡不着了……

第二十一章　一山二虎

第二十二章　夹缝生存

与郑以牧和方明远共同工作的第一天，我深刻体会到了我与这二位的区别。

方明远在前一晚加班到后半夜，复工时依旧神采奕奕、面色红润。郑以牧今天早晨五点落地上海虹桥机场，没有买到爱吃的牛角包，因此闷闷不乐地给我发了十八条信息大骂老天不公，结果出现在办公室时，仍然精神焕发、英姿飒爽。而我，睡不够七个小时，就已经如凋零的狗尾巴草，顶着超厚粉底液都盖不住的黑眼圈，在工位上面如死灰。

"时岚姐，你看起来气血失调，需要赶快调理一下！"1999 年出生的森森，抱着一个泡满了玉米须、枸杞与菊花的保温杯，忧心忡忡地对我说。

"那你说说，我要怎么调？"我打着哈欠，用手撑着头，有气无力。

"这个嘛，很简单，不上班就行了。"森森把自己正式员工的工牌亮给我看，"时岚姐，你看，我多帅！"

森森为了庆祝自己能在宝莱转正，斥巨资——一百九十九大洋，跑去照相馆，拍了张"最美证件照"。用森森的话来说，长得帅的男人，运气总不会太差。

森森的结论，我暂时不敢苟同。不然，你看看帅气的方明远，忙忙碌碌好半天，最后争取来的新团队成员还要与郑以牧分享，就连珠宝行业总监的位置也面临威胁。而郑以牧，若说他运气好，理应在四宇电器项目大获全胜的时候，乘胜追击，直接在3C行业荣升总监，又何苦来珠宝行业与方明远一争高低呢？创始人又为什么一定要让同为将帅之才的二人成为竞争对手呢？

我耷拉着脑袋，用手拨弄着鼠标，忽然，一只熟悉的猫头鹰玩偶出现在了我的面前。

"嗨，时岚小朋友。"郑以牧戳了戳森森，"森森，你坐到方明远旁边去，我要和时岚坐。"

我立刻坐直身体，拽住森森："不要，他坐在我旁边，会烦死我的！"

郑以牧挡在森森面前，示意森森把电脑搬到方明远旁边，也就是我的斜对面，笑嘻嘻地对我说："怎么会烦死呢？就怕你天天看到我这张帅气的脸，幸福死。"

"郑以牧，你到底要干吗？"森森一定是收了郑以牧的好处，这才欢天喜地地与他交换了工位，无奈之下我放弃了阻拦，眼睁睁地看着我送给郑以牧的那只猫头鹰被戴上了一副卡通墨镜，耀武扬威地与我对视。

"我说了，我是来拯救你的呀。"郑以牧说着，把我从椅子上拉起来，"行了，别发愣了，新年开工第一天，咱们珠宝行业得开大会呢。"

我这才猛然想起在半个小时前，人力资源部给整个珠宝行业的员工都发了会议邀请。我仔细看了列会人员名单，有不少都是方明远从周政安处挖来的精兵强将。郑以牧的到来，令珠宝行业的局面再次发生了变化，刚经历投资部解散的他们，应该还心有余悸吧。

第二十二章 夹缝生存 307

隐约间，我总觉得互联网行业在被一双无形的大手推动着。我们每个人都是随之而动的尘埃，轻飘飘地落在某个位置，风一吹，来不及告别便要转身离开。

我与森森还有珠宝行业的同事们纷纷坐好，郑以牧热情地向投资部的几位已然决定加入珠宝行业的同事问好后，又向原本跟随方明远的同事打了招呼。

我不得不佩服郑以牧的交际能力，短短五分钟时间，他就与在场的三位男士打成了一片，连打篮球的场地都订好了。至于女士，则更不用说。郑以牧称要举办一次团队聚会，女士们没有不响应的，就连一位小腹微微隆起已经怀孕四个月的女同事，都表示绝不缺席，唯独有一个小提议——希望可以带上她还没有找男朋友的，毕业于华东师范大学，今年芳龄二十二的表妹。

"小美女来参加大人们的聚会，怕她不自在，哈哈。"郑以牧打起了太极。

女同事笑着追问："郑经理，该不是有女朋友了吧？"

"我？Always available。"郑以牧的名言重现江湖。

我不禁想到我与郑以牧第一次见面时，也是类似这样的场景。女孩们翘首以盼，以为来了个单身大帅哥，可以增添工作的乐趣，未曾料到这个大帅哥，实则是雨露均沾，万花丛中过，片叶不沾身。偏偏他能把所有女同事哄得心花怒放，每个女孩都希望能成为他的女朋友，每个女孩也都不介意不能成为他的女朋友。

森森靠近我，小声地问："时岚姐，为啥原来投资部的人能来我们珠宝行业啊？他们又不懂珠宝。"

"我们也不懂珠宝呀，不也在这里吗？"我回答。

"可是，我们是做战略的呀，我们还可以兼顾客户关系和商业洞察。"森森细数着技能的差异性，"投资部是以宏观视角去看整个市场变化的，咱们现在珠宝行业还处在商家问题百出，又没有主心骨营销IP的阶段，让他们那些高才生下地干活，能行吗？还不如从天迈挖些人过来呢，一来就能用，都不用调教。"

我笑着说："那差别可大了去了。天迈的珠宝行业直播业务也不算成熟，还是一片混沌。从他们公司挖角，且不说那些人从离职到进入宝莱，至少需要一个多月，就说对业务的理解，也不见得有多深刻，还得用高薪撬动，增加用人成本。再说了，咱们对各个业务线员工的要求，其实不像技术岗位那样，非得能写代码不可。方明远对人的要求很简单，就是聪明且投入度高。投资部的人个个都见过大场面，几千万元的投资砸过不知道多少次。就像你说的，珠宝行业的商家问题百出，那就得有人站在更高的视角，找出共性，用最高效的方式梳理方法论来解决。至于没有主心骨营销IP的部分，其实讲究的也是对竞争对手与消费者的分析，让投资部的人来做，不是刚好吗？"

森森似懂非懂地眨巴了一下眼睛。

"再举个例子。你负责的直播场次，让当红流量明星钟晨曦搭档茹孜公司的专业主播来卖珠宝，谁需要懂珠宝？"我决定循循善诱，把问答题简化成选择题，"是钟晨曦，还是你，还是主播？"

"当然是主播！"森森说。

"对呀，那在不懂珠宝的情况下，你扮演了什么角色？"我问。

"我负责制订这一场直播的方案，包括给予多少资源、给多少资金扶持、分多少流量……哇，这么说来，真的很像投资。"森森点头称是，"时岚姐，我懂了。方明远真厉害，在控制成本的前提下，找到最契合并能最快到岗的人。"

我为方明远感到可惜："其实，方明远本来的计划更加周全。投资部的人本身都面临着失业的风险，现在，方明远发来邀约，让他们至少可以从容一点去想自己的未来，不至于立刻失去五险一金。而且，他们来方明远这边，都得到了原来老板的支持，如果他们懂得感恩的话，接下来是会念着方明远的好的。从管理成本上来看，接纳投资部的同事，是再明智不过的举动。只是……唉，可惜了。为他人做嫁衣裳。"

我与森森在小幅度嘀嘀咕咕的时候，创始人与方明远及人力资源部的同事一起走进了会议室，所有人立刻噤若寒蝉，挺直了腰背，露出了职业的微笑。

我遥望方明远一眼，刚好对上他的眼神，他对我抿嘴笑了笑，我却觉得他的兴致不太高。也对，这事得亏是被翩翩君子方明远碰到，如果换作是我遇见，非得把创始人的桌子掀了不可。鞠躬尽瘁那么长时间，抓个空降兵就要与我分权，还让我配合着给笑脸，方明远也许可以，我时岚可不行。

"没事吧？"我低下头，把手机藏在桌子下方，发信息给方明远。

爆炸性邮件发出后，方明远一切如常。还是早早地出门，准时到达开早会，礼貌地向所有人问好，按照之前的计划问询项目进度。他就像是大海，就算投下一个炸弹让水面失控震荡，过不了多久，当人们将目光再次投向海面时，只会想到四个字——风平浪静。

"今天这个会议不会太久，主要是为了向大家宣布一下珠宝行业的人事变动情况。正如邮件里提到的，郑以牧与方明远将共同担任珠宝行业的高级经理，直接向我汇报。在他们合作期间，珠宝行业总监一职将会空置。在场的同事们，都是精挑细选的人才，将会按照人数等分，加入方明远或郑以牧的团队。我期待大家的表现。

珠宝行业，未来可期！"

这是我第一次正式在会议上直面宝莱创始人。他看起来比我想象中还要年轻，四十岁不到的年纪，创过七次业。与天迈公司的康骏不同，他的每一家创业公司，宁愿败在自己的手里，都绝不卖给其他公司变现。在行业里，关于他的信息并不多，他为人低调，平时不太出现在公司里，只喜欢在某个小岛上捣鼓自己喜欢的事情。同样是部门解散，大客户战略部解散时，他都没有亲自现身向我们做过说明，如今珠宝行业只是人事变动，他都要亲自宣布，足以说明他对方明远与郑以牧的重视。

他要稳定的不是军心，而是方明远与郑以牧的心。

这一段话，核心是传递一个信息——你们俩斗吧，我会时刻关注你们。

方明远与郑以牧坐在彼此的对面，在创始人的要求下，当着我们所有人的面，面带微笑地握手，说着"合作愉快"之类的场面话，竟让我觉得好生疲惫。

创始人说完，由人力资源部的同事当场宣布了分组安排，我和森森分别汇报给方明远和郑以牧。

我深知这不是提出异议的合适场合，咬着牙，打定主意保持缄默，决不能犯在大客户战略部犯过的"心直口快"的错。没有想到，我管住了自己，却没有管住森森。

"我有问题！"森森直接站了起来。

"哦？什么问题？"创始人问。

我扯着森森的衣角，小声提醒他："你能有什么问题，快坐下。"

"我要和时岚姐一组。"森森坚定地说，"我从进宝莱公司，就跟着时岚姐一起工作，我是时岚姐的人。时岚姐去哪个组，我就去哪个组。"

我的妈呀，现在的小孩怎么比我还冲……我算是明白，为什么当初我顶撞李东乾的时候，安姐那么头疼了。

"噢，我还是第一次知道，在宝莱公司，还存在'我是谁的人'这种说法。你们都是宝莱公司的员工，应该服从公司的调配。"创始人的语气并不严厉，说出来的话，却没有可以商量转圜的余地。

我的大脑在快速运转，思考怎么平息这场风波时，森森居然还往前走了两步："创始人，你真离谱！"

哇……我承认，在顶撞上级这件事上，我的勇气绝对不及森森。我的极限撑死了就是骂骂不敢回嘴的李东乾，让我指着互联网传奇人物、宝莱公司创始人的鼻子骂他离谱，再给我十个胆子，我都不敢。

"我是谁的人？我是中华人民共和国的人！你说解散一个部门，就解散一个部门，在你的视角里，这不就是在说我们都是你的人吗？不然，你凭什么对我们吆五喝六的？那现在，你要做人员调配，又不是在战场上，咱们这又不是什么十万火急的事，你难道不能让你的人力资源部来问问我们这些人的意见吗？我们这些人，哪个不是高学历背景，哪个不是天天在这个破写字楼里加班熬夜给你赚钱，都不配得到你的尊重，问一下我们想要去哪个组吗？"森森一只手叉着腰，另一只手作兰花指状，扯着嗓子，指着创始人就是一顿骂。

有一说一，虽然森森说的这段话听起来很爽，但是在听到他这么说的同时，我已经在心里买好回伦敦的机票了。

失业能有多简单呢？只需要培养一个会撑天撑地撑大老板的实习生就够了。

我时岚，自问在宝莱没做过什么出格的事，命途多舛碰到几次组织架构变化，那是我身处互联网行业，必须学会面对的事。我万万没想到，我苦苦在宝莱坚持这么久，森森一句"创始人，你真离谱"就把我给送走了。

创始人望着森森好一阵，又看向了我："你是怎么带他实习的？"

辞退就辞退吧，认尿也不见得有全尸。

"按照公司规则带的，悉心培养，处处提醒。森森实习了半年，我不负公司所托，他是实习生转正笔试第一，面试答辩第一。"我没有示弱。

"你觉得他刚刚说得怎么样？"创始人问。

会议室里一副肃杀之气。

"我觉得他说得很对。"我正视创始人的眼睛，"从公司角度，人事的调整是为了提高工作效率，增加工作产出。现在，既然有员工主动提出了一种可以更快帮助团队融合的方式，我想不出人力资源部拒绝的理由。这就像是公司内部正常转岗一样，还比转岗成本低，为什么不这么做呢？如果创始人觉得这有拉帮结派之嫌，那至少也得三个人才能算是一个小团队。以我现在的职级，带着一个刚转正的小孩，除了'踏实干活'，我们还能做什么呢？无非就是同事之间更融洽的合作罢了。"

创始人笑了笑，微微点了点头，看向了方明远："这个就是你和我说的不可或缺的时岚？果然很……特别。"

方明远没有接话，他沉默着，反倒是郑以牧冲了出来。

"创始人，时岚和森森原来都是我在大客户战略部的同事，我与他们合作起来，确实默契度更高。不知道能不能请方经理割爱，把森森让给我呢？我这边可以用两个同事与他调换。"郑以牧嬉笑着说。

我差点当场晕过去。这个郑以牧,捣什么乱!我刚说"至少也得三个人才能算是一个小团队",我、森森再加上一个他,这不刚好凑成了一个小团队吗?不,在创始人看来,我们哪里是团队啊,根本就是一个团伙。团伙作案,不清剿我们,清剿谁?!

沉默是金啊。方明远的沉默固然令我憋屈,但郑以牧的莽撞更让我揪心。

"你们珠宝行业的事情,自己看着办吧。你们两个自己商量,商量好了,告诉人力资源部,再在系统里调整。"创始人不愿意再在这件事上耗费时间,大手一挥,这事就算是翻篇了。

我拉着森森迅速逃离了会议室,都不敢回头看方明远的眼神。经过郑以牧身边时,这个家伙竟然还朝我使了个眼色,笑着对我说:"欢迎来我的团队。"

倒也不用欢迎了,直接欢送我吧。

森森这个小笨蛋,还以为自己干了件多么了不得的事情,愉快地在我斜对面哼起了歌来。他抚摸着郑以牧的猫头鹰玩偶,悄悄地和我说:"时岚姐,郑以牧说,这只猫头鹰是他的吉祥物,我得摸一摸,沾沾福气。不过你千万别告诉郑以牧我动了他的猫头鹰,之前3C部门一个同事只摸了摸,就差点被郑以牧追杀出公司。"

我瞟了一眼猫头鹰玩偶,无精打采地说:"福气?嗯,我对你们都挺服气的。"

我看着电脑屏幕,想要工作,又觉得现在人事分配还没下来,能干些什么呢?我发了会儿呆,决定下楼买两杯咖啡,等安姐下来帮我分析局势。

"时岚啊时岚,我就说,你这个小妮子,迟早得出事!"安姐听完我对会议室场面的一番描述,笑得连咖啡杯都要拿不稳了。

"唉,我哪知道森森比我还虎啊……你是没见着他那样子,兰花指一翘,声音尖的咧,就差掏出个大喇叭来对着创始人喊话了。"我欲哭无泪,"安姐,你总说我这个95后难管理,我看99后更可怕。"

"怎么样?需不需要我给你推荐普诺朗公司的工作机会?"安姐笑着扶了一下眼镜,过了一个春节,她圆润了一些,今天来公司,连妆都没有化,一副放飞自我的模样。她的狗狗前几天生了一窝小狗,她现在是做"外婆"的心情,看谁都觉得可爱。就算是哪吒把龙王三太子扒了皮抽了筋甩在她面前,她可能都会摸摸哪吒的头,说句:"哟嗬,你小子力气还挺大。"

"嗯……倒是可以。"我觉得安姐也算是给我指了一条明路,只要离开这个是非之地,去哪儿都好。

"或者,考虑一下天迈?"安姐打了个响指,"你反正单身,只要不介意去杭州,我可以直接推荐你去天迈面试。如果顺利的话,薪资最起码可以涨25%。"

"35%。"我的心情跌到了谷底。

"不错嘛,挺有自信的。"安姐笑。

我委屈巴巴地看着安姐:"安姐,老实告诉你吧,我不仅拿到了天迈公司给的35%的涨幅许诺,还把天迈公司抛来的offer给拒绝了。"

"什么?!"安姐就差把口中的咖啡喷到我脸上。

我知道,在挑战安姐的容忍度这件事上,哪吒,不如我。

"为什么?"安姐一个北京人用上海话问候我,"时岚,侬脑子瓦特啦?"

"唉……安姐,你说现在还来得及吗?"我问。

"来得及干什么?来得及投胎,来得及重新做人,就是来不及去天迈了。没事,咱们也不愁工作……实在不行,你就先跟着郑以牧混一段时间吧。以郑以牧的性格,他会保你的。"安姐说着,用手指敲了敲桌面,"我越想越不对劲。以你的性格,森森那么胡闹,你都敢跟着干,不可能有人能让你束手就擒,乖乖从美妆行业去珠宝行业送死的。你告诉我,是不是方明远给你下什么迷幻药了?"

我没有必要隐瞒安姐,坦白交代:"确实是因为方明远,我才选择去了珠宝行业。不过,现在我也没被分到他组里。"

"时岚,我和你说了多少次,不要多管闲事。方明远要是真的那么弱,就不会五个亿的S级事故都没办法把他拉下马。你知道吗?优惠券那个事情一出,天迈公司直接年薪翻倍挖他,他都不去。为什么?因为他是创始人的人。"安姐提醒我,"而且,我还有一个猜想。方明远不仅是创始人的人,还是投资人的人。"

当下的宝莱,在外,需要与天迈处处竞争;在内,创始人与投资人两派也在针锋相对。创始人主导的直播业务与投资人看好的直播小程序的开发,就像是在不遗余力地与时间赛跑,谁能更快产出价值,谁就能占据更多的话语权。郑以牧既然能与李东乾闹翻,宁愿留在3C行业熬鹰,也不肯去做直播小程序,就是在变相向创始人投诚。那方明远呢?他不是被创始人高薪挖过来的吗?

"这是确切的消息吗?"我问安姐。

"不敢确定。但是,你知道的,没那么多无中生有。"安姐再次提醒我,"反正,你就踏踏实实跟着郑以牧吧。他看起来吊儿郎当,其实心里比谁都有数。"

"他?他要是真有本事,为什么不留在3C行业,直接把万厉锋打趴下?"我还是不愿意在安姐面前夸郑以牧。

安姐摇摇头:"你是真不懂还是假不懂? 3C行业与万厉锋早已经深度绑定,就凭郑以牧一个喝洋墨水长大的外来者,凭什么动摇万厉锋这些年的耕耘?万厉锋迟早有一天会被连根拔起的,但动手的人不可以是郑以牧。而且,你不是在珠宝行业嘛。"

我虽然不喜欢万厉锋,但是念及大客户战略部解散的时候,不管出于何种目的,他都是帮过我一把的,也就不愿再多谈他的负面新闻。这个世界上,有的事情真的很奇怪,一个十恶不赦的坏人,若是杀尽天下人,唯独留我一命,那么在我的眼中,他就有那么一丝良善。待他需要时,或许我还会动恻隐之心帮帮他。

"是啊。安姐,你说,我怎么又和郑以牧撞上了呢?以前在大客户战略部的时候,我和他就天天斗嘴。以后在珠宝行业,他肯定少不了又要作弄我。安姐,如果是你来就好了。"我撒起娇来。

真怀念大客户战略部解散之前的日子。那时候,同事之间和睦友善,没有猜忌,更不需要费心思揣摩他人意图。业绩压力也不大,有困难大家一起想办法,不内卷,也不内耗。这么想着,我就更加讨厌李东乾了。

说曹操,曹操就到。我刚想到李东乾,李东乾就出现在了咖啡店。

他还是一套黑色的衣服,头发长长了许多,也没有打理。不同于在大客户战略部时的轻盈,李东乾的步伐沉重,拿出手机给收银员扫收款码时,迷糊得一连弄错两次。李东乾搓搓手,在收银台旁踱步,安姐看了我一眼,不顾我把头摇得像拨浪鼓,跟李东乾打了招呼。

"你也来买咖啡啊。"安姐热情的语气,就像是偶遇了一个多年不见的好友。

我没有安姐那么大的度量,恨不得用眼神将李东乾千刀万剐。就是这个一米八的大笨熊,一手毁掉了我的伊甸园,毁掉了我的美好生活!

"啊,安姐。噢,时岚你也在啊。"李东乾看到安姐旁边的我,也有点犯怵。

"什么叫作我也在啊?我这么大个人,很难看见吗?"我没好气地回答,但看到李东乾憔悴的样子,不忍心地说了一句,"一起坐会儿吧,放心,已经饱受颠沛流离之苦,拥有了成熟心智的我,绝对不打你。"

"时岚,你又瞎说。"安姐阻止我,笑着问候李东乾,"你别理时岚。最近怎么样?"

李东乾在大客户战略部的时候,就非常依赖安姐,现在见了安姐,想要吐苦水,又怕在一旁的我笑话他。看着李东乾为难的神情,我的语气也软了下来:"我听说你们那边,每天都加班到十二点?"

见我愿意打开话匣子,李东乾也就没有再顾及面子,重重地叹了口气:"唉,怎么说呢……选都选了,往前走吧。"

服务员将十杯咖啡端给李东乾。李东乾朝着我们苦笑了一下:"还有个会要开,我先回去了。"

"嗯,快去吧。"安姐朝李东乾挥挥手。

李东乾走后,我喷了喷嘴,对安姐说:"这职场的选择,就像是投资。投资对的时候呢,我们都是时间的朋友。投资若是错了,我们就都被时间绑架,所有的努力都变成沉没成本。"

以前李东乾作为大客户战略部的负责人,根本不搞什么团队管理。有一次,他和森森那帮实习生聊天,走到咖啡店门口,说这家咖啡不错。实习生们欢呼雀跃地以为李东乾要请客,万万没想到,李东乾只给自己买了一杯,还一脸茫然地问实习生们:"你们不喝吗?"那时候的他,绝对不会想到,有一天,他会为了让会议顺利进行,独自来咖啡店给所有人买咖啡。

"你这个小妮子。可以了,我知道你看到李东乾这么惨,心里爽得不得了。行了,别在心里放鞭炮了,上楼吧。乖乖听郑以牧的话,还有,别再跟着森森瞎胡闹了。"安姐看了眼手机上的会议提醒,站了起来。

我耸耸肩:"尽力而为。"

第二十三章　致命诱惑

郑以牧重回我直系领导位置的头天晚上,就提溜着我去开了四个会。

郑以牧铁了心要让森森跟着我,不惜爽快地接受了方明远提出来的"不平等条约"——由方明远先挑选团队成员,且一共十八个员工,郑以牧团队仅有七人,其余十一人都向方明远汇报。这意味着,郑以牧不仅丧失了先机,还要用三个人的名额换一个初出茅庐、刚刚转正的森森。

考虑到郑以牧的"牺牲",我要求自己,只要郑以牧不发疯,我都会把他毕恭毕敬地捧在手心里。

正式会议里的郑以牧与平日里和我打闹的郑以牧很不一样。针对他所负责的翡翠玉石与黄金珠宝类目,他有条不紊地约见了管控部门、法务部门、供应链部门与公关部门。

翡翠玉石与黄金珠宝类目一直是直播业务里的老大难,商品质量差、退货率高、消费者鉴赏能力有限,再加上诸多小品牌热衷于刷单,营造一种哄抢一空的假象,以至于一提到这两个类目,每个部门的人都头疼不已。方明远负责这块业务时,已经通过确立规则,严格筛选了一批准入品牌,将不少粗制滥造的商品拒之门外。

对比方明远的从规则下手,郑以牧擅长的事情是先搞定人。

管控部门的徐聪与郑以牧都是 NBA 洛杉矶湖人队的粉丝。徐聪被老婆管得严的时候，会偷偷跑去郑以牧在静安区的大房子里喝几口啤酒，二人兄弟情甚笃。徐聪先是恭喜郑以牧逃离了 3C 行业那个大坑，紧接着就毫无保留地告知了郑以牧翡翠玉石与黄金珠宝类目的风险点。尤其在提到洛菲珠宝这个品牌时，徐聪着重提醒了他，一定要"张弛有度"。

　　由于像蒂芙尼这类的国际奢侈品牌还处于观望状态，暂时未进入直播行业，洛菲珠宝作为中国本土品牌，独一家就扛了 30% 的直播销量。也许是店大欺客，洛菲珠宝的管控问题频出。方明远曾经动过杀一儆百的念头，奈何洛菲珠宝的老板与创始人是酒友，一个电话打过来，该解封还得解封。再加上洛菲珠宝确实给珠宝行业贡献了可观的销量额，真要是把它赶尽杀绝，整个珠宝行业都得喝西北风。

　　一个电话打过来就朝令夕改的事情，我与森森在美妆行业都经历过。互联网行业的灵活性，不仅体现在组织架构的变动上，还体现在"开绿灯"的情谊上。这一点，我既然领教过，就不敢忘。

　　和徐聪比起来，法务部门的张建就要严肃许多。他眉头紧锁着，刚一走进会议室，就连连叹了六次气，指着自己花白的头发，叫苦连天："你看看，我在律师事务所工作了十年，都没给你们珠宝行业搞半年的合同这么累！"

　　张建的叫苦连天没换来郑以牧的感同身受。

　　"啊？我还以为您是赶潮流，特意挑染的呢！哈哈。原来法务性价比这么低啊，那您不如转岗来干我这个活吧。说真的，挺不错的。"郑以牧这个人啊，就是这样，绝不会对在工作上抱怨的人有好脸色。凡是在郑以牧面前卖惨的人，最后都会自讨没趣。

　　张建见郑以牧不是善茬，年纪不大，损人的功力不小，远不如

第二十三章　致命诱惑

方明远懂得给人面子，只能见好就收。他甩出了一大堆纸质文档，对我和郑以牧说："这些都是今年还没有签的品牌合作年框。那些品牌方，一会儿说这个条款不行，一会儿说另一个要求要改。来来回回这么多次，我的人都快累歇菜了。你们这些做业务的，什么时候能搞定啊？"

得，我总算是听明白了。张建不是来诉苦的，他是来兴师问罪的。

郑以牧瞅了一眼桌上的纸质文档，用手翻了翻，不在意地说："就这？"

"就这？这还不多?！"张建头上似乎冒起一团火焰，要把郑以牧架上去烤了。

"你都在律师事务所工作了十年，什么合同没见过呀。哦对，我们公司提倡无纸化办公，你以后再打印这么多纸，小心被行政处约谈啊。行，我都知道了，我后面还有会，我们线上联系好吧？"郑以牧把纸质文档都推给我，嘴里还念念有词，"这都什么乱七八糟的，有效期内签不了合同，说得好像不是法务部的KPI一样……催业务干吗，莫名其妙。"

张建噌的一下从座位上弹起来的时候，我就知道，郑以牧成功地把法务部出了名的"推三阻四"大爷惹毛了。方明远负责这摊事的时候，约见张建都必须得先顺毛捋，把这位大爷伺候舒服了，他才能给出点专业意见。郑以牧倒好，一上来就和张建比谁更横。也不知道接下来，张建会不会刻意为难我们。

我在心里祈祷着，接下来千万别出什么岔子。还好供应链的宋学良是正常人，老实本分，就事论事，表格也做得清楚明白，一眼就能看出在所有行业里，珠宝行业的退货率遥遥领先。也因此，每

322　浪潮之上

个月，供应链部门都要在处理珠宝行业的产品上，花费诸多心力。在方明远的倡议下，已经有许多品牌商家选择自行发货，但是，如何监测品牌商家自行发货的时效性与服务质量，也是供应链部门亟待解决的问题。

最后一个会议，郑以牧说要了解一下公司对珠宝行业的公关策略，本来邀请的是公关部门的高级经理陈佳珂，没想到公关部门总监秦莉莉亲自来了。

秦莉莉从坐下的第一刻起，目光就没离开过郑以牧，她用手指玩着鬓角的头发，玫红色的眼影下黑色的眼线仿佛都在唱一首勾魂的歌。

她全然不顾在会议室里的我，巧笑倩兮地问郑以牧："你最近忙什么呢？连我的信息都不回。"

呃……我是不是应该安静地退场？

"忙工作呀。我混了这么久，才是个高级经理，总得努努力，向秦总监看齐呀。"郑以牧笑着切入正题，"珠宝行业的破事肯定不少，之后，有劳秦总监多担待呀。"

"好说。只要是你郑以牧的事情，我哪有不上心的呀。倒是我们公关部好几个小妹妹，都仰慕你许久，什么时候赏个脸，一起吃个饭？"秦莉莉问。

"哈哈，那是我的荣幸。这样，我来约，这周六？"郑以牧说。

"这周六……不行，我们公关部有个大活动，都得加班呢。"秦莉莉为难地说。

"没事，这次不行就下次，美女们都忙，我理解。"郑以牧以退为进，又哄了秦莉莉开心，又没有赴不想去的约。公关部周六要负责的大活动是创始人与投资人共同列席的记者会，这种重大消息，

第二十三章 致命诱惑

连森森都有所耳闻，我不信郑以牧会不知道。

四个会议开完，关上会议室的门，郑以牧立刻伸了个懒腰，把脖子上的领带松了松，恢复了孩子气的模样："真是累死我了。"

"你在这儿歇会儿吧，会议记录我已经发到你邮箱了。我就先回工位咯。"

"欸，你等等。"郑以牧叫住我。

"嗯？"我抱着电脑回过头。

"我来珠宝行业，你开心吗？"郑以牧没头没脑地问。

"开心啊。"我不假思索地说。

"真的？"郑以牧追问。

"真的。郑以牧，你是不是有病？"我皱眉，"我先去看看张建给的那些合同吧。年框还是要趁早签，越晚越麻烦。"

我关上会议室的门，在会议系统上将会议室使用时间延长了半小时，供郑以牧休息。他才飞回上海不久，一连接收了这么多新信息，肯定也是一团乱麻。作为朋友，郑以牧非常够义气。作为上司，他也没有欺压我。我常觉得，工作时的郑以牧，比生活中的他要有魅力许多。

我回到工位上时，森森与另外五位同事都已经在方明远和郑以牧的安排下，交接好了工作内容。得到郑以牧的应允后，方明远没有心慈手软，他除了把跟着自己的那些同事都列入名下外，还在周政安的推荐下，挑选了几个最得力的员工。从两个团队的人员能力与人数来看，方明远更胜一筹。只是，两块业务板块要攻克的难题不同。

郑以牧负责的翡翠玉石与黄金珠宝类目，需要解决的是错综复杂的历史遗留问题。而方明远负责的木作文玩与陶瓷茶叶类目，则需要先做招商动作，让更多优质商品进入直播间。这两个问题，即使是天迈公司，都还没有解决得宜，自然也没有先例可参考。

裁判才吹响哨声，跑道上已经扬起了步伐掀起的烟尘。

方明远召集团队在另一间会议室里开会。我看着他空荡荡的工位，发了一会儿愣，没多久，就收到了郑以牧发来的分工邮件。

在郑以牧的安排下，每个人分到了多达一百四十个，少也有三十七个品牌的任务量。而我，只有孤零零的一个大头兵——洛菲珠宝。在邮件里，郑以牧还赋予了我另一重身份，团队的PMO，告诉大家：有任何事情需要支援，都可以找时岚。

"时岚姐，什么是PMO啊？"森森问我。

"你可以直接理解为，我就是一块砖，哪里需要哪里搬。郑以牧这是要把我和他绑在一起解决问题了。"我捏了捏有些酸的脖子，为森森解答道。

郑以牧毫不避讳对我的重用。为了避免遭遇在美妆行业时碰到的孤立情况，我对另外五位同事一定要更加恭敬。因为恰好与他们有年龄差距，我便乖巧地使用"姐"与"哥"的称呼。下楼给他们买咖啡的时候，我忽然想到了李东乾。

时岚啊时岚，为什么要笑话李东乾呢？在职场混，谁没有过帮他人买咖啡的时刻呢？

幸运的是，这一两天相处下来，我发现这五位同事都极好相处。大概是因为当中三位都已经有了小孩，看我与森森自然也就像看小朋友一样。没有把我当成对手的他们，反而心疼起昨天整理合同到凌晨两点的我来，嘱咐我再忙也要照顾好身体。另外两位同事，经历了投资部的风波，现今觉得有份工作就好了，再不想牵扯进什么劳什子的办公室政治，再看到我毫无攻击性，也乐意和我分享零食。

我们所有人在短时间内达成了共识——互联网公司就是这样一个不值得人付出真心的地方,但是,互联网公司的人值得。

在没有内耗的环境下工作,我的工作效率也得到了大幅度提升。郑以牧与方明远的会议忙碌程度不相上下,几乎都不在座位上待。区别只在于郑以牧回到工位的时候,不管我在做什么事情,他都一定会想办法吓我一跳,而方明远,总是悄无声息,让我怀疑他是不是压根没有回过工位。

"聚餐不积极,思想有问题",在郑以牧的号召下,下午六点,珠宝行业的同事们陆陆续续地去往了郑以牧预订的餐厅。

我收拾着包,看了一眼坐在我对面的方明远,他低着头,在随身的笔记本上写写画画。昨天晚上,他从上海开车去了一趟苏州,了解苏州核雕知识,直到现在都没有回复我昨天会议上发给他的那句问候。

郑以牧预订的餐厅非常上档次,这让我忍不住怀疑,此次团建的人均消费是否符合公司的规定。虽然按照组织架构,我们这些人与方明远组里的人是两批人,但因为我们共同归属于珠宝行业,加上人员之间都比较熟悉,在一起团建也不显得泾渭分明。郑以牧的兴致很高,让服务员开了瓶价格不低的红酒,招呼着大家先开吃。我左顾右盼,方明远始终没有来。

方明远不是这么不周全的人。整个珠宝行业的团建,他都让自己组里的人来了,自己怎么可能不现身呢?我没忍住,又发了一条信息给方明远:"你今天来吗?"

我握着手机,每过一分钟就查看一下信息,唯恐错过方明远的消息。

"时岚小朋友,怎么看起来失魂落魄的?"郑以牧在我的右手边坐了下来。

"郑以牧，你小心超支。"我只好把手机放进口袋里，拿起了叉子，提醒郑以牧，"美妆行业一百多人的团建都不见得有我们这二十人的团建热闹。"

"哟，你这是在担心我啊？"郑以牧笑，"放心吧，我们的团建费绰绰有余。上个双月，方明远做的一个项目拿了'超出预期奖'，公司奖励了珠宝行业三万块钱。"

"说到方明远……他不来吗？"我找准机会，询问起方明远来。

郑以牧喝了一口红酒，不假思索地说："他说他胃不舒服，就不来了。"

"胃不舒服？怎么会不舒服啊？"我问。

"那你得去问他的胃。"郑以牧看着我，"时岚小朋友，我才是你的上司，你应该关心我，而不是方明远。"

我说不过郑以牧，干脆站起身，丢下一句"我去洗手间"，走去了大堂。

在大堂里，我找了个僻静角落，打开手机，给方明远打了个电话。

几声提示音以后，方明远接听了电话。

"喂，时岚。"

"呃……我听说你胃不舒服，怎么样了？"

"没事。"

"你在家吗？"

"我在公司。不用担心。你好好玩吧。"

"啊，好。"

挂断了电话，我果断回到包厢，拿起了包，对大家说自己还有事，准备先离开。

在餐厅门口等车的时候，郑以牧追了出来："时岚小朋友，你有什么事啊？大家还没玩完呢。"

"急事。"我没办法对郑以牧解释，只好敷衍了事。

"你能有什么急事？我陪你吧。说不定还能凑凑热闹或者看看笑话。"郑以牧说。

"郑以牧，你能不能给我点私人空间！"我把郑以牧往回推，"你快回去吧，咱们明天公司见，好吗？"

"行吧，你到家和我说一声。别误会啊，我不是关心你，只是在体现绅士风度而已。"郑以牧目送我上出租车。

我连忙关上车门，用力地向郑以牧挥手："知道啦知道啦，我误会谁都不会误会你对我有意思的。"

我向出租车师傅报出了公司的地址。车窗半开着，握着手机，我看着倒退的街景与灯光，猛然问我自己："这是在做什么？"方明远好像在潜移默化中，牵动了我所有的情绪……

因为整个珠宝行业的人都在团建，又是周五晚上八点半，其他部门的人也基本回了家，整个六楼显得静悄悄的。

我看了看方明远的工位，他不在座位上，电脑以锁屏状态打开着，包放在椅子旁边，看样子是还在公司。

我放下包，去茶水间绕了一圈，没有收获。我又一间间会议室找，还是没有发现方明远的身影。

奇怪，哪里都不在……难道他直接回家了？不对啊，那起码会带上电脑吧。

"时岚？"我正想着，听到了方明远的声音。

我回过头去，看到方明远提着一袋药看着我："你怎么会在这里？"

"我担心你呀！"我脱口而出，走上去拿过方明远的药，看了看药名，"你怎么会胃不舒服？是不是压力太大了？"

方明远露出笑容："可能是因为昨天通宵到现在没吃什么东西。"

"这也太不健康了。"我跑去给方明远倒了一杯温水，看着他把药吃了。

方明远脸色不太好看，比我初见他时，更瘦了些。

"同事们都在聚会，你这样跑回来，会不会不太好？"方明远问我。

"你都不在，我在那里也没什么意思。"我说。

"时岚，不好意思，没让你留在我的组里。"方明远向我道歉。

我摆摆手："这是人力资源部分的，和你又没关系。"

"不是。"方明远端着水杯，缓缓对我说，"让你在他的组里，是郑以牧答应创始人来珠宝行业的唯一要求。因为你是被我从美妆行业调过来的，所以创始人特意向我说明了情况。"

"噢，那可能是因为我和郑以牧原来合作过，他觉得我们俩有默契吧。不过，他那么堂而皇之地告诉所有人，我与他是旧识，万一碰到组里有不好相处的人，我的日子就难过啦。"我把方明远的药重新装回塑料袋里。

方明远笑了笑："不会的，你组里的人都很好相处的。"

"欸？你怎么知道？"我惊讶地问，思考了一下，我问，"你在挑选组员的时候，是不是也为我考虑了会与我同组的人的性格？"

"我要考虑的事情太多了，不见得有这么周到。"方明远站了起来，"回家吗？"

第二十三章　致命诱惑

"好啊。"方明远没有给我明确的答案，我却知晓了他的心意。

在旁人面前，方明远与我保持着距离。可是，在他力所能及的地方，他一直在体谅我的处境。

坐在方明远的牧马人里，我从包里拿出一个暖身贴，在他面前晃了晃："我都忘了，我还有这个！"

我撕去了暖身贴的包装，刚好碰到红灯，方明远将车停了下来。我伸出手，将暖身贴覆在他的肚子上。

"是这里吧……"我碎碎念着。

方明远没有说话，我歪过头，偷偷看他，感觉他好像在笑，又不敢确定。

手机铃声响起，我当着方明远的面接听，发现是郑以牧。他的背景音非常嘈杂，感觉已经离开了日料店，去了KTV。

"时岚小朋友，你到家没啊？"郑以牧问。

"呃，到家了呀。"我说。

"你到家了怎么不给我打个电话？我不是和你说了嘛，你要是丢了，我可是最后一个见你的人，我嫌疑最大！"郑以牧说。

"你放心，最后一个见到我的是出租车司机。不和你说了，我要休息了。"我挂断电话。

我看向在开车的方明远，弱弱地解释："是郑以牧，他问我到家了没有。"

"嗯。"方明远没说什么，他沉默着开着车，我也不好再多说话。

临到家门口，我用钥匙打开门，刚想和方明远说"晚安"，方明远竟然先开口和我说了话。

"时岚，见到你很高兴。"方明远说。

"欸？"我疑惑，"我们不是每天都见面吗？"

"嗯。晚安。"方明远笑。

回到工作状态的整整一周，森森都显得格外兴奋，他每天都对着手机，用各种方式"驯服"商家。对待冥顽不灵不肯看规则的，他就一字一句念给对方听；对待想要耍小聪明说两句好话蒙混过关的，森森就盯着对方一个个方案细节确认。就连闲暇时间，森森都抱着个饭盒对着电脑大屏幕，耳朵里塞着耳机，听主播介绍产品的准确度。一旦发现有任何问题，他就会在商家的微信群里大叫："错啦！是山羊毛！不是绵羊毛！还有！说材质的时候一定要出示有国家认证的材质证明！你们这些坏人！不要以为说什么'咩咩毛'，系统就检测不出来这是在说羊毛！就算这不是珠宝行业专场，你们卖服装的时候打擦边球也会被我抓住的！我告诉你们，宝莱直播平台不是法外之地！"

连方明远组的人都在闲聊时提到，怪不得郑以牧愿意拿三个人换一个森森。这么卖命又聪明的小帅哥，谁会不想要呢？一个打鸡血的员工，能唤醒一个团队的斗志。

而我，则与郑以牧一同泡在年框合同的臭水沟里。

年框，全称为年度框架协议。作为品牌商家与直播平台方签订的全年计划，年框需要涵盖总目标金额与具体拆解的落地方式。理论上来说，所有品牌商家与宝莱的年框都需要在新年开始前完成盖章签署。可是，品牌商家的不专业程度实在是令人发指，再加上突发优惠券事件，方明远无法集中精力全部完成，这才遗留了下来。

四十六个品牌商家，要么对年框的总体目标金额拿不出准数，要么产品线的分类不够精细，要么连场次规划都没有确定，更令人难以置信的是，还有品牌商家的老总把一堆材料丢给我和郑以牧，大手一挥:"要不你们俩帮我算算?你们说让我们一年做多少销量,我们就做多少!"

为了避免其他同事看到我与郑以牧发飙与抓狂的样子,郑以牧长期订了一间会议室,我与他坐在会议室里,欲哭无泪地叹起了气。

"这都是什么和什么呀!品牌商家和我们签年框,居然目标让我们来定,策略让我们来定,连我们给他的扶持点位也由我们定。这样的话,我们干脆自产自销好了!"我仰天长啸,"我觉得我们得出差了。"

我说句话的同时,郑以牧也接了我的话,只是,他的话是"我也觉得我们得跑路了"。

"你有点出息好不好!"我摇摇头,"这么几十份合同,就把你给吓跑啦?"

"我这是怕你被吓跑。我郑以牧是谁啊?还能有我搞不定的事?"郑以牧把合同翻了翻,嘟囔了一句,"早知道,就不在张建面前嘚瑟了……"

我笑起来:"你现在知道后悔啦?没事,我已经把我们对这四十六份合同的初步反馈意见发给张建了,请他帮忙给一些专业意见。不管是帮品牌商家指定业绩目标,还是讨论扶持方案,咱们都最好让法务参与进来,中期还得叫上财务。我和你说啊,财务那边的人可不像张建那么好说话,买些下午茶过去赔罪就能放过你。你要是再胡闹,我才不管你呢。"

"你买了下午茶给张建?"郑以牧讶异地问,"什么时候?"

"就前几天啊,你没发现你每天都有栗子蛋糕吃吗?那是我顺带给你买的。我可是为了让法务不要给我们使绊子,一连买了三天,把张建哄得贼开心,所以才大人不记小人过。"我活动了一下手臂,"说正事,咱们安排一些出差吧。我仔细看了一下,时间紧迫,下周最起码要跑四个地方,争取把这十四家能拿主意的人都见上。其他的,可以等这十四家签完,照葫芦画瓢,效率会高很多。"

郑以牧笑嘻嘻地说:"时岚小朋友,你怎么这么优秀啊!"

"那得多多谢谢你啊,把我拽来搞这些乌七八糟的事。"我从众多合同中抽出了一份,放在郑以牧面前。

"跟我一起工作多好啊,有我为你遮风挡雨。不然,你想和方明远一起,天天跑些古玩城,听老师傅们说那过去的故事?"郑以牧接过合同,看了看合同的标题,立刻丢到一边,"你给我这家的合同干吗?"

我解释道:"这家的合同漏洞最多,我要提醒你多注意。"

我刚说完,森森的电话就打了过来:"时岚姐,大瓜!快看手机!"

"什么东西啊?会议室离工位也没多远,还值得打电话……"我自言自语着,打开微信,看见了一张截图,标题很醒目——《天迈公司关于招商部前员工万厉锋涉嫌受贿被刑拘的通告》。

我把手机递给郑以牧:"绝了,万厉锋进去了。"

郑以牧看完截图,也感慨了一句:"绝了,居然是被前司送进去的。"

"你老实告诉我,这一个礼拜,有品牌方给你送礼吗?"我狐疑地看着郑以牧。

"欸……有。"郑以牧指着那份我递给他的合同,"就这个品牌。居然大半夜开车来我家楼下,把我喊下来,塞给我一张卡,说让我

第二十三章 致命诱惑　　333

多帮忙。"

"不会吧!那你是怎么做的?"我惊恐地看着郑以牧。

"我一把就把他推开了!"郑以牧斩钉截铁地说,"我告诉他说,哪个领导还拒绝不了一千块钱的购物卡啊!"

我差点笑晕。

第二十四章　势均力敌

在来珠宝行业以前，我以为惹火郑以牧只需要理直气壮地说他不是帅哥。

来了珠宝行业以后，我才发现郑以牧根本不需要任何人惹，就能随时随地火冒三丈。

"侬帮帮忙好伐？"郑以牧气得飙出了上海话，"翡翠品类入驻宝莱平台，白纸黑字写得清清楚楚，没有国家级别的鉴定证书，一切免谈！给我写保证书？我要保证书干吗？我要翡翠的鉴定证书，证书晓得伐？"

郑以牧将手机摔在了餐桌上，瞟了一眼在机场兰州拉面店里津津有味地吃着早餐的我，愤愤不平地说："这些品牌商家脑子里都是些什么啊？这不是脑子里进了水，这是脑子里都是水。"

我与郑以牧离开上海，辗转南京、杭州、广州，在云南待了三天后，身心俱疲地决定先行折回上海，以免被那些脑回路清奇的品牌商家气得心力衰竭而死。

有的商家呢，格外"懂事"，会议开不开不重要，材料有没有准备好也不重要，先在当地找个体面的餐厅把我和郑以牧喂饱。酒桌上，来来回回就一句话"你们觉得呢"，差点没把郑以牧问得癫狂。还有的商家呢，就格外"不懂事"，因为工作人员没有提前给我和郑以牧准备访客登记证明，以至于我们在该公司门口吹了一小时冷风,原地做广播体操取暖。后来,好不容易进了品牌商家的办公楼,会议室里连暖气都没开,对方负责人一上来就真诚地问我与郑以牧:"你们俩来找我们是干吗?"我与郑以牧对视一眼,眼里写满了绝望——这个大哥,是临时被抓来应付我们的吧?

当然,也有碰上比较专业的品牌商家,愿意带我与郑以牧一同去他们的直播厅。可是,平心而论,谁会相信连三百瓶养乐多都能摆放得整整齐齐的直播厅,是没有被仔细整理过的呢?我与郑以牧就像是钦差大臣,品牌商家就像"做贼心虚"的地方官,生怕被我和郑以牧发现一点差错。我当然可以理解他们希望能给平台方留下好印象的想法,但是,我真的很想和他们说,朋友们,你们这么不坦诚,我很难帮你们测算最合理的年框目标啊。

"怪不得昨天方明远和我说,让我别和'翡翠大王讨厌鬼'一般见识。"我感叹起来。

"翡翠大王讨厌鬼是谁?"郑以牧问。

"就是刚刚和你说可以写保证书给你,自己资源多多,只要能让他在宝莱直播间卖翡翠,就能销售额单场过亿的那位黄总。方明远说得果然没错,黄金珠宝不是最难做的,翡翠玉石才是。那些商家一个个都是当地行走江湖出身的,讲究的是人情世故,而不是合法合规。"我喝了一口热汤,终于觉得腹部温暖起来。

一连出差十天,跟着"时间管理大师"郑以牧,根本别指望有任何的休息时间。在郑以牧的工作计划里,就算与上一个品牌商家会议的结束时间是晚上十点,只要能赶上最后一趟航班或高铁,他都会不顾我的反对,抓我去机场或车站,美其名曰——早一分钟回上海,就能多延长一分钟的寿命。这趟行程下来,郑以牧连他的"好妹妹们"的电话都不怎么接了。他声称,除非是带着公章来签年框的，否则一概不理。

即使处在生理期，我也没叫苦叫累。毕竟，现在能与郑以牧一起搞定年框签署的人，也只有我了。

"噢，小黄狗啊。"郑以牧随口就给云南翡翠关系大户黄总取了个别称，"不对，你为什么会和方明远联系？"

"还不是因为有个大魔王，逮着我四处卖命，我怕我阳台上的绿植枯死，就找方明远帮我照料一下咯。"我回答。

"什么？方明远要去你家？"郑以牧讶异地问，"你一个女孩子，怎么能让一个男人进你家呢？"

我白郑以牧一眼："我家又没有什么金银财宝，就算有，以方明远的收入，他也不至于沦落到来打劫我吧。倒是你，如果你去我家，我一定要提前把我的零食都藏起来！"

"你厚此薄彼。"郑以牧咬着嘴唇说，"等回了上海，我也要去你家。"

登机后，为了不再听郑以牧在飞机上喋喋不休地向我抱怨，我与一位乘客换了座位，独自坐在了机尾。郑以牧自然是不满，但是，当我表示我是为了专心给法务部的张建写反馈邮件后，他也就应允了。以我对郑以牧的了解，只要你是在老老实实干活，那他就不会太与你过不去。

不过，也能理解吧。处在与方明远赛跑状态的郑以牧，又怎么可能愿意轻易认输呢？两个礼拜不到的时间，因为不需要再分心应对黄金珠宝与翡翠玉石的品牌商家，方明远亲自带队，去往了浙江古玩城，与三十几个商家达成了合作意向，并于昨日成功完成了一场销售额达五百万元的直播，可谓是珠宝行业的巨大突破。

目前，虽然说方明远的创新业务如火如荼，引人注目，但是，

第二十四章　势均力敌

从业务的体量上来看，一场五百万元销售额的场次，根本不足以与郑以牧手里的黄金珠宝类目抗衡。郑以牧通过自己与几百个达人的良好关系，再让森森等同事筛选了可供达人随时挑选的热门商品清单，在表格里标注了零售价、底价与佣金，因此自他接手后，销量上涨了16%。一个中腰部达人只要能选上三个商品，单场产出额也可以轻轻松松过百万。如此对比，倒也说不上谁领先。

但是，在我将这些日子出差的成果整理成邮件内容，发送给法务部张建的那一刻，从某种意义上，郑以牧甚至稍微领先方明远一些。随着十一位品牌商家的年框确定，全年总销量指标里的八千万元又有了着落。在宝莱，新业务必然是需要探索的，但是，保持整体销量的增长，才是安身立命之根本。生意大盘看板上，方明远名下迟迟无法过亿的单日销售额，想来肯定会阻碍他发光发亮。

可是，谁又能说方明远不是一个有远见的人呢？当初，方明远不理会所有人说他"恶意抢地盘"，坚持让创始人把古董文玩类目与陶瓷茶叶类目并入珠宝行业，目的就是给充满铜臭味的珠宝行业，增添文化气息，成为一个有故事可以说的行业。互联网行业，即使信息如雪片般飞来，为了保证能集中发出声量，还是得有"立足点"。纳入古董文玩类目与陶瓷茶叶类目，就能与"国家非物质文化遗产"、匠人精神扯上关系，可谓是一步好棋。如果不是郑以牧突然出现，方明远做起这些事情，应该能更游刃有余些。

我闭上眼睛想，如果方明远遇见的对手，不是自带几百位达人合作关系的郑以牧，那么他是会觉得赢得更轻易而心情愉悦呢，还是会觉得没有挑战性而感叹无趣呢？不过，比起猜测方明远的想法，我更担心情绪不稳定的郑以牧。如果让郑以牧知道，方明远去我家，不仅帮我照料了绿植，还从我这里借阅了与陶瓷相关的书籍，不知道他会不会暴跳如雷，指着我的鼻子骂我吃里爬外。

男人啊，为了事业各展所长，也还挺有趣的。

在浅眠了一段时间后，飞机降落在上海虹桥机场。因为人比较多，等我慢吞吞地走到机场出口时，已经找不见郑以牧的身影了。我拿出手机，发现有三个郑以牧的未接来电，回拨过去，郑以牧又是一阵冷嘲热讽："哟，我当是谁呢，原来是乌龟妹啊。"

"不是每个人都有你的一米八五大长腿，能走那么快的。"我不愿意与郑以牧争执，干脆转而奉承他，"一米八五大男神，您在哪儿呢？让本乌龟妹踮起脚尖找您？"

"我在B出口呢，你麻溜地快点来，十分钟，过时不候。"郑以牧说。

"行，我这就连滚带爬地来找您。"我挂断电话。

我正在询问工作人员B出口如何走的时候，有人从我的身后拍了一下我的肩膀。

"方明远，你怎么会在机场？你也出差吗？"我问，又想了想，"不对呀，你昨晚应该在浙江做完了直播场次，浙江到上海，不用搭乘飞机吧？"

"嗯，开车就好。刚好顺路，一起回公司吧。"方明远说。

我看到方明远，心情一下子明媚起来。看着方明远眼里的血丝，我忍不住询问他："你昨晚弄到凌晨三点，今天又开车，累不累？不能疲劳驾驶。"

"那我把车停在这里，我们打车回去吧。"方明远笑。

我没想到方明远这么好说话，想了想，笑着说："没事，咱们有司机，让郑以牧来开车吧。"

十五分钟后，即使在电话里劈头盖脸地骂我把他当司机，又叫嚣着方明远肯定没安好心，郑以牧还是气鼓鼓地接过了方明远的车钥匙，把行李箱塞进了方明远牧马人的后备箱。

"方明远，我以驾驶员的名义，要求你，坐副驾驶。时岚小朋友，你的体型太庞大了，再加一个人，你会窒息而死的。"郑以牧对我与方明远的座位提出了要求。

"你才体型庞大！"当着方明远的面，我绝对不可能在口头上吃郑以牧的亏。

方明远坐上副驾驶，没有理会郑以牧与我的打闹，而是调整了一下副驾驶的座位，系上了安全带。

"时岚小朋友，你还说我事儿妈，你看看你口中的完美男人方明远，坐个副驾驶还要调整座位，真麻烦。"郑以牧当着方明远的面表达着不满。

"郑以牧，我喊你来是让你做司机的，不是让你来做喇叭的。"我警告郑以牧不要再胡闹。

方明远微微一笑，看似漫不经心地说："副驾驶座是按照女孩的习惯调整的，咱们男人坐，确实有点舒展不开。"

"女孩？"郑以牧啧啧称奇，回过头来看着我大声感慨，"时岚小朋友，听到没，人家方明远早就有个坐副驾驶的女孩啦。你啊，别再犯花痴咯。"

"我什么时候犯花痴啦！方明远，你别听他瞎说啊……"我总算是认识到，迄今为止，我犯的最大的错误不单单是请郑以牧来代驾，而是还没有与郑以牧断绝朋友关系。早知道这个家伙鬼话连篇，我就应该把他一个人扔在机场，让他在 B 出口孤独终老。

看到我气急败坏的样子，郑以牧终于满意了，发动了车子。

车内的音乐自动开始播放，是莫文蔚的《慢慢喜欢你》，莫文蔚的歌声低沉而温柔。我在后座伴着歌声轻哼，意外地在一个小盒子里找到了不少暖身贴。我拿出来看了看，发现与我之前给方明远的暖身贴是同一个品牌。

碍于郑以牧那个傻子在场，我给方明远发了一条消息："你的胃又不舒服了吗？"

"没有啊。按照你说的多喝温水，很快就好了。"方明远低头看了看手机，嘴角有笑意，很快就回复了我。

"那你怎么会买那么多暖身贴？"我问。

"我看你随身带，就买了些，以备不时之需。"方明远回复。

我的天，要不是方明远曾经明确拒绝过我的告白，并且清楚地告诉过我，他对我没有男女关系的想法，不然，我一定会再次冲到胖哥面前，大喊一句："方明远绝对是想要泡我！"

我正抱着手机思绪万千，郑以牧的手机铃声响了起来，我看了眼来电显示，备注名是"灵芝妹妹"。

"郑以牧，你的灵芝妹妹找你。"我把手机递到前面。

"我开着车呢，你帮我接。"郑以牧说。

"你的灵芝妹妹，我接算怎么回事？不要。"我坚定拒绝。郑以牧能与所有女孩都保持友好关系，那是他的本事。可是，如果让那些女孩知道我帮郑以牧接私人电话，那就是我的不幸。

"你又不是不认识，是钱月月。"郑以牧不在意地说。

我这才想起来，当初，我因为灵芝是不是蘑菇这个问题，还与他争论过。灵芝妹妹……电话铃声停止后，我问郑以牧："等等，那你给我的备注是什么？猫头鹰母夜叉？"

"当然不是。"郑以牧一脸坏笑，"不过，你这个提议不错，我回头就把备注名改了。没想到，你还挺有自知之明的嘛。"

第二十四章 势均力敌

我知道再问郑以牧也不会有答案，干脆用自己的手机拨打了郑以牧的电话。

"猪"，在看到属于我的备注名的那一刻，我决定再也不要什么淑女形象，大骂了郑以牧一句："郑以牧，你才是猪，你是飞天小猪！"

我再没有心思去想方明远是不是特意绕路来机场接我。比起去反复琢磨方明远喜不喜欢我，尽早把郑以牧灭口才是正经事。

到了公司后，郑以牧还炫了一把技——一把倒车入库，可谓是行云流水。

我懒得搭理他，气冲冲地拿起自己的行李箱就往前走，任由他在方明远面前抹黑我："方明远，你看到了吧，她啊，是最难管理的下属。我啊，都怕她怕得不得了。"

因为走得太快，我没有听到方明远的回复。不过，这对我来说，也不是什么重要的事情。当务之急，是回到工位上，把我之前送给郑以牧的那只猫头鹰的毛拔光！

方明远大概是因为见识了我与郑以牧的"良好关系"，一连几天，即使我与他面对面坐着，都与我没有任何交谈。反倒是郑以牧，童心未泯地买了一大堆形态各异的猪玩偶，并在某个工作日的早晨，放在了我的工位上。

想当初，我因为工位上杂物繁多，被安姐抓着骂了一顿，说我浑身上下写着"工作不饱和"五个大字。我好不容易洗心革面，效仿方明远，工位上除了电脑，什么都没有放置。拜郑以牧所赐，现在每一个经过我工位的同事，看着那些有卷尾巴的粉红小猪，都会想当然地认为——时岚啊，还是小朋友。

与那堆猪比起来，戴着一副墨镜的猫头鹰，真的是欠扁多了。

为了能集中火力快速处理完那一堆年框合同，我与郑以牧又一起忙碌了好一阵。整个二月份，如果让我用一个词来形容，那就是鸡飞狗跳。得益于郑以牧凡事都要喊我一起，我们一同见识了标价一万元，却可以用指甲刮下金片的假金砖，还在翡翠样品里发现了黏糊糊的还未干的胶水。更让人觉得不可思议的是，有四个品牌的珠宝，均来自同一个加工厂。而这个加工厂，位于某个山村的深处。操作流程极不规范不说，就连听懂那些工人带着浓重口音的话语，都足以让我与郑以牧原地崩溃。

熬过了伤痕累累的二月，三月伊始，由我直接负责的洛菲珠宝品牌又捅了个大娄子。

去年四月，洛菲珠宝品牌的爆款主推商品——紫水晶，被一位消费者送去鉴定，确认是低质量商品，因此一纸诉状将洛菲珠宝与宝莱公司双双推到了风口浪尖，要求洛菲珠宝向他赔付商品价格十倍的金额，要求宝莱直播平台对所有消费者做出书面道歉，并且赔偿他人民币五万元。

当时通过裁定，该消费者的投诉是被驳回的。原因是，该消费者举证的紫水晶，售价三百元，没有超出正常的市场定价。并且，在购买环节，也不存在强买强卖的性质。而且，有足够的证据证明，这位消费者并不是普通消费者，而是俗称的"直播行业职业打假人"。

败诉后，这个职业打假人又收集了新的资料，重新递交了诉状，强调去年四月，洛菲珠宝申请售卖珠宝类目的材料都还没有交齐，也没有在商品详情页按照规定展示售卖资质与营业资质，却已经做到了每日直播。由此可见，洛菲珠宝的不合规操作，是宝莱平台包庇的结果。

我拿着这个案件相关的资料，找到张建。在张建的建议下，我

第二十四章　势均力敌

们的应对速度只能快,绝不能慢。

"郑以牧,你知不知道当时是谁点的头,让洛菲珠宝这么快售卖的?"张建问。

"创始人,要不你自己去找创始人聊聊,让他以后别这么莽撞。"郑以牧心情不好,语气也特别冲。

我连忙打圆场:"创始人当时批准,肯定也是为了大盘的销量。要不这样,我先给洛菲珠宝的人打个电话,沟通一下这件事,看看他们的态度吧。"

"还是时岚好沟通。"张建白了郑以牧一眼,转而对我说,"时岚,那你这边有什么消息了,第一时间告诉我吧。"

关上会议室的门,郑以牧发了脾气,踹了一脚椅子:"这都什么事啊!"

我把椅子推回原位:"我也没想到,珠宝行业这么乱。以前在大客户战略部或者在美妆行业,与法务对接都是走个流程。到了珠宝行业,十八般武艺都得学会,每一天都像打仗。"

"咚咚咚。"会议室门口有人敲门。

两秒后,会议室的门被人拉开,方明远组的同事周学泽抱着电脑抱歉地说:"时岚,不好意思啊,我看你们约的会议室时间到了。"

"噢,好,是我们不好意思。"我立刻收拾东西,催促着郑以牧离开。

走出会议室的时候,方明远组的另一个同事腾云开我与郑以牧的玩笑:"你俩每天在一起,真是公不离婆,秤不离砣啊。"

"腾云,到时间开会了。"方明远从腾云身后走过,推开门走了进去。

听说那一场会议,腾云开得特别痛苦,一直被方明远追着问各种数据的来源与计算方式。大家都说，方明远是要趁着洛菲珠宝事件的发酵期，奋起直追，这才对下属格外严苛。

想到这里，我忽然觉得，在方明远与郑以牧的拔河比赛中，从来都没有中场休息这一说法。

只要上场，就要赢得漂亮。

他们两个，谁也不会轻易认输。

第二十五章　故人新事

去洛菲珠宝总部谈判，对我来说，是必然的事情。

我只是没有想到，以洛菲珠宝品牌方负责人身份接待我的人，会是刁潺。

洛菲珠宝总部位于广州，能让刁潺舍弃上海腔调，搬来小蛮腰旁，在珠江边吃早茶而非西班牙餐厅的原因，我用脚趾想都能猜到——洛菲珠宝给的钱太多了，刁潺拒绝不了。

随着互联网直播平台的兴起，曾经在外人眼中如天堂般的外企已经"不香了"。外企，逐渐演变成工作与生活平衡的象征，归根结底，总监也不过是给外国老板打工的高级打工人。互联网行业则不同，那是有着拼搏精神的伊甸园，每个人都期待着公司上市，一夜之间，便可以实现财务自由。也是由于互联网行业直播平台需要诸多品牌躬身入局，有不少在外企已经取得高级职位的人，因为拥有品牌资源与前沿视角，迅速被挖角。

人为财死，鸟为食亡。当钱给到位，就没有打工人迈不开的步子。

有"贵妇奢品"之称的法国品牌 FIMO 中国区销售总监 Lorraine Diao，放弃英文名，摇身一变，成为中国本土暴发户洛菲珠宝的销售总监刁潺。名义上都是总监，工作环境却是千差万别。

FIMO 品牌位于上海市中心静安区，打个网约车都能有帅气年轻的保安小哥及时拉开车门，走进去就是金碧辉煌的内部装修，保洁阿姨一天要清理六遍垃圾箱，就怕玷污了国际大品牌的身份。反观洛菲珠宝，在广州海珠区某个不知名工业园里藏着，七拐八拐，才能在一棵歪脖子树后，看到写着"洛菲珠宝办公楼"七个字的掉漆招牌。办公楼内没有电梯不说，步梯转角处还放了一个装着脏拖把的水桶。若不是门口的保安大爷用广东话和我说了三遍，确认这里就是洛菲珠宝，我绝对以为是自己找错了地方。

三月中旬的广州，温度已经逐渐转暖。会议室的桌子上，放着一盒开过的纸巾，外面坐着密密麻麻的员工，把键盘敲得噼里啪啦响，生怕别人不知道他们忙得很，洛菲珠宝生意极其火爆。我从会议室的玻璃窗户往外望，除了看到玻璃上的一块污渍外，还看到一只燕子在大树枝丫上专心做窝。

挺好，虽然没了金钱的蓬勃感，但是生态不错。

"时岚，是你？"

刁潺踩着高跟鞋进来的时候，我也同步在内心惊呼，只是我的惊呼没有那么有礼貌，我的惊呼，是夹杂着脏话的。

"你们郑帅哥来不啦？"这句话一问出来，我的心中再无疑虑。是的，这就是刁潺。同样的句子，不同的地点，说出口还是那么讨人厌。

早知道刁潺这么心心念念郑以牧，我就该把开高层闭门会的他五花大绑捆过来，任由刁潺蹂躏。这种做法，绝对要比我在这里和刁潺把紫水晶案件的来龙去脉理一遍，高效许多。

哪怕在互联网行业，依旧是美色当道，学历是敲门砖，姣好的容貌则是通关绿卡。长得好看，在职场就是有先发优势。压根不用说话，只要穿戴整齐，在工位上坐着，其他人就会想方设法来发现你的优秀。可如果是一个长相平庸的员工,哪怕现场劈个一字马或是念一段天津快板,都只会落下一句评价——这个小孩是不是受了什么刺激?

这个道理,放在郑以牧与方明远身上同样适用。再难谈的女老板,见了他们,没有不明里暗里多打量他们几眼,托人问问是否还单身的。

"他最近老忙额。"我如上一次见面时一样,说出了同样带着上海腔调的话语。

简陋的会议室外,传来一声鸟叫,倒也很应景,仿佛在对我与刁潺说——"你俩,别装啦!"

为了不要一开始就得罪刁潺,我昧着良心把郑以牧给卖了:"Lorraine,郑以牧现在负责珠宝行业,他要是知道你现在是洛菲珠宝的总监,肯定会后悔去北京参加闭门会。他对你啊,那是赞不绝口。"

刁潺听我这么说,立刻咯咯地笑了起来。

"哎哟,真是好久没听到有人叫我 Lorraine 了,还是碰到自家姐妹好啊。"刁潺拨弄了一下头发,深紫色的指甲油让她的手背皮肤显得更黑。她说着,又叹了口气:"郑帅哥又不是不知道我来洛菲珠宝了。我三番五次邀请他来广州看看我,他总是随口敷衍我,真是伤我的心。莫不是有像你这样的女同事围绕在他身边,郑帅哥就把我给忘了?"

什么?!郑以牧这个混蛋早就知道刁潺来洛菲珠宝啦?那不就意味着,郑以牧完全能猜到我此番来广州,一定会见到刁潺吗?怪不得我离开办公室的时候,郑以牧一脸坏笑地祝我好运,还让我穿漂亮点,以免碰到了争奇斗艳的孔雀,我会自惭形秽。

呵呵，面对刁潺，我怎么会自惭形秽呢？我只想找块板砖，等郑以牧回来，拍得他明白什么叫作"不要惹女人"。

"哎呀，他是真的忙。Lorraine，我们互联网的女同事们，粗糙得很，哪里比得上你呢。我也很少见到他的。你这么美艳动人，哪里缺男人呢？"我在心里疯狂骂郑以牧，明知道刁潺对他有意思，还要派我这个女下属来招架她，真是好狠的心。

刁潺看了看我，忽然笑起来："时岚妹妹说得也是。"

嗯？什么叫作'也是'？我说我们比不上你，那是谦虚懂不懂？算了，小不忍则乱大谋，谁让她是洛菲珠宝的负责人呢！

"追求者当然是不缺的呀。有个条件还不错的，追我那叫个殷勤啊，又是送包又是送车的。我都想着给个面子，让他请我吃个饭了。不过呢，上个月，他莫名其妙失联了一个星期，怎么都联系不上。我怀疑他是在玩什么欲擒故纵，后来才发现误会他了。他失联的这一周啊，其实是因为嫖娼被拘留了。"刁潺说着，关怀地问我，"你们郑帅哥，不会也是被拘留了，才不能来吧？"

哇，好毒的嘴，和刁潺比，最多诅咒郑以牧吃方便面没有调料包的我算什么啊。

"欸，时岚妹妹。我听说现在和郑帅哥竞争珠宝行业总监位置的方明远，好像也蛮好看的呀，你觉得呢？不过吧，有点油盐不进的意思，没有郑帅哥活络。"刁潺的消息未免也太过灵通，人都来广州了，还记挂着上海那点事。

为了避免刁潺在我的雷区蹦迪，在不经意间把我惹毛，我决定尽快切入正题："Lorraine，紫水晶的案件，内容你应该都看过了吧？"

"噢，就那个死乞白赖问咱们要钱的无赖是吧？"刁潺不以为

第二十五章 故人新事　　349

意地朝门外喊了声,"庞斌,你进来一下。"

一分钟后,一个身材单薄、皮肤白净的大学生模样的男生小跑着进了办公室,对着刁潺毕恭毕敬地说:"刁姐,不好意思,我刚去送文件了,来晚了。"

"小斌啊,我和你说了多少次,送文件那种工作,不适合你,太琐碎。你就应该跟在姐姐我身边,多学点本事。"刁潺看到庞斌,笑得像朵花一样,连声音都娇柔不少。

庞斌满脸堆笑,连连称是。

"时岚,这个就是我手下最得力的小斌了。紫水晶的事情,我交给他来处理吧。"刁潺一句话,就把这个工作交给了庞斌。

我对刁潺的用人方式略有些困惑,但是,碍于庞斌在场,我也不好多提要求,笑了笑,说了句"谢谢 Lorraine",便目送刁潺踩着十厘米的高跟鞋,走出了会议室。令我瞠目结舌的是,刁潺在经过庞斌的时候,用手掐了掐庞斌的脸蛋,心疼地说:"小斌啊,你怎么都累瘦了?晚上在楼下等我,一起吃饭哟。"

庞斌明显有想要躲闪的意思,脸上红一阵白一阵的,像个被恶霸欺负的小媳妇。

这个刁潺,怎么可以在合作公司人员的面前,旁若无人地与下属调情,这种事情一旦传出去……噢,是我多虑了。刁潺怎么会怕这种事情传出去呢?在 FIMO 的时候,她的风流韵事早就是公开的秘密了。对刁潺来说,这些茶余饭后的谈资算不得什么,旁人的口水也淹不死她。不然,她怎么可以一路青云直上,从 FIMO 跳到洛菲珠宝来捞金呢?

到底是谁搅浑了职场的水呢?那些身居高位却以权谋私的领导,难辞其咎。

刁潺离开会议室后，庞斌对着我，显得有些局促："时经理，我……"

"你叫我时岚就好。"我尽可能让庞斌放松情绪，将我的名片递给他。

庞斌看上去不过二十出头的年纪，白色衬衫与西装裤熨得极其平整，唯独皮鞋表面有诸多褶皱，应该不是富裕家庭出来的孩子。洛菲珠宝虽然在广州是纳税大户，但是，论企业的声望，还是远远不及五百强企业。因此，大多数名校学子，毕业时即使愿意留在广州，洛菲珠宝在可选就业单位中也不见得能排进前五。再看庞斌面对刁潺这副唯唯诺诺的样子，这应该是他的第一份工作，才连基本的拒绝都说不出口。

"您是宝莱公司的呀。"庞斌将对我的称呼转为了尊称，双手捧着我的名片，羡慕地说，"我毕业的时候也投了宝莱，不过，连简历关都没过。"

我的内心不免有些五味杂陈。紫水晶这么重要的案件，刁潺丢给一个初出茅庐的庞斌来负责，这要是搞砸了，头疼的肯定还是我。

"庞斌，我想先和你确认一下，紫水晶事件，之前有人和你交代过背景吗？"我抱着最后一丝希望，看着庞斌。

"呃……什么紫水晶？"庞斌一脸蒙。

很好，到这一刻，我总算是认了命。只能说，在众多离谱的珠宝行业商家中，洛菲珠宝的离谱程度，在我心中再创新高罢了。

考虑到更换对接人希望渺茫，还容易节外生枝，我只好打开电脑，将紫水晶事件的来龙去脉向庞斌介绍了一遍。

在此过程中，我了解到，正如我所猜想的，庞斌去年毕业于广州本地的一所二本院校。在校期间，他是班长，有个恋爱三年的女

第二十五章 故人新事 351

朋友，毕业后在上海工作。他也一度想要去上海工作，只是考虑到洛菲珠宝给他的待遇还不错，家里也需要他的收入，再加上刁潺成为他的老板后，每天都喊他做一些杂事，根本没有时间去面试新公司，这才一拖再拖。

庞斌把我说的细节一一记录下来，眼神诚恳地说："您放心，我这就去跟进。"

坦白说，我对庞斌完全没有期待。他本身隶属于销售部，而这件事，必须与洛菲珠宝的法务部和公关部共同讨论。庞斌这么浅的工作资历，在最喜欢拜高踩低的洛菲珠宝老油条面前，哪能说得上话呢？

可是，为了不打击庞斌，我依旧礼貌地感谢了他。我再三强调了紫水晶事件需要尽快解决的重要性后，庞斌信誓旦旦地再次向我保证，他一定会协调好口径，争取在今明两天内给我回复。

庞斌将我送到了洛菲珠宝公司的门口。等待出租车时，我们遇到了庞斌的两位同事。那两位男同事，一位抽着烟，上下打量了一下庞斌，阴阳怪气地说："庞斌，你这是又搭上另一位美女啦？你也不怕你家老佛爷知道了，把你的皮剥了？"

"欸，别这么说。人家庞斌是识时务者为俊杰。这一位可不好伺候得很呢。人家庞斌能伺候，那是庞斌的本事。是吧，庞斌？"另一位男同事也是冷嘲热讽。

如果不是亲眼所见、亲耳所闻，我真的不会相信，都21世纪了，还会有人连表面的和平都懒得维持，见人就撑。要知道，就算赵晓雪和罗心慈当年为了美妆行业总监的位置撕到尽人皆知，二人见面时，也还是亲热如小姐妹，夸赞着对方口红色号不错。看来，大家选择公司时，都愿意去五百强企业，不仅是为了工资和所谓的事业发展，还是为了那些体面的同事。

庞斌没有接话，二人觉得无趣，勾肩搭背地离开了。

"不好意思，让你见笑了。"庞斌向我致歉。

我不愿意牵扯其中，也无意探听八卦，笑了笑，坐上了出租车。

原本，我是打算与洛菲珠宝负责人面谈后，就即刻飞回上海。以现在的形势来看，如果庞斌出了任何纰漏，我又身在上海，反而沟通不畅。我在心里哀叹一声，看来，还是要在广州逗留一天了。

我拿出手机，考虑到郑以牧在闭门会，肯定不方便接听电话，便给他发了条信息：

"洛菲珠宝的负责人是你的仰慕者，刁潺。托她的福，紫水晶事件悬了。刁潺丢了个新人来负责，还是由我给他做的背景介绍。唉，头疼。我在广州多待一天，盯着进展。你要是得空，快给我回个电话。"

广东话里，有一句俗语，好佬怕烂佬，烂佬怕泼妇。有刁潺这么个拦路虎，宝莱在紫水晶案件上，肯定会吃亏。

我本来想着跳过刁潺，直接与刁潺的上司汪玄德联系。但是，又担心就此得罪刁潺，被她认为我是在越级打她的小报告，从而更加对紫水晶事件不管不顾。说到底，汪玄德再是洛菲珠宝的大老板，也不可能亲力亲为去和当地监管机构谈判。到头来，还是要靠刁潺去过问。

倒霉，真倒霉。在酒店办理入住后，我打开电脑，一头扎进手头的工作。到了晚上八点，我的肚子开始唱空城计。我正准备出门觅食，却接到了方明远的电话。

"时岚，你没回上海吗？"方明远问。

"唉，别提了。"我夹着手机，系好了鞋带，"你怎么知道我没回来？"

方明远正和郑以牧一起在北京开闭门会，按理说不可能知道我的行踪。

"你在系统里订了广州的酒店，取消了今天下午回上海的机票，我收到了邮件通知。"方明远解释。

我这才想起来，虽然郑以牧是我工作中真正的直属上级，但是珠宝行业里的每个人都在公司系统中同时汇报给郑以牧和方明远。因此，不管是我的请假记录还是出差记录，郑以牧和方明远都有权限查看，并收到自动通知。

以前我出差也好，提加班申请也好，郑以牧都是看都不看，直接审批。没想到方明远这么心细，每一个员工的动态他都会查看，难怪别人说他特别注意细节，堪称心细如尘。

"是碰到什么棘手的事情了吗？"方明远问我。

我犹豫了一下。方明远与郑以牧目前是竞争对手的关系。洛菲珠宝的事情虽然尽人皆知，但我作为郑以牧小组的人，到底能给方明远透露哪些信息，我还是拿不准主意。

方明远听到我沉默了，笑了笑："放心，我不会卑劣到利用你来刺探对手的消息。"

方明远这句话，反而让我心虚。真是的，我怎么会以小人之心度君子之腹呢。电话那头的人是方明远，是珠宝行业曾经的总监，如果真的想要知道什么消息，一定有他的人脉关系，根本不需要在明面上给一个无足轻重的我打电话。

"是这样的。我在处理洛菲珠宝的事情，但是对方表现得不是很上心，我有点着急。"我简略地说。方明远怎么说也是我的上级，有权过问下属碰到的难处。

"刁潺吗？"方明远问。

"你知道她？"我有些惊讶。

"嗯。"方明远没做过多解释，径直建议我，"刁潺是洛菲珠宝老板汪玄德老婆的表妹，即使你去找汪玄德，也不见得有什么用。"

"他们还有这一层关系啊？"我庆幸自己没有和一个愣头青一样，去找汪玄德，不然，肯定会被刁潺记恨于心，"刁潺现在让一个新人来负责跟进这件事。听你这么说，那我除了等，好像没什么可以做的了。"

"不会啊，你可以选择相信。"方明远说。

"相信什么？相信那个新人吗？"我沮丧地说，"你是没有看到，整个洛菲珠宝，就像个草台班子。如果没有强有力的人来推动，根本不会有人重视这个案件的。"

我有些泄气。向上找，是刁潺的裙带关系；向下找，是刁潺的"掌中宝"。紫水晶事件，洛菲珠宝拖得起，宝莱直播平台却拖不起。对手公司天迈要是知道了这件事，肯定会迅速花重金，把负面新闻宣传得满城风雨。到那时候，郑以牧肯定会成为第一责任人。

这个郑以牧，同样是在开闭门会，怎么人家方明远就有空看邮件、打电话，他就像人间蒸发了一样？

"相信你自己的好运气。"方明远说。

"我哪有什么好运气……郑以牧这个猪头，现在都不知道在哪儿，连我消息都不回。"我骂起郑以牧来，丝毫不嘴下留情。

"会议还没结束。"方明远替郑以牧解释。

"那你怎么能给我打电话？"我问。

"刚好看到了邮件，怕你出什么事。"方明远说。

"噢……"我点点头。

第二十五章 故人新事

"时岚，如果你没办法相信自己的好运气，那你就相信我吧。在广州注意安全。"方明远说完，表示要快点回到会议里，便挂断了电话。

我拿着手机，坐在酒店房间内的沙发上，思考着方明远说的话。

相信他，相信方明远。唉，郑以牧啊郑以牧，人家隔壁组的领导都知道来慰问我，你就不能关怀一下我的进展吗？而且，刁潺那么喜欢你，你要是能现在飞过来，什么庞斌不庞斌的，不都是一句话的事吗？

我在心里骂着郑以牧，酒店房间的门铃响了。

"酒店餐饮服务。客人您好，您点的餐到了。"女服务生的声音传来。

"我没有叫餐啊。"我警惕地从猫眼往外看，确认是酒店的工作人员。

"客人您好，是您的朋友方明远先生给您订的。"女服务生解释。

我抵着门，立刻给方明远发了一条信息："你给我点餐了吗？"

"嗯，记得按时吃饭。钱我已经私人付过了，不走公司账户。"方明远回复。

"谢谢！"我飞快回复。

得到了方明远的回答后，我将房间门打开。服务生将方明远为我点的晚餐端到了桌上。

看着香喷喷的食物与精致的水果拼盘，我愈发埋怨起郑以牧来。就凭方明远这种笼络人心的做法，哪个员工不会动摇，想要去跟随他这个领导呢？郑以牧，你捡着我这个宝贝，居然还不珍惜我！

当晚，我吃完食物后，又处理了一会儿工作，躺在浴缸里泡澡时，刷到森森用直播主播腔调大肆甩卖他在学校的课本的朋友圈，便给他打了个电话，让他替我打听下，刁潺和方明远之间，是不是有什么过节。作为交换，我承诺帮他搞到钟晨曦的签名照。

喏，你看，想要获得自己想要的东西，只要付出对等的代价即可。庞斌想要留在洛菲珠宝，就要付出被刁潺不断骚扰的代价。我想要知道方明远与刁潺的关系，就得哄着森森满足他的要求。那方明远呢？他好端端地给我送晚餐又是为了什么呢？如果不是为了泡我，那么答案只有一个，他要策反我！

我看了一眼手机，郑以牧还是没有回复我消息。

一直到入睡前，我实在忍不住了，给郑以牧打了一个电话。几声系统忙音后，电话显示接通了。

"喂。"

奇怪，怎么是个女人的声音？

"呃……你好，我找郑以牧。"我试探着说。

难道郑以牧在密会情人？哇，这么劲爆，那我是不是又多了一个谈加工资的砝码！果然，在这个八卦的黄金时机，我的脑海里，只有实实在在的钱。时岚啊时岚，你真是一个搞事业的料！

"噢，好的，请您稍等。"女人竟然这么礼貌。

两分钟后，郑以牧的声音从电话里传了出来："时岚小朋友，你找我啊？"

"郑以牧，你还活着啊！你知不知道我给你发了多少信息！都要火烧眉毛了，你还这么优哉游哉！"我的声音一下子高八度。

"开那个鬼闭门会，我手机都没电了。刚刚和方明远出来吃饭，把手机放在前台充电呢。咋啦，出什么事情啦？我还没来得及看。"

郑以牧的语气里透露着对闭门会的不满。

这种只有高层可以参加的闭门会，分享的都是宝莱公司下个季度的工作重点，属于机密。对方明远来说，这是调整自己工作方案的好机会，可对郑以牧来说，那就是一些人翻来覆去说些毫无营养的废话，还不如把重点写在纸上，发给所有人，让大家自行阅读来得高效。

"算了，不和你说了。皇帝不急太监急。姑奶奶我今天打烊了。"我把电话挂断，蒙上被子，一觉睡到大天亮。

第二天醒来，我如愿从森森发给我的一长串六十秒微信语音里，了解了方明远与刁潺之间的过节。

简单来说，就是刁潺加了方明远微信后，几番套近乎不成，又用春节问好的方式，给方明远发了一个微信红包。方明远直接退回了不说，还告诉刁潺"如果再有下次，一定举报处理"，说完，还把刁潺拉黑了。气得刁潺是敢怒而不敢言。

由此，我彻底明白为何刁潺会酸溜溜地说方明远不近人情了。确实，若是方明远"近了"刁潺的人情，指不定后面还有多少麻烦等着他呢。我又想到郑以牧，他这个坏蛋，自己不来与刁潺见面，把炸弹交到我手里，还真是"仗义"。

我在酒店吃了早餐，发了条信息给刁潺，询问紫水晶事件的进展。刁潺直接拉了一个微信群，在群内告诉我"时岚妹妹，这件事情，你直接问庞斌就行。我们家小斌，很能干的哟"。我看着对话框里的"哟"字，觉得实在刺眼。都什么时候了，还"哟"。

庞斌在微信群里再次保证，说事情已经在推进了，让我不用着急。我真是一个头两个大。庞斌啊，我比你更知道这件事情没有高层的过问不可能那么容易推进，如果你碰到困难，一定要说出来，为什么要藏着掖着呢？你自己头疼是你的事，别耽误我呀。

我在酒店里办公到十二点，实在是按捺不住了，退了房，大阔步走出酒店门口的时候，迎面撞上了步履匆匆的郑以牧。

"你怎么会在这里？"我惊讶不已。

"来搞定洛菲珠宝的事情啊，你不是说十万火急吗？"郑以牧拖着一个小行李箱，看样子是直接从北京飞到了广州来。

"大哥，那你来广州，为啥不和我说一声？"我埋怨他。

"大姐，我是突然取消了一个会议，才能临时改签飞过来。来的路上，一直在开电话会议，我哪有空告诉你啊。"郑以牧说。

"大哥，不能打电话，可以发信息啊。你不告诉我，万一我走了，你咋办？"我气鼓鼓地说。

"大姐，我……OK，你说得好像有点道理。"郑以牧本想反驳，一下子没找到合适的语句，干脆耍赖，"哎，管他呢，反正我们已经见到了。"

我看着郑以牧乱糟糟的头发，狂笑不止："我还指望着你用美色诱惑刁潺呢。算了，开个房间，赶快洗个澡吧。"

恰好一封邮件进了我的邮箱。我看见"洛菲珠宝"几个字，连忙用手机点开了邮件。

宝莱珠宝行业时岚经理：

你好。

因我司在去年四月，未向消费者展示商品的真实销售主体资质信息，给消费者造成了误导，经过销售部门与我司法务部、公关部的一致商定，我们已经在接到本地监管机构通知的第一时间，缴纳了二十万元罚款。

同时，我司已递交入驻宝莱直播平台时的审核材料记录供监管机构审查，证明宝莱公司已经尽到了审核义务。

　　以上，对紫水晶一事对宝莱公司造成的困扰，我司深表歉意。

　　祝工作愉快！

洛菲珠宝

　　呃……难道真的像方明远所说，是我的好运气把这件事给解决了？这么顺利？

　　"你发什么呆呢？"郑以牧凑近我旁边，问我。

　　我把手机递给他看。郑以牧看完后，与我一起沉思了起来。

　　良久，郑以牧问我："那我们现在干吗？"

　　我老实回答："不知道……"

　　"要不还是先开个房间，一起洗个澡？"郑以牧问我。

　　"是你自己开房间，你自己洗澡！"我大喊。

　　"哎呀，你不和我一起洗澡就不洗嘛，那么激动干什么，让我怪不好意思的。"郑以牧故作娇羞状，在我把他碎尸万段之前，逃进了酒店内。

　　我在原地气得牙痒痒，手机里又收到了一条信息。

　　"都解决了吗？"

　　发件人，是方明远。

　　原来，真的可以相信他。

第二十六章　艳色正浓

进入职场几年后，我有一个观察。

那些在公司天天哭着喊着说自己要辞职，老子再也不干了的人，往往都能在岗位上赖许久。而那种看似任劳任怨、勤勤恳恳，即使被甩锅也不抱怨的人，反而能在猝不及防地丢出辞职信的同时，再搞个大新闻。

这个观察，很巧合地发生在了庞斌的身上。

在我回到上海，紫水晶事件已经完美解决的第三周，庞斌向洛菲珠宝递交了辞职信，并实名举报了上司刁潺的性骚扰行为。

庞斌在离职当天，以邮件的形式，列举了这几个月来，刁潺对他的骚扰言语与举动。在邮件附件里，庞斌还附上了夜深人静之时，刁潺发给他的香艳小视频。在小视频里，刁潺穿着透视吊带装，咬着嘴唇，裸露香肩，说着一些不堪入耳的话语，就像是一只发情的猫。除此以外，刁潺利用职权谋取的灰色收入、与人私下合作以损害公司利益为代价的非法所得、与某某已婚人士的不正当男女关系等证据都被整整齐齐地罗列出来。而这封邮件，被庞斌一键发送给了全洛菲珠宝的人。

好事不出门，坏事传千里。这则八卦，在到达洛菲珠宝员工邮箱的十分钟内，就被以各种方式分享到了外部。我在的三个闲聊群，都不约而同地把下午茶时间的八卦配额，"慷慨"地贡献给了刁潺这件事。仅十分钟时间,我微信里的相关消息就高达三百余条。

据悉,刁潺的诸多违规行为,令洛菲珠宝的合作商们纷纷要求更换对接人。面对拳拳到肉的铁证,就算老板汪玄德的老婆是刁潺的表姐,也不可能放任自家招牌被砸掉。最终,刁潺放弃了挣扎,同意离职。

等森森兴冲冲地把手机里的小视频递到我面前的时候,我已经捧着一杯热可可,悠闲地吃完了所有的瓜。

"时岚姐,你剥夺了我和你分享八卦的快乐权利!"森森对自己没有冲在吃瓜第一线颇有怨言,跺了一下脚。

"那你不妨想想怎么和郑以牧解释,你这个双月的OKR为什么没有完成。"我反将一军。

宝莱以连续的两个月作为审查周期,比如,一月与二月是一个双月,三月与四月是第二个双月。每个双月,都会要求每一个员工根据自己上司的目标情况,制订自己的业绩指标,这被称作OKR。

森森这个家伙,才转正的第二个双月OKR就亮了红灯。分给他的客户,销量只达标74%,相比组内同事96%的完成率,森森无疑是垫底的。我仔细看过森森负责的直播场次,没有出什么意外,销量结果之所以不理想,归根结底还是因为森森好大喜功,对场次的把控与估算目标的能力不够,把目标报高了。

一场客单价为百元的直播小场次,仅直播四小时,主播也不是头部主播,又没有付费流量支持、购买广告的前提下,森森估算在线观看人数可以有一万人,且10%的人会进行购买。这样的数据在一月或许成立,但放在三月并不现实,因为三八大促刚结束,消费者的钱包刚被洗劫过一遍,消费力疲软。再加上方明远的团队一直在大力招商,引进全新的古玩、陶瓷与茶叶品牌商家,整个宝莱直播的流量大盘不变，商家却骤增。在这个背景下，每个直播间被分到的流量一定是会减少的。

除了这些外界客观因素，森森还忽略了关注商家的备货量。谁能相信呢？一场号称是该品牌在三月最重头戏的一场直播，商品的平均备货量不超过三百件。连最头部的爆款商品，库存也只有四百四十七件。有零有整，足以证明事先准备工作不足。

从战略的角度来看，森森不够严谨。从运营的角度来看，森森又不够深入商家中去，没能充分了解商家的实际情况。连我都能看出来的破绽，郑以牧不可能不知道。基于此，郑以牧已经将森森的一小部分商家交给了其他同事，如果森森再没办法快速成长，他很有可能被边缘化。

这就是宝莱的现状。美妆行业与珠宝行业竞争着头部行业的位置，郑以牧与方明远又在不分昼夜地各显身手。因此，他们手下的人，根本不可能被允许慢慢成长。要么出成绩，要么被淘汰。能不能跑起来，就看你够不够拼，够不够聪明。

"不是欺人太甚，就是虐己太深。"这是美妆行业我的老熟人露露，在连续两次OKR没有完成后，不堪重负，离开宝莱前与我吃饭时，吐露出的真心话。

在罗心慈与赵晓雪的双重压力下，露露再度崩溃，她再也忍受不了互联网的996，更加忍受不了大家把996当作正常的事情。她转租了房子，打包了行李，决心回到老家，忘记在一线城市的一切。

露露告诉我，她在美妆行业这么久，常常忘记自己是一个值得好好对待的人。要么作为一个领导者，向上管理，不唯书不唯实只唯上。不停接单，分发任务，催单，回收结论，质疑产出，推翻重来或勉强接受，人身PUA，恶性循环。要么作为一个执行者，正面抵抗、无效、消极抵抗、带着情绪执行、给自己施压、向对接人施压、开会争吵、强词夺理、写周报、勉强蒙混过关。

"时岚，你看着周围陌生的同事，觉得他们每天都能开开心心地工作、风风火火地做事，不要太羡慕。直到有天你参加了他们的离职派对，就会发现大家都是热锅上的蚂蚁，焦灼、怀疑、抗拒、抵触，甚至想永远离开互联网。"露露离开前还送了我一本书，《钢铁是怎样炼成的》。

而在这本书里，我最喜欢的一句话，是"世上没有绝望的处境，只有对处境绝望的人"。

就算在绝望的处境里，只要有靠得住的队友，难题也不会无法可解。

现阶段的宝莱就像一块构造精密的瑞士手表，数万个齿轮带动着整个巨大机体的正常运转。如果有空转甚至停止运转的齿轮，就会走得过快或过慢，这都会浪费公司巨大的人力、时间及纠错成本。为了从根本上保证每个齿轮咬合传递精准，每一个人都不能懈怠。

为了不让森森面临和露露一样的处境，被OKR追着跑，我必须先提醒他。

"知道啦，时岚姐，我会按照你发给我的材料，好好学习估算目标的方法的。"森森听到我这么说，立刻如霜打的茄子般，垂下了头。但是，没过几分钟，他又从我的斜对面探过身来，神秘兮兮地问我："时岚姐，那你看过这张截图吗？"

想到下午还有一个会议的材料没有准备好，我对刁潺的新闻已然兴趣寥寥，挥了挥手："好啦，不看不看，快干活吧。"

"不是，时岚姐，不是刁潺的事，是公关部总监秦莉莉和公关部高级经理陈佳珂在微信群里撕起来了。"森森左右看了看，凑近我，"是因为郑以牧！"

森森说得很有道理，会议材料可以晚一点准备，但是，郑以牧的八卦，我必须了解得清清楚楚。

森森看我有兴趣，立刻喜滋滋地拖着椅子坐到了我身旁，向我介绍事情的始末。

原来，基于紫水晶事件与业务需要，郑以牧与公关部有不少交集会议。按照职级与事务的重要程度，原定由公关部高级经理陈佳珂出席，但是，秦莉莉几次三番都给陈佳珂临时派遣了其他工作内容，自己则代替她出席。就连最简单的敲定对外公关稿这类事情，秦莉莉都亲力亲为，巧笑倩兮地坐在离郑以牧最近的位置，恨不得贴着郑以牧的身子说话。

理论上说，无非是上司动了私心，摆弄了一下下属，陈佳珂作为秦莉莉的下属，不至于为此与秦莉莉大动干戈。没想到，由秦莉莉自己经手确认的对外公关稿出了纰漏。秦莉莉非但不息事宁人，还借题发挥，在微信群里将陈佳珂贬得一文不值，彻底否定她的工作能力。陈佳珂气不过，直接在微信群里与秦莉莉争执了起来，说秦莉莉以权谋私，三十多岁的人了，还搞女追男那一套，小心落得刁潺的下场。

刁潺的事情正在迅猛发酵，陈佳珂以此作比，也难怪秦莉莉面子上挂不住，怒发冲冠。

"在职场碰到这么个情绪不稳定的上司，陈佳珂确实是运气不好。不过，陈佳珂也不是刚工作的小姑娘了，应该是最近心情不好吧。不然，帮上司背个小锅，总比丢饭碗好。"我说。

"时岚姐，要我说，你就是太天真了。"森森反过来笑话我，"你

第二十六章　艳色正浓　365

真以为秦莉莉和陈佳珂是因为工作起的口角吗？No，No，No。陈佳珂早就把下家找好了，你猜去哪儿？天迈！而且，是做天迈的公关部总监。没有下家，谁会笨到和自己的直系上司公开吵架呀。"

还真是，这么听来，陈佳珂确实有谋略得多。露露连年终奖都没要，头也不回地跑了。而陈佳珂，若是今天提出离职，按照法律规定的三十日离职期来算，她还能拿到宝莱的年终奖。

在成年人走向成熟的历程中，能够忍住恶心，熬到拿了年终奖再离职，是一个不错的里程碑。

"那你的意思是，陈佳珂是仗着自己有下家，又对秦莉莉积怨已久，才特意让秦莉莉下不来台的？"我问。

"当然啦！而且，我觉得陈佳珂挺有种的，她居然在微信群里说，后天晚上要早点下班，因为和郑以牧约了共进晚餐。"森森朝我眨了眨眼睛，"地点还是在半岛酒店。"

陈佳珂与郑以牧同岁，刚满三十，正是熟女魅力最强劲的时期。公关部里，个个都是美女，陈佳珂在其中也是顶尖的。但与痴迷郑以牧的前台钱月月四处示爱不同，面对男人们的邀约，她素来是拒绝的。可是，对于郑以牧，陈佳珂也难掩好感。根据森森的可靠消息，上个礼拜，郑以牧还与陈佳珂一起看了一场电影。

在一线城市工作的女孩，若是容貌姣好，或多或少都希望尽可能嫁一个好郎君。陈佳珂到了三十岁还单身，很显然是还没有挑到合适的男人。

脑满肠肥的富二代，太过油腻，不懂情调；兢兢业业工作的加班狂，身家太薄，在上海置业实在困难。看来看去，陈佳珂始终没有找到入得了法眼的男人。现如今，自己讨厌的秦莉莉看上了郑以牧，她一开始出于意气，想争上一争，随后，或是因为了解到郑以牧美国长大的家庭背景，或是被郑以牧的油嘴滑舌与俊朗外貌所吸引，自己也陷了进去。

不过，郑以牧这个人，always available。他的身边，从来都不缺美女。他大方地向所有美女散发魅力，又吝啬地不肯给任何一个女孩"名分"。因此，我也不知道陈佳珂的选择是福还是祸。

"时岚姐，你觉得陈佳珂能收服郑以牧吗？"森森问我。

"当女朋友，难。不过如果只是露水情缘，应该没问题。根据郑以牧的说法，他的私生活非常丰富，若是在商朝，他就是纣王的知己，酒池肉林，夜夜笙歌。"我担心森森学坏，警告他，"郑以牧身上也有许多非常好的品质，你记得，要学好的，别学他那些花花肠子。"

"那不学郑以牧的话，我学方明远？"森森问。

"方明远也不行，他太清心寡欲了，谈恋爱还得等他到三十五岁。"我说。

"时岚姐，要不你和郑以牧凑一对吧。我觉得，只要你出手，郑以牧一定同意！"森森又在出馊主意，"上周，郑以牧听说你脚扭了，都没让你出差，多好啊。"

"……我是为了给他送文件，才扭的脚。这种情况下，他要是还让我出差，那还是人吗？而且，郑以牧那个家伙，在办公室里当众模仿我一瘸一拐走路的样子，嘲笑我像一只螃蟹，你当时在场，笑得那么开心，都忘了？"提到这件事情我就生气，郑以牧似乎不捉弄我，这一天就不算充实。反而是方明远，繁忙的工作之余，还在我家门口放了膏药，在公司还会不露声色地帮我倒温水。

郑以牧啊郑以牧，如果有一天，我转组去了方明远麾下，那也是你自己把我推远的。

我与森森聊得火热,方明远组里的一群人与方明远开完会,从会议室里走了出来。我俩便停止讨论,在各自的工位上继续办公。

"时岚,有件事,想问问你。"方明远将笔记本电脑放在工位上,给我发了一条微信。

我抬起头,对上方明远的眼神。

"好啊,你问。"我低下头,回复他。

"去天台?今天天气不错,可以吹吹风。"方明远提议。

"行,那我先去,你五分钟后来吧。"我打下这行字后,率先走到了电梯间,乘坐电梯,到了天台。

春光明媚,从天台往下看,花红柳绿里,不同型号的私家车井然有序地停靠着。写着"宝莱"两个字的招牌高高地悬起,玻璃落地窗内,员工们对着电脑敲敲打打,就像是忙碌的工蜂。

这么好的天气,如果没有被困在公司,没有被绑在文档和邮件里,该有多好呀。

"脚好些了吗?"方明远问我的第一句话,是关于扭伤。

"已经没事了。"我疑惑地问,"你叫我来天台,就是要问我这个?"

"主要问这个。顺道,我想问问刁潺的事情。"方明远站到我旁边,并肩而立。

"刁潺?嗯,是我干的。"我没有选择对方明远说谎,大方承认了。是的,以庞斌的胆量,要是敢举报,早就举报了。如果不是我加了一把柴,添了一把火,只怕现在,庞斌还在选择默默忍受。

方明远看向我,眼神里没有责备也没有诧异,他笑了笑:"为什么不否认?"

"为什么要否认?"我理直气壮地说,"方明远,你会支持我这么做的，对吧？"

"我支持你伸张正义，不支持你不考虑后果，险些把自己卷进去。"方明远似乎拿我没办法，"你想要帮庞斌，那就要做得不露痕迹一些。那些资料，单靠庞斌怎么可能收集得那么齐全？尤其是FIMO 的内部文档，如果不是之前与刁潺有过合作的人，根本不可能知道。现在，刁潺还处在兵荒马乱中，等她回过神来，知道了庞斌的去处，查到你头上，你要怎么办？"

"我管不了那么多，我实在是看不下去了。"想到那一晚目睹的事情，我依旧为庞斌感到气愤。

方明远向汪玄德私下施压，告知他如果不能妥当处理紫水晶事件，将以此为契机，要求彻查珠宝黄金类目的销售资质。反正现在方明远与郑以牧各为其政，郑以牧舍不得对洛菲珠宝痛下杀手，方明远可没有这个顾虑。如果紫水晶事件牵扯到了宝莱，那么方明远绝对不会放过踩郑以牧的机会，绝对会直接关停洛菲珠宝在宝莱的所有直播账号。汪玄德是生意人，自然知道与二十万元的罚金相比，与宝莱的长期合作更为重要。因此，他才提高了对紫水晶事件的重视度，亲自致电财务部，签了支付罚金的单子，以求不因小失大。

真难为方明远，紫水晶事件对他来说，着实是一个打击异己的好机会。可是，他不仅没有这么做，还愿意反过来帮助竞争对手。我曾询问过方明远，为什么要选择帮忙。方明远的回答是——他不屑于落井下石。何况，珠宝行业迟早都是他的，损失这一块销售额，对他来说，也没有好处。

我不知道方明远为何可以永远这么自信，但是，我必须承认，我非常欣赏他。

有赖于方明远的从中协调，紫水晶事件有了回音后，我与郑以牧本可以当天下午便离开广州，回到上海。不知为何，刁潺听闻郑以牧从北京飞来了广州，好说歹说，非要请郑以牧吃个饭。郑以牧推脱再三，被刁潺一句"你不来就是看不起我们洛菲珠宝"给撑了回来。看在汪玄德将出席的分上，我与郑以牧只好在广州再多逗留了一天，于傍晚时分去了饭局。

在饭局上，除了汪玄德与刁潺外，洛菲珠宝法务部、财务部与设计部的主要负责人也来了。如果说这些核心人物的出现，是在给郑以牧面子，体现出洛菲珠宝对宝莱业务的重视，那么庞斌的出现，可谓是毫无道理可言。他忙前忙后，不停地为大家倒酒、催菜，宛如一个服务生。

酒过三巡后，整个包厢里的氛围放开了许多，汪玄德居然说起了黄段子。大概是说得太过高兴，汪玄德将话题转到了我身上。

"郑兄，你看你的这位下属，长得可真是漂亮。把她带在身边，你工作起来心情也特别不错吧！"汪玄德色眯眯地盯着我。

要不是顾及场合，以我的脾气，绝对端起面前的酒杯就迎面泼上去，让他明白什么叫作"东西不能乱吃，话更加不能乱说"。

郑以牧似是没听出汪玄德的言外之意，红光满面地端起茅台，笑着说："看美女，那肯定开心。"

"那当然啦。有时岚这个美女在，谁看了不开心啊。时岚妹妹，只要你开口，男人们就不可能不点头。"刁潺笑得花枝乱颤，还反问郑以牧，"郑帅哥，我没说错吧？时岚是不是就是这样才被你重用的呀？"

刁潺说这句话的时候，特地在"重用"这两个字上，加重了语气。

司马昭之心，路人皆知。刁潺要针对的对象明明是不肯见她的郑以牧，为什么要拿我出气？

我看向郑以牧，发现他依然沉浸在与汪玄德推杯换盏中，根本没有要维护我的意思。我为了避免在怒火攻心的情况下，做出过激的举动，谎称要接电话，跑了出去。

我站在大马路上吹了一会儿风，稍微冷静了一些后，在回到包厢之前，先去了一趟洗手间。

从洗手间出来时，我居然看到了刁潺与庞斌。那个场面可以描绘为，在刁潺杀猪般的呕吐声里，庞斌一直搀扶着她，好不容易等她吐完，她又把自己的身体靠在庞斌的身上。刁潺一直娇媚地说自己头疼，没有进入包厢，而是拉着庞斌的手，二人坐在了洗手间不远处的沙发上。她旁若无人地躺在庞斌的大腿上，双手还紧紧环抱住他的腰。

根据我的经验，正常人吐完，都应该双脚发软，连站立都成问题，一心只想着赶快回家休息，怎么可能还会用这种奇怪的姿势抱住别人呢？

因为有一段距离，我看不清楚庞斌的表情，只能看到他僵硬的侧影。庞斌木讷地任由刁潺摩挲着，一言不发。看到这个场面，我不由得觉得十分苦涩。庞斌还十分年轻，他有着相爱的女朋友，还有想要去上海的职业规划，到底是什么让他不敢推开刁潺，而是选择了忍气吞声呢？

在传统价值观中，男性应当做强者，应当事业有成，应当男儿有泪不轻弹，否则便会丧失作为"男人"的资格。因此，当男性遇到职场性骚扰时，这些传统观念就像是一道道枷锁，勒紧了他们准备发声的喉舌。在女性受到骚扰时，每个人都会站在女性身边声讨好色之徒；可同样的遭遇以男性为主角时，舆论的导向常常会变成——男人被揩油难道不是男人赚了吗？多么强盗的逻辑，多么封建又陈旧的思想，多么不负责任又小市民的言论，可正是这样的舆论压力，令众多男性对性骚扰羞于启齿。

而对刚走出象牙塔踏入职场的年轻人来说，由于社会经验不足，他们难以分辨关心、暧昧与骚扰，也常因为担心个人形象和职业发展而忍气吞声。

我为庞斌鸣不平，也为我之前在酒桌上遭遇的调侃而愤懑。当天晚上，我躺在酒店的床上，久久难以入眠。我没有选择求助郑以牧，因为在酒桌上他都没有维护我，我又怎么能指望他支持我的想法呢？

我翻来覆去，就是睡不着，到了凌晨四点，我实在是难以忍耐，给庞斌发了一条信息："庞斌，你好，我是时岚。如果你今天有时间，我想和你见一次面。"

庞斌的信息很快就发了回来，他与我约在了一家早餐店。面对着琳琅满目的早点，没精打采的庞斌却没有任何胃口。他哭丧着脸，把我当成了救命稻草。

"刁潺刚来的时候，很凶。对于我们这些职位比较低的人，她一直都是爱搭不理的。但是，她好像很看好我，经常给我机会让我去负责项目。我以为自己是碰到了伯乐，但是，事情很快就变得不对劲。"庞斌说到这里，叹了口气，"她会大半夜给我打电话，让我去酒吧接她，还要我充当她的私人司机，送她回家。没有人的时候，就让我喊她'亲爱的'。如果我回复她消息晚了，她就会疯狂给我打电话，质问我是不是不在意她了。"

庞斌把自己与刁潺的微信对话框打开，递给我："你看，这些都是她传给我的照片。唉，我之前都已经删过一次了……真的，我现在只要一想到她，就头皮发麻。"

"刁潺这么明目张胆，汪玄德不管吗？"我问。

"她是汪总重金挖来的人，而且工作上真的很有手段，能处理很多事情。汪总不会为了我，问罪于她的。"庞斌的精神状态很差，昨晚的饭局，肯定也把他折腾得不轻，"唉，要不是还没有找到下一份工作，我真的很想直接辞职。"

我想了想，看着庞斌："你把你的简历发给我，我帮你看看上海有没有合适的工作机会。"

"真的吗？时经理，你愿意帮我？"庞斌的眼睛一下子亮起来。

我点头："我可以帮你推荐试试，不过，我也希望你可以帮我一个忙。"

庞斌点头如捣蒜："只要你愿意帮我离开，不管是什么要求，我都一定会办到。"

我与庞斌之间的约定，我没有告诉第三个人。方明远能洞悉这些，我只能说他料事如神，又或者说，他可能比我想象中还要了解我。

"反正事情都已经这样了，总之呢，很爽。别说再给我一次机会，再给我一千次机会，我都要让刁潺为她的行为付出代价。本来好好的职场，就是被这些臭虫搞坏了。"我当着方明远的面，大大方方地说。

方明远伸出右手，握成一个空心拳，看似用力，最终落在我的额头上，却是轻轻一碰。

"如果再有下次，告诉我，不要自己决定。"方明远温柔地说。

"你会帮我？"我很是惊喜。

"至少不让你用这种笨办法。"方明远笑，"行了，走吧，一起下楼。刚刚也不等我,还非要一前一后。"

"这还不是为了你,怕别人觉得你要从郑以牧那里挖角我嘛。"

"事实如此,我确实希望你来我的组。"方明远认真道。

"那也不好,还是低调为妙。"我顾左右而言他。

半年不到的时间里,我几度换老板,负责调整我系统的人力资源部的同事不累,我都累了。还是算了,过几天安生日子吧。

"你现在不怕坐电梯了吗?"方明远问。

"怕能怎么办,总不能爬楼吧。"我摁下电梯下行按键。

"懒惰可以战胜恐惧。"方明远说着,笑了起来。

因为刁漧的事件,"男员工被女老板性骚扰"的话题,冲上了微博热搜,引发了广泛关注与讨论。在此背景下,天迈公司表示正在制订《集团反性骚扰行为准则》,宝莱公司亦宣布"抵制职场潜规则",均提出不对他人进行性骚扰、不强迫陪酒。洛菲珠宝新增员工行为准则要求,"不滥用权力、不恃强凌弱,不因自己处于强势位置而对他人进行言语、行为等任何形式的欺辱和霸凌"。

我在工位上刷着最新的新闻,抬头看到对面的方明远一脸严肃地在处理工作,安心地笑了出来。

这一场仗,我是赢家。

第二十七章　叶公好龙

安姐曾为了我的职场之路，努力启发过我："时岚，当你心里有一件不想等、马上就想做的事情，那你就找到你命中注定要做的事情了。"

时隔这么久，不争气的我，还是没有感知到事业对我的召唤。可是，此时此刻，凌晨一点，独自在办公室里加班，就差拿根火柴棍撑开眼皮，还要被使唤跑去"江湖救急"的我，确实有一件完全不想等待、就想立刻去做的事情——把郑以牧吊起来打一顿！

王八蛋郑以牧，自己傍晚七点半就溜走了，跑去和公关部的大美女陈佳珂约会，过了五个半小时后才想起还在加班的我，居然是让我去半岛酒店给他送身份证……

做上司做成郑以牧这样，是要被钉在历史的耻辱柱上的。做下属做成我这样，至少得给我颁发一个最佳劳模奖。

这已经是不知道第多少次，我在深夜独自站在公司大门口等车。春天的宝莱园区，连泥土都散发着芬芳，新绿从树木枝丫上冒出来，在路灯的照射下，在地面画出斑驳的光圈。

等待了大概五分钟，一直没有司机接单。郑以牧这个催命鬼又给我打来了电话，问我什么时候能到。我没好气地让他再等等。

"时岚小朋友，十万火急，我真的需要身份证。"郑以牧迫切地说。

"你要身份证干吗？"我气鼓鼓地问。

"要身份能干吗？当然是开房啊。她又没带身份证。"郑以牧的语气里居然还有几丝埋怨。

"你们开房，让加班的我来送身份证?!我又不是哪吒，总不能踩着风火轮来救你！等着！"我不等郑以牧说完就挂断了电话。

站在原地，我毫不客气地骂了郑以牧十几句，方明远的牧马人意外地出现在我的面前。

最近我常有一种错觉，就是和方明远有着别样的缘分。好像我不管在哪里，总能碰到方明远。真不知道上天是派他来拯救我的，还是派他来监督我的。

方明远总是出乎意料地出现在食堂、电梯间还有公司大门口，让我措手不及。今天中午，在我和森森大口啃着猪蹄的时候，方明远还给我递来了几张餐巾纸。那场景，现在想起来，我都觉得尴尬。

"时岚，回家吗？"方明远放下车窗，探出头问我。

"嗯……方明远，你能载我去半岛酒店吗？"我没头没脑地问。

"啊？"方明远明显愣住了。

我这才意识到刚刚的话语，像是一个不正当的邀请，连忙解释道："不是，我的意思是，你能不能送我去半岛酒店找郑以牧？"

"送你去酒店找郑以牧？"方明远脸上一瞬间乌云密布。

"对啊。"我不明所以，"你怎么看起来不太高兴的样子。"

方明远的眉头皱起来，他看着我，认真地说："时岚，没有任何一个男人会愿意充当司机，送女同事去见另一个男人的。何况，目的地还是酒店。"

"对吧！我就说郑以牧很离谱吧！他和别人开房，把身份证忘在公司，居然让我别加班了，跑去给他送。我真的气死！"我又骂起郑以牧来。

方明远听到我这么说，眉毛轻挑："你的意思是，郑以牧是和别人……那好吧。"

"嗯？你答应啦？"我欣喜不已。这个时间点，如果方明远不答应载我去半岛酒店，我估计真的要等上好一阵。

"上车吧。我送你去，总比你自己去好。"方明远示意我上车。

我坐上副驾驶座，发觉车门上有一袋真空包装的贵州青岩猪蹄。

"给你的。"方明远说，"保证比食堂的好吃。"

"哇，谢谢！"我的心情因为一个猪蹄明亮起来。

"吃之前记得拿微波炉加热。如果在家的时候想吃了，可以来我家，用我的微波炉，你有我家钥匙。"方明远嘱咐道。

我点点头："放心，在吃东西这件事情上，我是不会亏待自己的，哈哈。"

方明远终于露出了笑容。

我侧过头去，观察方明远的神情，想了想，问他："今天下午的事情……解决了吗？"

"嗯。"方明远闷声回应了我。

看到方明远低垂的眉眼，我就知道，郑以牧确实是在太岁头上动土，惹着方明远了。现在，方明远还能宽宏大量地开车送我去给郑以牧送身份证，让郑以牧风流快活，真是不同凡响的胸襟与气度啊。

事情还要从今天下午三点左右，从宝莱公司九层会议室里传出的争论声说起。

正如安姐给我提前预警的一样，美妆行业变天了。赵晓雪的心

第二十七章　叶公好龙

腹,也就是安姐的上级陈思怡,与罗心慈联手架空了赵晓雪。她们的手段算不上高明,甚至可以说漏洞百出,赵晓雪但凡能对陈思怡多一分猜忌,对罗心慈多一分信任,都不会落得如此下场。

陈思怡是赵晓雪一手带出来的左膀右臂,平日里,赵晓雪从来不会回避在她面前谈论真实的想法,并时常在与重要客户高层对接时,将陈思怡夸赞成自己的接班人,允许陈思怡私底下与客户接触,互相留有联系方式。赵晓雪想当然地以为,只要自己压制好罗心慈,又足够给陈思怡机会,自己在美妆行业的江山,就足够牢固。她没有料到的是,陈思怡不愿意再等了。而罗心慈,被我的"被迫转岗"与露露放弃年终奖也要离开的决定所刺激,也不愿意再忍耐了。

二人一拍即合,短短三周时间,就将赵晓雪拉下了马。

"不要以为你的努力,老板会看得见,你再努力,在老板眼里也是应该的。为公司做出贡献的同时,一定要告诉你的老板并索要回报,否则,你的付出,将在几天后开始变得不值钱。所以,遇到更好的机会,不要犹豫。"这段话,是陈思怡对赵晓雪"痛下杀手"前,对安姐说的话。

起因不过是陈思怡在与美妆六个重要品牌谈判年框成功后,向赵晓雪提出升职加薪的诉求,被赵晓雪以再耐心等等为由拒绝了。陈思怡气不过,深夜叫上了安姐,在酒吧里一诉衷肠。安姐不虚此行,一顿酒下来,在陈思怡心中,也成了完完全全的自己人。

是的,陈思怡的计划里,安姐是重要角色。也是由安姐提议,从中撮合,才让素来看彼此不顺眼的陈思怡与罗心慈得以联手。

职场嘛,哪有永远的敌人和永远的朋友,只有永远的利益。

罗心慈先行做铺垫,在所有人面前表现出为了美妆行业抛头颅洒热血的热情,百折不挠地给赵晓雪递交新的提案,又毫不意外地被一一否决。旁人问起时，罗心慈便露出柔弱的一面，苦笑着说："一切都是为了创始人的交代，一定要振兴美妆行业，受多少委屈都是值得的。"据说，罗心慈还曾经梨花带雨地在创始人的办公室，依依不舍地交过辞职信。创始人极尽挽留，罗心慈这才答应先休息三天，舒缓一下情绪。

可是，事实上，罗心慈根本没有表现出因为赵晓雪而不得已耽误工作的弱者姿态。相反，罗心慈在休息的第二天，就回到了公司办公，并且任劳任怨地加班到凌晨三点。本应该休息的第三天，罗心慈在朋友圈晒出了医生对自己"过度疲劳"的诊断，但依旧不辞辛劳地出差杭州，跟直播现场到凌晨一点。

全公司都在议论赵晓雪的厚此薄彼，创始人也不能再坐视不管，私下里约了赵晓雪一顿饭，旁敲侧击了一番。次日，赵晓雪回到办公室，态度上对罗心慈温和了不少，可是，对于创新项目，该否决还是否决。

只能说，当赵晓雪对罗心慈的成见深到了一定的程度，只要她下定了决心不让罗心慈出头，那么罗心慈做什么都没有意义。

就在舆论都站在了罗心慈这一边，唏嘘赵晓雪用人唯亲之时，陈思怡给了赵晓雪致命一击。

美妆行业与重点品牌大会上，宝莱创始人如约出席。当着创始人的面，各个重点品牌的总经理都对陈思怡赞不绝口，明里暗里都在传递着赵晓雪是个甩手掌柜的信息。更有花魅品牌的总经理当着赵晓雪的面，向创始人投诉："你们宝莱以后找我谈合作，让思怡来就好了。晓雪嘛，平日里肯定清闲惯了，不熟悉我们业务的。"

根据在场的同事转述，那一刻的赵晓雪，面如死灰。

一句话，能不能伤及要害，除了要看话语的内容，还得看是出

第二十七章 叶公好龙

自谁之口。花魅品牌是宝莱公司美妆行业今年重点合作的对象，都挑明了对美妆行业负责人的不信任，赵晓雪想再挂帅称王，着实有点困难。

偏偏赵晓雪这段时间因为想做冻卵，跑了香港好几次，工作多少有些懈怠，以至于把核心的信息都毫无保留地交给了陈思怡。创始人问及赵晓雪一些数据时，赵晓雪支支吾吾地答不上来，疯狂给陈思怡递眼色。陈思怡微笑着一五一十地回答了创始人的问题，末了，还温柔地对创始人说："您以后对美妆行业有什么疑问，都可以随时问我。毕竟，每周交给您的美妆行业周报，都是我写的。"

兵不血刃，陈思怡一句话，就否定了赵晓雪对美妆行业的所有贡献。

那次大会后，本来创始人就对赵晓雪产生了顾虑，这下"自己人"的一记重创，更是让赵晓雪百口莫辩。

由创始人点头，交由罗心慈跟进的直播商城小鸭子滤镜功能开发的任务，被赵晓雪否定了三次后，陷入了停滞。然而，与此同时，该功能在一个刚刚兴起的电商直播平台虎啸被开发了出来，得到了广大消费者的喜爱。功能试用期间，该平台注册人数就增长了132%，风靡各个社交媒体平台。不少用户自发制作了小鸭子的表情包，为虎啸直播平台做了二次传播。

说来也奇怪，虎啸平台的功能设计方案，与罗心慈的想法不谋而合。因为创始人看过罗心慈最后一版设计方案，所以，当各个公众号在夸赞虎啸平台别出心裁的时候，恶意阻挠该功能开发的赵晓雪难辞其咎。

基于以上原因，才有了今天下午会议室中赵晓雪与创始人的争论。

赵晓雪坚持称自己是出于职业判断，才要求罗心慈暂缓功能上线，可是，赵晓雪说出的理由，都不足以让创始人信服，反而加深了他对赵晓雪的负面印象。赵晓雪百口莫辩、心力交瘁之时，陈思怡走了进来，当着创始人的面，声泪俱下地质问赵晓雪为何要泄露与当红明星钟晨曦合作的底价，以至于钟晨曦被天迈公司以更高的价格挖走，直接造成陈思怡的重点直播项目开天窗。

"我没有！我怎么可能泄露与钟晨曦合作的底价！"赵晓雪矢口否认。

"可是……晓雪姐，你昨天刚和天迈公司的人吃了饭，今天项目就黄了，不是你，还能是谁呢……这次的底价，只有我和你知道呀……"陈思怡一副因为项目流失而痛心不已的表情。

赵晓雪一起吃饭的对象，是天迈公司的员工不假，可那个人其实是她的高中同学，且在行政部门任职，负责管理逢年过节礼品的分发，和电商业务根本八竿子打不到一起去。赵晓雪本来也非常注意避免和竞争对手公司的员工私下联络，以免被人说闲话，实在是因为最近自己的冻卵计划迟迟不成功，这才去请教有成功经验的老同学。这个消息，赵晓雪只告诉了陈思怡，却没有想到，偏偏被陈思怡"误会"了。

当着陈思怡的面，赵晓雪还没有来得及思考是否要告知创始人关于冻卵的私人事宜，创始人就给曾经颇为看好的她判了"死刑"。创始人缓缓地说："晓雪，这些日子，你辛苦了。你先出去，我有些事情，想和思怡谈一谈。"

赵晓雪从会议室出来后，径直回了家。

随后的三个小时里，美妆行业便发生巨变了——赵晓雪因个人原因，停薪留职半年，她手头的所有工作由陈思怡接管。罗心慈不再负责美妆行业横向事务,转而肩负起宝莱直播的海外美妆市场的开拓业务,直接向创始人汇报。罗心慈原本的工作由邵佳敏接管。

而安姐,自然也分了一杯羹。安姐顺级而上,负责了陈思怡原本的工作,与邵佳敏平起平坐,并获得了与创始人直接接触的机会。根据我对邵佳敏的了解,她搞不定我,更搞不定安姐。

在工作中,得到了一次晋升,并不能保证你还会得到第二次。到了赵晓雪这个层级,员工的表现好坏取决于他们对公司未来所做出的贡献,最重要的是,能为公司带来多少新业务。而赵晓雪,不仅没有致力于发展新业务,反而阻碍了固有业务的发展,那么被换掉,就是迟早的事情。

一场巨变,陈思怡获得了权力,罗心慈收获了名声,离开了纷争之地,安姐与邵佳敏跟着升职,众人欢呼雀跃,只有赵晓雪黯然神伤。

我为赵晓雪感到可惜时,安姐则不以为然。

"冻卵计划最重要的就是静养和全身心投入去配合。"安姐把自己的新名牌端正地摆在工位上,笑着说:"这对赵晓雪也是个契机,搞不好她因祸得福,一下子成功两个呢。"

"欸?安姐,你怎么知道冻卵计划的注意事项啊?"我问。

"噢,赵晓雪去冻卵的想法,就是我鼓励的呀。你要说服她去冻卵,不得有点知识储备吗?哈哈!"安姐对我神秘地一笑,我愈发为邵佳敏感到压力颇大。

邵佳敏逼走了露露,好不容易坐上罗心慈的位置,以为万事大吉了,没想到对手却是道行高深的安姐。希望邵佳敏不要不自量力,非要和安姐斗上一斗,不然,安姐还能放她一条生路。

本以为美妆行业的战火只会停留在美妆行业,没有想到,赵晓雪的失职让创始人感到了危机,他将枪口对准了珠宝行业,直指方明远。

原来,虎啸直播的创始人,曾经五次三番地致电方明远,希望方明远可以加入他们。为了体现诚意,对方还愿意给方明远20%的股份,薪资也完全可以敞开聊。方明远一再婉拒,实在是面子上过不去,才与对方吃了个便饭。

这件事情,本身也不算什么大事,偏偏就在美妆行业变天的时候,经由郑以牧之口,传到了创始人的耳朵里。创始人再信任方明远,也不得不提防在自己用赛马形式,令方明远被迫让出一部分业务给郑以牧的情况下,方明远会将关键的商业机密泄露给虎啸直播。因此,创始人将方明远叫进了办公室,好一番盘问。

方明远为人清高,最反感的就是他人恶意揣测他的人品与职业操守。可想而知,创始人的询问,再怎么委婉,在方明远听来,都是含沙射影。欲加之罪,何患无辞。还好方明远留了一手,将自己与虎啸负责人的聊天记录直接交给了创始人看,这才让创始人确信了他的行为没有不当之处。

在我看来,亏得是郑以牧的一句话让方明远蒙受了冤屈,当下才会如此平静。如果换作是方明远令创始人对郑以牧起了疑心,哪怕是轻飘飘地试探郑以牧一句,郑以牧都能抱个炸弹来,把整栋宝莱大楼炸个粉碎以泄愤。

"其实吧,我觉得郑以牧肯定不是刻意要告密的。郑以牧这个人看起来确实挺欠揍的,和你也是竞争关系,我听说他也常在大会上说些幼稚的话,让你下不来台,但是,以我对他的了解,他肯定不会用这种下三烂的手段来陷害你。"我试着为郑以牧开脱。

"嗯。"方明远只是闷声应答。

第二十七章 叶公好龙　　383

"当然了,我知道,为了成为珠宝行业的总监,职场斗争也是常有的事情。如果你怀疑是郑以牧蓄意而为,也是情有可原……"我怕方明远不高兴,只能试着找补。

"我相信他是无心之失。"方明远总算是开了口,表明了态度。

我欣喜地问:"你真的这么想?"

"如果我没推理错,郑以牧什么都没说,是创始人为了让我对郑以牧有敌对意识,才刻意对外说是从郑以牧那里得到的消息。"方明远不疾不徐地说。

"推理?"我好奇地问,"这要怎么推理啊?"

方明远为我解答:"虎啸直播平台找了我以后,还找了郑以牧。"

"所以你是因为郑以牧也和虎啸直播平台联系过,知道他不可能为了对付你,让自己也陷入险境,才选择相信他的吗?"我问道。

"不是。"方明远笑了,在红灯的路口停下了车。

"那是因为什么?"我问。

"因为你。"方明远说,"因为郑以牧是你相信的人。而我,相信你相信的人。"

"呃……我信任的人,倒也不是不可能干些坏事……"我略有些心虚。比起郑以牧,我肯定是更信任安姐的。可是,安姐刚刚才把赵晓雪给送走,用的方法也不见得有多光彩。

"没关系。我相信,如果郑以牧真的这么做了,你一定会赶在我前面,替我出头,而不是像现在一样,坐在我旁边替他开脱。"方明远说。

"那当然!"我不假思索地说。

"那就够了。"方明远心情大好。

我有点摸不清方明远的意思,但是,不管怎么说,只要方明远没有因此误会郑以牧，二人之间没有猜忌，那么共同汇报给他们的我，日子肯定也不会难过。

做人真难，做宝莱公司的员工更难，做夹在方明远与郑以牧当中的夹心饼干更是难上加难。我的工作内容由郑以牧分配，绩效却要参考方明远的意见。这两个大爷，我谁都得罪不起。创始人希望他们能够针锋相对，却完全不理会我们这些一线员工的死活，真是没有人性。

我在心里碎碎念着，不一会儿就到了半岛酒店。

我谢过方明远，刚要下车，方明远拦住了我："我和你一起进去。"

"啊？这可是酒店，我们孤男寡女的……"我忽然有些迟疑。

"现在反应过来，你来的是酒店啦？"方明远笑，关上了牧马人的车门，"我陪你去，放了身份证咱们就走。"

"噢，好。"我觉得方明远说得也有道理。有他在，起码多个人证，证明我真的是来送身份证的。

走进半岛酒店大厅，我四处张望，都没有找到郑以牧的身影。

"大哥，你在哪儿？"我问。

"726房间，你直接上来。"郑以牧说。

"你不是没有身份证，开不了房吗？"我追问。

"大姐，你来都来了，问那么多干吗，快来！"郑以牧催促道。

在前台登记了身份信息后，我与方明远一同去了726房间。

半岛酒店的装修金碧辉煌，郑以牧还开了个行政套房，价格绝对不便宜。真是牡丹花下死，做鬼也风流。

房间门刚打开，我就看到了瘫在沙发上，抱着手机玩单机斗地主游戏的郑以牧。他的风衣披在身上，侧着身子，贴近手机屏幕研

第二十七章　叶公好龙　　385

究着打牌的策略。

"大哥,小的来报到了。"我把他的皮夹递过去。

郑以牧看到我就像看到了救星,噌的一下站起来:"你怎么才来啊!"

"一直没司机接单。要不是方明远送我,我现在可能还在公司门口站着呢。"我说。

郑以牧这才注意到"不速之客"方明远,不满的情绪一下子澎湃了起来:"我让你给我送身份证,你带个拖油瓶来干吗?难道还怕我对你有非分之想?你想什么呢!"

"……反正呢,身份证我已经送到了,接下来,就祝你们愉快吧。方明远,我们走吧。"我直接把皮夹塞到了郑以牧的手里。

深夜了,我不想再与郑以牧争辩,更不想再麻烦方明远,便招呼着方明远准备一同离开。没想到,郑以牧居然卖起了惨:"时岚小朋友,你好狠的心啊,难道你忍心把我就这样丢在酒店里?"

"大哥,你和陈佳珂要干什么,是你们自己的事情。你不会要求我送完身份证,还要旁观你们的下半场吧?不好意思,本姑娘没那个嗜好。"我无奈地说。

"你这是造谣啊!我和陈佳珂是清白的,作为同事,她喝多了,我不能置之不理,对吧!"郑以牧看没办法从我这里拿到同情分,转而把目光投向了方明远,"明远兄,都是男人,你懂的。"

方明远看了一眼我,避之唯恐不及地往后退了一步:"呃……其实,不是很懂。"

郑以牧与各种美女如何缠绵悱恻,我真的一点兴趣也没有。他真的没必要在我的面前装纯情。

"方明远,我们是兄弟吧?"郑以牧不知道葫芦里卖的哪门子药。

"嗯……算是吧。"方明远说。

"什么叫算是啊？我可是把你当亲兄弟。"郑以牧笑嘻嘻地转过身对我说，"来，时岚小朋友，看在你是个女人的分上，照顾陈佳珂的任务就交给你了。"

"你骗我给你送身份证，就为了让我来帮你照顾陈佳珂？"我呆住。

"对啊，她喝醉了，我让服务生把她送到了房间，又不好把她一个人丢在酒店。现在，你来了，万事大吉！"郑以牧再次强调，"天地良心，我只在客厅待着，陈佳珂待的房间我一步都没踏进去过。这个套房有俩房间，你一个，陈佳珂一个。刚好方明远来了，可以开车送我回去。"

好家伙，郑以牧这是把方明远当司机，把我当苦力啊。一下子，把我们俩安排得明明白白。

我无奈地叹口气，只好对方明远与郑以牧说："那你们等等，我先去看看。"

走进房间，我就看到了醉倒在床上，脸色通红、满身酒气的陈佳珂。这才四月，她就为了凸显身材，穿了超短裙，一双白花花的大腿踢在被子外，整个人蜷缩在床上，嘴里说着不清不楚的醉话。

我为陈佳珂脱下了鞋子，盖好了被子，尽可能将她照顾好。

等我走出房间，正准备招呼郑以牧与方明远一同离开的时候，郑以牧居然像发现新大陆般，在原定给我的房间里发现了他的人生挚爱——自动麻将机。

"不行！郑以牧，你清醒一点好不好！凌晨两点了，我去哪里找两个人和你打麻将啊？！"我仰天长啸。

第二十七章 叶公好龙

"难道你不会打麻将吗？别装了！上次在南京出差，你明明说你会的！还号称自己是'雀后'！"郑以牧当着方明远的面，揭我的短。

"我又没说我不会。可是，我会，人家方明远不会啊。"我看向方明远。

"不是吧，方明远，你连打麻将都不会？太逊了吧！"郑以牧想要打麻将的心，三十万匹马都拉不回来。

郑以牧是在美国喝着洋墨水长大的人，唯独碰到中国国粹麻将，身体里的中华血脉就会觉醒。我相信，等他年纪再大一些，在广场舞这个赛道上，一定也能带领他所在的小区独领风骚。

"我会。"方明远居然点了点头。

"那就算方明远会，我们三个人，三缺一，还是少一个人呀。总不可能把陈佳珂叫醒，让她来凑人数吧？"我说。

"再叫个人来呗。"郑以牧不以为意。

我指着手表上的时间，提醒郑以牧："你看看，现在几点了？哪个正经人，会在这个时间点，跑来半岛酒店打麻将啊？"

郑以牧神秘一笑，我就知道，这场麻将打定了。

十分钟后，胖哥由他家的私人司机送来了半岛酒店，并且提着一箱奢侈品牌 PRADA 定制的麻将，走进了房间。在等待胖哥的过程中，方明远还嘱咐我去陈佳珂的房间看看隔音的情况，确认不会影响到陈佳珂后，才放了心。

胖哥热络地直接奔向了麻将桌，与方明远和郑以牧打了招呼。

"哟，仙女，你也在啊！"胖哥终于看到我。

我翻了个白眼："什么叫作'你也在'。拜托，这个屋子里，你最熟悉的人就是我，好吗？"

"那不能。在麻将面前,胖哥和我是亲兄弟!"郑以牧哈哈大笑。

在这一刻,我终于明白,为什么胖哥总是在我面前说郑以牧的好话,原来是麻将让他们惺惺相惜。

那天晚上,我们四个人对着一张麻将桌,全然不顾精心打扮,希望能与郑以牧有一次浪漫的烛光晚餐的陈佳珂,打了一圈又一圈。

徐志摩说过,"最暧昧是打麻将"。可是,我们这一女三男的组合,全然看不出任何暧昧。

胖哥作为我的学生,完全没有要尊敬师长的意思,动不动就截和我,生怕被我占了一点便宜。郑以牧也没有顾及我送身份证的功劳,运用他的数学计算能力,一直在推算我手里的牌,将我逼到死角。就连方明远,都没对我手下留情。在我好不容易以为可以宣告胜利的时候,方明远仔细查看了我的牌,淡然地丢下了一句:"时岚,你诈和了。"

诈和赔三家。

谢谢方明远,谢谢他的明察秋毫,那一夜,只有"悔不当初"能形容我的感受。

谢谢麻将的发明人,是麻将,让我知道,绅士风度在和牌面前,一文不值。

谢谢睡得像死猪一样的陈佳珂,但凡她能让郑以牧留恋温柔乡,我都不至于输掉我半个月的工资。

"我不打了。"我双手一摊。

三位男士莫名其妙地团结起来,齐刷刷地制止我。

"梁实秋先生说了,'打牌本是娱乐,往往反寻烦恼,又受气又受窘,干脆不如不打'。我觉得,他说得对。"我搬出文人前辈的话语,用以遁逃。

胖哥茫然地挠挠头:"梁实秋是谁?"

"一个怕输的胆小鬼,和时岚小朋友一样。"郑以牧揶揄我。

我拿定主意,就是不打算继续了:"那我不管,反正是文人前辈说的,当然得听。"

眼看着就可以甩手不玩了,方明远居然给我补了一刀:"梁启超先生也说了,'麻将不能不打,要救国一定要打麻将'。"

"我现在又不用救国!"我垂死挣扎。

"柏杨先生也说,'一个人的气质平时很难看出来,一旦到了牌桌上,原形便毕露无遗。有些人赢得输不得,三圈不和牌就怨天尤人'。时岚,你不是这样的人,对吗?"方明远继续补刀。

"……方明远,你怎么也……"我咬牙切齿地说。

方明远为我码上牌,微微一笑,小声地对我说:"不要走,决战到天亮。"

我的天啊!谁来管管这些爱打麻将的男人啊!

第二十八章　千年窑火

　　大概是得益于"牌搭子"的情谊，郑以牧与方明远的关系急速拉近。

　　在公司里，大家常常能看到二人有商有量地探讨工作上的决定，就连郑以牧需要联络重点客户时，方明远都会愿意出面打个招呼。郑以牧为了表达对方明远的肯定，还送了一个金毛狮子玩偶给他。

　　因为两个老板关系和睦，办公室里，两个组的员工们私下的聚会也多了些。宝莱公司内部对此津津乐道，说珠宝行业不仅业绩完成得好，领导者能干，且气氛融洽，连向人力资源部递交转岗珠宝行业申请的人数都直线飙升。创始人本来也担心厚此薄彼，冷落了方明远与郑以牧中的任何一个，现今看二人能合作共赢，干脆顺坡下驴，向其他行业的领导者倡导学习他们的大格局。

　　"心中若能容丘壑，下笔方能汇山河。"是创始人对方明远与郑以牧的评价。去安姐家吃饭的时候，我将这句话像笑话一样说给安姐听，安姐却忧心忡忡了起来。

　　"时岚，留给你的时间不多了，在郑以牧与方明远之间，你需要做一个选择了。"安姐给我夹了菜。

　　"做选择？可是，我已经是郑以牧组的人了呀。"我说。

　　"不，你还有得选。"安姐帮我分析，"郑以牧主动与方明远保持友好的关系,是为了让方明远帮他多介绍人脉资源。说到底,珠宝行业原来也是方明远的天下。方明远乐意接受郑以牧的邀请,一方面是为了降低创始人对他的猜忌,表现得安分守己,另一方面,他是在向外界释放一个信号——他方明远非常大度。这样的气度与心胸,不仅可以吸纳更多有才之士,也可以创造与郑以牧下属接触的机会。当然了,郑以牧的下属当中,你是他最想要争取的那一个。景德镇'千年窑火'的项目,就是最好的证明。"

安姐的说法启发了我。是的,在安姐这么说之前,我还天真地以为他们是出于对彼此的欣赏,这才有了当下的一拍即合,共同投入景德镇"千年窑火"项目中。细细想来,方明远与郑以牧走的每一步,都是在为自己的人设加分。毕竟,美妆行业的前车之鉴,让大家都明白,多事之秋,平稳度日最是妥当。大概,这也是方明远爽快同意创始人的提议,让郑以牧加入景德镇"千年窑火"项目的主要原因。

景德镇"千年窑火"项目,原本归属于方明远团队负责的陶瓷类目,是七月与八月这个双月最重要的项目。方明远与郑以牧已经在珠宝行业各自奋斗了近半年,在迭代迅速的互联网行业里,二人各有优势。在这个节骨眼上,创始人让方明远与郑以牧共同负责一个项目,实质上,也是在给他们设置最后一个关卡——谁赢了,谁就是珠宝行业总监。

根据宝莱平台数据显示,江西景德镇市陶瓷直播电商年交易额达70亿至75亿元,占全国陶瓷直播电商交易量的70%左右。而郑以牧与方明远此次要攻克的景德镇"千年窑火"项目,是与当地政府合作的推广传承项目。在项目筹备期,创始人就对该项目寄予厚望。创始人希望郑以牧与方明远能在当地挖掘出新的生意增长点,打出声量,在陶瓷类目上弯道超车,抢先天迈公司,得到大众认可。

这话说得过于空泛,一阵雷鸣般的掌声后,没有人听明白创始人到底要做什么。唯独能确认的就是——这就是当老板的好处,你都没想好目的地的时候,你的下属们就已经开始在大脑中为你规划路线了。

为了能够深入景德镇"千年窑火"项目,方明远与郑以牧决定共同去景德镇一周,考察实际情况。而在他们预备出发的前一天,郑以牧通知我,考虑到我有"高超的美术功底与绘画水平",他决定带我一起去见见世面。

我理解郑以牧的动机,带上我一块去景德镇,不仅可以避免他与方明远相处的尴尬,还能在必要之时,把我扔出去表演一下才艺,就像过年时那些烦人的长辈最爱让你跳个舞一样。我面带微笑地展示自己有一双会画画的手,郑以牧"慈祥"地点点头,说"各位大师,见笑了"。

不过,能参与这么重要的项目,本就对中国传统文化感兴趣的我,终究是开心的。只是,我并没有像安姐一样考虑得那么深远,全然不知,这是一次"易主"的契机。

"时岚,现在主动权在你手里。从选上司的角度来说,方明远与郑以牧各有所长。"安姐说。

"安姐,如果是你,你选谁?"我问。

"郑以牧。"安姐毫不犹豫地回答,"因为郑以牧把你当自己人。"

安姐的话我当然能明白。郑以牧与我之间是有足够深厚的上下级情谊在的,何况安姐并不知道我与方明远是邻居。在安姐眼里的

第二十八章　千年窑火

郑以牧,血气方刚,但是十分仗义。而方明远,运筹帷幄,是不会轻易让他人看透心思的人。对并不擅长分析职场局势的我来说,选一个绝对不会坑害我的郑以牧,最起码不会是一个错误的决定。

"安姐,我选我自己。"我对安姐说,"方明远也好,郑以牧也好,他们都是因为我'好用',才愿意给我机会。我觉得,在宝莱,我是可以靠着我自己的本事,带领我自己的团队,证明我不需要依靠他人的。如果有一天,方明远与郑以牧都离开了宝莱,那么我依然可以凭借我的用处,被创始人留住,这才是本事。"

安姐听完,哈哈大笑:"不错,我的小妮子长大了,知道能靠得住的只有自己了。"

安姐的丈夫从厨房走出来,端着一碟洗干净的草莓放到我们面前,笑着说:"要是这么说的话,我可就不高兴了,你还能靠着我呢。"

单身狗出门在外真不容易,猝不及防就能被撒一把狗粮。

次日,我与方明远按照约定好的时间,共同从黎园公寓出发。一路上,方明远都在开电话会议,我闭着眼睛补眠,却被手机振动声打扰,不得已睁开眼睛回复工作消息。出租车大哥非常识趣,从头到尾都没有说话,也没有听广播。我与方明远就像是装在盒子里的两台工作机器,各自为手头的工作鞠躬尽瘁。

到了机场,临近登机前,郑以牧才姗姗来迟。方明远与郑以牧不同,他喜欢一切都准备好,万无一失,而郑以牧则喜欢争分夺秒。因此,在搭乘飞机这件事情上,明明是上午十一点的航班,方明远会七点就出发,宁愿在机场的贵宾室里继续工作,也不愿意冒任何堵车的风险。而郑以牧则会算好时间,早到机场一分钟,对他来说,都不如在宽敞明亮的家里来得舒服。就像安姐问我的问题一样,我既不想起个大早和方明远在路途中昏昏欲睡，又无法忍受郑以牧的拖拖拉拉。如果有得选，我一定会按照自己的节奏，选个不早不晚的时间，心情愉悦地出门。可惜啊，方明远住在我隔壁这件事，彻底打乱了我的计划。

在飞机上，郑以牧戴上了眼罩与耳塞，继续休息。方明远则拿出了一沓资料，递给我。

我翻阅了一下，从包里也拿出了一个文件夹，笑着对方明远说："目前来看，我们找到的资料不相伯仲。"

我与方明远相视一笑，各看各的文档。

几个小时后，飞机落地景德镇罗家机场。我们三人拿了行李箱，站在出租车等待区排队。郑以牧与方明远同时掏出手机，我凑近一看，郑以牧在看当地美食排名榜，而方明远在查看公司的邮件。

坐在去往酒店的出租车上，我看着车窗外，写着"釉"与"瓷"等字的店铺招牌不断后退，水泥马路坑坑洼洼，路边的楼房老旧低矮，不一会儿，成片的空地在眼前铺开，黑沉沉的，没有边际。我不禁想到了上海的摩天大楼，夜夜笙歌的外滩与灯红酒绿的南京西路。与之对比，景德镇简直是另一个世界。

方明远看出我的心思，笑着问我："是不是有些失望？"

他意有所指。我在伦敦长大，国际友人众多，一场雨浇不灭金融城的繁华，步履匆匆谈论世界政局的人比比皆是。而方明远出身贵州乡村，家乡想来与景德镇应是有不少共通之处。不太宽敞的街道，不够显眼的车标，不够平坦的马路，我却感受到了别样的静谧。

"怎么会呢？景德镇全是陶瓷。"我笑着回答。

郑以牧还在低头研究美食，难得没有搭话。

景德镇确实都是瓷都。青花瓷的路灯，青花瓷的斑马线，还有青花瓷的广告牌悬挂在高铁站、飞机场、公路旁。

"师傅,咱们景德镇,是不是人人都会做瓷器呀?"我好奇地问。

"本地人或多或少都是在耳濡目染下长大的,陶瓷厂里总能找着几个亲戚。你知道景德镇陶瓷大学吧?那可不逊色于中国美院!"出租车师傅自豪地说。他的普通话里有江西口音,说起话来仿佛都带着笑意。

"那景德镇除了陶瓷,还有什么特色呀?"我接着问。

出租车师傅思考了一阵:"那就没啥了。机场算吗?我们城市小,有机场已经很特别了。"

我笑着点头:"算,当然算。"

托郑以牧的福,在酒店放置行李后,我与方明远都品尝到了当地的特色菜。景德镇的碱水粑,味道香美,口感丰富;瓷泥煨鸡,肉质鲜嫩,酥烂离骨;腊猪头肉,油润不腻,满口醇香。吃饱喝足后,郑以牧还循着地图去买了几袋桃酥,说是可以随时解馋。

从这个角度来说,方明远是居家最好的伙伴,而郑以牧,则是出行最佳的玩伴。

随后,我们三人共同去往了由景德镇政府与宝莱公司从2020年底开始共创的"景德镇陶瓷宝莱直播中心",又名陶源中心,取"世外桃源"的谐音,又与"陶瓷发源地"缩写相关。值得一提的是,陶源直播基地从今年开始,着力培养自己的主播团队,希望能解决明星费用高、头部主播临时放鸽子的问题。由黄瑞楷亲自带队,迄今为止,直播基地已经引进及培训了超过500名主播。

为了让主播能够匹配到最合适的货品,方明远在与黄瑞楷对接的过程中,支持黄瑞楷开发了"货品自动匹配系统",只需要输入主播的代码，系统就可以自动匹配价格合适的商品。我想，正是因为方明远能够给黄瑞楷出谋划策，切实解决问题，所以，已经是成功人士的黄瑞楷，才会向创始人主动提议希望方明远能来一趟景德镇，共同商量"千年窑火"项目吧。

许多事情就是这样。做对了一件，新的机会就很有可能接踵而至。所以，凡事多尽力，一定不会是坏事。

亲眼看到规模如此之大，且发展如日中天的陶源直播中心之后，我总算明白，这一场决赛，创始人是在给郑以牧机会。背靠陶源直播中心，这个项目，方明远想要打出声量，根本就是小菜一碟。眼看着要收成之际，创始人让郑以牧临时加入，就是想看郑以牧有没有本事，从方明远手上抢走资源。

论天时，方明远比郑以牧先入局陶瓷类目；论地利，方明远是国内长大，与在美国长大的郑以牧相比更加了解乡情；论人和，看着黄瑞楷满面春风，恨不得敲锣打鼓来迎接方明远的架势，就知道郑以牧已经失了先机。

天时地利人和都没有，我偏过头看着口袋里还留了一张中午餐馆外卖卡片的郑以牧，莫名地为他担忧了起来。

"黄总，你好，这两位是我的同事，时岚与郑以牧。"方明远向黄瑞楷介绍我们后，又着重补充了一句，"郑总与我平级，我们会一起来负责这个项目。时岚是我的下属，非常能干，所以，这次也特地请她一起过来了。"

方明远还真的挺君子作风，没有在一开头就刻意打压郑以牧，并且顺道把我拎出混战，让黄瑞楷知道：这个女孩就是来了解情况的，别为难她。

黄瑞楷个子不高，不到四十岁的年纪，就挺了个啤酒肚。他笑起来,脸上有两个可爱的梨涡,很是喜庆。他听方明远介绍完后,热情地与我和郑以牧握了手,带着我们一起参观了陶源直播基地。

"陶源直播基地覆盖服务了上千户商家及上万名陶瓷手工艺人。"黄瑞楷乐呵呵地向我们展示着各个直播间,"现在在直播的这个小妹妹,是景德镇陶瓷大学毕业的大学生,不仅会做陶瓷,还能说会道。她凭借丰富的陶瓷知识和幽默风趣的直播风格,现在已经积累了一批粉丝。而且,我们江西姑娘,个个都能吃苦又勤劳。她每天直播都要持续到凌晨三点,月均销售额2000多万元,是我们陶瓷直播带货领域的头部主播。"

"这只雨花石冰梅杯是本季新品,大家看杯子的冰梅花纹,混水浓淡相宜……"在一间装修古典,以水墨画为背景的直播间里,一位美女主播在镜头前流利地介绍着产品工艺、图案和寓意,并讲述这些手工茶器背后的故事。

比起作为少数人家里赏玩的摆件,陶瓷更应该为普通百姓的生活服务。日用瓷与艺术瓷之间的价格差距,被直播主播对陶瓷产品文化内涵的强调所拉近,陶瓷不再是达官显贵的专属奢侈品,而成为人人都能欣赏和消费的产体,自然销量也就能水涨船高。

黄瑞楷笑着对方明远说:"方总,这句话耳熟吧?我之前交给你第一版的主播话术,被你全盘否定的时候,我还打电话和你吵架呢。现在用你亲自改的直播话术,哈哈,我才觉得,听你的,准没错。"

"主播直播,除了对产品要了解,也要注意消费者的需求点,最重要的是,要说消费者听得懂的话。黄总落实得特别好,我刚刚经过一个直播间,还听到主播在用江西方言卖货,消费者听了肯定很亲切。"方明远与黄瑞楷讨论着主播的话术,二人并肩向前走去。

郑以牧则歪着头，隔着玻璃，看着主播。

"大哥，你还盯着呢？人都走远了。"我提醒郑以牧。

郑以牧点点头："有点意思。"

"有啥意思？你要记得，创始人是让你来发现创新点的，你一个劲在这里欣赏美女，小心空手而归！"我真为郑以牧着急。

郑以牧嘿嘿一笑："这是哪个直播间来着，我要下单买一个雨花石冰梅杯。"

"……什么时候了，还想着购物！"我不再搭理郑以牧，小跑着往前追赶方明远的步伐。

整个陶源直播中心参观完，我们又在黄瑞楷的办公室坐了坐，听他讲述他对"千年窑火"项目的规划。

黄瑞楷打算在宝莱直播平台开启千人直播活动，以陶源直播中心为大本营，所有的主播都可以在景德镇任何一家陶瓷店开播，并为所有主播提供开播前培训等支持。当天所有的直播收入，将有一部分捐给景德镇陶瓷中心研究所，助力中国传统陶瓷文化的发展。

黄瑞楷还向我们重点展示了"千年窑火"项目目前计划参与的陶瓷手艺人名单，不乏在国际上也赫赫有名的陶瓷大师。在黄瑞楷用于介绍的资料里，我们还看到了一些极具创新性的陶瓷作品。

现在的消费者有自己的美学主张，"国潮"如果只是一个空洞的口号或标签，是难以转化为实际销量的。而针对时下年轻人对北欧简约风餐具、茶具的偏好，"红叶陶瓷"就以景德镇优势工艺为基础，大胆创新实践，推出了一系列以釉中彩装饰为主的日用瓷，绝对能够在"千年窑火"项目中大放异彩。

看完了不少匠心独具的陶瓷作品和精益求精的优化行为，我不禁拍手叫好。对陶瓷品类知之甚少的我，根本想不出来，这么成熟的项目方案珠玉在前，方明远与郑以牧要怎么再找到新的突破点呢？

"黄总，我上周和你说的消费体验与售后服务，有调整吗？"与目瞪口呆的我不同，方明远平静地询问了细节，"我还是希望可以用亲民的价格和'私人定制'式的服务，打破消费者'电商销售都是低劣货'的固有观念。咱们的陶瓷再好，如果消费者的感受不好，那么也很容易功亏一篑。"

黄瑞楷连连点头："明白。方总上次已经说得很清楚了。消费者在直播平台购物，更加注重消费体验和售后服务，陶瓷也不例外。我已经按照你之前建议的，在线上线下都配备了'贴心管家'服务，为消费者提供陶瓷产品搭配建议。还有投诉率这个指标，我也在严格关注。"

方明远又针对黄瑞楷的方案，提出了不下十处精细化的建议，包括如何拉长主播直播时间、提高直播间背景板的辨识度以及头部商品是否要做站外宣传等。二人聊得格外火热，我转过头看郑以牧，发觉他还是抱着手机，两眼放光地在直播间里购买景德镇的陶瓷产品。

为了不让郑以牧落后太多，我只好为他们记录好会议的重点，准备在会议结束后，发给郑以牧与方明远。

"未来三年，我们计划投入千万级资金，引进过亿资本，逐步建成超级产业生态链，吸引更多的人才成为'景漂'乃至'景定'。"黄瑞楷信心十足地说。

漂，是当下的一种生活方式。1179万人漂在深圳，1009万人涌进上海，广州容纳了888万个掘金梦想，北京让788万人领教过漂泊。不过，北漂、沪漂、深漂都不新了，在"逃离北上广"的口号下，有许多年轻人选择漂在景德镇，打碎过去的自己和生活，像陶土一样，经过揉捏、烧制，重塑人生，这些人被称为"景漂"。据不完全统计，每年会有3万多人来到景德镇，成为景漂。但是，陶瓷，真的能支撑这些漂泊者扎根于此吗？

我思考着，望向窗外灯火通明的文创街区。

而我的手机不停振动着，邮件一封封涌入，让我无从脱身。

第二十九章　心动不已

景德镇虽名为镇，其实是江西省的地级市，但谈及城市面貌，又像是一个县城。景德镇的市中心是一座人民广场，铁艺雕塑已经生锈发黄，广场里数年如一日地响着嘹亮的歌舞乐，乌泱泱的人群围绕着牌桌。

以上海的节奏看来，一切都太"懒散"了。

陶艺街上的店铺上午几乎都不开门，下午开门的有，天黑了才开门的也有，甚至一整天不开门的都有，生意随缘。我在街道上逛了好几圈，接待我的只有淅淅沥沥的雨水。

我原打算趁着方明远忙于与黄瑞楷完善"千年窑火"项目方案的时候，能在景德镇多一些采风的机会，深入了解一线的实际情况，没想到陶瓷老手艺人与陶源直播基地的年轻人们，压根不是一种生活节奏。景德镇的陶瓷师傅们自有一套生活哲学，收入均是按件收费，根本不论制作时长，自然也就不存在八小时工作制。我心想，这不就是互联网的弹性工作制吗？只不过，互联网是超长待机，而景德镇的陶瓷师傅们是随机发电。

这些陶瓷师傅就算说好了八点半上班，到中午十二点也不见得能看见所有人，还有的师傅为了早点去幼儿园接外孙女，下午四点就叼着烟离开了。我打电话给其中一位师傅，希望能有幸旁观其精湛的手艺。师傅抱歉地说家中忙碌，可两秒后，一句"老苗，到你出牌啦"就出卖了他。

一连三天,拜闲适的陶瓷老师傅们所赐,我可谓是一无所获。

方明远从陶源直播基地回来,看到灰头土脸的我一个人在酒店旁的小餐馆吃饭,从背后拍了一下我的肩膀。

"怎么了,不开心吗?"方明远在我的旁边坐了下来。

"说不上不开心,就是觉得很奇怪。"看见方明远,我把疑问一股脑地抛了出来,"你说,直播电商到底给大家的生活带来了什么呢?相隔不过三十分钟不到的车程,陶源直播中心热闹至极,陶瓷工厂里依旧不紧不慢。我突然不知道,到底哪一种才是生活应有的面目。我甚至在想,我们致力于发展的互联网行业,是不是其实在侵蚀原本美好的生活?那些飞速增长的销量背后,最宝贵的个人空间是不是正在被挤压呢?"

方明远微微一笑,把我面前的菜推得离我更近一些,示意我先吃饭。

"怎么好端端这么多想法?"方明远问。

"我担心陶瓷老师傅们觉得我们这些年轻人是在哗众取宠。方明远,直播,真的会让陶瓷行业变得更好吗?"我疑惑地问。

"这也是我当时决定加入宝莱的原因。时岚,我理解你的考量。如果宝莱直播电商永远只是集中在卖货,无差别地鼓励消费者一味地下单、花钱,把消费者家里当仓库,那么它就失去了'让优质好物触手可及'的初衷。以前,为了让直播平台获得更多人的关注,我们会邀请明星和头部主播,并且把资源位与流量都向他们倾斜,但是,现在我们的系统算法是以内容为核心的。只要创作者有好内容,就有机会被看见。我认为,把流量分给更多的普通人才能让直播电商的生态更平衡,帮助到他们的生活才是真正的科技向善。"

方明远耐心地引导我,"景德镇有最齐全的陶瓷原料、最成熟的陶瓷市场,还有技艺高超的陶瓷师傅,但如果不能得到足够的经济支持,就有可能令陶瓷手艺逐步退出人们的视野。我们要做的,不是去担心平静的生活是否会被打破,而是想办法让想要走出去的人,走得更远。'千年窑火'项目,就是一个非常好的契机。"

"听你这么说,好像你有了新思路。"

"嗯。制作陶瓷其实是一门苦差事,塑形、绘画、上釉,师傅们一天伏案工作时间可能会超过十小时,连水都顾不上喝。烧窑时,得全天盯着窑温。开窑就像开盲盒,有成,也有败。烧毁是常事,十几天的努力一瞬间化为乌有,还得亲手砸掉残次品。不管是制作陶瓷的过程中所体现出的匠人精神,还是老手艺人背后的故事,我都希望能让更多人知道。"方明远笑着说。

我想了想,恍然大悟:"对!直播平台会是宣传这些事迹的最好窗口。"

"没错。咱们中国人,讲究的是精神与文化的传承。所以,我打算直接打通海外直播的渠道,邀请海外的名人来景德镇跟随陶瓷前辈们学习、体验制作陶瓷。届时,景德镇的陶瓷不仅可以在国内出售,还可以被世界各地的人们看到。"方明远说。

方明远的计划听起来立意颇高,从传播与创造销量的角度来说,也无懈可击。但从现实角度考虑,想要让景德镇陶瓷通过宝莱直播平台卖去别的国家,第一个要解决的问题就是国际物流。如何包装、如何分拣、如何保证时效性,个个都是问题。还有,海外名人请谁?从哪个国家入手?不同的语言如何交流?这些"拦路虎",都不需要我细想,就一个个冒了出来。

"方明远,咱们现在的方案已经很不错了。我记得昨天晚上,创始人还回复你的邮件，说堪称完美。国际方面的计划，是不是可以考虑等下一个双月？那样的话，大家筹备的时间都能充裕一些。"我不好直接否认方明远的想法，只好从时间紧这个点切入，试着提醒他。

方明远似是对我的想法早有预料，他笑着把平板电脑递给我。

我接过一看，发现他已经在与英国著名脱口秀主持人詹姆斯邮件沟通，达成了来景德镇直播的意向。按照时间推算，方明远的计划应该是今天上午才萌发的，现在才下午一点，他居然就已经搞定了一个大难题，真是神速！有了詹姆斯的加入，与其他主播洽谈便是小菜一碟。毕竟，在脸书上粉丝超过一个亿的大主持人都将在宝莱直播露脸，其他的网络红人怎么可能不来凑热闹呢？

"你是怎么说服詹姆斯的？"我问。

"詹姆斯是中英混血，他的父亲是景德镇人。我给他的父亲写了一封邮件，你可以看看。"方明远滑动平板电脑的屏幕，画面跳转到了另一封邮件。

在邮件中，方明远向詹姆斯的父亲阐述了宝莱直播"千年窑火"项目的背景与目的，并图文并茂地告知对方，在宝莱直播平台的支持下，景德镇的经济正在愈来愈好。现在，如果詹姆斯能够出现在景德镇，一定能让全世界人民有更多机会看到景德镇。

"先生，您学知识，必然是为了建设家乡，而非逃离家乡。"在邮件最末尾，方明远写道。

我不知道詹姆斯的父亲是否被这句话打动，可是，看看方明远闪着光的眼睛的我，确实被他的真诚吸引了。

"方明远，你未来也想为你的家乡做些什么吗？"我问。

"当然，一定会。"方明远胸有成竹地说。

第二十九章　心动不已　　405

"那国际物流……"我还是决定尽可能抛出我想到的需要解决的问题。

"时岚,你是不是怕我输给郑以牧?"方明远果然知道我的想法。

我只好点头:"如果按照现在的方案去执行,是万无一失的。可是,如果要扩大范围,工作量骤增,万一出个闪失……"

"不会的。"方明远永远充满了自信,"这个想法,我既然有了,就不可能允许它为了'万一出个闪失'这样的顾虑而延期。打通海内外直播渠道,就像是在宝莱内部的一次创业。以前,负责整个珠宝行业,我会觉得自己只是一艘大船的水手。可是,一想到这个计划,我就会觉得,我完全不介意大船变成小小的冲锋艇。只要能往前冲,我就不会错过尝试的机会。"

我没有想到,在我为珠宝行业总监之位花落谁家而纠结不已时,方明远却根本没有计较一时得失,好像在他眼中,体验与挑战远比创始人的肯定重要。

"时岚,你愿意和我一起执行这个计划吗?"方明远向我发出邀约。

面对这个邀约,我难免犹豫。目前,我的工作内容依然由郑以牧分配,如果让郑以牧知道我未经他的同意,就跑去帮方明远统筹方案,只怕会拿根棍子追着我整个景德镇打。

"我得和郑以牧商量一下。"我说。

"嗯,明白。"方明远点点头,没有让我为难,接着问,"郑以牧在哪儿呢?我刚才打电话给他,没有人接。"

方明远提到郑以牧,我才彻底觉得自己是在杞人忧天。如果说方明远更在意的是实现自己的创新方案,那么郑以牧在意的,就是景德镇好不好玩、食物好不好吃。到头来，难道只有我一个人在认真地思考如何更加稳妥地成为珠宝行业负责人？

"呃……"我扶着额头。

"怎么了？"方明远问。

"没什么，我下午去找他。"我埋下头，扒了两口饭，没有将郑以牧的去向告诉方明远。

我要怎么告诉方明远，在他为自己全新的计划跃跃欲试的同时，他的竞争对手郑以牧却找了个陶艺培训班，花了八百块钱，已经跟着培训老师上了三天课。根据郑以牧的说法，他现在已经具备了成为"景德镇之光"的潜力，就差某天灵光一现，大彻大悟。似乎在他的眼里，成为陶艺人没什么门槛，报一个景德镇的陶艺培训班，学就行了。

偏偏景德镇多的是陶艺班，短的15天，长的3个月，学费根据时间而定，500元的有，5000元的也有，五花八门的宣传海报从街巷贴到了社交网络，大多标榜着"零门槛""速成"。郑以牧这个家伙，不好好去陶源直播中心多与黄瑞楷交流，反而屁颠屁颠地去一个雕塑瓷厂里找了个工作室，穿上一条灰色的工作围裙，乐悠悠地玩起了泥巴。

郑以牧去的培训班，其实是景德镇当地的陶艺人最看不上的地方。在景德镇，学制作陶瓷，讲究的是拜师制，一个学徒学成可能要八年、十年。甚至可能前两三年，师傅什么都不教，只让你打杂，为的就是磨一磨你的心性。像郑以牧这种小打小闹的做法，与陶瓷精神风马牛不相及。

如此实情，我真不知该如何跟方明远开口。无论如何，我还是要避免郑以牧在别人尤其是竞争对手心中，落下一个"消极怠工"

的印象。

吃过午饭,方明远在房间里紧锣密鼓地召集了团队开会,共同完善方案。而我,则悄悄地打了个车,直接冲向郑以牧所在的陶瓷培训班。三天了,人家方明远都要起飞了,郑以牧还在泥坑里打滚呢。作为郑以牧现在的直系下属,我非得把他从泥坑里拽出来不可。

就算郑以牧不能在"千年窑火"项目里崭露头角,至少也不要做个悄无声息的路人。坐在车上,我感觉我就像是为调皮儿子操碎心的老母亲,也不指望这个倒霉孩子上清华了,只诚心祈祷他别再因为贪玩被学校开除了。

正值盛夏,培训班里却停了电,大伙儿摇着扇子,流着汗,一群年轻人在彼此做的瓷杯里挑上一个,沏上茶,畅快地聊着天。我走近听,发觉口音各异,猜测在场的人们都应该来自五湖四海。

"哟,时岚小朋友,你来啦?"郑以牧的袖子高高撸起,拿着一个黑白相间、形态歪扁的瓷杯向我挥了挥手。

"以牧,这是你女朋友?"一个女孩笑着问。

"哈哈,偷偷告诉你们,她正在猛烈追求我。你看,都追到这里来了。"郑以牧笑得灿烂,显然在培训班里又收获了好人缘。他给我找了一个小凳子放在他旁边,又塞给我一个葫芦状的瓷杯。

我将瓷杯拿在手里把玩了一下,发觉它的把手格外特别。青色的葫芦瓷杯,把手却有一滴红墨,大拇指触及处也有些磨砂感。

"怎么样?给你个机会,让你品评一下名家沈大师的杰作。"郑以牧对我说。

我仔细端详了一下瓷杯,沉思了一会儿,询问郑以牧:"这真是沈大师的作品?我怎么觉得这一滴红墨是在制作的时候被人不小心滴上去的,还有这个把手,明明就是在利坯的环节,功夫不到家才凹凸不平的吧。"

在场的另一个男生哈哈大笑："郑哥，我就说了，你这手艺，骗不了谁。"

"什么叫作骗不了谁？我只是骗不了她而已。"郑以牧有些不悦，询问我，"你怎么看出来的？"

"你自己看看你的工作服，口袋这里是不是有一大片红墨水的印记？"我笑着对郑以牧说，"骗我，你还不够格。"

这些天难得找到机会与这么多年纪相仿的人待在一起，我也就一同聊了会儿天。几番对话下来，我才发现，原来工作室里的人们就是前几天黄瑞楷口中的"景漂"。他们中有温州某房地产富商的女儿，从法国留学回来，对商业社会感到疲惫，不顾父母反对，一个人背着行李就来了景德镇，一待就是三年；还有的是从另一个小城市慕名而来，为了圆自己童年时期的陶瓷艺术家梦想，一边在景德镇学习，一边在一家餐馆打零工。最让我惊奇的，是一位天迈的前员工，张熙。她在天迈工作时，离康骏仅差两个职级，手下有一百余人的团队，年薪与股权加起来非常可观。可是，在那场轰动互联网行业的双十一电商节后，她彻彻底底病倒了。身体痊愈后，她做的第一件事情就是从天迈辞职，搭上火车，来到了这个能让她忘却互联网行业的地方。

"张姐，那你会想起互联网的事情吗？"因为张熙比我年长不少，我便称呼她为"姐"。张熙穿着简单的T恤与休闲裤，完全看不出来曾是互联网精英的痕迹。

"哈哈，刚来的时候，做梦都梦到自己还在那栋写字楼里做PPT。现在，不会了。穿着西装，踩着小高跟鞋，一到节假日就约着朋友们旅行、逛街，用一顿昂贵的日料满足自我的日子，好像都

第二十九章 心动不已　　409

是上辈子的事情了。我现在是一个非常低欲望的人，脑子里想着的只有陶瓷。"张熙没有化妆，眼角的皱纹清晰可见，"我以前的同事们知道我在景德镇开了个工作室，都跑来劝我做直播电商，让我做大做强，做出自己的品牌。可是啊，我好不容易离开互联网行业，再也不想被卷入其中了。"

坐在不远处的一个小伙子搭话："张姐，你确实没被卷入陶源直播中心，但是，你的作品可受欢迎了！陶源直播中心负责采购的人，今天早上还说要从你这里订三百个陶瓷鼻烟壶呢。"

张熙听了，笑得更欢："所以啊，我才说，互联网哪里是你想跑，就能跑得开的啊。不瞒你说，我现在做瓷器，都是靠在天迈工作的那一套。烧窑的时间、气压、所烧的品类、数量，以及烧制者等，每一个元素都要记录下来，反复对比，研究变化规律，再想办法拉齐变量，提高成功率。"

听到"拉齐"这个词语，还身在互联网行业的我与郑以牧不约而同地笑了起来。张熙完全可以说"让所有的条件都保持稳定"，可还是下意识地用了"拉齐"这个互联网黑话，看来互联网的习惯已经深入她的骨髓，真令人哭笑不得。

我突然开始想象，如果有一天，我也离开了互联网行业，会不会在买三明治的时候，对收银员说出"这个三明治的鸡蛋没有煎熟，你们的消费者心智没有洞察好呀"这类鬼话。如果真的会这样，宝莱必须赔付我精神损失费——毕竟，这是工伤。

方明远对我的安抚没有错。我们要做的，是让那些想"得到"的人，能有"得到"的机会，而不是还未行动，就担心对现有事物造成损伤。

沉醉于如此美好的氛围中，我没有再扫兴地向郑以牧提及珠宝行业总监的事情。大概也是因为培训班的地理位置偏远,我的手机一直收不到信号,这才让我能偷得浮生半日闲。

恢复供电的时候,我与郑以牧正围着他这几日的"得意之作"评比排名。作为回报,我获得了一只烤得发红的陶瓷小猪。

"这是烤乳猪?"我问。

"……你怎么脑袋里都是吃!这是鸿运高照猪!这是我送给你这唯一一位评委的纪念品!"郑以牧对他作品的珍惜程度,远超过对他那件价格两万多元人民币的蓝色羽绒服。

其实,哪可能那么容易就成为陶艺大师呢?从拉坯到利坯、吹釉、烧窑、满窑,等等,学下来没个三年都入不了门。郑以牧才在这里待了三天,能把猪做得像猪,已经很不容易了。

我与郑以牧离开陶瓷厂,刚上出租车不久,放在口袋里的手机就开始疯狂振动起来。

无数的信息与邮件还有未接来电都提醒着我们——"嗨,欢迎回到互联网的世界。"

"无语,创始人总找我干啥?我又不会丢。"郑以牧抱怨着,还是打了一个电话给创始人。

我无心探究他们谈话的内容,头靠在车窗上查看手机信息,除了照常抄送给我的一些工作邮件与微信工作群消息外,我发现方明远给我发了不少条消息。

"时岚,我准备下楼买咖啡,给你带一杯吧。冰美式?"

"时岚,咖啡放在你门口了。"

"时岚,今天中午说的话,如果让你觉得有压力了,我很抱歉。"

"时岚,傍晚是否要一起去陶源直播中心看看?"

"时岚,你还好吗?"

第二十九章 心动不已

顾不上再往下看,我立刻查看未接来电记录,发现方明远居然给我打了十几通电话。

我刚准备回电话给方明远,他的电话就又打了过来。

"喂。"当着郑以牧的面,我不知为何避免了称呼方明远的名字。

"在哪儿?"方明远的语气很急促,连我的名字都没有叫。

"我下午去陶瓷培训班了,那儿信号不好。不好意思。"我稀里糊涂地向方明远道歉。

"没事,安全就好。回来见。"方明远没再多说。

我挂断电话,感觉自己像是一个做错事情被家长批评的小学生。

奇怪,我是郑以牧组的人,为什么要向方明远汇报行踪?还有,我这莫名其妙的愧疚感是怎么回事?再说了,方明远那么着急找我干什么,我这么大一个人,又不会丢!

正当我思绪万千之时,郑以牧回过头来,询问我:"你怎么了?脸色怪怪的。"

"没什么。司机大哥,你能开快点吗?我有件事情想要搞清楚。"我对出租车司机说。

"快什么啊?在景德镇,咱们就应该享受慢节奏的生活。我知道个特别好吃的夜宵摊,要不你请客,我带你去?"郑以牧说。

"我要回酒店,现在,立刻,马上!"我突然紧张起来。

"回酒店就回酒店,那么凶干吗?"郑以牧嘿嘿地笑着,转而对司机大哥"解释"道,"司机大哥,我和她只是住在同一间酒店,不是同一间房哟。"

我不再去理会郑以牧的插科打诨。我的脑袋里,只有一个念头——我要见到方明远。

出租车到了酒店门口后,我立刻下车冲进了酒店里,敲打方明远房间的门。

等待了一会儿后,没有人应答。

酒店服务生经过,询问我:"您有什么事情吗?"

"请问这位先生在里面吗?"我问。

"不好意思,请问您是……"服务生问。

"我是住在他隔壁的,这是我的房卡。"我立刻自证身份。

"噢,原来是您啊。这位先生下午找不到您,特别着急,找酒店工作人员打开了您的房间门,发现您不在后,就问我们警察局在哪里。现在也不知道回来了没有。"酒店服务生向我解释。

什么?发现我不在,方明远不会想要报警吧。

我让服务生先去忙,自己则站在原地,大脑一片混乱。心慌意乱之时,方明远的声音刚好传入我的耳朵。

"时岚,你……"

我回过头来看他,他额头上的汗还来得及擦,看来是刚刚奔跑过。

"你是不是在找我?"我明知故问。

"嗯。"方明远没有否认。

"你为什么要找我,而不是找郑以牧?"我向方明远走近一步。

"你们都是我的同事。"方明远平静地说。

我的心沉了下来,自嘲地笑了一下,内心的惊涛骇浪原来终究不过是笑话一场:"明白了。"

"时岚小朋友,你跑么快干吗?都不等等我……"郑以牧从电梯里走出来,看到对峙的我与方明远,愣了一秒,随即重重地拍

第二十九章 心动不已 413

了一下方明远的后背,"哟,你咋还汗流浃背的?来景德镇还锻炼?也太拼了吧。"

看到我与方明远都没有说话,郑以牧又把话题转移到我身上来,他揽着我的肩膀,用手指戳了一下我的脸:"才几分钟没见,你怎么脸就鼓得跟个气包子似的?咱们今天下午不是玩得挺开心的嘛,是谁惹你不高兴啦?"

"时间不晚了,都早点休息吧。"方明远笑了笑,推开他的房间门,走了进去。

在方明远彻底关上酒店门之前,我用他能听得见的声音说:"郑以牧,你不是说吃夜宵吗?夜宵摊有酒吗?"

"喝酒?行啊!走!"郑以牧的兴致一下子提了起来。

随着方明远的关门声,我心中的那场海啸,淹没了我的所有幻想。

真可笑,我怎么会在方明远已经明确拒绝过我的前提下,还以为自己在他心里占据了与他人不同的位置呢?我怎么会天真地觉得方明远对我是有好感的呢?到底是方明远真的不喜欢我,还是他只是觉得我没有那么重要呢?

带着复杂的心情,我与郑以牧一起去了离酒店不远的烧烤摊。

郑以牧的美食攻略做得特别充分,都不用菜单,就把烧烤摊上的热门食物都点了一遍。连老板都好奇,看着我们俩眼生,怎么会这么熟悉菜色。

如果我此时还有心情,我一定会和烧烤摊老板解释,郑以牧不是对他们家情有独钟,只是所有的美食他都要收入囊中,"宁杀错,不放过"而已。只可惜,方明远今晚的态度,让我仿佛在寒冬腊月,被迎面浇了一盆冷水。

郑以牧叽叽喳喳地在我耳边说着东北烤串与徐州烤串的区别，无奈看我毫无反应，便用筷子敲了敲我的头："你到底是怎么了？看起来木木傻傻的。是不是跑太快，撞到头了？"

"你才撞到头呢，本姑娘是刚刚告白被拒绝了。"我垂头丧气了起来。

"告白？你抽风了吧，咱们可是在景德镇，你找谁告白啊？哈哈哈。"郑以牧笑着，猛然反应过来，"难道是方明远？"

"对啊，不是方明远还能是谁？总不可能是你，也不可能是黄瑞楷吧。"我不打算挣扎了，反而把郑以牧当成了我的倾诉对象，"你说我条件很差吗？为什么方明远不喜欢我呢？我就一个下午没有回他的信息，他都着急得要去报警了，都这样了，他还是说我们只是同事。我是为了方明远才来珠宝行业的，没想到，在他看来，我们依旧只是同事……"

我越说越伤心，根本顾不上看郑以牧的表情。

"不，不对，你怎么会喜欢方明远呢？你喜欢他什么啊？"郑以牧显然是被我这段话震惊到，"方明远有什么好的啊？工作狂一个，事业比天大。而且，你们俩熟吗？我劝你一句啊，千万别搞单相思。"。

"唉，算了，我和你说这些干吗。你这个人，根本不懂得什么叫作感情的可贵。你从来都没有认真地喜欢过一个女孩子吧？你根本就不知道喜欢一个人的感觉。"我沮丧地说。

"那你说，什么是喜欢一个人的感觉？"郑以牧反问我。

我试着描述自己对方明远的感觉："喜欢一个人，就是会忍不住想要见到他，哪怕看到一点小事，都想要与他分享。希望他开心，希望他的愿望都可以成真，希望他的喜怒哀乐都是因为自己，甚至会贪心地希望他的眼里只有自己一个。"

郑以牧听我说完,没有来由地愣住了。

"郑以牧,你发什么呆啊。你听我说话了没呀?"我拿手在郑以牧眼前晃了晃。

郑以牧握住我的手:"你刚刚说的,真的是喜欢吗?"

"当然是啊。"我把我的手抽出来,奈何郑以牧握得特别紧。

"如果是,那我可能……"郑以牧说着,手机铃声响了起来。

我立刻将手抽了出来,抱怨道:"你吃了菠菜吗?和大力水手一样!"

郑以牧接起了电话,听称呼像是创始人打来的电话。

"什么?现在就要?我在外面吃饭呢……行行行,我现在就回酒店开电脑把资料发给你,行了吧?"郑以牧焦躁地挂断了电话,回过头来看我,"我得回一趟酒店,你在这儿等我,我马上就回来。"

"行,你先去吧。"我向郑以牧挥挥手。

"你一定在这里等我啊,我们的话还没说完呢。"郑以牧小跑着上了出租车。

郑以牧走了以后,我看着一大堆烧烤也没了食欲。为了保证安全,我思索再三,还是没有打开桌上的啤酒,只是闷头喝了三瓶椰汁。

"不错,自我保护意识还比较强。不过,这是椰汁,不是酒,没办法解忧的。"

是方明远的声音。

这个始作俑者,不在酒店里研究他的"千年窑火"海内外直播方案,跑到烧烤摊上来碍眼干吗?!

我没有理他,把空椰汁瓶放到了一旁,对老板招呼了一声:"老板，这次不要椰汁了，要可乐！"

"在等郑以牧？"方明远接着说，"不用等了，他就算把文件发给了创始人，今晚至少也要开会到十二点。"

方明远怎么会知道郑以牧是为了创始人的文件回酒店的？

"因为我没有回应你，所以一句话都不想和我说了，是吗？"方明远居然还能笑着问我。

"现在已经过了下班时间，我应该没有义务回答你的问题吧，同事。"我特地强调了后面两个字。

既然方明远说我与他只是同事，那么我就做好"同事"该做的事情，绝对不越雷池一步。

"真的生气啦？"方明远还是问。

"老板，结账。"我决定干脆溜之大吉。

"不用了，你男朋友买过单了。"老板说。

"他不是我男朋友，他只是我同事！"我不悦，大步往前走。

我一边往前走，一边耳朵还不争气地在听是否有脚步声传来，从而判断方明远有没有跟上来。

我不自觉地慢慢放慢步伐，感觉压根没听到脚步声，一时间怒火中烧，回过头就开始骂："方明远，你不知道跟上来吗？"

我话音刚落，方明远就跑向了我，并且伸出手，握住我的手腕。他手掌的热流霎时传到我的身体，我如被电击般，一秒愣住。昏黄的灯光下，我被方明远拉着过了马路。

"好，我跟上来了。"方明远的声音传进我的耳朵，而我只能感知到脸颊滚烫的温度。

坐在回酒店的出租车里，我侧过脸，假装在看窗外倒退的景色。

"在想什么？"方明远问我。

第二十九章 心动不已 417

"没想什么。"我的声音极小。

"时岚,你脸红了。"方明远仿佛在笑。

我没好气地说:"你看错了。"

过了一会儿,我发现方明远没有再说话,便转过头去看他。

"方明远,你为什么不经过我同意,就握住我的手腕?"

"绿灯只有十秒,不握住你的手腕拉着你走,我们就要等一个长达两分钟的红灯。所以,真实原因是,我不想浪费两分钟。这个答案,你能接受吗?"方明远说着,嘴角满是笑意,仿佛逗我是一件极其开心的事情。

我还想说些什么,出租车已经开到了酒店楼下。

我先行下车,走进电梯后,为了不与方明远搭乘同一部电梯,我将关门键按得噼里啪啦响,无奈还是被方明远伸出手,及时挡住了。

"你伸手干吗?万一电梯没有感应系统,你受伤了怎么办?!"我惊呼。

"我还有话没说完。"方明远走进电梯里。

"你……你要说什么?"我往后退一步,看着电梯门关上。

"时岚,我承认,我喜欢你,做我女朋友吧。"方明远说。

"啊?那……那你的三十五岁之前不谈恋爱的那条规矩怎么办?"我一时间慌了神。

"你是我精密的人生规划里,唯一的偏差。"方明远向我走近一步,深吸了一口气,"刚刚牵你手,很抱歉没有提前问你。那么,时岚,现在我可以吻你吗?"

"嗯。"快乐已经涌上了我的大脑,不允许自己再错过一分一秒的幸福,我丝毫不矜持地立刻缴械投降。

电梯缓缓上升,我在方明远的怀抱中感受到前所未有的美好,完全没有注意到电梯门打开了。

"你们在干什么?"

说话的人,是郑以牧。

第三十章　喜恶同因

从出租车上下来，看见两个穿着花衬衫梳着油头，脑袋上还顶着一副墨镜的男人，坐在咖啡店的露天座位上，中英夹杂着聊咖啡豆的发源地，十秒钟换了四个手势，我就知道，我确实是回到上海了。

与方明远确认关系的当天晚上，郑以牧没有告知我与方明远他的去向，就不明缘由地独自离开了景德镇。而方明远为了能尽快推进海内外直播想法的落地，计划去往北京，找相关人员开会。考虑到景德镇的考察工作也基本结束了，方明远建议我直接飞回上海。就这样，原定一周的出差行程，骤然缩短。

回到再熟悉不过的办公室里，正是午休时间，森森与一众同事刚吃完饭，在工位上议论着天迈公司的热门新闻。

今天早上八点，一条新闻引得整个互联网行业哗然——天迈公司被媒体曝光用 AI 系统监控员工。

为了督促员工在上班期间尽忠职守、兢兢业业工作，天迈公司在员工们不知情的情况下，在每一台办公电脑上都安装了 AI 系统。通过 AI 系统，可以有效追踪并计算每名员工的工作效率，并且可以判断员工登录的网址是否为办公所需。一旦开小差的时间太长，AI 系统就直接自动生成解雇指令，甚至不需要人工来做决定。除了可用于追踪绩效，AI 系统在升级优化后，老板甚至可以收到员工一天下来点击了多少次鼠标左键、工作中与哪些员工聊了天的详细报告，甚至聊天的内容都可以通过抓取关键词获得。

简直是在无死角地监视所有人。

互联网，反摸鱼，反躺平，鼓励"春蚕到死丝方尽"。可是，这样的做法非常容易引起反效果。

毕竟，在别的行业摸鱼，那个员工可能只是为了偷懒。可是，在紧锣密鼓的互联网行业，那位员工可能只是在偷生。能够高速运转、永不停息的永动机都尚未被发明出来，又何况是人呢？

互联网这个行业，尤其是直播业务，往往被认为是当下的风口。可是，就像是搭乘电梯到达顶楼的人，以为靠的是自己的努力。当电梯不再运转，电梯里的人就误认为是自己不够努力，疯狂在电梯里做俯卧撑，可谁都知道这不过是自欺欺人。

又想马儿跑得快，又想马儿不吃草。天迈这个吃相，真的太难看了。

而这件事之所以能在珠宝行业的工位上炸开锅，单纯是因此这次"清剿事件"中，有我们的老熟人。刚入职天迈不久的公关部总监陈佳珂因上班时"过度摸鱼"，被予以了扣除季度奖金的处分。

"什么叫'过度摸鱼'啊？"我坐回工位上，疑惑地问。

"陈佳珂对公司称是去外面和艺人的经纪人谈合作，一谈就是一下午。人力资源部的人一查，发现她的电脑定位在一家高端私人美容会所，而那位经纪人的航班取消，压根没去杭州。这不，立马被抓包咯。"森森为我解释，他眨巴着眼睛，还给我发了一张图片，"时岚姐，就这家私人美容会所，我查了一下，口碑还不错，咱们哪天一块儿去？"

我真是服了森森。连美容会所都能扒出来，有这能力，不去干

第三十章　喜恶同因　　421

狗仔真是可惜了。"

"哪有空啊！景德镇'千里窑火'的项目还在进行中呢。哦对，郑以牧回公司了吗？"我问。

"郑以牧？不清楚啊。欸？时岚姐，你们不是一起去景德镇出差吗？郑以牧的系统账号显示他请了两周的假期，我还以为你知道他怎么了呢。"森森反问我。

郑以牧请假了？而且，还是两周这么久。现在，珠宝行业总监的位置会归谁还悬而未决，方明远都跑到北京去找法务确认境外直播的合同细则了，郑以牧竟然在这个节骨眼选择了休假？总不可能是在景德镇玩泥巴玩得不够尽兴吧。

我没再多说，站起身，找了个僻静的角落，打了个电话给郑以牧。

一阵忙音后，电子女声提示我"无人接听，请稍后再拨"。

我又拨打了好几次，依旧无人接听。

这个郑以牧，一个人从景德镇离开，不会出了什么事情吧？

到了这个时候，我才发现虽然我平日里与郑以牧打打闹闹惯了，可是，对他的情况几乎是一无所知。郑以牧住在哪里、平时和哪些朋友往来、喜欢去哪些地方，我以同事的身份，根本无从知晓。事实上，我也没有想过要去了解他的喜好。但是，一想到昨天晚上他看我与方明远的眼神，我竟莫名地担心了起来。

郑以牧再爱胡闹，也不可能在创始人等着他拿出绝佳方案的时候，临阵脱逃。我越想越担忧，脑海中冒出了一个人的名字。死马当活马医，我也只能去找他了。

我在手机通信录里找到了李东乾的电话号码，他被我备注为"大乌龟"。

我必须承认，时至今日，我依然觉得是李东乾毁了我最爱的大客户战略部。安姐曾经劝我，要接受生活给我的暴击，甚至要去感谢他。可是，我只会感谢一路走来给过我帮助与陪伴的安姐、郑以牧、方明远、森森，甚至是曾经一起熬过夜的露露，绝不会把如今的冷静与成长归功于李东乾。一码归一码，我喜欢对人对事都公平一点。

"嗨，我想请问一下，你知道郑以牧住在哪里吗？"思索再三，我还是没有对李东乾使用尊称。

"郑以牧？我们已经很久没联系了。我找了他好几次，他都没搭理我。"李东乾回复。

活该。不愧是郑以牧，说讨厌大乌龟，就讨厌大乌龟。

不过，这又让我有些担心郑以牧，他这么大情大性、恩怨分明，我跟他的竞争对手谈恋爱的话，他会不会也从此以后就不理我了？

如果说李东乾都不知道郑以牧住在哪里，那还会有谁知道呢……哦对，还有管控部门的徐聪！他会去郑以牧家一起看球赛！

"徐总监好，我是时岚，想请问一下，您知道郑以牧家在哪儿吗？"查询到徐聪的电话后，我直接给徐聪打了一个电话。

"他家？在静安区呀。"徐聪说。

"嗯嗯，我知道。是这样的，我找郑以牧有点事情，但是，他在休假，给他打电话也没人接，所以，想试下去他家找他。"我诚恳地说。

徐聪忽然有些敏感，他提醒我："时岚，我们宝莱公司是不鼓励办公室恋情的。如果你……嗯，我建议你尽早换一个部门。有私人关系的员工，是不可以在同一个部门共事的。郑以牧确实很不错，不过，你也是个非常有能力的姑娘，我建议你还是看顾好自己的职业前途。同事之间，保持适当的分寸，对谁都好。"

徐聪没有给我解释的机会，向我表达了歉意以后，就挂断了电话。

什么和什么呀？这个徐聪，真不愧是管控部门的总监。我不过是问了他郑以牧的家庭住址，他居然能联想到我与郑以牧有私人情感关系。但是徐聪的这番话，倒是提醒了刚被恋爱的甜蜜冲昏头脑的我——我与方明远，也是上下级关系，按规定，我们不应该再待在同一个部门。

离开珠宝行业……去哪儿呢？

安姐！

我果断想到了安姐。我可以回美妆行业呀！不管是我在美妆行业积累的人脉资源，还是我作为女性对美妆的了解，都足以支撑我在美妆行业工作。安姐现在负责的业务内容，是与商家对接，这项技能我在珠宝行业跟着郑以牧也打磨了不少。若是论与邵佳敏对阵，我也能在了解她工作内容的前提下，不落下风。这么一想，我顿然舒心了起来。

去美妆行业不难，可是，我手上负责的洛菲珠宝，下周就有一个周年庆活动。在我的年度计划里，我是希望能把洛菲珠宝打造成珠宝行业的金牌案例，将它成功的经验，复制给其他的小品牌，输出方法论的。眼看着这个项目才启动不久，就已经有声有色，如果我现在选择回到美妆部门，那么我花了不少心血的项目，也要转手他人。但是，如果我犹豫不决，我与方明远的情侣关系，就会成为我们在宝莱的隐患。

想到这里，我才明白，为何方明远需要思索那么久，才决定与我在一起。

与我相比，方明远有更多的放不下，更多的无法舍弃。正如他所说，我是他规划周密的人生里，唯一的意外。

到底是先找安姐，询问换部门的可能性，还是先找到郑以牧，请他能否在知道我与方明远是情侣关系的前提下，相信我，让我至少把洛菲珠宝的项目做完？我的思绪一团乱麻，为了不做出错误的决定，我告诉自己，先不要忙于做决定，冷静下来，先把手头的事情做好。

在宝莱办公室里，专心做事情的好处便是根本无暇顾及杂七杂八的情绪。郑以牧突然休假，导致需要让他决策的事项都卡住了。由于这是郑以牧提出休假的第一天，所有同事都达成了共识——除非事情到了最紧急的关头，不然，我们绝对不会去打扰他。

郑以牧不像方明远。方明远这个工作狂人，即使是在春节期间，都会在凌晨两点回复邮件。可是，如果有人敢在春节期间让郑以牧工作，郑以牧一定会搬出《劳动法》，好好说教对方一番。

出乎我们意料的是，郑以牧在当晚八点，就统一回复了所有工作邮件，并在工作群里发了信息，同时也接受了同组同事提出的电话会议的请求。

听着同事戴着耳机在与郑以牧沟通，确认郑以牧处在登录工作账号的状态中，我给郑以牧发了一条信息。

"郑以牧，你怎么休假啦？"

发过去，聊天框内，该条信息迅速显示已读。可是，我等了两分钟，都没看到郑以牧的回复。

大概是在开会，无暇回复我吧。我自我安慰一番，等到同事挂断了电话十分钟后，再次查看我与郑以牧的对话框，那个问句依旧没能等来答复。在我这句话的上面，全是郑以牧之前在开会时发给我的信息。

"哈哈哈,时岚小朋友,你咋听那么认真!"

"欸,你有没有觉得这个会议特别无聊?"

"你抽屉里还有糖吗?等下开完会我们去楼下放个风?"

"时岚,你理我一下。"

一大堆信息的结尾,是我回了他一把刀的表情,言下之意是"闭嘴"。

可现在,一切都反了过来。

这个郑以牧,居然不理我。我强压着怒火,又给郑以牧发了一条信息:"郑帅哥,您怎么休假啦?"

以往如果我这么对郑以牧说话,郑以牧一定会说我无事不登三宝殿,黄鼠狼给鸡拜年,一看就没安好心。可是,这一次,信息还是很快显示了已读,但就是没有被回复。

与此同时,在工作微信群里,郑以牧还在参与工作事项的讨论,讨论得非常热烈。

"森森,你过来一下。"我叫来森森。

"时岚姐,怎么啦?"森森问。

"你申请一下陶瓷类目的销量看板权限,趁着郑以牧在线,让他帮你批准一下。"我假公济私。

"好嘞!太好了!时岚姐,你是不是要带我一起做景德镇的项目呀?"森森喜出望外,立刻按照我说的照做。

一分钟后,森森失落地告诉我:"时岚姐,郑以牧说不行。"

"他这么快就回复你啦?"我难以置信。

"对呀。"森森把手机递给我,给我看他与郑以牧的沟通记录。

对我的信息视而不见的郑以牧,居然在第一时间就回复了森森:

"陶瓷类目是合作项目，暂时只有时岚可以查看。"

可怜的森森，碰了一鼻子灰。

我只好安慰了下森森，对着依旧没有被郑以牧回复的对话框，继续犯着嘀咕。我猜想，或许是因为我没有与郑以牧讨论工作，所以他才忙得没空回复我。因此，我将自己对景德镇"千年窑火"项目的想法，整理成了文档，通过邮件发给了郑以牧，又在对话框里询问他的反馈意见。

"郑以牧，辛苦你看看我刚刚发给你的邮件。如果有任何不足，麻烦你告诉我。"我把我能想到的最礼貌的词都拿了出来，卑微至极。

令我惊喜的是，对话框里终于显示"对方正在输入中"。

我屏息期待。

三十秒后，郑以牧回复了五个字：

"不辛苦，命苦。"

怎么说呢？我虽然瞬间被撑得想吐血，但是居然觉得有点开心。毕竟，郑以牧终于愿意理我了。我觉得，如果有一天，郑以牧变成和方明远一样的谦谦君子，我反而会不习惯。

在郑以牧休假期间，他的工作账号每天都会在晚上八点准时登录，集中处理工作。我时不时也会为他着急，催促他要多多关注景德镇"千年窑火"项目，不过，郑以牧要么是不回复，要么就是回复我一个猪头的表情，根本不让我追问下去。方明远为了践行他的想法，一直在北京和景德镇往返跑，还飞了一趟英国，与当地的团队商议了详细的计划，根本没有回到上海办公室，所以我的转岗想法也就暂时搁置了。

在郑以牧与方明远都没有出现在办公室的这段时间，不知道是

第三十章 喜恶同因

他们俩故意把我从景德镇"千年窑火"项目择出去,还是之前根本就没想过需要我的参与,所有项目相关邮件都没有抄送我,重要的会议也没有邀请我,以至于我对该项目的进程完全不了解。不过,我也不觉得失落。说到底,这个项目本来就是郑以牧与方明远的对决。真让我去选择,我也只会觉得为难。而且,我也不认为郑以牧在知道我与方明远的恋人关系后,还会把自己的想法分享给我。

我除了跟进原本的日常工作外,带着森森集中精力优化洛菲珠宝周年庆项目。洛菲珠宝为了筹备周年庆,请了当红的主播犀利姐来撑场子。由于犀利姐已经怀孕八个月,而周年庆需要二十四小时不间断直播,担心犀利姐会体力不支,我在讨论会上坚决否定了这个提议。不料,却引来了洛菲珠宝大老板汪玄德的强烈不满。

"时岚,你知不知道,犀利姐是我老婆花了多少私人关系请来的?我们花了这么多钱,你说不用就不用,你想干吗?"汪玄德在广州的直播间筹备室里,直接向我拍了桌子。

"汪总,您做得好,我比谁都高兴,怎么可能会故意为难您呢?我提出风险点,也是为了洛菲珠宝考虑呀。一旦出了事故……"我好言好语地解释着。

汪玄德怒目而视,不依不饶:"那如果我不用犀利姐,你要拿什么来和我交换?要不这样,我答应你不用犀利姐,但你要给我加三个资源位。"

真是无商不奸。汪玄德居然想要利用这个,来换宝莱的资源投入。

森森站在我的身后,气得直呼气。我回头暗示他:忍住。

"汪总,你看看这偌大的直播间筹备室里,除了我,谁有过策划宝莱直播播放量最高纪录场次的经验?或者,你再看看你整个洛菲公司好了，谁会像我时岚一样，三天七十二个小时，不眠不休陪着你们对这些琐碎的直播台本，调整直播背景板？我出于我的职业精神，好心提醒你直播风险点，结果呢，你现在来找我谈条件。好，没问题，那我也坦白点告诉你，整个宝莱，只有我想帮你把这个周年庆做好！不然，你自己想想，洛菲珠宝要筹备周年庆这么重要的活动，郑以牧怎么没来？宝莱公司现在讲究的是'消费者体验'，洛菲珠宝的投诉率有多高，你心里有数吧？一旦再严格控制准入门槛，洛菲珠宝就是第一个完蛋的！"我掷地有声地说，"宝莱还没来抓你呢，你自己想用个孕妇上直播，你要作死，我不拦着你！"

不管是什么工作，只要和人打交道，基本都会演变成一定程度上的服务业。卖点往往不是产品，也不是系统，而是人。客户在付钱的时候，只会希望让世界上最聪明、最优秀的一群人来服务他们，为他们提供建议。汪玄德这类人，无非就是怕自己吃了亏，那么我不妨直接告诉他——我时岚就是最好的，除了我，没别人了。

汪玄德听到我这么说，果然气焰弱了下去。

他的助理打着圆场："时岚姐，咱们是合作伙伴，一切都好商量嘛。"

我见目的达到，也见好就收，不再纠结于主播的人选问题，继续探讨周年庆的其他部分。

不知道是从什么时候开始，我竟可以一个人面对这样剑拔弩张的会议了。以前我总是被安姐护着，被郑以牧藏在身后，而现在，我不再依靠其他人，也可以成为森森的灯。

可能，这就是工作给我带来的成长吧。不把自己砸进那个坑里，根本不可能知道自己还有土拨鼠的技能。

就在我以为汪玄德已经完全被我说服，洛菲珠宝周年庆也大获成功,销售额超出了预期,得到了创始人的邮件表扬,一切都完美无缺的时候,一场网络暴力找上了我。

不知道是哪一位有心人,将我在直播间筹备室内说的一段话,剪辑成了一个视频,发布在了网上。

在视频里,除了我以外,所有入镜的人都被打上了马赛克。我的话语被剪辑得面目全非,十几秒的视频里,我说的话变成了:"汪总,你心里有数吧?一旦你想用个孕妇上直播,洛菲珠宝就是第一个完蛋的!你要作死,我不拦着你!"

这句话,直接引发了众多孕妇的不满,甚至上升到了我自己作为女性,居然看不起怀有身孕依然想要努力工作的女性的讨论。也不知道是谁恶意引导,很快,网络上就在讨论"在女孩帮助女孩的时代,还有歹毒女人,在阻碍女人自立自强"。

怀孕错了吗?想努力工作错了吗?作为品牌方的洛菲珠宝,为什么受制于平台方宝莱?一系列讨论,就连我自己看着手机,都觉得对宝莱来说,平息舆论最简单的方法就是对外宣称——时岚是个临时工,她所发表的言论与我们无关。

我看着社交平台涌入的无数条信息,觉得有些窒息。

互联网,那么容易成就人,又那么容易毁掉人。

森森为了维护我,战斗力爆棚,直接买了一张机票,杀到了洛菲珠宝公司,却无法见到汪玄德。反而被有心人录下了视频,在网络上二次发酵,说我威胁下属去洛菲公司闹事。

"时岚姐,对不起,是我太莽撞了。"森森从广州打来电话,满是愧疚。

我笑出来:"哎哟,你已经做得很好了呀。你看,你还在网上帮我发帖子澄清。没事，我们都知道这件事情我们没做错。"

我挂断电话，自己找了个会议室，将门关上，冷静地想了一下这件事的来龙去脉，立刻联系了律师，请他帮我捍卫名誉权，并打定主意，一定要揪出幕后黑手，用法律保护自己。

我时岚，是好脾气，但不是任人摆弄的橡皮泥。

在胖哥的帮忙下，我们找了技术高手，直接证明了视频是通过后期剪辑合成的。然后，我独自飞到了长春市下边的一个小镇——主播犀利姐的家乡。邻居告知我，犀利姐昨日临盆，现在还在镇医院。

我买了一个大果篮，按照护士站的提示，找到了犀利姐的病房。

与直播镜头下，开了高强度美颜后的主播形象不同，此时的犀利姐躺在病床上，看着自己年近八十的母亲小心翼翼地抱着孩子，满脸写着虚弱。我霎时理解了，为什么互联网上的讨论甚嚣尘上，犀利姐却没有做任何回复，森森也无法找到她，原因只有一个——她刚从鬼门关里走了一遭。

"犀利姐，你好，我是时岚。"我轻轻敲了一下门。

"嗯……我们认识吗？"犀利姐偏过头来看我。

"我是宝莱直播平台的人，你与洛菲珠宝的合作，就是我搞黄的。"我轻声说。

犀利姐微微一笑，她有些有气无力，脸色不是很好："没关系，谁让你是第一个来看我的人呢。"

犀利姐原名黄翠娟，原来是镇里一家杂货铺的老板娘，不是传统意义上的美女，因为有一张得理不饶人的嘴，最擅长的就是在直播间与观众吵架，所以引来了不少观众。久而久之，她积累了不错的流量，又通过自身的勤奋——别人直播八小时，她就要直播十小时，和所有人比体力，这才成了头部主播。听说，黄翠娟不相信任何人，只相信自己，这才一直单干，没有签约给任何一个网红直播机构。黄翠娟生活中深居简出，在直播中却口若悬河。她在怀孕之后，直播的频率却越来越高，直播的时间也越来越长，售卖的货品也越来越杂，所有的信息都透露着——她需要钱。

按理来说，已经是头部主播的黄翠娟，不应该再为经济情况烦恼。可是，看着躺在镇医院的病床上憔悴的她，我又不得不相信，她肯定遇到了难题。

无事不登三宝殿，我将我所遭遇的情况说与她听，黄翠娟却笑了，说了句"瞎扯"。

"我以前，是真不知道，互联网这个东西，会吃人。"可能是太久没有人与她说过话，她竟然愿意向初次见面的我，袒露了心扉。

"以前，日子是好过的。我说的以前，是他赌博以前。因为他赌博，我们手里的钱尽数撒进去也堵不住撕裂的口子，所以我们又开始到处借钱。一开始，找亲戚朋友借，到后来，亲戚朋友那边借不到了，他就带我去银行借。银行的职员说，他们都知道我，我是什么网红，唰唰两下，我就签了字。再之后，他就赌红了眼，每天逼着我直播。你知道吗？我穿着三十块钱的衣服在强颜欢笑，他在牌桌上半小时就可以输掉一万块。洛菲珠宝来找我谈合作的时候，我肚子太大了，根本没办法接，是他说，对方出了高价，怎么都得去。我跟他大吵了一架，求他放过我。一场婚姻，到头来，我只落了个孩子和一场空。"黄翠娟说到这里，握住了我的手，"妹子，你放心，我不让你受这不明不白的委屈。"

离开黄翠娟的病房前,我在医院里找了两个靠谱的护工与月嫂,又留了个红包塞在孩子的襁褓中。

在直播间里看到的是狂欢与喧闹,镜头一转,却是现实生活中残酷的一地鸡毛。

我忽然又开始感谢直播,是互联网的直播,让黄翠娟还有机会重新站起来。

在机场大厅里,我取了登机牌,看着手机里在美颜滤镜下的黄翠娟,顶着"犀利姐"的头衔,在直播间为我澄清事实。黄翠娟在说明了事情的来龙去脉后,选择关掉了美颜滤镜,让所有粉丝看到了她脸色苍白的样子与刚出世的孩子:"我在噩梦里滚了一圈,现在,我要滚回来了。"

得益于黄翠娟的快速回应,舆论瞬间逆转,我乘胜追击,除了公布视频经过合成的铁证外,还请律师为我状告了汪玄德。通过胖哥找来的技术高手的锁定,确认制作视频的电脑,定位就在汪玄德的公司。

天迈公司用科技管控员工,而我,只想用科技自救。

我将手机放回包里,刚想走进安检口,背后传来急促的脚步声。

"时岚!"

我回过头,居然是方明远。

我毫不犹豫地扑向了他的怀里。

"你不是在英国吗?"我问。

"我应该在你身边。"方明远没有回答我的问题,我却知晓了答案。

"我没事的,我没有很在乎。"我说。

第三十章 喜恶同因 433

"你哪有不在乎？明明在乎得要死。不然，也不会在成千上万条骂你的评论里，特意找到一条鼓励你的评论，说'谢谢'。"方明远笑。

再后来，当有人问我什么是爱情时，我终于可以准确地解释了。

我所理解的爱情，就是一个人，穿越很远的距离，去见另一个人。

第三十一章　爱是甘愿

由于方明远是在出差英国的过程中，特意为了我赶回来的，因此在确认事情基本解决后，他又准备飞回英国，继续筹备景德镇"千年窑火"项目。而我，则打算径直回上海。

我与方明远在安检口告别，可我刚往里没走几步，森森的电话就打了过来。

森森的语气很慌乱，他惊慌失措地告诉我——郑以牧出事了。

"时岚姐，管控部门的徐聪要求汪玄德在洛菲珠宝直播间的投诉率降低至5%以前，都不能继续直播。汪玄德不肯，强行开播。郑以牧就从直播主控台里封闭了洛菲珠宝的所有账号。汪玄德不服，一再找创始人求情。创始人就让郑以牧飞到广州去向汪玄德说明情况。两个人刚碰面不久，汪玄德就动了手，没想到他体力不如郑以牧，反而被郑以牧揍了一顿。现在，两个人都进派出所了，汪玄德还嚷嚷着要告郑以牧蓄意伤人。"森森说。

"什么？郑以牧不是在休假吗？他们在哪个派出所？"我诧异不已。

我猛然想起，当初郑以牧就想要揍钟晨曦的经纪人Vincent一顿，被胖哥及时拦住了。没想到，这一次，郑以牧没再冲动，却因为自卫还手，惹了事端。

"在广州海珠区。"森森说。

糟糕,那是汪玄德的地盘。

我从出口跑出来,方明远叫住急匆匆的我:"时岚,你去哪儿?"

"我不回上海了,得去一趟广州。郑以牧把汪玄德打了,现在进了派出所。"我向方明远挥挥手,"你落地英国后跟我说一声,我去改签了。"

我刚想往前跑,方明远突然拉住了我的手。

"怎么了?"我问。

"我陪你去广州。"方明远说。

"那'千年窑火'项目……"我疑惑地问。

"没事,我们先去广州。"方明远的语气很坚定。

在方明远的坚持下,我与他一同飞到了广州。

一路上,方明远都没有停止过工作。"千年窑火"项目的海外沟通非常高频,方明远调动了全组的力量去支持进展,并且在他说服创始人后,创始人还亲自写了邮件要求在英国办公的同事全力配合他。肩负着这么大的压力,方明远的每一分钟都特别宝贵。我没有办法帮上方明远的忙,从工作角度,我也不应该去插手他的项目,因此,为了不打扰他,我闭着眼睛,准备全程装睡。而方明远敲打键盘的声音非常轻,他还向空姐要了一条毯子,披在了我的身上。

我从未想过,我与方明远成为情侣后的第一次出行,会发生在这么兵荒马乱的情况下。

大概是因为太累了,到后来,我不知不觉真的睡了过去。飞机落地后,乘客们都陆陆续续离开了机舱,方明远将我叫醒,告知我,他给森森打了电话,了解了细节。

"汪玄德伤得没有很重,理论上,情节轻微的,民警会对双方批评教育，并让当事人双方尽量达成和解。但即便伤得不重，被伤的当事人也可以要求民警立案调查并且上诉，主动追究伤人者的刑事责任。虽然是汪玄德先动的手，但是郑以牧下手比较狠，所以，为了避免郑以牧一时冲动说错话，我让森森尽可能盯住他。"方明远顺势拉起我的手，快步往前走，"我叫了车，已经在停车场了。从这里去派出所，开车走高速，大概三十分钟。别担心，现在不堵车，我们很快就会到。"

我的手被方明远妥帖地握着，跟在他的身后走，我突然明白了他坚持陪我来广州的原因。

原来，有方明远在，真的会不一样。

在车里，方明远的电话接个不停，一会儿是英文会议，一会儿是和黄瑞楷一起调整选品的清单。

"你从英国回来的事情，创始人知道吗？"我担忧地问。

"知道。"方明远简短地回答。

"你怎么说的？"我追问。

方明远伸出手，摸了摸我的头："别想那么多，咱们到了。"

到达派出所，我终于见到了脸上挂彩的郑以牧与在不远处龇牙咧嘴的汪玄德。

森森欢呼着扑上来："时岚姐，你可来了！"

我与郑以牧对视，看到他眼里的喜悦因发现我的身旁站着方明远而立刻消散。

"你来干什么？"郑以牧这句话，是冲着方明远说的。

"时岚，我去和汪玄德谈一下。"方明远拍了拍我的肩膀，对我笑了一下。

"好。"我点头。

方明远在征求了警察的同意后,与汪玄德进了一旁的洽谈室。我则搬了个椅子,坐在了郑以牧的旁边。

"森森,你去周围溜达一下,看看周围有什么好吃的吧。"我向森森使了个眼色。

森森即刻会意:"好嘞。"

森森离开后,郑以牧甚至都没有看我。我伸出手指,戳了戳他的手臂:"严查投诉率的事情,是为了替我出气吧?"

"别自作多情,我是秉公办事。"郑以牧说。

我扑哧一声笑出来:"你还挺男人的。"

果不其然,郑以牧听到我夸他,立刻把尾巴翘了起来:"你才发现我男人啊!怎么样?是不是被我吸引了?"

"都什么时候了,还说这种玩笑话。"我真诚地说,"郑以牧,谢谢你这么讲义气。"

怎么会不感动呢?郑以牧原本在休假,得知我的事情后,作为直系领导的他,原本可以置身事外,却主动替我出头。这份情谊,我一定铭记于心。

郑以牧望着我,他的嘴角还有淤青,额头也有些许红肿。

他似乎在沉思着些什么,忽然问我:"你有没有想过,我对你,可能不仅是义气呢?"

我愣住。这是在告白吗?

"这是天使对你们这些下等人的救赎!"郑以牧自己打破了僵局,随即一副恶作剧得逞的表情。

我气得想立刻转身就走或是像往常一下对郑以牧大吼,奈何这是派出所,我只能强忍住怒火,告诉自己,吃亏是福。

"痴心妄想什么呢?我告诉你啊,你可千万别再暗恋我了。人家徐聪都告诉我了，说我手下的一个小姑娘想方设法打听我的住址，想要毁我前程！"郑以牧又恢复了往日里的嬉皮笑脸。

"大哥，我打听你的住址是因为你突然从景德镇跑了，又突然请了长假，我担心你，想去找你，才问的好吗？而且，你后来连我消息都不怎么回复，我要怎么毁你前程啊？"我不满地说，"对，你还没和我解释呢，为什么突然不理我？"

郑以牧理直气壮地否认："造谣，纯属造谣，我只是在哈尔滨躲清静而已。而且，我为什么要理你啊？我只和美女聊天！"

在见到郑以牧之前，我特别担心他口不择言，惹怒汪玄德。出乎我意料的是，郑以牧比我想象中聪明多了，在方明远与汪玄德达成一致，同意和解后，郑以牧在所有人面前表演了一出虔诚悔过的戏码。那夸张程度，差点让我以为汪玄德肿得老高的脸颊不是被郑以牧揍的，而是自己不小心在马路牙子上磕的。

走出警察局后，汪玄德只与方明远说了"再见"，连正眼都没有看我们一眼，就坐进了私家车，扬长而去。

"时岚姐，如果我现在追上去，也揍他一顿，你会来捞我吗？"森森嘟起了嘴。

"森森，法治社会，你也是读过书的人，动不动就打架，有辱斯文。"我当着郑以牧的面，故意嘲讽他。

方明远看向我，对我说："你们在广州吃个饭再走吧。"

"那你呢？"我关切地问。

"我先去机场了。"方明远笑着说。

考虑到森森在场，我不好再与方明远多交谈，只好目送他上了出租车。

为了不让郑以牧的脸上留下疤痕，即使他一再说没事，我还是

第三十一章 爱是甘愿　439

抓着他去医院上了点药。在医院里，郑以牧佯装一副不怕疼的样子，若无其事地说："我们男子汉，这点伤算什么。"可是，当医生问及为何受伤时，他又不好意思承认自己的冲动了。

"医生，他是因为打架受伤的。"我说。

"啊？这么大人了，还打架？"医生又确认了一次郑以牧病历本上的年龄。

"医生，他是和狗打架。"我继续补刀。

"噢，那不怪他。"医生将病历本交到我手上。

郑以牧敢怒不敢言，只能一直瞪着我。直到我宣布食物只能是粥时，他对我的怒火终于爆发了出来。

"我要吃火锅！"郑以牧怒吼。

"只有粥！"我回吼他。

在大马路上，森森躲得老远，朝我喊了句"时岚姐，那我自己去嗍碗粉"就逃走了，剩我与郑以牧咬牙对峙。

最后，郑以牧还是拗不过我，乖乖地喝了清淡的粥。而我，当然没有舍命陪君子，而是坐在郑以牧的对面，吃着香喷喷的黄焖鸡米饭，还故意当着他的面加了两大勺辣椒。

回上海的飞机上，森森在我的右手边呼呼大睡，坐我左边的郑以牧拍了拍自己的肩膀。

"你干吗？"我问。

"如果你要睡觉，就借你个肩膀靠下。免费提供，过时不候啊。"郑以牧说。

"这也是天使对我们下等人的救赎吗？"我问。

"可以这么理解。"郑以牧郑重地点头。

我笑着摇头："不了，本姑娘不困。"

我低下头，拿出飞机杂志，准备阅读。没想到，郑以牧这个家伙居然把头靠在了我的肩膀上。

"欸，你干吗？"我微微皱眉。

"我今天受到了惊吓，需要下等人给天使一点慰问。"郑以牧厚着脸皮说。

我无奈："好吧，谁让我们下等人这么好心呢。"

我继续低头看完了一篇文章后，郑以牧的声音传来，仿佛是一个承诺："你不用担心，我不会告诉别人你和他的关系的。"

我反应过来，他说的是转岗的事情。难道，郑以牧在哈尔滨休假的这段时间，不怎么回复我消息，就是怕我主动向他申请转岗吗？

"听到我这么说，你感动吗？"郑以牧问。

"感动？拜托，大哥，你的头靠在我的肩膀上，我怎么敢动啊。"我笑着说，"不过，郑以牧，谢谢你。"

"那么，景德镇'千年窑火'项目，你希望我和方明远谁赢？"郑以牧问。

"希望？我觉得你们谁赢都可以啊。你们都很厉害。"我说。

"在你心里，谁更厉害？是我，还是方明远？"郑以牧不依不饶。

"论幼稚，你更厉害。方明远就不会这么问我。"我无奈地说。

郑以牧在两周假期结束后，重返了办公室。他脸上的伤痕还没有全部消失，逢人问起，就按照我之前的说法，说自己是和狗打了一架，狗伤得不轻，他还好。我与森森在一旁听了都只能憋笑。

忙碌之余，我收到方明远的消息，他告诉我，起诉汪玄德的事情，他会和律师协商好，不仅要求公开道歉，还会要求经济赔偿。

"我还能起诉汪玄德吗？我以为，你是拿我不起诉汪玄德为条

第三十一章 爱是甘愿　441

件,才让汪玄德放郑以牧一马的。"随后,我说出了自己的计划。

"当然可以。"方明远简单的一句话,便能让我安心。

"时岚姐,方明远能搞定汪玄德,是因为大鱼吃小鱼,小鱼吃虾米啦。如果汪玄德在广州想找碴,强龙压不过地头蛇,那还不是一句话的事?方明远之所以能说服汪玄德,是因为汪玄德买他的面子。汪玄德原来也是行走江湖的人,最讲究义气。他看到方明远在郑以牧做错事情的时候,非但不落井下石,反而愿意出手相助,当然愿意高抬贵手,换一个朋友啦。男人嘛,挨两拳没什么的。"森森分析着,开始夸赞方明远,"我宣布,方明远已经成为我的新偶像了!"

听到森森这么说,我只觉得,不管命运从哪个方向抛过来球,都被方明远稳稳地接在了手心。

工作上一切都在正常进行,方明远在英国隔着时差,找到空闲就会与我视频。我们对着屏幕,常常什么话也不说,各忙各的,就觉得很安心。我甚至觉得,我与方明远就像是一艘在海面上漂泊许久的船,好不容易找到了港口,便平静地靠了岸。

景德镇"千年窑火"项目,在多方商议下,最终定在了八月底执行。方明远在这段时间内,肉眼可见地消瘦了。好在,海内外购物的系统已经全盘打通,所有的准备工作已经就绪,就等着活动当天一一落地。我为方明远感到骄傲,是的,在互联网,哪有什么事情是可以等待的,又有什么是一定不可能发生的呢?

只是,我并没有想到的是,相比于方明远的宏观视野,郑以牧的剑出奇招,更见成效。

在"千年窑火"项目开始的前三天,一支名为《景漂》的纪录片,风靡了全网。

在纪录片中，我见到了许多我熟悉的面孔，他们都是在陶瓷培训班里与我共度那个停电的下午的人。纪录片的拍摄手法非常细腻，不仅将景德镇传承的工匠精神拍得令人动容，就连灰蒙蒙的景德镇在镜头下都仿佛一个世外桃源。通过画面，观众看到的是一个"结庐在人境，而无车马喧"的避难所，看到的是黑夜降临，万家灯火亮起的温馨与欢声笑语，看到的是毫无压力的人际关系。纪录片还用采访的手段，分享了几个典型景漂的故事。其中，原本就职于天迈的张熙，是最亮眼的人物。

我也是看到这个纪录片才知道，郑以牧去哈尔滨不是为了单纯躲清静，是因为张熙的老家就在哈尔滨。郑以牧帮张熙去哈尔滨老家取回了一幅全家福，张熙请当地的陶瓷师傅，将这幅全家福制成了陶瓷花瓶的图案。当画面呈现这一幕时，弹幕都在疯狂抖动——"了不起！我也要去景德镇！"

一支与景漂有关的视频，霎时间吸引了全网的注意力。郑以牧抓住时机，立刻大量在网络上铺起了广告。"足不出户，打开宝莱直播，感受美好景德镇"，成为最有力的宣传语。

为了承接这些人的流量，有效将观看转化为消费，郑以牧还推出了"月份定制"陶瓷瓶。在不同月份出生的人，可以直接拍下自己出生月份的陶瓷瓶，作为纪念。这个想法，听起来既具有纪念意义，又没有执行难度。毕竟，一年只有十二个月份。只需要做十二个不同的模具，便可以批量生产。

在方明远与郑以牧的强强联合之下，景德镇"千年窑火"项目，毫不意外地大获成功，并且吸引了其他城市的陶瓷艺术家入驻宝莱直播平台。不管是从覆盖人群数量的增长，还是从销售额的攀升来看，都值得载入直播历史。

只是，若是要细分功劳，还是郑以牧略胜一筹。

方明远的想法虽好，也是一次史无前例的创新，但是，海外人口对陶瓷的认知有限。直播时，海外的观看人数远远不及中国大陆的观看人数。所以，方明远的努力，最多只能说是开辟了一条全新的道路，但不能说对"千年窑火"项目起到了多大的助力。而郑以牧的做法，却让直播间的自然流量与之前对比，直接翻了三倍，最值得一提的是，他推出的"月份定制"陶瓷瓶，牢牢占据热卖商品榜单的第一名，销售额占所有商品的6%，创下陶瓷类目单品销售额最高纪录。并且，顺着郑以牧的思路延展，未来，宝莱直播平台还可以辅助黄瑞楷一起推出"姓氏定制"陶瓷瓶、"生肖定制"陶瓷瓶等，进一步收割消费者需求。

综合来说，在这场比拼里，郑以牧胜局已定。

对于这个局面，我为郑以牧感到开心，也担心方明远难过。因此，在创始人将公布结果的那一天，我起了个大早，在方明远家门口等他出门。

我打着哈欠，昏昏欲睡时，方明远打开了房门。

"你在等我吗？"方明远问。

"嗯。咱们好久没一起吃早餐了。"我说。

"好啊。昨天晚上我从景德镇回来得太晚了，所以，就没有找你。"方明远笑。

我主动牵起方明远的手。

"这是在做什么？"方明远问。

"这是爱的鼓励。"我拉着他走向了电梯间。

在早餐店里，我仔细地观察方明远的神情。

"我脸上有什么东西吗？"方明远问。

"你如果不开心,可以告诉我。"我认真地说。

"就因为创始人要把珠宝行业总监的位置给郑以牧吗?"方明远笑着把碗里的煎蛋夹给我。

"什么?创始人已经决定啦?那就是没有回旋的余地了。"我嘟囔着,"虽然你一开始就说是想做一个尝试,但是……"

方明远笑着打断我:"时岚,我很少输,不过,我也输得起。"

方明远果然豁达通透,这让我对他的敬仰又更深一层。

为了避嫌,我与方明远一前一后到达了会议室。在会议室内,珠宝行业的所有人都纷纷列席,郑以牧坐在我的右手边,揉了揉眼睛,打着哈欠。

"恭喜!"我小声对郑以牧说。

"你这投诚也太狗腿了吧。"郑以牧为我拧开了一瓶矿泉水,放在了我的面前,"我还以为你知道我赢了,会为他鸣不平呢。"

"怎么会呢?郑以牧,你这次真的太厉害了!"我发自内心地称赞郑以牧。

郑以牧笑了一下:"还行,眼睛没瞎,能看见我的好。"

创始人走进会议室里,大家一下子都安静了下来。就在我们都等着创始人宣布已知的结果时,创始人却说出了令我们意想不到的话。

"感谢方明远与郑以牧两位同事这么长时间以来对宝莱做出的贡献。因此,公司决定,即日起,由方明远担任珠宝行业总监,统领整个珠宝行业。而郑以牧,因个人原因,决定离开宝莱公司,让我们祝福他前程似锦。"

简短的一段话,令会议室里所有人都面面相觑。

我先看向方明远,发现他也是面露诧异。我再看向郑以牧,只见到他若无其事地又打了一个哈欠。

我本想等到创始人离开会议室后,立刻找郑以牧问个明白,没想到,安姐居然让我和她一起去买杯果汁。我只好在离会议室前,小声地对郑以牧说:"你等我一下,我有事问你。"

安姐在果汁店里挑挑选选,过了好一阵,都没有决定到底要喝什么。

"安姐,要不我等下来找你,行吗?"我不安地催促安姐。

"就雪梨汁吧,清热解毒。"安姐对店员说完,笑着对我说,"干吗,这么着急去找郑以牧啊?"

"对啊,安姐,你不觉得奇怪吗?郑以牧怎么会突然辞职呢?我听说,创始人的办公室里都放了他策划的'月份定制'陶瓷瓶,珠宝行业总监的位置对他来说唾手可得,怎么想,他都没理由在这个时候主动辞职啊。肯定是发生什么事情了!"我对安姐说。

安姐看着我:"时岚,在关心郑以牧为什么辞职之前,我想要先和你说一下你与方明远的关系。"

我的心惊了一下。我与方明远的关系……安姐怎么会知道?

安姐将服务生递来的雪梨汁递给我:"喝吧,一边喝一边听。"

"好。"我将吸管插入雪梨果汁杯里,却没有心情品尝。

我与安姐找了个角落的位置坐下,安姐的表情逐渐变得严肃。

"你和方明远是什么时候在一起的?"安姐问我。

"在景德镇的时候……"我向安姐解释,"安姐,对不起,我不是故意要瞒着你的。我只是还没有想好要怎么和大家说。"

"你这个丫头,太糊涂了。办公室恋情,最容易受到伤害的就是女孩子。你应该清楚宝莱的规定,一对情侣是不可以在同一个部门共事的。你看现在的局势,你认为,创始人是会留你在珠宝行业,还是留方明远？你的洛菲珠宝项目做得那么好，一旦转岗，一切都重头来过，你当真舍得吗？"安姐教育我。

"嗯。"我不假思索地点头，"虽然我当初是为了方明远才来珠宝行业的，但经过这段时间的磨练，我也已经不再是当初大客户战略部那个被大家保护起来的吉祥物了，我相信自己拥有了独当一面的能力，无论去到哪个行业，都能够有所作为。而方明远和郑以牧的这场竞赛也让我明白了，真正优秀的人在乎的根本不是一两场胜利，而是持续不断的挑战，比起当下所拥有的一点点成绩，我更想看到未来能够与他们并立浪潮之上的自己。所以，没有什么舍不得的，我对自己的期待绝不止于此。"

安姐叹口气："时岚啊时岚，你这个小倔脾气。那行，你来美妆行业帮我吧。"

"我可以来你手下吗？"我喜出望外。

"可以，我会去和创始人说的。你这个小妮子，不让你回到我手下，我还真的不放心。"安姐笑着对我说。

我向安姐道谢。看来，安姐真的在美妆行业混得不错，已经被创始人重视并且肯分配人给她了。今天的这番谈话，绝对是创始人授意安姐的，不然，她是不可能主动来找我戳破这层窗户纸的。想来，创始人愿意把我放在安姐名下，一方面是安姐为人稳重，肯定可以管好我，另一方面，应该是安姐在被创始人测试。能不能成为创始人的耳目，就要看安姐会不会向创始人如实传达我与方明远的情况了。

职场嘛，安姐已经赤忱地陪伴我走了很长一段路，如今，她就算存了些私心，我也甘心被她利用。况且，能回到美妆行业，本就是最好的结果。

"创始人已经知道我与方明远的关系了吗？"我问。

"嗯。方明远原想要离开珠宝行业，任由创始人给他一块难啃的骨头去接手。可是，创始人实在是不舍得他因为私人情感问题，弃海内外共同直播这个尝试于不顾，才一直没有让他公开。创始人本来是想让方明远来劝你主动转岗的，不过，方明远说，在他看来，你在珠宝行业也有你在意的事情要做，他不希望因为你们之间关系的改变，影响你原本的轨道。"安姐笑着称赞方明远，"这么一对比，郑以牧输给他，也是情理之中。"

我惊讶于方明远的坦荡。原来，他从一开始，就已经放弃了这场比赛，又怎么可能会为输给郑以牧感到可惜呢？我只是不知道，方明远能为了与我在一起，放弃得那么不拖泥带水。

"告密的那个人，肯定不是郑以牧。"我坚定地说，"他如果想说，早就说了，不用等到现在。"

"当然不是他，是方明远主动向创始人承认的。不过，你的意思是，郑以牧早就知道你和方明远在谈恋爱了？"安姐有些惊讶。

"嗯，他是第一个知道的。"我说。

"那郑以牧当时请两周假，是去治疗情伤了吧。没有回应的爱情比炉中取炭火还要痛苦。"安姐叹惋，"时岚，郑以牧喜欢你。"

"怎么可能？我真的问过郑以牧很多次，他每次都说我是在自作多情。"我不敢相信。

"有时候，非得失去了，才知道自己原来那么喜欢。好了，你去找他吧。他申请的是即刻离职，今天应该就会走。"安姐对我说。

我几乎是一路跑着回到工位的，可是，森森却告知我郑以牧已经收拾东西下楼了。我顾不上等电梯，干脆走楼梯跑到了一楼，气喘吁吁地冲到了公司大门口，四处张望，总算看到了郑以牧。

郑以牧在宝莱这么长时间，到了离职的时候，却只带走了我送给他的猫头鹰玩偶。

"郑以牧！"我大喊他的名字。

郑以牧回过头来，看见是我后，站在出租车旁，等我跑了过去。

"时岚小朋友，你能不能淑女一点啊？你看看，大庭广众之下，你也不怕别人误会。"郑以牧笑。

我却无法轻松起来，我盯着郑以牧的眼睛，直接问他："你是不是因为我才离开宝莱的？"

"哎哟，你也太自恋了……"郑以牧还是不承认。

"我再问你一次，你是不是因为我，才离开宝莱的？"我咬着嘴唇，清楚地听到自己的心跳声。

郑以牧看着我，低下头，突然笑了一下，又抬起头来，点了点头："是。"

"为什么？"我问。

"你真的不知道原因吗？"郑以牧反问我。

我的心一下子揪了起来，声音有些颤抖："我问过你，可是，你说……"

"我后悔了。"郑以牧自嘲地笑了一下，"时岚，我是不是已经来不及了？"

我与郑以牧相识近两年，回想起与他有关的画面，每一个场景都历历在目。

我们一起创造了宝莱单场直播的播放量最高纪录。熬夜到发高烧的时候，郑以牧会故意在我病床旁吃臭豆腐，我也会在他生病的时候，给他发热气腾腾的火锅图片，再收到他的骂人语音。我们还一起在大客户战略部解散时，互相认可对方"是条汉子"，宁折不屈，惺惺相惜，又嘲讽对方比自己过得更惨。我们又一起在珠宝行业解决过无数个难题，被丧心病狂的客户折磨到仰天长叹，把责任都归结为遇见了对方这个灾星。

我的生活，因为有了郑以牧，变得丰富多彩。也是因为有了他，我时而被气得连话都说不出来，时而又不顾形象地哈哈大笑。

我扪心自问，我想过郑以牧会喜欢我吗？当然想过。在他给我糖的瞬间，在他出现在医院的瞬间，在他对从电梯出来的我说"别怕"的瞬间。可是，这些瞬间就像飘在空中的彩色泡泡，包裹着我的期待，在郑以牧一次又一次的否认后，骤然破裂，随即消失。

"嗯，来不及了。"我笑着对郑以牧说。

"我就知道。"郑以牧苦笑。

"郑以牧，以后再碰到喜欢的女孩子，要记得，在她惊慌失措的时候，不要责备，要拥抱；在她失去信心的时候，不要嘲讽，要安慰；在她碰到难题的时候，不要打击，要支持。女孩子很好追的，就算你只是为她煮碗面，她都可以开心很久。"我说。

郑以牧看着我，眼睛有点红红的："时岚，你是不是对我失望过很多次？"

"嗯，还好，也就一万多次吧，哈哈。"我试着缓解气氛。

"哪有这么多次！"郑以牧反驳。

"有啊，你听我给你数啊。咱们第一次见面那次，你就让我整理一大堆数据，都没让我休息。还有我们去苏州那次，大家都去逛园林了，你非要我帮你写获奖感言。还有……"我笑着说。

郑以牧摇摇头："你真的很记仇。"

"是啊，我这么记仇，如果你就这么走了，我应该会一直骂你，骂到你每天都在打喷嚏。"我说。

"那多好啊,这样,你就不会忘记我了。"郑以牧恢复了笑容,"以后不管碰到什么问题,都可以来找我。记得,我是万能的。"

我知道无法改变郑以牧的决定,我也知道,如果强行将他留在宝莱,对他来说,也是一件残忍的事情。

郑以牧就像是自由的风。风本就不应该为任何人停留。

"来,抱一下!"郑以牧不等我反应,立刻伸开了双手,将我环抱住,在我耳边说了一句,"时岚小朋友,要幸福啊。"

我用力推开他:"郑以牧,你在发什么疯!"

"哈哈,反正呢,你就记得,我赢过了方明远。"郑以牧向我挥挥手,坐上了车。

看着出租车离开,我的心中百感交集。

一场万众瞩目的对抗赛事,两位选手,一个从一开始就没想赢,另一个赢了却放弃奖杯。剩下我这个一直在摇旗呐喊的观众,孤零零地站在观众席上,张开嘴,却不知该说些什么。

那好吧。

郑以牧,你也要幸福啊。

第三十二章 光芒万丈

郑以牧离开宝莱后，切断了与我们所有人的联系。

我试着给他打了很多次电话，从一开始无人接听的提示音，再到后来手机号码易主，不过是一个月内发生的事情。森森也曾想尽一切方式去探听郑以牧的消息，可是，就连与郑以牧交情不浅的管控部门总监徐聪，也表示无从得知他的近况。他更换了住址与手机号码，停用了一切社交软件，就像人间蒸发一样。若不是看着办公桌上那一堆粉红小猪的玩偶，我甚至会怀疑郑以牧是否真的在我的生活里存在过。

回到珠宝行业总监职位后的方明远，工作愈发繁忙起来。而我也因为安姐的重用，独立带了一个小组，成为最惨的"夹心饼干"。对下，要了解下属们的诉求，陪着他们加班；对上，又要想方设法完成业绩，应对来自上级的提问。生活就像是上了发条的机器，电话会议一个接着一个，在难题面前连皱眉的时间都没有，就要撸起袖子，拆解破局之法。

难得的空闲时间，我与方明远会在黎园公寓附近的公园散散步，回到家中后，热乎乎地吃餐饭，窝在沙发上看部电影。不过，这样忙里偷闲的时光，只维持了不到五个月，就因创始人对方明远提出了更高期待，而画上了句号。

随着创始人的版图不断扩大，原本被投资人们看好的宝莱电商小程序业务也被他成功吸附。因此,他需要一个能扛事、能打仗的将军。这个人,不仅要有管理能力,还要对宝莱有深入了解,更重要的是,还得目标坚定,全身心投入。

而创始人对方明远提出的要求,便是让他跳脱珠宝行业的限制,踢走李东乾,接手电商直播小程序"宝莱灵盒"的上线项目,与天迈公司预备上线的直播小程序"随心逛"正面对打,试图一举超过天迈,宣告后起之秀的不容小觑。

创始人选中了方明远,这也就意味着,这场宝莱与天迈的竞争,他正式入局了。

这张入场券,一旦握在手里,便只能赢,不能输。

收到人事任命的邮件时,我刚刚忙完国际美妆品牌入驻宝莱直播的项目,从北京飞回了上海。傍晚时分,天空中下着小雪,略微有些寒冷,原本计划直接去参与一个品牌方晚宴的我,重新补好了妆,还换上了小礼服裙子。奈何在机场见到计划一同出行的安姐后,我才得知由于品牌方通知的时间有误,必须改日启程。因此,我只好裹着一件大羽绒服,等待着方明远与姐夫接我们各自回家。

此时的安姐,刚刚用一场漂亮的双十一收官战,证明了她才是美妆行业的最佳领头人,被创始人升职,顶替了陈思怡,成为美妆行业真正的一把手。而我,也获得了提拔,负责了所有纵向的业务,成为有机会向总监职位发起申请的最年轻的员工。

这一切光鲜背后的辛酸,或许只有我与安姐知晓。就在两个星期之前,我跟安姐在去直播间的路上遭遇了车祸,安全气囊瞬间就弹了出来。虽然我们没有很严重的外伤,但安姐当时的第一想法都不是去医院,而是去和直播间把筹备会开了。后来,处理车祸的警察直接把救护车叫来了,安姐没办法,只能跟直播团队说明情况。

第三十二章 光芒万丈

还是直播团队负责人催安姐去医院，主动提议开视频会议，安姐才肯配合治疗。而那段时间，我至少要备着三个充电宝，手机与电脑开着不同的会议，手指还要不停敲打键盘，回复其他工作群的消息。互联网这一行变化莫测，所以，要有一颗强大的心脏。面对疾风，咬一次牙，都算我们不够坚强。

大概也是因为自己身处其中，当我知晓方明远被委以重任时，第一反应不是和其他人一样对方明远表示羡慕，夸赞他年轻有为，而是觉得心疼。

"别抱着手机发呆了，你家方明远来了。"安姐提醒我。

我抬起头，一眼就看到了从牧马人上下来的方明远。方明远穿着我给他买的白色羽绒服，手里拿着我的围巾，小跑过来，把我裹了个严严实实。

"安姐，我送你一起回去吧。"方明远主动向安姐打招呼。

"没事，喏，我老公也来了。"安姐向不远处招了招手，姐夫向我们走了过来。

我与方明远向姐夫问了好，临分开前，安姐拽住我的袖子，用方明远听得见的声音询问我："真不考虑？"

"还是算了。"我摇头。

"行吧。那人条件真不错，不比大忙人差。"安姐大声说。

"你们说什么呢？"姐夫问。

"嗐，我给时岚介绍我一学弟呢，刚从英国回来。他看了我们部门的合影，立刻就问我要时岚的联系方式。大高个，大帅哥！有的人可得牢记，我们时岚抢手得很。"安姐意有所指。

我当然明白安姐是为了我好，可看着方明远有点愧疚的神情，我又于心不忍了起来，只好拦住了想要向方明远发难的安姐，与方明远一同离开了机场。

"我得先和你说明,他加我好友,不是对我有意思,是因为他想买宠物。所以,我直接让他咨询胖哥了。"方明远刚发动车不久,我立刻选择了向他解释,以免他误会。

方明远忍不住笑出来:"你这样,会让我自惭形秽。"

"嗯?"我的雷达一下子被触发,"你为什么自惭形秽?是不是有女孩子向你告白了?难怪你最近总是鬼鬼祟祟的!"

"不敢,不敢。"方明远说,"是我做得不够好,陪伴你的时间确实不够多。"

"没事,咱们的好日子还长着呢!"我宽慰他,"而且,你已经做得很好啦。相信我,你是世界上最最最最好的男朋友。"

方明远笑着说:"你啊,怎么这么好哄。对了,那封邮件你也收到了吧?"

"收到啦。"我的语气低沉下来。

"感受是?"方明远问。

"还能有什么感受呀?悔教夫婿觅封侯呗……"我把手臂靠在车窗上,说,"不过,你想去做,就去做吧。让大家看看,我男朋友方明远,多么厉害!"

"你不用降低对我的期待。"方明远说。

"什么?"我问。

"我是说……"方明远顿了顿,最终,只说了句"谢谢"。

我没再追问。去北京出一趟差,我感觉像是被扒了一层皮。方明远将车内的空调,调至舒适的温度,放了舒缓的音乐,我就这样一路睡回了家。

等我醒来时,小雪已经变成洋洋洒洒的鹅毛大雪,落在地面上,

第三十二章 光芒万丈

铺成纯白色。

"好像啊。"我感慨道。

"好像什么?"方明远问。

我看着车窗外,漫天飞舞的雪花,回过头笑着对方明远说:"好像我第一次见到你时的那场雪。那时候,你酷酷地把你的工卡给我看,问我说:'怎么样,考虑好了吗?'我当时还在想,怎么会有这么帅的人!"

"你啊。"方明远将牧马人停在车库里,等我从车里下来后,拿了一个精美的锦囊递给我。

"这是什么?两只鸳鸯?"我把玩着锦囊。

"前两天部门团建,女同事们吵着要去寺里求姻缘,我也顺便去求了一个。"方明远说。

"咱们俩都在一起了,你还求什么姻缘啊。"我笑。

"我求的是你平安。"方明远搂住我,"姻缘是由我来负责努力的,你只要负责平平安安就好。"

我们一同走回公寓楼里,在等待电梯时,方明远接了个工作电话。看着他抱歉的眼神,我即刻会意:"没事,你先去忙吧。外面在下雪,开车慢点。"

"好。"方明远摸了摸我的头,转身走了。

当然不是没有埋怨过。我埋怨过方明远为什么总是那么忙,埋怨过他为什么总是有接不完的电话,埋怨过他为什么总是会突然离开。可是,所有的埋怨,都敌不过方明远在我都忙到忘记父母生日的时候,以我的名义为我的父母准备生日礼物的心意;敌不过他在高频率的出差间隙里,趁着换季,将我的衣橱整理分类,提醒我要注意除湿的暖心;敌不过他在与我吃晚餐时,记下我随口说的事情，再一一帮我办理妥当的贴心。方明远关注着我的所有情绪与感受。

适合方明远的词语，曾是高踞旁观，是冷酷清醒，是手段凌厉，是干练从容，是明哲保身。他对事业、地位、成功和利益，有明确的索求，并为之不懈努力。而在我面前，他是包容与体谅，是温柔和看顾，是不计得失的照料。

我永远记得我遇见他的那个夜晚。

在我低落似尘埃的时刻，方明远将牧马人停在我的面前，放下了车窗玻璃，让我看清了他的面容。在那个瞬间，我是如此感激他，感激他让我在黑夜里，也看到光芒。

方明远是光，光没有形状，但光有力量。因为有他时刻为我托底，所以我永不绝望。

回到自己的房间里，我刚想摘掉耳环，就接到了方明远的电话。

"时岚，你帮我去家里拿一下文件吧，就放在茶几上。"方明远说。

"噢，好。送到公司来吗？"我问。

"呃……不用。"方明远有些支支吾吾。

"那送到哪儿？要不你发地址给我，我拿了给你送过来。"我说。

"你先去我家吧。"方明远说。

"行。那你等我一下。"我拿出方明远家的备用钥匙，打开了他的房门。

奇怪，方明远的房间里居然漆黑一片，连窗帘都没有拉开。

我关上门，顺手想打开灯时，忽然有一大串星星灯亮了起来。

一个视频投影在白色的墙壁上。

第三十二章　光芒万丈

视频里，方明远在用嘴一个个吹气球，胖哥拎着一个气球打气筒走了进来，拍了拍方明远的肩膀，嫌弃地说："方明远，你这人咋这么实诚呢？看你平时那么聪明，居然连打气筒都不知道用。让开，我来！"

在布置星光挂灯的安姐也回过头来帮腔："就是。方明远，任你平时多精明，该晕头的时候还是晕头！"

方明远嘿嘿地笑着，拿着摄像机的人应该是姐夫，为方明远说好话："你们要理解一下他，第一次嘛，难免紧张。"

安姐立刻撑姐夫："怎么？你还想让他多来几次啊？我告诉你啊，方明远，你必须成功，不然都对不起我们这么辛苦帮你筹备。"

安姐使唤着方明远，让他将星星灯调整一下位置，又把在房间里抱着一大束玫瑰花的森森揪了出来。

"森森，叫你来是让你干活的，不是让你和玫瑰花自拍的！"安姐又好气又好笑。

"我不是在和玫瑰花自拍，我是在和时岚姐的幸福自拍！"森森依然美滋滋的。

一大段欢乐的画面后，镜头切换，我看到了穿着白色衬衫，对着摄像机，略显局促的方明远，反复确认："这样就可以了吗？"

安姐的画外音在催促："可以啦！快说！真是急死我了。方明远，以前我怎么不知道你这么磨叽！"

姐夫的画外音似是将安姐与其他围观群众都拉走了，窸窸窣窣一阵后，方明远又重新面对了镜头。

还是那张我熟悉不过的帅气面容，他紧张地抿了抿嘴唇，低头握了握拳头，深吸一口气，才开始说话：

"嗨，时岚，希望没有吓到你。"

"你知道的，我一直都对外宣称，不到三十五岁，绝对不谈恋爱。可是，遇到你以后，我才发现自己是那么幼稚与可笑。我差一点，就错过了幸福的机会。

"我在心中排练过各种向你求婚的方式。可以是在你的家乡，也可以是在我们确定关系的景德镇，还可以是在你喜欢的海边。可是，不管是哪一种，我总是差临门一脚的勇气。我很担心，担心我做得不够完美，让你留有遗憾。我也是遇见了你之后，才发现我是一个那么胆小的人。每次因为工作离开你身边时，我都特别害怕你会离开我，选择另一个与你更像的人在一起。可是，每当我表露出不自信或是自责的情绪时，你总是会笑着对我说'怎么会呢，方明远是世界上最棒的男朋友'。

"时岚，谢谢你，谢谢你总是陪着日夜冲刺的我。当我登上顶峰时，你会冲过来给我一个大大的拥抱，那足以抚平我所有的疲惫。当我遇到难题时，你也会给我倒上一杯温水，尽你所能地帮助我。我有时候会想，我可真是一个好运的人，能遇到这么美好的你。你毫无保留地爱着我，就连不开心时，也会在体谅我处境的前提下，小心地对我倾诉。谢谢你，谢谢你这么勇敢，谢谢你来到我身边，谢谢你让我知道，原来，不管夜有多深，这个世界上总有一个人为我留灯。

"所以，我想，就是今天了。我没办法再等待了。等你从北京出差回来，我就要立刻告诉你。

"我在离你伦敦的家五分钟车程的地方，购买了一套房子，如果你愿意，我们可以回伦敦住。如果你偶尔想要去看看我的家乡，我父母和姐姐也会准备好美味的菜肴，喂饱你的肚子。要是你愿意和我一起在上海，再试几年，这是我在上海房子的房产证，这个月

第三十二章 光芒万丈

就要交房，我请了设计公司，就等着你挑选装修方案。

"时岚，相信我，我们会幸福的。"

"时岚，请你嫁给我。"

方明远在镜头里说得诚恳，我站在客厅里热泪盈眶。

"时岚。"

我回过头，方明远从门外走了进来，他走到我面前，单膝跪地，从口袋里拿出钻戒。

玫瑰花瓣遍地，好闻的香味扑鼻而来，星星灯闪烁浪漫，落地窗外大雪纷飞，我爱的男人深情地看着我，等着我的回答。

我忽然开始哭。

"时岚，怎么了？"方明远看到我哭，手足无措地连忙站起来抱住我。

我在方明远的怀里，抽泣着说："我以前怎么不知道你有那么多钱？方明远，你说，你还有多少事情瞒着我？"

"哈哈哈，钱都是你的，房产证、银行卡、户口本，还有我，以后都归你管。"方明远被我逗笑。

"我是不是还没有答应？"我问。

"好像是。"方明远回答。

我哭得梨花带雨，听见自己用清晰的声音对方明远说："那你跪回去。"

方明远哭笑不得，只好跪回了原地。

我哭得太起劲，泪水迷了眼，刚想说话，森森和胖哥从房间里冲了出来，激动地说："答应啊！答应啊！我们都在房间里憋一天了！你要不答应，我们可以嫁给他！"

"你们怎么也在？"我惊讶不已，"还有谁？"

我话音刚落,安姐、姐夫缓缓走了出来。

"叔叔,阿姨,方家姐姐,你们也都出来吧。真是的,被两个毛头小子害得提前出场了。"安姐对屋内说。

我探过头去,惊喜不已地发现我的父母与方明远的父母、姐姐都在场。

"岚岚,小方不错,答应他吧。"连我爸妈都开始起哄。

我看向方明远,抹了一把脸上的泪水,问他:"你真的想我嫁给你?"

"做梦都想。"方明远说。

"那,好吧。"我伸出右手无名指。

方明远为我戴上戒指,在家人与朋友的欢呼与祝福声里,我在雪夜感受到了前所未有的暖意。

阳和启蛰,品物皆春。

大概便是今夜我内心的写照。

方明远为了能照顾好远道而来的双方家人,破天荒地休了一个礼拜的假期。听安姐说,创始人有些不悦,倒不是因为"宝莱灵盒"项目可能被耽搁,而是受不了方明远嘚瑟的神情,"看你神气活现的样子,就好像谁没有老婆似的。"

方明远确实有尽快准备婚礼的打算,可是,天迈"随心逛"直播小程序的负责人在日夜不停地推动上线,根本不给宝莱喘息的机会。所以,我与方明远商量,等"宝莱灵盒"项目忙完,再一起准备婚礼。

在紧锣密鼓地筹备了两个月,方明远累瘦了八斤后,"宝莱灵盒"与"随心逛"同一天上线,进入了大众视野。而宝莱与天迈的正面厮杀,也对外宣布了电商时代翻开了新篇章,从"人找货"进

第三十二章 光芒万丈 461

入了"货找人"的阶段,硝烟四起,竞争进入白热化,没有人敢懈怠。

二者同时起步,方明远负责的"宝莱灵盒",即时消费比较多,好玩有趣、单价偏低的产品通过视频的抓点,快速吸引消费者,优点是日活8亿的用户量,缺点则是退货率稍高于别的平台。天迈的"随心逛",整体感觉比较像针对物品的内容推广,是从产品本身出发做的内容衍生以及场景衍生,价位从高到低都可以,优点是满足私域流量的种草同时也会有公域流量的支持,缺点是转化率较低。

各界纷纷猜测,"随心逛"能否如天迈直播一样,为天迈内容生态再续一次辉煌,而"宝莱灵盒"又将引领宝莱电商走向何方?无数的分析文章纷至沓来,而我眼里,则是步履不停的方明远,将自己关在办公室里,寻找着更新迭代的机会点,逐个击破。

担心方明远因为工作忙碌,而忽略身体健康,我特地向姐夫请教,学习了煲汤,装在保温桶里给方明远送去。

"喏,勤劳的方先生,喝点汤吧。"我将保温桶放在方明远旁边,笑着问他:"今天怎么样,顺利吗?"

原本在伏案工作的方明远,抬起头来,看到是我,自然地握住我的手:"你来了,就什么都顺利了。"

"好啦,休息一下,喝点汤。"我说。

"好,听你的。"方明远合上了笔记本电脑。

方明远轻啜了一口汤后,微微皱了眉。

我心虚地问:"是不好喝吗?不应该呀,姐夫已经尝过了,说还不错,我才敢端来给你的。"

"没有,很好喝。"方明远笑着,放下了汤碗。左右环顾,确认没有别人后,他低声对我说:"时岚,我不想瞒你。"

方明远将自己的手机递给我,我接过一看,一封匿名邮件里,证据齐全,所有的信息都直指——郑以牧就是天迈公司"随心逛"小程序的负责人。

"你想怎么办?"我问方明远。

由于郑以牧曾是宝莱公司的中层管理人员,知晓宝莱直播的众多重要决策与信息。因此,在他离职时,被创始人要求签署了竞业协议。签了这份竞业协议,意味着未来半年内,郑以牧不能供职于竞业协议上的任何一家公司,而相应地,他每月将会获得过去12个月平均工资的30%,作为竞业补偿。郑以牧签署的那份竞业协议里有三百余家竞对公司,天迈也是其中之一。想要入职新公司,除非郑以牧不再是"郑以牧"。

单单是一份离职证明,已经扼住了郑以牧的喉咙——不签竞业协议,宝莱不会提供离职证明,而这份证明,将直接决定郑以牧以什么样的身份进入下一家公司。虽然郑以牧可以寻求劳动仲裁,但仲裁是一个费时费力的过程,花费数月是很常见的,而且这还没算上后续的执行环节。

很显然,在"查无此人"的这一段时间里,郑以牧只能选择以"隐形人"的身份,包裹在化名之中,游走于天迈公司。

如果方明远要对付郑以牧,只需要将这封邮件转发出去,宝莱公司就会立刻对郑以牧发起诉讼。届时,"随心逛"这个业务一定会受到影响,对"宝莱灵盒"有百利而无一害。我的内心陷入纠结,如果方明远要这么做,我真的没有任何理由阻拦。但一旦被起诉,郑以牧的生活将受到极大影响,他将面临漫长的诉讼过程。

我又看了一眼那三百多家公司的名单,居然还有小区门口的连锁便利店公司总部的名字。创始人这是摆明了要对郑以牧赶尽杀

第三十二章 光芒万丈

绝,郑以牧一个互联网与金融的复合型人才,总不至于去便利店卖零食吧!

薄薄一张纸,基本扼杀了郑以牧的所有可能性。

看到我陷入了思考,方明远笑了笑,摸了摸我的头,当着我的面,彻底删除了那封邮件。

"你……"我看着方明远。

"放心吧,我会堂堂正正地赢的。"方明远对我笑。

世界灿烂盛大,而方明远,是其中最热烈的火苗。

第三十三章　归家旅途

竞业被发现，大多是两种状况。要么被举报告密，要么本来就是公司的密切追踪对象。

身处这场隐形游戏中，一不小心，就会被无情猎杀。

在发给方明远的邮件内，郑以牧被有心人偷拍举报，视频完整记录了他从踏入公司到坐到工位上的全过程。从拍摄角度分析，这极有可能是天迈的现同事拍摄的。除此之外，能够将视频精准发送到方明远手中，肯定是花费了一些心思的。

因违反竞业限制，郑以牧被判返还宝莱此前发放的55.7万元补偿金，并于判决生效之日起七日内，支付162.2万元违约金。

超过200万元的巨款，还没让我心疼超过五分钟，另一个消息就吸引了我的眼球。

所有的费用，天迈公司出了！

与此同时，天迈公司的传奇人物康骏正式向大众介绍了郑以牧。康骏称，郑以牧是受他邀请，来到天迈公司，专门负责"随心逛"小程序的上线项目的。在视频里，我见到了英姿飒爽的郑以牧，他的眼神明亮，一副成功人士的姿态，借此机会，大力宣传"随心逛"小程序。

"这个郑以牧，真是去哪里都这么臭屁。"我将新闻页面关闭，为这位昔日的直系领导感到开心。

正想着，郑以牧与我的微信对话框竟然弹出了消息。

"时岚小朋友，去吃日料吗？"郑以牧给我发来一个地址，是当初大客户战略部解散时，李东乾组织大家团建，而我碍于时势没有去成，为此遗憾了好久，郑以牧为了安慰我，说会请我去吃的那一家日料店。

时隔这么久，难得郑以牧还记得。

方明远开车将我送到了日料店门口后，便回公司加班了。我在服务生的指引下，走进了郑以牧预订的包厢。

"时岚小朋友，还是我懂你吧，一说这家店，你就来了。"郑以牧说。

"那当然，不吃白不吃。"我用手翻动着菜单，"我听说，特意陷害你的陈佳珂已经被天迈公司开除了。真是的，自己人还害自己人，真过分。"

"时岚小朋友，你怎么还乱戴戒指，会让人误会的。"郑以牧的语气忽然发生了转变，从喜悦急转直下。

我抬起头，顺着郑以牧的目光，看到自己无名指上的钻戒，笑着朝他晃了晃："哦对，我还没来得及和你说，我结婚了。不过因为你那个烂程序，搞得我和方明远现在都没空筹备婚礼。到时候，我会给你发请帖，你记得来。"

"什么时候？"郑以牧难以置信地看着我。

"有一阵了。你呢？最近有没有交女朋友呀？"我问郑以牧。

一阵沉默后，郑以牧一面佯装着平静，一面想把手机揣进衣兜里。然而不凑巧，他今天穿的卫衣，上下没有一个兜。

他看着我："时岚，你是不是故意的？你知道终于摆脱竞业协议后，能够与你联系，我有多开心吗？"

"所以，郑以牧，你得向前走了。我嫁给方明远，不是因为我懂得衡量利弊得失，而是我真的爱他，他也很爱我。以后你也会碰到一个特别爱你的女孩的。真的，你值得被人爱。"我将菜单合上，说出了此行的真正目的。

与其让郑以牧从别处知道我结婚的消息，倒不如由我来告诉他。

我与郑以牧之间，清清白白，队友一场，该给的尊重，我一分都不会少。从郑以牧给我发消息的那一刻，我就知道，面对面地告诉他，是喊停的最好方法。与君同舟渡，达岸各自归。我不想假装看不明白郑以牧的心思，正如我所说，他值得一份全心全意的爱。

看着郑以牧勉强挤出笑容的神情，我也忍不住地难受。我多希望他可以和从前一样，插科打诨地说"时岚小朋友，你也太自作多情了吧"，那么我就可以赏他一个爆栗，在笑声中结束尴尬。可是，他没有。郑以牧的眼神明明白白地告诉我，他仍需要时间。

"你伤心归伤心，我能点菜吗？"我可怜巴巴地看着郑以牧。

"你还真是冲着吃饭来的啊！"郑以牧翻了个白眼，"吃吃吃，就当悼念一下我逝去的爱情！"

酒足饭饱后，郑以牧送我到日料店门口，满脸怨气地对我说："你吃就吃，买什么单啊！"

"嘿嘿，我老公有钱，他请客。"我笑着朝在马路对面踱步的方明远挥手。

"不至于吧？我和你吃个饭，他还在马路对面盯梢呢？"郑以牧摇摇头。

"新婚夫妇，体谅一下。"我朝方明远挥了挥手，跑向了他。

方明远看着我跑过来，为我整理了一下额前的刘海。我将日料店的付款小票塞到方明远的手里，笑着说："求报销。"

"你这又陪吃又陪聊还买了单，我还在这里陪站岗，咱们家对郑以牧可是情深义重啊。行，我报销。不过，回家能不能给我煮碗饺子？"方明远为我拉开牧马人的车门。

我摸着圆滚滚的肚子，笑着说："没问题，不过，你一直在日料店门口站着没走啊？"

"突然觉得这里风景不错，就散了会儿步。"方明远说。

"原地散步？"我逗他。

"对，望妻石，听过吗？"方明远笑。

方明远发动车子，带我回到了属于我们的家。

随后的三个月里，方明远火力全开，实现了"宝莱灵盒"的四次升级，瞄准退货率高的问题，为消费者提供回访等一对一服务，并通过研究天迈"随心逛"的特点，与程序员们昼夜奋战，取长补短。在方明远与其团队的努力下，"宝莱灵盒"的数据逐日攀升，形势一片大好。

而天迈那边，我国反垄断监管机构对其处以了创纪录的百亿元罚款。原因在于，天迈强迫商家只能在其平台上销售商品，阻碍了在线零售领域的公平竞争。在被迫停止"二选一"等垄断做法后，天迈公司不得不放缓了"随心逛"小程序的发展脚步。

在这个背景下，方明远乘胜追击，推出了多重滤镜功能，供年轻用户使用，广受好评。在独特的算法技术下，可以说，宝莱已然在短视频领域建立了垄断性的优势。随后，宝莱又通过"宝莱灵盒"顺利加强了后端基础设施建设，切断了直播第三方链接，让天迈不得不感到恐慌——一家独大的时代，已经悄然落幕。

就在所有人都以为方明远要凭借"宝莱灵盒"的项目，顺利升职加薪的时候，方明远的公司账号被冻结了。也是在同一时间，他的门卡也不再有效。几乎没有任何预兆，方明远的银行卡账户被打入了一笔钱，这一切，都在告诉我们——方明远被宝莱公司秘密辞退了。

真可笑，让方明远抛头颅洒热血的人是他，害怕方明远风头过盛的人，还是他。古人常说伴君如伴虎，事实上，哪个身居高位的人不是心思难测呢？

消息一出，第一个向方明远伸出援手的人，是郑以牧。

他盛情邀请方明远加入天迈，成为他的同事。奈何，方明远在入职之初，就已经签过了一份保证协议，承诺不会加入任何一家竞争对手公司。如若不然，赔偿金将是天文数字。

也是因为这个原因，方明远陷入了步履维艰的境地。

我担忧地一路跑回家，推开门，却看见方明远气定神闲地在厨房里为我准备午餐。

"就知道你会回家。快洗手，准备吃饭啦。"方明远说。

我迟疑地走进客厅里，打开水龙头，歪着头端详方明远的神情："你是不是被气糊涂啦？"

"气什么？"方明远把面从锅里捞出来，又给我撒上了一把葱花，"如果我真的就此失业了，你会养我的吧？"

"养！一定养！"我大声回应。

"好啦，声音小点，我听得见，咱们家又不是五百平方米。"方明远把面碗端到我面前，"如果我和你说，被辞退是我意料之中的事情，你信不信？我只是没有想到，这一天来得这么快。"

"信，你说什么我都信。"我宛若一个狂热粉。

"我来宝莱，就是为了借助它的平台，去尝试一切我想要做的事情。互联网行业无情，但是，它的魔力就在于它充满无限可能。所以，我在宝莱公司做的每一件事，都是为了我自己。相比为这家公司打一辈子工，积累工作经验与人脉才是我的目的。我当然知道创始人疑心重，所以，即使签署了保证协议，我还是选择一往无前，那是因为，我知道，我会靠我自己，让他们重新认识我。"方明远从一旁拿了一份文件递给我。

我打开文件袋，发现里面是一份公司的注册材料，注册人，是方明远。

"云上山货？"我翻阅着资料，"你是想创立自己的公司，借助'宝莱灵盒'和'随心逛'两个直播小程序，让特产走出大山？"

方明远点头："对，第一站，就是我的家乡，贵州遵义。而投资人，就是宝莱公司现在的投资人。我已经向他们充分展示了我的能力，相信等我放出消息，愿意与我合作的人会更多。"

地方农特产想要走到消费者的餐桌上要历经层层运输与分销。对农人们而言，即便有好的收成，也不一定有好的收益，农产品常常面临卖不出去的窘境。而短视频和直播业态，可以直观解决身处大山里的农产品的第一个困难，那就是被大众看见。但哪怕只是在短视频平台卖个水果也要讲究门道。

"我打算在通过直播小程序开拓农货销路的同时，提升农货在消费者心中的品牌心智，让消费者更加认准正宗原产地标识。只有这样，才能让大山里的孩子们不再受穷，年轻人也不再需要外出务工。"方明远对我说。

我翻阅着方明远的计划书，悬着的一颗心总算放了下来。

"不过，如果我开始创业的话，我们的婚礼……"方明远犹豫着，"要不然我们先筹备婚礼吧。"

"不要，我喜欢你赚钱。"我立刻否定。

方明远被我气笑："你这是老鼠掉进米缸了呀！"

半年后，方明远创办的"云上山货"品牌成功实现了与宝莱、天迈两家头部互联网直播平台的合作，通过优质内容和平台技术，连接需要被看到的农特产地区和拥有潜在购物需求的消费群体，让地方特色农货走向了大江南北。

而我们期待已久的婚礼，也终于在圣诞节那天得以举行。

用安姐的话来说，方明远将我们的婚礼当成了他的二次创业。

所有的婚礼布置细节，他都亲力亲为。在对比了上百个婚礼地点后，方明远征求了我的意见，最终选中了一个农场。在远离喧嚣的莫干山山麓，农场视野内没有一根烟囱，山泉汩汩而出，日照充足。

婚礼的当天，阳光很好，冬日的阳光特别温暖，晒得人暖洋洋的。仪式区设置在草坪上，一个简单的仪式门是原木搭建的，很多枝条都来自山林附近，十分自然。大红色调的布置，让玻璃棚内的每一个人都沾染了喜气。

森森作为我们的主持司仪，拿着手卡，声情并茂地用播音腔欢迎着各位来宾。胖哥在零食区大快朵颐，顺道陪安姐的两只狗玩。安姐与姐夫穿着情侣装帮我与方明远接待着宾客。郑以牧没有出席，托人送了个大红包来。滑稽的是，在红包的封面上，郑以牧写下了"只给时岚，不给方明远"这种小孩子心性的话语。

"时岚，商量个事呗。你不是要调到海外业务部去负责跨境电商吗？你看，我的云上山货，能去海外吗？"方明远靠近我，小声说。

"谈合作，得先过方案评比，我很公正的，方总。"我往旁边走一步,与方明远保持距离。

方明远想靠近我,被森森伸出手卡,毫不留情地拦了回去。

森森提高了音调,双手叉腰:"这位新郎,这是我的主场,请你配合!"台下乐成了一片。

"OK,让我们继续。"森森清了清嗓子,继续念词,"天赐良缘,云端上月老含笑;花开并蒂,绿阳春新人踏歌。燕尔新婚日,良宵美景时。在今天这个大喜的日子里,各位亲朋好友送来了温暖,送来了友情,送来了吉祥,送来了最美好的祝福……"

在婚礼开始前,森森悄悄告诉我,方明远问过他,话筒重不重。因为方明远担心我太紧张会拿不稳,当森森告诉他大概半瓶水的重量时,他才舒了一口气说:"那还好,到时候我可以扶着。"

明明更紧张的人是方明远,可他居然还要用这么可爱的方法,试图缓解我的压力。这个笨蛋,哪有人会在自己的婚礼上聊合作嘛。

我听安姐说,当初她与姐夫的婚礼上,她与姐夫啥都没干,就是一直在哭。下面的宾客吃得有多开心,他们俩哭得就有多动情。安姐哭她少女时代的终结,姐夫哭他单身时光的结束。可是,当我真的穿着婚纱站在方明远面前时,我知道,在婚礼上,新人们流下的每一滴泪水,都是对未来的希冀。

我自认坚强,希望这场婚礼能以欢笑作为主旋律,万万没想到,方明远在念婚礼誓词时,还未开口,就像个孩子一样哭了起来。

"方先生,说话,别哭呀。"我看着着急,甚至向方明远伸出了手,"要不然,我帮你念?"

安姐说方明远是范进中举般的喜悦,可当我看到方明远写下的那段誓词后,我回抱着他,一起哭了。

方明远的誓词纸,湿答答的,轻轻一握,就皱了。

时岚：

　　写下这份誓词时，我正坐在书桌旁，桌上是你为我煲的汤。我透过窗户望着月亮，真奇怪，我怎么会只能看见你呢？大概是你已经占据我生命的全部的缘故吧。你知道的，我的成长过程，不算顺遂。可是，在我筚路蓝缕、步履维艰的时候，只要想到你，我的心里就又充满了希望。

　　时岚，谁说现在是冬天呢？只要在你身边，我就能听到鸟唱蝉鸣。

云层嵌着日光的金边，被稀释过的夕光轻薄又透亮，全部落在方明远的眼睛里。

"方先生，你好，我是时岚，曾经是你的下属、同事、竞争对手，以后，你可以称呼我为太太。"

互联网的浪潮从未停止翻涌。有人心急追随，有人避之唯恐不及。我曾居于浪潮之上，被拍打，被摔落，被淹没。我在浪潮里收获，也在浪潮里失去，感受过束手无策的困窘，也更明白何谓变幻无常。我在浪潮里迷失过方向，也在浪潮里找到了战友。

而此刻，我很高兴，我正与我的战友并肩而立。

在下一个浪潮之上，期待属于我们的新故事。